關鍵詞中國

歐陽昱——著

序一 ／單寶明

如果一個人從出生起就開始寫書，一年寫一本，五十或六十歲時可以出五六十本，但這是不可能的，可歐陽昱做到了。至今為止，他已出版了六十九本包括譯著在內的出版物，你可以想像的出他的勤奮。

澳大利亞地廣人稀，墨爾本城市大得驚人。有人總結說，十公里之內算是鄰居。以這個距離計算，我和歐陽昱算是近鄰，從我家到他家不超過五公里。既然是近鄰，他出版此書時由我向讀者介紹歐陽昱就成了我義不容辭的事情。

澳洲有將近一百萬華人在此生活，可以說絕大多數的人都處在「謀生狀態」。所謂「謀生狀態」是指在中國當醫生的人在澳洲當建築工人，在中國當教師的人在澳洲做小吃店老闆，在中國做工程師的人在這裡工廠當工人……總之移民後生態環境的轉變使得許多人只能從事服務業的工作，說得難聽點就是幹伺候人的事。基本上整日為吃喝而忙碌，真正能幹上自己內心願意幹的工作的人不多。

這種向命運低頭換來的不全是苦難，還收穫有「幸福」。因為澳洲的高工資就是辛苦的報酬，追求金錢就成為了大多數人生活的主要目的。作為標誌，豪宅名車就成了時髦的追求。很多人為此放棄了事業的追求，像寫作這樣的事業追求也就被放棄了。

歐陽昱沒有放棄，他堅持寫作、翻譯，儘管他沒有豪宅名車，但他是少數堅持自己內心理想的人之一。他用他的書建構了他自己的「文化殿堂」，而這個殿堂是無法用金錢估量的。

如果把中國包括臺灣在內的中華文化稱為主流文化的話，那麼海外中華文化可以稱為「次生文化」或稱為「亞文化」。因為英語國家的人文氛圍不具有中國那種鋪天蓋地性，不具有無孔不入性。「亞文化」的最大特點就是缺少原創，跟風。而在這種環境下能有創新就更難能可貴了。歐陽昱做到了，他是那種少之又少的一枝奇葩。

歐陽昱也要為生活而奔波，比如他時不時地，三天連頭地要跑出去做英文口譯，或是醫院，或是法庭。有被他幫助過的人曾經這樣描述他：在法庭上，當他的當事人義憤填膺時，歐陽昱在將其翻譯成英文時語氣也是義憤填膺；當他的當事人高聲應辯時，他的翻譯語氣也高聲應辯；甚至當他的當事人痛哭流涕時，歐陽昱在翻譯時也淚水漣漣……這就是歐陽昱，一個真性情的人，無論是讀他的詩，看他的雜文，透過紙背你都能感受到他內心激烈跳動的脈搏。

由於歐陽昱是學英語出身的，因此在國外生活他沒有語言的藩籬。他用中文寫作，也用英文寫作，跨越地域和文化的知識生活加之博覽群書使得他的思想語言有著獨特的視角和見解，這是他的文章的特色。

歐陽昱還是一位詩人。人們說「憤怒出詩人」，這話一點不假。我在一次朋友的聚會上就看到過歐陽昱拍案而起的場面……他做人很真實，不假，有一說一有二說二。

我寫這些是想向讀者勾勒出歐陽昱的一幅畫像來。有了這幅畫像讀者可以想像就是這樣一個人，這樣的一種性格的人，他寫出來的東西就更好理解了。

序二　透過關鍵詞，我看見了什麼／楊邪

整整三年前，我便讀到了歐陽昱的《關鍵詞中國》開頭的部分，甚是歡喜；之後過去兩月，接著讀到第二、第三部分，三者相加，約莫六萬餘字。他在郵件中說：「不知道今後是否有可能再續？」可當時我便想，看架勢，再續已是必然。事隔兩年，果不其然，他已經把《關鍵詞中國》續寫成一部洋洋三十三萬言的大書了。

如今，這部三十三萬言的《關鍵詞中國》即將出版發行，它被編排成PDF格式的電子文檔，在我的電腦桌面擺放近一個月了。此文檔的赫然擺放，緣於歐陽昱的囑託——他囑我為序，而我一時激動加上一時興起，慨然允諾。

然而我遲遲沒有落筆。每每夜闌人靜，當我把這長達三百多頁的文檔一頁頁細讀下來，不由得懊悔再三——如此龐雜又奇崛、廣博又精深的一部大書，我竟敢在它腦袋上扣一頂灰不溜秋、不尷不尬的大蓋帽？

每回懊悔過後，卻又忍不住要繼續細品《關鍵詞中國》，因為我覺得又有大不妥——既然不知天高地厚答應了下來，那便應該勉力兌現自己的承諾捉筆為序，寧可尷尬，寧可犯大錯，也不可失小節，我得先做個守信之士！

好了，此刻我讀完了《關鍵詞中國》。不是一遍，而是兩遍，其中諸多篇什，是讀了三遍四遍。

透過這些關鍵詞，我看見了什麼？

正如在澳洲長期老死不相往來地居住會導致精神病，在中國，僅僅一件事情，會讓人的心都長瘤子。機場大巴滿座，人人都把旅行包抱在懷裡或腳邊或過道上，而本來應該是放包的頭頂存包處卻亮錚錚地固定了不可動搖的三（又是那個老子的一生二二生三的三）根鋼欄杆。決沒有可能把任何行李放進去。

我目不轉睛地看著那些亮錚錚的鋼欄杆。從尾部看著車頭的車內電視。我無法理解地去理解並習慣中國的這一現代化的鋼瘤。

——《無處藏包》

站在詩歌的角度，我認為，透過這些關鍵詞，我看見了詩歌。歐陽昱首先是一位詩人，並且是一位極其高產的詩人，寫作詩歌差不多成了他的生活方式，似乎無論何時何地，任何一種體位（或坐或躺或站，或在空中飛行）他都能不斷地寫詩。這些關鍵詞，便是他源源不斷的不分行的詩歌，至少是詩歌的「原漿」，我能從中感知到詩意的律動與膨脹。

在手絹幾乎就要淘汰出局的時代，寫手絹差不多也是同樣落後的事。記得有一年在中國和朋友同桌吃飯，擤了一下鼻子，掏出手絹來揩，不料被朋友注意到了，說：哎，你怎麼還在用手絹啊！我們都有十幾年沒用手絹了！是的，我幾條手絹，不斷洗，不斷揩，用了幾十年，始終也沒有養成用紙巾的習慣，總覺得那東西太不方便，也太污染，而且一旦忘記帶，就很難堪，也很難看。實際上就發生過這種事。

說起手絹，難以不讓人想起中西差別。西方人寫的小說中，經常可以看到關於中國人髒的描寫，比如在大庭廣眾掏鼻子而旁若無人。殊不知，西方人就擤鼻子這一條來說，也是髒得不行。掏出一條看上去就不很白的大手帕，蒙住包括鼻子在內的半張臉，彷彿爆炸一般地往裡一陣狂轟濫炸，發出幾乎震耳欲聾的聲音，同樣旁若無人，同樣滿不在乎，把擤出來的穢物七包八裹，團成一團，就往兜裡一塞，該上課照樣上課，該發言照樣發言。如果一次，尚可原諒。碰到那種樂此不疲者，就讓觀者和聽者難以忍受了。只要想一想把曾經擤出的穢物重新貼上鼻尖面龐的感受就夠了！

不過，沒想到在澳洲住久了，要丟棄手絹，還真不是一件很容易的事。

——《手絹》

站在小說的角度，我認為，透過這些關鍵詞，我看見了細節乃至故事。歐陽昱同時是一位小說家，這些關鍵詞，便是一個個豐盈而精確的細節，有時候，一個細節便是一個完整的故事，或者起碼是背後隱藏著一個完整的故事。這些關鍵詞，讓我想起那部著名的《契訶夫手記》，作為小說家的契訶夫在生活中記錄下來的一部「文學創作備忘錄」。

China這個字還很有說頭。從前翻譯叫「支那」，有貶義，小寫則指瓷器。這是常識。近有一個畫家，根據China的發音，做了一個「拆哪」的系列，因為China本身就意味著「拆哪」，一天到晚在熱火朝天地拆這拆那，天翻地覆慷而慨地拆。

英國人中，用國家當姓的不少，墨爾本Meanjin雜誌的前主編Ian Britain，姓就是「不列顛」。姓「英格蘭」的也相當之多。至於說到名，就像中國有人名叫「中國」，如著名小提琴

> 家盛中國，英國人也有叫China的。據今天墨爾本The Age報報導，有一位英國作家名叫China Mieville，剛剛出了一本新書。此人屬70後，學士、碩士、博士一股腦兒拿到，專寫幻想小說，曾經放言，要把各種門類的長篇小說樣式統統寫書發表。令我感興趣的是，他為何要起一個China的名字。因為無法查證，只能推測。大約他的愛好學問對中國的崇拜學識不無關係。而且，此人還信奉馬克思主義。這又跟中國拉上了一層關係。只是如何把他的姓名翻譯成中文而不失掉China，這可能是一個小難題。若音譯成赤那•梅爾維爾，這個「赤那」一像「吃哪」，二像「赤佬」，都不好聽。「支那」肯定不行。「拆哪」更不可以。如果請我給他翻譯，倒不如乾脆漢化，像盛中國那樣弄成「梅中國」，只是「梅」諧音「沒」，中國「沒」了。不太好玩，不玩了。
>
> ——《China》

歐陽昱還是一位翻譯家。站在語言的角度，我認為，透過這些關鍵詞，我看見了抽象的文字符號如何演變成形象的語言的洪流。《關鍵詞中國》，在語言上無疑是活色生香、妙趣橫生的。此奇異景象，首先得益於作者在中英文字、中西文化上的左右逢源與縱橫捭闔。然而，這只是表象。事實上，這種如魚得水，來自作者三十年來腳踏兩隻船，自由進出中英文字、中西文化之後對兩者的深切體悟與見微知著。此外，作者彷彿每時每刻都帶著一肚子的幽默，幽他者，也幽自己一默，並且往往是不著痕跡，這顯然又給自己的語言鍍上了一層非凡的光彩。

關於語言，有一點，我必須著重指出——精雕細琢，似乎絕對應該是一位翻譯家的操守與美德，也自然應該是一位作家的操守與美德，但是，歐陽昱完全衝破了這種幾乎為全行業所遵守的「行業準則」。請注意我在上文中用來描述的「洪流」一詞。沒錯，「洪流」一詞用來描述「語言」，再也沒有比它更帶勁的詞語了！洪流是泥沙俱下的，它歡騰、咆哮，不容他物的阻礙，只有它來開闢道路，不許他者對它試圖馴服、規範。讀《關鍵詞中國》，我隨處可以體會到作者對語言的嬌慣與放縱，而恰恰是這種態度，讓語言變得粗糲、富有質感，無比的元氣淋漓。所謂「腳往哪裡去，我便往哪裡去」，隨心所欲，這是一種大境界，這種大境界，是對「精雕細琢」這種操守與美德或者說「行業準則」的蔑視、嘲弄與公然挑戰。這種挑戰，不是對抗，而是有力的反撥——我認為，這正是作者提供給大家的一種美學原則和深度示範。

世界上什麼字最狠？「不」字。我以前寫過「說不」沒有「不說」厲害。看了某人的書，如果什麼都不說，那要比什麼都說厲害得多。我之所以說「不」字厲害，是因為想到三個人。一個是奧地利作家伯恩哈特。據百度百科，「在他1989年去世前立下的遺囑中特別強調，他所有發表的作品在他死後著作權限規定的時間內，禁止在奧地利以任何形式發表。」這種以死亡為代價的「不」，比任何個人和國家都厲害。至少說明：國家甭想超越個人。第二個人是薩特。據百度百科，「1964年，瑞典文學院決定授予薩特諾貝爾文學獎金，被薩特謝絕，理由是他不接受一切官方給予的榮譽。」這一點至少說明：諾貝爾獎別想超越個人。第三個是馬克•吐溫。昨天來自美國一家出版社的電子郵件消息稱，他的自傳將於自禁一百年後，即他去世一百週年的2010年11月開禁出版。這是很有意思的事，是作家朝出版商臉上的一記耳光。總以為出版社最狠，不出版你的書，卻沒料到，作家最狠的一招就是：你不出，我還不想給你出呢！

「不」這個詞是一個「一」字，橫在一個「個」字上。如果把「個」看成個人，則那個「一」就像他拿著的盾牌。如果把「不」字側過來，那個「個」字就像一把飛鏢，扎進前面的木板，扎得木屑從兩邊飛濺。「不」，聽起來很像放屁聲，那是往往看似最柔弱、最不堪一擊的作家對國家機器（如奧地利）、授獎機器（如諾貝爾委員會）、出版機器（如美國的出版社）放出的響亮之屁。不，很好！

其實，「不」最厲害的就是那個橫亙在一切之上的那個「一」，說一不二的「一」。你用什麼東西都穿不透它，哪怕以國家的力量都不行。

——《不》

歐陽昱也是一位批評家。作為《關鍵詞中國》的作者，這一重身分至關重要。我私下以為，一位理想的批評家，他的批評對象，不會僅僅是文學，更不會僅僅是某一文體，他更應該著眼於文化、社會、世界、未來，只有這樣，具備大視域，他才能站得高，高屋建瓴地發出自己獨特的聲音。而歐陽昱正是這樣的一位批評家，憑藉他淵博的學識，每天神馳萬里，正應了陸機《文賦》所謂「精騖八極，心游萬仞」。另外，他去國二十多載，站立在廣袤的澳洲大地遠眺瘡痍滿目之故國，這一個姿勢是極富意味的——作為一部批評之書的《關鍵詞中國》，於某種意義上而言，亦即作者的一次漫長的不願懷鄉的懷鄉。此處所謂「不願懷鄉的懷鄉」，只是我的一個猜測——如此越來越淪落不堪的中國，作者總算與之脫離干係了，月明之處即故鄉也罷，心安之處即故鄉也罷，反正是，懶得懷鄉了，但潛意識裡，「中國」這個烙印豈是可以輕易抹去的？於是乎，懶得懷鄉，不願懷鄉，也得情不自禁懷鄉了！而懷鄉之病，不正是一個人心靈幽深處最柔軟又最尖銳之痛？

這兒得提一下這部書的文體了。《關鍵詞中國》，它是一位詩人、小說家、翻譯家、批評家所做的片段式的筆記，原本，稱之為「筆記」是最穩妥的做法了，那麼何以歐陽昱要自己創造一個詞——「筆記非小說」——來冠名呢？我想，恐怕是他特別不敢苟同「筆記」此一文體之模稜兩可吧！也許他由隨筆記錄之「筆記」聯想到中國古代盛行之「筆記」，而對後者之「筆記」裡的「小說筆法」持保留意見，或至少在《關鍵詞中國》裡不願使用「小說筆法」也不願讀者誤以為他使用了「小說筆法」吧！

行文至此，我還有喋喋不休下去的必要嗎？

且慢，容我再饒舌一回——

竊以為，此番《關鍵詞中國》出版發行的只是「繁體中文版」，看似有大遺憾存焉，然形式上，卻不能不說堪稱完美——非以缺憾為完美，而實是，漢字被簡化淨身達半個多世紀之久以後，面對一個個形跡可疑的乾癟符號，我輩時常萌生匪夷所思的恍惚，以為自己已然癡呆甚或目不識丁，可一旦轉而目睹被稱呼為「正體」之「繁體中文」，一個個符號遂變得栩栩如生，豐滿、靈動、蓬勃、飛揚起來了。試想，案頭備有一冊「繁體中文版」之《關鍵詞中國》，厚厚、沉甸甸一大部，輕輕掀開來，即是三十三萬個鮮活的攜帶有原始生命氣息的漢字在蠢蠢欲動，不亦快哉！

2013年6月19日 至20日

目次

序一　／單寶明 …… 3
序二　透過關鍵詞，我看見了什麼／楊邪 …… 5

沒有辦法 …… 21
己所不欲，必施於人 …… 21
不說謝謝 …… 21
無處藏包 …… 22
黃種人到黃髮人 …… 22
拇指藕湯 …… 22
林中空地的垃圾 …… 23
漿糊 …… 23
髒水 …… 23
窗戶 …… 24
電話諮詢 …… 24
不說 …… 26
塑膠袋 …… 27
底線 …… 28
又是細節 …… 28
垃圾時代 …… 29
著名 …… 31
洗破衣機 …… 32
不過年 …… 33
殘酷 …… 34
賤 …… 35
各得其所 …… 35
嫉妒 …… 36
地溝油 …… 37
清富 …… 37
叫床、叫罵、叫賣 …… 38
亡「你」之心不死 …… 40
虎口或斬手 …… 41
老了 …… 42
罵國 …… 43
手絹 …… 44
打炮 …… 44
老二 …… 46
小出版社 …… 47
糞 …… 49
抽煙的方式和露餡 …… 52
微詞 …… 53
薩拉馬戈 …… 54

窮 55
客 55
媽　的！ 56
殺 58
二 59
不 60
哭 61
手 62
指 64
沒有留下任何印象的書 65
鼻 66
烈馬 68
真 69
刪 69
說三 75
南方 77
詩寫我 79
陽萎 80
那塊白 82
思 83
詩人 84
黃配黑 86
借 87
髒力 88
胯 90
眼力 91
外科先生 93
最不詩人的詩人 94
虛線 95
掌 95
出租司機 96
燒 99
踩點 99
微 100
拉 101
秩 102
老死 103
掉書袋、掉「人名」 104
野蠻裝卸 105
隨譯 106
隨譯（2） 109
爬山 110
郵件 111
筆 112
3首和30首 113
掛彩、雞爪手、放風 114
高老頭 115
黑／白 115
自戀 117
一個smart的細節 118
精液 118
水 119

玩命 120
0 121
積德和悔罪 122
大氣 124
China 125
愛 126
實 128
五官 129
小 130
血錢 131
吃相 132
光 133
小動作 134
荷蘭話 134
臭 135
別處 136
避諱 138
B 139
瑞秋 143
抹 144
Multi-tasking 144
詩歌銀行 145
平衡 146
一位名叫「日落」的女性 148
無禮 149
書腰 150
小和下 151
窮 152
「脫了」 152
新舊社會 153
詞條 154
Cavafy 155
厭英症 156
不說 157
損己利人 158
古漢語答錄機 159
趁人之「外」 160
不友好 161
棄 163
十年磨一「見」 164
車 165
送酒 166
西方 167
短篇小說 168
貶值 169
道德 170
豬 171
看 172
生意 173
錯 175
平衡 176
軟 178

民歌 180
葡萄牙 181
淫 182
地名 184
印度人 186
中國 187
慾望 189
80後的澳大利亞（洲）人 190
Dong 191
白 192
愛 193
酒 195
助人為樂 197
道歉痞子 198
錢 199
臉 200
夥伴情誼 201
懲罰 203
希臘 204
友情 205
愛爾蘭人 205
再談不 207
微詞（2） 208
病 209
與世隔絕 210
婚 211
歷史 212
查禁 213
酋長 214
死 214
自由 216
白人 216
字數 217
眉 218
大燈 219
白（1） 220
靜 221
中國（1） 223
中國（2） 224
白（2） 226
白（3） 227
億 227
長詩 228
鞭笞 229
聽不清楚 230
死 231
裘德 233
舉手 234
寵 235
刪節號 235
走後門 237
友誼 238

澳大利亞帝國 239
The N-word 240
自由（2） 241
暴力 242
身分 243
掌門 244
杵 246
命名 247
說不 248
不說 250
書 251
漂亮 252
再談垃圾詩 253
獎 256
祖國 257
拳擊或澳式足球 258
壞 259
無話可說 261
美國 262
縫 263
French-navy sky 264
愛 265
羞 268
F發rtunate 269
自戀畜 271
塔斯馬尼亞 272
堅持 272
奸 273
卡夫卡 274
齊奧朗 275
葉甫圖申科 276
愛 276
王爾德 276
著名、匿名和筆名 277
勇敢 278
歷史 280
Head-writing 281
完美 281
成功 283
作家 284
Robert Graves 285
黑 287
小腳 288
黑人和錢 289
七十年代 289
雞巴 290
惡 291
記憶 292
女人 293
能力 294
屁股 294
標題 297

幸福 298
標題（2） 298
遊士 299
手（2） 300
槍、情人、小三等 301
資訊分子 302
四字詞 303
錢 304
性 306
操 307
第三條路 309
歐陽修 310
鄰 311
恙 311
速度 312
譽人過實 312
吐 313
肩輿 314
色 314
開腿 315
不回信 316
事 316
注 317
咒罵詩 318
種族主義 320
憤怒 324
德國人 325
巧合 326
Bare-chested 327
弱 327
Pom 328
Footy 330
分手 330
重複 331
誇張 333
床 334
腋臭 335
比較 336
牢 340
灌 342
十年 343
錢 344
錯誤 347
美 348
錢包 352
小國 353
屁 354
過去 355
死 356
鼻涕 357
億 358
詩歌 359

簡單 360
簡單（2） 361
孩子 363
房 364
失敗 364
便 365
破 366
河南人 368
女 369
捏 370
稀飯 370
外國 371
謝謝 373
奈保爾 374
馨 376
國家 376
你錯了 377
肯定 380
英語 381
總理 382
自費出書 383
陰毛 385
屎 385
距離 386
人 386
副 387
腦體倒掛 388
課代表 389
耳 390
性（2） 391
神經病 391
Living freely 393
詩 394
新野人 396
惡 397
移山 398
性（3） 399
詩意 400
印度人 407
請多關照 408
碎紙機 409
歌 410
朗誦 413
欣賞 415
印錢 416
匿名 416
聽眾 417
一分為三 420
愛 422
敷衍 423
中共 424
身體 424

閱人 425
再談平衡 427
無形 429
自然 430
休息 431
材料 432
空白 432
歐洲 433
中國人 434
陰道 436
小學 438
殘雪 438
感恩 439
官或獎 440
新名 442
蕭沆 443
畫與小說 444
新野人（2） 445
廁所 446
極端 447
小覷中國 448
諾獎 449
寫東西的方式 451
他者 452
千萬別寫我 453
標題（3） 454
Chinese 455
包養（2） 455
90後 456
自由（3） 458
裝逼 458
名字問題 459
虛構 460
完美（2） 461
惡搞 462
漂亮 469
好生了得 470

沒有辦法

這個說法我再次聽到的時候，是在南京一家大學附屬的賓館裡。水放了很久，大約一刻鐘左右，我光著半個身子等熱水。沒有熱水。電話打去，說「沒有辦法」，因為設備舊，早上用的人不多，積蓄的冷水過滿，等等。

這種沒有辦法是中國特色。遇到沒有辦法，我連沒有辦法的辦法都沒有。記憶中類似的沒有辦法和沒有辦法的辦法很多，多得連細節都想不起來。它構成了一種類似中國醬的東西。其實，沒有辦法的辦法就是洗冷水。它形成了中國人性格中堅強的一面，堅強中含著醬。中國醬。中國的沒有辦法的辦法的醬。

在澳大利亞，常常也可以聽到這句話：There's nothing I can do about it。是英語的沒有辦法。我每次聽到這句話時，都感到生氣和無奈。怎麼會在澳大利亞！但此時，我想不起任何細節。在床上。

己所不欲，必施於人

南京機場。我要喝的 latte 或 cappucino 都沒有，只有所謂的原磨咖啡，每杯賣 60 塊。我要了咖啡奶茶，35 塊一杯，另外買了 8 塊錢的一塊蛋糕。100 塊錢找回來 45 塊，配上一塊「藍箭」。說是沒有零錢了。

「那你為什麼不少收我 3 塊錢呢？我並沒有說要口香糖啊！」

許多類似捆綁銷售之類的只有當代中國才有的辭彙閃過我的腦海。

一會兒，她回來了，拿來了 2 個 1 塊的鎳幣。

不說謝謝

中國是非禮儀之邦。有事為證。

下飛機時，鄰座乘客——一個個子高大，左胳膊肘望外拐，占住座位扶手，讓我須臾不能休息我右肘部的人——打開頭頂上方的行李箱取自己的東西，同時把旁邊一件小皮包扯落，任其掉落在他位置上而不顧。乘客佇列開始移動時，我發現前座一位乘客開始上下左右用眼睛搜尋東西，便告訴他說：這兒有誰掉了什麼！

該人王顧左右而「揀」它，甚至連對我行注目禮都免去了。

無處藏包

正如在澳洲長期老死不相往來地居住會導致精神病，在中國，僅僅一件事情，會讓人的心都長瘤子。機場大巴滿座，人人都把旅行包抱在懷裡或腳邊或過道上，而本來應該是放包的頭頂存包處卻亮錚錚地固定了不可動搖的三（又是那個老子的一生二二生三的三）根鋼欄杆。決沒有可能把任何行李放進去。

我目不轉睛地看著那些亮錚錚的鋼欄杆。從尾部看著車頭的車內電視。我無法理解地去理解並習慣中國的這一現代化的鋼瘤。

黃種人到黃髮人

這個民族的「自我殖民」發展到了面前這幾位妞的毛髮上。黃的。過去，黃皮膚、黃心、黃牙。現在，黃皮膚、黃心、黃髮。

拇指藕湯

在台北，2000年，我吃便當時喝過一次拇指湯：服務員把湯碗在我面前放下後，把深深摳進湯裡的大拇指頭抽出來。放在嘴巴裡面吮了一下。最後一個動作是我想像出來的。今天晚上，在武大附近一家餐館，同樣的拇指也油乎乎地抽了出來。我發火的主要原因可能是因為2005這樣一個不相稱的年代，而不是拇指。

我似乎應該調侃一下，比如說：湯這麼燙，你不怕把拇指燙壞嗎？或者：能不能用你的指頭試一下，看這湯味怎麼樣？

林中空地的垃圾

都說武漢大學如何如何美麗。但在我去梅園的路上，這就是我看到的景象：林中空地的垃圾，美麗胸脯上袒露的一塊潰爛的瘡疤。像這種美麗潰爛的瘡疤在校園裡還有幾處，有一種永恆性。它使我產生了某種類似哲學的思辨：正如人體無論外面包裝如何，內裡總有沒有排盡、也不可盡排的垃圾，一個地方乃至一個國家在總體上可以包裝得像樣，但在各處就是我們看到的這種大腸內部。也許，這是中國人與外國人相比之下的更誠實？本來內裡就是又臭又髒，那就讓它髒臭去吧！只要面上好看就行。

漿糊

15年後回到中國，郵局依舊：人們用漿糊粘貼郵票，用濕乎乎的黑抹布揩指頭上的漿糊，櫃檯前蒼蠅般地擁著永遠也不排隊的人。唯一改變的內容是，那個郵局職員指著我說：你不習慣可以回到不用漿糊的外國去！我想她是對的。我的確不該回到一個過了15年還在用漿糊的地方來。某種意義上，漿糊就是中國永不悔改的特性。

髒水

我忌談哲學。用中國文字寫成的哲學，跟中國當代生活無關。比如髒水。2005年9月我回到武漢，因為給我準備的房子並沒有準備好，我不得不被安排在一家大學賓館。盥洗室的水池盛滿水並用過之後，我怎麼也找不到拔塞的地方。髒水盛放了一夜，第二天我才知道，只要把手伸進水中，按一按底部的塞子，塞子自動彈起，水就會放掉。問題在於，為什麼不用另一種方式設計塞子，使得放水時不必每次都把手伸進髒水？這個問題我幾乎每次都問自己，每次都不得而知，因為我所住的學校安排公寓的水池，也是這樣一種設計。每次洗臉之後，都不得不把手伸進髒水之中，以便放水，讓洗乾淨的手，至少是右手，再髒一次！這樣一種放水過程，類似某種懲罰。暫且稱之為中式懲罰吧。

窗戶

中國的窗戶，也極為經典地體現著上述這種日常的中式懲罰。我指的主要是銀行櫃檯的窗戶。窗玻璃很厚，可以看見人，但聽不見聲音，因此需要用廣播喇叭。其次，窗玻璃與平台齊平之處，有個凹下去的地方，裡外互相遞交東西的時候，需要把手很不舒服地往下彎著送進去。還不可能成功地送進去，因為其凹底的設計是使東西留在底部，而不是抵達對方。人的脾氣要在這個時候不變大一般是不容易的，尤其是當營業員把紙張團成一團往外一塞（是常態，而不是例外）時，就更其如此。我腦海中經常冒出的一個問題就是：為什麼不能把在玻璃上也切一個同樣的凹口，讓人的手腕能夠不那麼費力地出入？除了可能誘使人們搶銀行之外，唯一的解釋就是這種存在於當代中國人生活中有意使得人不舒服的中式懲罰哲學。引我淺思（我已經厭惡深思這種說法了）的是，一個能夠習慣於這樣一種倒行逆施生活方式的民族，其思想是否以某種根本的方式受到了扭曲？至少我是永遠也無法忍受這種髒水和凹口的中式懲罰的。

電話諮詢

1999年我在北大作駐校作家，曾就旅遊打過諮詢電話到火車站和輪船站，均碰釘子。一個是電話響後無人接聽，另一個是接電話的人什麼都不知道，而且聲音聽上去好像剛睡醒。6年後，情況有所改變。至少有人接聽了。但改變不大。比如湖北省博物館。今天星期天（2005.12.4），天很冷，風很大，太陽也很大。她過兩天就要回澳大利亞，我覺得應該陪她再多玩兩個地方。我撥通了省博的電話。被告知有曾侯乙墓葬發掘物品展覽。我一再問除此之外還有「別的什麼」，以及開放關門和中午是否休息，得到的回答是有12000多件物品，但不可能全部展出，而且中午也不休息。對比我前不久在南京去看江蘇省畫展因中午休息而掃興而歸，省博留下了相對好的印象。這個印象一到地方就被破壞了。首先是其售票窗口。它根本就沒有售票窗口。連「售票窗口」這幾個字都沒有。只有鐵柵欄後面的窗戶。手要首先拍開窗戶。然後伸進鐵柵欄中遞錢取票。作為留念，我拍了兩張數碼相機照片。

門票30塊錢（其實不止30，因來回打車也要30）一張，僅樓上樓下兩個展廳，儘管親耳聽見有人抱怨說太貴了一點，但對我們倒無所謂，因為有巨棺可看，有超大的編鐘可看，還有很多見所未見的東西。30塊人民幣不過5塊澳幣，便宜得不行。看完後正要走，發現還有個看編鐘樂舞的地方。一問，說：只有上午11點和下午4點展演兩場，可此時是中午12.45分！心裡這時的感受很有點像不得不伸進髒水中的手。第一個問題就是：為什麼電話諮詢中既講了門票的錢，又講了開放時間和展覽內容，卻獨獨不提這一重要細節?!甚至寫著編鐘樂舞表演時間字樣的標誌牌也不是放在門外醒目的地方，而是放在必須把門票打了孔眼進門之後才看得到的地方。這很顯然是一種帶有欺騙性的佈置，但進一步說明了中式懲罰的扭曲性質：非要把你弄得哭笑不得才行。花錢就是要買氣受的。否則花錢幹什麼?!一個長期受著這種中式折磨並習慣的人，不以某種其他方式來折磨他人，那才叫奇怪呢。

不說

曾經有一段時間，說不成了中國的時髦，尤其是對西方說不，乃至這個中國語彙中沒有的辭彙（原來只有說部，沒有說不，至今電腦仍無此詞）被收進了當代新詞詞典中。其實，中國文化一向不是說不的文化，而是不說的文化。例如，不說謝謝，不說對不起。也就是說，別人為你做了事，你聽不到一聲謝謝。別人做了對不起你的事，你也聽不到別人說一聲道歉。例子俯拾皆是。上週給學生上課，學習的重點對象作家是我本人。我透露了一個如果我不講就永遠也無從知道的秘密：就是我為什麼近年來從翻譯當代中國詩人轉到了只翻譯古代中國詩人的這個變化。原因簡單得不能更簡單：那就是當你挑選了那些詩人的詩，將其翻譯成英文，花郵票投到世界各地的雜誌，發表後又將載有譯文的原刊和稿費的一半寄到中國，卻從來都聽不到一聲謝謝，儘管那些人有我的地址，也有我的電子郵件位址。有一個所謂的名詩人，甚至見面後都不說謝謝，反而令人厭惡地吩咐我今後不要小筆小筆地寄稿費給他，「最好」合在一起寄。這個混蛋的東西從那以後我一不要看，就更不想翻譯了。這些當代詩人的所做所為讓人噁心到我永遠也不會再去翻譯。哪怕東西再好也不會。

這種不說謝謝，也反映在一些研究生的身上，女的更不例外。最近一連有四個女研究生給我發電子郵件尋求幫助，我都一一地儘快地回了郵件，給予了幫助。這些人收到郵件後沒有一個回電說聲謝謝。我能接受這種不說文化，但我永遠也不能習慣。

前幾天我在去教學大樓的路上，碰到一起吵架事件，是一個騎自行車的人撞了一個行人。行人堅持說：如果你一下車就說聲對不起，這事就完了。可你憑什麼撞了人還那麼理直氣壯！我就是嚥不下這口氣！一個經典的「中國事件」。我知道這場事件的結局：只可能越鬧越大。從騎車人的口氣來聽，他就是不認為他錯。不料沒過兩天，我就接二連三地險些被騎自行車的人撞。第一個差點撞在我身上的人是攜重騎行，其實我站著沒動，眼睛看著別處，正找尋我等的那輛載著我書的貨車。他躲避我時有點駕馭不住，被迫下車。等我回過頭來，只見他重新上車，嘴裡不乾不淨，罵罵咧咧。我因等待之中，沒有跟他計較。今晚買了留待明早用作早餐的麵包後走回家，突然又一輛攜重的自行車在我面前戛然停下，差點撞在我身上。那個人——一個女人——一聲不做，推著車就走了！氣得我不行。如果換了我是個金髮碧眼的洋人，情形一定是倒過來的：保險是一疊連聲地說對不起。我們就是這樣一個吃裡扒外的民族，不，崇洋貶內的民族，必須挨打挨到痛的地步、慘的地步、跪的地步、才對人家低眉順眼，才對自己人採取「不說」的態度。這真是一個讓人無法忍受的民族。

關於這個不說，我還要說兩句。昨天在一家超市，一個員工抱著一箱貨物，跟我擦身而過，把我撞了一下，我立刻條件反射地說：對不起！好像是我撞了他。他也跟著回了一句：對不起！我感到比較舒服，儘管那一下撞得不輕，肩膀痛了好久。今天，還是在那家超市，我剛走到門前，一人掀開塑膠條子門簾，「啪」地一下就潑了一杯髒水在地上。如果我走得稍快一點，這水就歸我得了。我馬上就說了：你怎麼能這樣倒水呢！那人轉過背去，不理我了。我的感覺就好像那杯髒水潑在了我心裡。就因為這種不說，我絕對不能原諒這個文化。

塑膠袋

中國也開始拒絕使用塑膠袋了。但不用塑膠袋，浪費更大。昨晚朋友請吃飯，在湖景。東西多得吃不完。不是盛情難卻，而是盛情難堪。讓人難堪。因為明擺著吃不完要浪費的。一大盆排骨藕湯，僅嚐了兩口，臨走要打包，卻被告知沒辦法，因為不用塑膠袋了。時代在前進，東西在浪費。朋友和我只好看著那盆湯，望湯興歎。

底線

在中國時間住得越久，越覺得這是一個沒有底線的國家。道德底線也好，人格底線也好，基本上什麼底線都沒有。有一個人是我認識的，告訴我性開放的一些事例，使我細想之後不能不得出上列結論。我們所有的道德全部停留在口頭和字面上。可以稱之為口頭道德和字面道德。全部可以一套套講出來，一套套寫出來。行為上，這個國家的道德底線已經跟黑夜一般黑，比黑夜更黑。

又是細節

白白地shopping了一個下午，一無所獲。本來是想買兩樣東西：T-恤衫和小手提箱，下面360度旋轉，拉起來就跑，可以放在飛機頭頂上的那種。前面一項沒有，可以理解，因為現在是深冬了。（澳洲仍然可以買到，任何季節都行，因為沒有邏輯的季節尚未出現。中國的季節沒有邏輯，進入秋季，就買不到夏裝，進入冬季，就更買不到春裝。）轉了一圈下來，看中了一個包，上下左右看了下來之後，覺得不錯，可就是沒有營業員跟上來服務，非要等我開口問營業員在哪時他才上來，而且開口就是這一句問話：「你要幹什麼？」我操！我要幹什麼？難道我要偷東西不成！在澳洲，一個顧客能進入箱包店並取一個包看，這等於生意做成了一半。只要營業員主動上前服務就行。可眼前這遲鈍的傢伙竟然問出這種蠢話。我心裡很煩，放棄不買了，儘管我很喜歡那種樣子的包。接下來的另一家店，女營業員倒是比較熱情，但我箱包拿到手，問她有多重時，她含糊其詞，說不清楚，「就幾斤吧。」就幾斤？3斤還是10斤？一個箱包櫃檯的專業服務員卻連每只箱包的淨重都不清楚。那她還做這種生意幹嗎！後來我因為太喜歡早先那只箱包，就又回去了。最後決定不買的原因，是因為太重：3.5公斤。意味著什麼東西不裝，就先占掉了國際標準的一半！營業員看我不買，就說：其實我可以說2.5公斤的。我謝謝了她的誠實，但又開始在想她何以說得出這種略帶後悔的話來並對她說的3.5公斤也打了折扣。如果是4公斤呢？如果是4.5公斤呢？她或許是個有底線的人，但這個底線隨時都準備放棄。同時我還想，為什麼箱包生產公司不把箱包的淨重量打在標籤上？這樣一個重要的細節。為什麼？

垃圾時代

垃圾時代的特徵，就是什麼東西都有轉瞬成為垃圾的可能，包括文字、包括博士、包括精液。從前視詩歌為文學的上品，現在不僅不是上品，連商品都算不上，就算你把它做成商品，也很少有人會掏錢買。也好，詩歌乾脆就自己來個垃圾化，上網一擲千行，在目前形成蔚為大觀的「低詩歌」運動中，產生了一個新的品種，「垃圾詩歌」。

不過，一旦詩歌成為垃圾，也是垃圾中的上品。不信看看大陸詩人徐鄉愁的《拉屎是一種享受》：

在後簷口蹲下來
手紙也跟著我蹲下來
這時候，我什麼也不去想
兩會是不是成功地召開了不去想
美國該不該打伊拉克不去想
口袋是否小康了農民是否減負了
都統統不去想
我現在最要緊的是

把屎拉完拉好

並從屎與肛門的摩擦中獲得快樂

詩歌成為「垃圾」無所謂，反正沒人看，但博士成為垃圾，問題就大了。據新近一期《明報月刊》載文報導，中國就讀博士總量一年超過六萬，占世界首位，淘汰率近乎零，其中不乏由人代筆的政要。（2010年第二期第60頁）。顯而易見，博士的批量生產，很難不造成這一特殊品種的垃圾化。無怪乎在澳洲，如果一個博士和一個學士共爭一個工作，很可能後者勝出，原因很簡單，前者能幹的事，後者也能幹，工資也要少得多。

至於說精液，這種本來用於人類生育不可或缺的原材料，到了這個泛性時代，除了在發射中帶來稍縱即逝的快感，隨即與手紙揉成一團扔掉，還有何用！不是垃圾又是什麼呢？

希臘詩歌中，也有寫拉屎的，只不過反倒沒有大陸新一代的詩人寫得那麼露骨、露股，如Yannis Ritsos下面這首（我譯的）：

回返II

因此，他醒來時，環視四周——

樹木，岩石磊磊的小道，下面

空闊的海港，南面有片雲——

他什麼都不知道，一點都不知道。（否則，他就會發現

這些事物更偉大或更渺小？）既然已經回來

他一向夢寐以求的似乎

成了最陌生、也最不可知的東西。這是時間

太久的緣故，還是該怪存在

時間之外的知識？他用雙掌
拍了拍大腿，好確認一下，自己是否清醒。
「我這是在哪兒？」他就說了這麼一句。這時，
就像黎明時分從大門邊浮現出來的那條狗，
在那棵美好的橄欖樹的樹根旁，他蹲下來，緩解了自己。

簡言之，所謂「緩解了自己」，就是拉屎。

著名

現在可怕的不是不著名，而是著名，特別是「著名」二字。不久前看國內一篇介紹新人新作的文章，突然發現，裡面提到的所有名字都冠之以「著名」，彷彿所有的人一夜之間都不再姓「趙、錢、孫、李」，而是姓「著名」了，叫「著名趙某某、著名錢某某、著名孫某某、著名李某某」了。這對我產生了一種始料未及的消極影響，一見到冠以「著名」的人物的文章，立刻翻過去不看。

1999年年底，我翻譯的克莉絲蒂娜·斯台德的長篇小說《熱愛孩子的男人》在京出版，澳大利亞大使館舉行了一個首發式。中方來賓中有一位女士問我：這個作家「有名」嗎？言下之意是從來沒有聽說，怎麼堂堂一國使館居然會為這麼一個名不見經傳者舉行什麼首發式！

對於這種希望作家名聲「如雷貫耳」，但對作品本身並不專注，自身知識也十分欠缺的人，你還能說什麼呢？最庸俗、也最有效的方式就是告訴她：是的，她非常著名！你難道沒聽說？或者乾脆一笑了之，什麼也不說，什麼也不必說。一個需要別人告訴她作者很著名時才決定是否讀其作品的人，已經不再是經典意義上的讀者，就連普通意義上的讀者都不是，根本就不是讀者，而是個shopper！

2008年初，到我一本英文新書首發式來的朋友中，有一位澳洲紀

錄片導演。我把他介紹給一位華人朋友後，這位朋友脫口而出的第一反應就是：他有名嗎？我跟導演講後，他大笑不止，連聲說：famous director, oh, famous director!似乎不famous，此人就無存在的必要。

相比較而言，澳人的低調，幾乎到了隱姓埋名的程度。一個中國人向人出示名片，恨不得把正反兩面空間印滿各種頭銜，而我在一家澳洲公司教中文時，從該公司總經理那兒接過來的名片上，看到了有史以來最為簡單的名片，上面除了姓名和聯繫電話之外，什麼都沒有。

一個精神充實的人，是不需要見人就要炫耀一番，更不需要姓「著名」的。

洗破衣機

有句老話叫「踏破鐵鞋無處覓」。其實是很不對的，因為誇張過度，一是根本無鐵鞋可買可穿，其次是即便有穿的，很可能遠遠沒到穿破的時候，人就累癱了。再次是如果真有人敢穿著鐵鞋上街，不是被人看成瘋子，就是當作表演的小丑。

時代發展的一個重要特徵，就是衣服已經好到穿不壞、穿不破的地步了。中國五星酒店有一樣東西特別不適用，就是免費送人的針線盒。其實哪有白送？還不是都含在酒店錢裡了。問題是思想跟不上發展速度，突出表現就是這個針線盒。誰的衣服會破？誰又會衣服破了需要用針線盒補？

其實我要說的不是這個東西，而是我經常有的一個想法。衣服如此堅不可摧，牢不可破，丟了可惜，送人不值，留下一大堆，還不如發明一種能夠按時摧毀衣服的洗衣機，有規律地把一件件衣服洗破洗爛，隨手扔掉，好買更新樣式的衣服。豈不快哉！誰今後看了此文，發明了這種新樣式的洗衣機，別忘了留下買路錢，發明費。

不過年

從前寫過一首短長詩，叫《不思鄉》，大意說的是思鄉這一情結，已隨著季節的倒錯，國家的更換和歲月的流逝而從我人生中逐漸淡出。不過年大致也有這個意思，但當一個白人同事問我為什麼不observe Chinese New Year（過年）時，我講了半天，也沒講得太明白。大概跟英文沒有「過小年」、「守歲」、「拜年」等辭彙的同義詞有關。再怎麼解釋，也都很皮毛膚淺，而且也很累，你講得累，他聽得也累。

現在想想，不過年除了我跟他講的其他原因之外，如新年這一天很可能發生在星期一到星期五之間、不放假、即使有慶祝，也要放在週末，在唐人街前堵後截，臨時辟一個場地來慶祝，等等，還有一些個人因素。年的發音近似「連」，最講究連續性，在傳統上要連接古今，在季節上要連接冬春，年一過就是春天了。在人的關係上要連接左鄰右舍、親戚朋友、同學同事。在家庭關係上要連接父母兄弟姐妹。人一到海外，這些連接都斷掉了，包括春晚那種虛擬式的連接也都沒有了。如今父母故去，兄弟漂流到別的國家，就是電話，也無人可打。沒有了連接，過什麼年呢！偶爾有幾個短信，幾封電郵，只是一種提醒，表明人都還健在，活得也還滋潤。

至於說年味，一個英文中找不到對應的詞，就更沒有了。空氣中沒有爆竹聲，眼中看不到來去拜年的親朋好友，嘴裡吃不到各種只有在過年才吃到的好東西，鼻子聞不出任何與年有關的氣味。更糟糕的是，這兒一點不冷，而是盛夏，即將進入的不是春天，而是秋天。過年已經沒有什麼意思了，還是不過年的好。

一個朋友說，自從來到澳洲，他就不再過年，中國年不過，西方年（耶誕節）也不過，什麼年都不過。當年聽到這話我還感到奇怪，現在，當我自己也什麼年也都不過時，我已經進入了辛棄疾的境界：欲說還休，欲說還休。

殘酷

最近澳洲新聞報導的二三事，頗能說明白人之殘酷。一事發生在維省一座風景秀麗的小鎮。A家和B家各有一子，都是二十歲，都是密友。兩人某夜醉酒開車出事，駕車的A健在，坐車的B作古。B父悲痛欲絕，一氣之下，提刀前往A家，當場殺死A母，砍傷A和A父，旋即自殺。一場車禍，三條人命！另一件事說的是雪梨一位富商，私下約定到墨爾本與人玩換妻遊戲，由於違背約定，單槍匹馬赴會，當場被約見的一男一女在其家中殺死，用Bunnings Warehouse買來的鋸刀鋸骨而焚燒。事發當日，適逢澳大利亞日，正是家家戶戶烤肉之時，一位鄰居親鼻聞到了烤骨香，卻並不在意，以為是家常烤肉而已！

今天剛剛看完一書，其中提到一則古希臘神話，與這兩件事雖然內容不同，但骨子裡的殘酷是一樣的。說的是Tereus國王陪老婆Procne的妹妹Philomela回宮殿時，將其姦污並割去其舌，以防她走漏風聲。Philomela通過織就一幅掛毯，把犯罪的秘密告訴了Procne。為了復仇，Procne殺死其子Itylus並向Tereus餵食其子之肉。最後神祇把他們變成了鳥：Tereus成了鷹隼，Philomela成了燕子，而Procne則變成了一隻夜鶯。

我想，從前神話很多，可能是真實事件的演變，現在讀起來，還能得到某種美的享受，畢竟不過是神話罷了。但過去的神話，好像已經通過各種方式成了當代現實。這實在是很要命的事。

賤

賤其實不賤。賤是一種人生狀態，尤其當人自己做出選擇時，更其如此。

何以見得？

我知道的一個人的家長，對其子成長充滿關懷，希望他能夠成大事，就大業。此人也的確出手不凡，一下子考上了墨爾本某名牌大學的醫學專業，令父母揚眉吐氣。豈料第二年，就改專業學木匠了，讓父母轉瞬之間感覺低人一等。

有人說，這人真賤！是的，很賤，但這是一種很高貴的賤。正如該人所說：當年我考醫學，是為了你們（指父母）的面子，考上以後，保全了你們的面子，但我犯不著為此而把一生寶貴的生命都搭在上面！畢竟我最喜歡的還是木匠。

很多時候，父母在孩子的前途上，總是極盡關懷，但往往適得其反，倒不如讓他們賤去，犯賤去，就算碰得頭破血流，也是自己找的，樂在其中，賤在其中。

賤字左邊是貝，象徵錢，右邊與足相連，形成踐踏的踐。是的，就是對錢肆無忌憚地加以踐踏。所以說它高貴。別人說賤，讓別人說去。如果這一生的路不是自己走出來，任何孩子到頭來都只會後悔，還不如當年賤一點的好！

自己踐踏自己腳下走的路，那感覺多賤、多好！

各得其所

中國人要名，西方人要錢。在中國，隨便什麼人出了名，管他本來是做什麼的，唱戲的也好，唱歌的也好，演小品的也好，都可以當教授。博士就更不必說了。誰認為有名的，誰就會去拼去爭。西方人只要錢，你給錢，想要什麼名就給你什麼。我就聽說有澳洲大學專門為國內高幹開碩博速成班的。錢大大地要，名大大的有。西方，東方，各得其所。

嫉妒

說中華民族古老，其實是不對的，一點都不古老，至少在對白人的認識上。記得當年沒出國前，把國外想像得好像白人連嫉妒這種人皆有之的情感都沒有了。朋友常恨恨地說：中國人壞，嫉妒起來就在腳底下使絆子，哪像西方人，他們要嫉妒也是公開的，絕對不會搞小動作。現在回想起來，只覺得中國人怎麼在對西方的認識上會如此弱智，如此小兒科！

從我認識的一些人的經歷上看，白人對來自他族人的嫉妒與中國人相比，如果不是有過之而無不及，至少是旗鼓相當。

隨便舉個例子。某某入圍某大學申請教職的短單（shortlist），參加面試，結果大敗而還，原因不言自明，不是因為能力太差，發表太少。恰恰相反，正是因為太有能力，發表遠遠超過面試人員，而給對方造成很大威脅。這就不僅僅是嫉妒，而是戒備了。英文jealousy（嫉妒）這個詞源自法語，jalousie，除嫉妒的意思之外，還指軟百葉，遮光簾的意思。嫉妒，同時又戒備，就是發現外面有人想往裡看，趕快把遮光簾扯上。因此，英文的嫉妒（jealousy）這個詞的另一個意思就是防備、防範。你比我強，我自然嫉妒，於是立刻拉起百葉窗，扯上遮光簾，嫉妒得讓你沒有立錐之地。

再說遠一點，當年澳洲不歡迎華人，不是因為他們太壞，而是因為他們太好，生存能力太強，什麼都靠自己。因此當年那種嫉妒，造就了1900年的「白澳政策」，恨不得把澳洲變得雪一樣白。到如今，那個政策早就「黃」了，但嫉妒這種人皆有之的情緒，依然隨處可見，既黃也白，是不分種族的。

地溝油

談到中國的地溝油，我最欣賞的不是那種眉飛色舞，好像人類發明了某種奇蹟，而是一個朋友的一句話：「我不回去了！」說這話的時候，我看到她驚懼的眼神和無可奈何的微笑。我明白，當一個民族已經到了用地溝油製造食油的時候，這個民族確實到了國歌裡唱的那句話的時候：「中華民族到了最危險的時候。」不過，敵人不是外族，而是他們自己。這樣的地方，一輩子不回去，也不是不可以的。

清富

上次碰到老錢，就想跟他談這個想法，但想法記在筆記本上，事情卻已隔數年，再也沒有機會談了。不過，我還是沒有忘記其核心思想。從前，我們欽佩一種知識分子，過著清貧的生活，卻在憂國憂民，或思考天下大事。現在，如果誰還過著「清貧」的生活，那他肯定有病，要不就是沒有能力！話又說回來，相對於清貧，還是有一種生活值得生活，那就是「清富」，這是我生造的一個詞。根據今天（2010年6月5日星期六）在谷歌網上搜索的結果，簡體中文僅有兩條，我也就不去看它了，繼續沿著我的思路談下去。我所謂的「富」，是一種有節制的富。衣食無憂，不需要在此基礎上吃得更燦爛，穿得更炫耀。有房自住，不需要讓自己希望的地平線被一群無邊無際的黑瓦遮暗。有車自開，也不需要把車換成眾目睽睽的大牌。一切，都用三點水的「清」字清潔一下，騰出點時間，寫點好的東西，看點好的東西，聽點好的音樂，去點好玩的地方，結識幾個值得結識的好友，遠比好像拿今生抵前生之債一樣，把點點滴滴的時間，換成滴滴點點的錢要來得痛快！清富，簡單地說，就是清福。不是為富不仁的富，卻是清楚明白的清，把人生的這一切看個透徹清楚，生活，還是照樣不匱乏地過。

叫床、叫罵、叫賣

有時候，一個詞用得不到位，整本書就會在那個地方露怯。今天剛剛開始看王剛的長篇《英格力士》。這本書的英文譯者，今年三月我在香港參加文學節時碰到過。他把標題譯成了English。這麼譯，意思是過去了，但言外之意卻沒有。比如，英雄的「英」怎麼辦？格物的「格」怎麼翻？大力士的「力士」又怎麼譯？

這本書開頭不錯。用的是那種新疆人特有的漢語風格。第一章完結處，隨著維語老師阿吉泰的告別，作者說了一句稀鬆平常，但又驚心動魄的話：「俄語走了，維語走了，英語就要來了。」（第5頁）就這麼簡簡單單一句話，說盡了幾十年的變遷。很有歷史感。故事講著講著都還挺能看下去，直到主人公劉愛晚上在床上時，聽到了母親「叫床的聲音從很遠的地方飄來」。（第17頁）

書雖然是2004年第一版，但故事背景顯然是在文革時期。對我們這些親歷過那個時代的人來說，別說叫床是什麼意思自己不知道，就連叫床是什麼樣的聲音，也從來沒有親耳聽過，更不要說自己的父母了。這個詞的使用，一下子就亮出了一個敗筆。這就像高滿堂編劇的《北風那個吹》裡，當年下放的知青紛紛回城時，居然一個個擁抱告別一樣，是完全驢唇不對馬嘴的。

當然，我自己沒有聽見叫床聲，並不等於別人沒聽到過。沒有聽到的原因，大約也跟那個時代的人做愛不敢發出任何聲音有關。一家數口擠住在一個小小的空間，上有老，下有小，誰敢發出與愛、與做愛有關的任何聲音呢？可以這麼說，好幾代中國人，可能都是在沉默的做愛狀態下播種、生根、發芽、開花並結果的。

記憶中，撇開小電影那種，真正發生在中國本土的叫床聲，大約是在1995年年底，來澳4年半第一次回國的時候，在武漢一家旅館聽到。那時候比較窮，住的地方也不太好，不僅晚上有人打電話騷擾，而且半夜過後還能聽到隔壁隱隱約約的呻吟聲和床板動盪的咯吱咯吱聲。後來發現，不僅差的旅館如此，無論多少星級的好旅館也如此，原來中國人臉皮薄，中國本土旅館板壁的皮也薄，根本就藏不住任何動靜。

我讀博士時，有位澳洲白人朋友曾告訴我，他做愛時，叫聲之響，連遠在外面的大街上都能聽到，以致後來出門，鄰居相視而笑，笑而不語，也讓他忍俊不禁。我驚歎的不是這些，而是他對此事的坦白態度。

文革時期聽不到叫床，但卻經常可以聽到叫罵。在我從小長大的母親的單位裡，有一個阿姨經常會站到大院子裡，扯開喉嚨罵她愛人。注意，不是老公，後者雖然是全國人民向錢看齊之後，學著廣東人叫的，但不能深究其意。公是公眾的意思，你想想，誰希望自己的丈夫是個老「公」呀！還是大丈夫的丈夫好。這個阿姨罵起來，什麼骯髒的字眼都會用，用得最多的就是形容女人器官的那個字眼。我們這些小孩子，從她狂風暴雨的謾罵下走過，居然好像什麼也沒發生一樣。說明一個簡單事實，孩子雖然稚嫩，遠比大人能夠承受。

除了叫床、叫罵之外，早年還有一樣，是叫賣。一提叫賣，耳朵裡就響起當年家鄉小鎮夏天的「冰棒啊、冰棒啊」的叫賣聲，像唱歌一樣。1999年回家鄉小住，發現人們不再叫賣了。一個賣雜貨的人，從我家窗戶下小巷中推著自行車穿過時，放起了一段「十五的月亮」的歌，以吸引注意力。到了2006年，我到武大教書，連收破爛的都是一邊騎車，一邊把隨身帶的喇叭打開，播放事先錄下的錄音：收電冰箱、電視機、洗衣機、舊水壺、舊衣服、舊鞋子、舊報紙，等等等等，聲音老遠都能聽到。

在澳洲，所有這些聲音都被消滅了。所謂發達，就是消滅有生命的聲音。比如，你聽不到雞啼，聽不到任何動物的聲音，更不可能聽到叫賣聲了。在炎熱的夏天，唯一能夠聽到的，是偶爾到街區周圍一轉的賣冰淇淋的汽車，很清亮地響著一連串音樂聲。你聽著聽著，知道它來了，但拿不定主意是否出去看看，等你決定好要去時，那車已經越走越遠，音樂聲越來越弱。所以直到現在，我也從來沒到那種以音樂叫賣的車那兒買過一次東西。

只有一次，大約十多年前，在一年一度的Eltham的Monsalvat詩歌節上，我的一位澳洲詩人兼書店老闆在那兒擺攤子。趁大家中場休息喝咖啡時，他扯開喉嚨，吆喝起來：Come here and have a look!惹得大家都朝他望去，有幾位女士還微微皺起了眉頭。他那聲音，聽起來就像一個被世界遺忘的人的咆哮。如今，他已不在世了，但那咆哮猶在耳邊，澳洲碩果僅存的英文叫賣聲。

其實，細想之下，澳洲market也不乏別的叫賣聲，什麼Two dollar, two dollar的，沒太大意思，不寫了。

亡「你」之心不死

從前在中國生活，只要談起帝修反，經常會聽到一句話，說是他們「亡我之心不死」。昨天（2010年6月8 號）看到一篇英文報導，才真正體會到，西方人、白人，當然包括澳洲白人，還真的是「亡我之心不死」。該文介紹一本剛出版的英文新書《黨：中國共產黨統治者的秘密世界》時，說了一句這樣的話：我們要習慣這樣一種想法，即共產黨不會很快就垮台。我們不要老是巴望共產黨完蛋，而是要開始瞭解這個黨是如何發揮效率的。（http://www.theage.com.au/opinion/politics/in-china-the-party-always-starts-at-the-top-20100607-xqrb.html）顯然是一句忠言，但無意中洩露了天機，即他們的確有一種想法，共產黨很快就會垮台，而且心中老有一種希望，恨不得共產黨趕快完蛋。這很奇特。生活在西方的東方人是否經常有這種巴不得所在國政府當局立刻完蛋的想法，我不知道。西方一些人為何老是希望某個主權國家趕快完蛋，我也不知道。我只知道一點，這種天真的想法，跟當年中國宣傳要把五星紅旗插遍世界的想法差不多，也跟當年某位中國知識分子提出，中國要想現代化，至少需要三百年殖民，要請西人當總理，同樣幼稚，同樣無聊，同樣好笑。當年有位澳洲白人博士朋友，聽到這話後咂舌說：誰敢給你們中國人當總理，太累了！有意思的是，希望亡別人的人，原來總是有亡別人的劣跡。比如澳洲，就是從土著人那兒亡走的。所以，亡他人之心總會時不時地露出來。不過，話又說回來，從目前的站位角度來講，這些人不是「亡我之心不死」，而是亡「你」之心不死。跟我並無關係。

虎口或斬手

下週，美國有位名叫Graafstra的先生要到臥龍崗大學參加一個有關機器人的國際會議。一篇英文報導他時說：未來的鑰匙握於此人之手。為什麼？因為他在手上的webbing（即虎口）處植入了一個米粒大小的晶片，這一來，他無論上班，還是在家，都不用帶鑰匙，手到之處，無所不開。據說，像他這樣「先進」的人，目前全球不足三百。另據報導，植入晶片之後，不僅無門不開，就是購物，也永遠不用帶現金或信用卡了。只需舉手之勞，便可周遊天下。一位學生說：那假如人家把他手砍了呢？我被這個問題問住了，同時釋然，真的也只有中國人才想得出這樣的問題！設計晶片的人如果提前想到這種問題，恐怕會當即放棄這個愚蠢的想法。還不如把晶片裝進手錶，戴在手上，遭人搶劫時，拱手送人好了。總比植入手中要好！殊不知，比喻的虎口很可能就是真的虎口，最終導致斬手的命運。不過，西方人也想到了這個東西的負面，但沒有負面到中國人想出的斬手行為，而是舉一反三，提前想到了別的東西。正如老子所說，一生二，二生三，三生萬物，要把一個人變成一個機器和人的合成之體，需要通過三個步驟，在虎口植入晶片，在頸項蓋上條碼，最後，在耳朵背後再植入一塊晶片。這樣，人的感情世界和思想行為，都無一不置於電子操縱之下了。可怕嗎？遠比斬手可怕！

老了

其實電視連續劇《手機》並不好看，還熱播呢！不過，裡面用的某人「老了」這個詞，倒有點意思，使我想起澳洲的一些事。從前我們有句老話，說的是誰誰誰占著茅坑不拉屎。在澳洲，這句話改一字就行了，叫：占著茅坑就拉屎，而且一拉就是幾十年。例如，ABC國家電視台主持At the Movies節目的兩個主持人瑪格麗特（Margaret Pomeranz）和大衛（David Stratton），我二十年前來澳時，就是SBS電視台The Movie Show的主持人。那時就不年輕，現在更老態凸現。當年還覺得不錯，但越看越覺得沒勁，簡直就像他們自己開的二人店，沒有任何生氣與活力。連那種笑聲都讓人感到乏味不堪。暗地裡始終期盼能起用年輕人來取而代之，但每次打開電視，看到的永遠是那兩張越來越老的臉。這沒什麼，因為人總是要老的，但一個好的節目，如果永遠用兩個越來越老的人幾十年如一日地主持，勢必出現黃昏景象。至少我現在越來越不喜歡看這個節目，但又耐著性子、耐著頭皮看下去，說到底，跟他們二人已經沒有任何關係，只是想通過這個窗口瞭解一下國際影壇動態而已。借用《手機》裡的那句話來形容，就是不僅二人老了，連這個節目也老了。澳洲雖然是一個年輕國家，但在很多事情上就是這樣，任其老下去，也不會任用新人。ABC廣播電台主持LNL（Late Night Life），以及主持其他重要節目的菲力浦・亞當森（Phillip Adams），居然從1960年代早期主持到現在。他就是再受歡迎，也不能把那個「茅坑」占一輩子，讓年輕人從一出生就沒有任何希望吧！但生活在澳洲，面對文化界「老了」的現象，還真沒有什麼良方。比如說，誰會、誰又敢把付給老人的高額酬金付給一個或幾個比較年輕、沒有什麼經驗、又讓人不大放心的人呢？

所謂保守，就是堅守。一個保守的國家，必定堅守其價值觀的陣地，而這種價值觀的代表，就是這些老了的人。如果真的老了，那就好了。年輕人就有希望了。

罵國

「他媽的」是中國人的國罵。現在簡稱TMD。這種罵法很有中國特點，曲裡拐彎，很不正面。不像英文的fuck you，直截了當，子彈一樣，也很有那個民族的特點。如果換成fuck him或者是fuck her，除非是開玩笑，否則誰也聽不懂，搞不好還會得罪旁邊無辜的人。

閒話休提。一旦把國罵調個面，變成罵國，記憶中這樣的人就不大多了。當年毛澤東在詩裡罵蘇聯，叫他們「不須放屁」。還不是直接說的，而是這麼說的：「不見前年秋月朗，訂了三家條約。還有吃的，土豆燒熟了，再加牛肉。不須放屁，試看天地翻覆。」

這兩天爆料，說陸克文曾在2009年12月哥本哈根的全球氣候變化大會上破口大罵中國，說：「Those Chinese f**kers are trying to rat-f**k us.」看來，罵是罵了，但最後還是沒有正面地罵中國，也沒有正面地罵中國人，因為用的是「those Chinese」（那些中國人）。

鄙人1990年代初寫了一首英文詩，標題是「Fuck you, Australia」，意在為一位被遣返的中國學生申冤，當年兩家澳洲雜誌先後登載，多年後被收入丹麥的中學英文課本，也是始料未及。不過，對這種義憤的罵國，澳洲好像還是相當大度的，大度，澳大利亞的大。順便做一個小小的自我廣告，這首詩收入我的英文詩集：Moon over Melbourne and Other Poems。買不買由你，看不看，也由你。

手絹

在手絹幾乎就要淘汰出局的時代，寫手絹差不多也是同樣落後的事。記得有一年在中國和朋友同桌吃飯，擤了一下鼻子，掏出手絹來揩，不料被朋友注意到了，說：哎，你怎麼還在用手絹啊！我們都有十幾年沒用手絹了！是的，我幾條手絹，不斷洗，不斷揩，用了幾十年，始終也沒有養成用紙巾的習慣，總覺得那東西太不方便，也太污染，而且一旦忘記帶，就很難堪，也很難看。實際上就發生過這種事。

說起手絹，難以不讓人想起中西差別。西方人寫的小說中，經常可以看到關於中國人髒的描寫，比如在大庭廣眾掏鼻子而旁若無人。殊不知，西方人就擤鼻子這一條來說，也是髒得不行。掏出一條看上去就不很白的大手帕，蒙住包括鼻子在內的半張臉，彷彿爆炸一般地往裡一陣狂轟濫炸，發出幾乎震耳欲聾的聲音，同樣旁若無人，同樣滿不在乎，把擤出來的穢物七包八裹，團成一團，就往兜裡一塞，該上課照樣上課，該發言照樣發言。如果一次，尚可原諒。碰到那種樂此不疲者，就讓觀者和聽者難以忍受了。只要想一想把曾經擤出的穢物重新貼上鼻尖面龐的感受就夠了！

不過，沒想到在澳洲住久了，要丟棄手絹，還真不是一件很容易的事。

打炮

當年毛澤東寫《炮打司令部》，一炮打遍全國，發動了文革。那是一個人針對幾億人的打炮。在如今這個幾乎人人都打炮的時代，打炮這個詞可能是男人私下裡用得最廣泛的一個詞了，以至進入詩歌。國內有個詩人叫楊黎，就曾用《打炮》作標題，寫過一首黃詩，摘錄其中較黃的段子如下，供那些一輩子都不看詩的人看一看：

5·一個男人加上一個女人
構成了打炮的全部事實；
一個男人，加上兩個、甚至三個女人，
同樣構成了打炮的全部事實；
一個男人，兩個、甚至三個男人
加上一個女人，或無數個，
還是構成了打炮的全部事實；
一個男人他自己，
只要願意，也可以構成打炮的全部事實；
一個女人卻不能，
一個女人只能叫手淫。

恕不在此多引，有意者上網一查就到，反正是不要錢的。我無意在此誨淫誨盜，只是想指出另外一件事。2007年我和澳洲詩人John Kinsella編選一本《當代澳大利亞詩選》時，看中了一首澳大利亞詩人Graham Rowlands寫的詩，標題是Bonking，意思就是打炮。好玩的是，中西之間，很多東西都是互為倒反的。比如我們說誰得了零分，那是零雞蛋，英文卻說duck egg，相當於零鴨蛋。我們說身上起雞皮疙瘩，英文說起鵝皮疙瘩。在這首關於打炮的詩裡，意思正好與楊的倒反過來。楊是要打炮，全身心地擁抱了當代中國社會的性開放。Graham是不要，炮已經打得不要打了。他的同名打炮詩英文標題是Bonking，即《打炮》。詩充滿激情，不想打炮的激情，與楊形成反比，而且幾乎句句帶髒，開頭如下：

> 如果有什麼老子幹不來的話，那就是
> 打炮。耶，打炮。可說是乒乓球
> 和昆士蘭性欲旺盛的甘蔗蟾蜍之間的某種雜交。有點像
> 孩子吹口香糖吹出的泡泡
> 砰、砰、砰、砰啪、砰、砰、砰
> 空與空對撞，撞出的氣體沒啥名堂。
> 操，我看不出打炮有啥意義。
> 更正一下，我看得出打炮的意義——
> 意思就是，日要日得過癮
> 操要操到鬆弛
> 日得老子最喜歡的人不想再日，日B。
> 我只能說，我內心他媽永遠感激不盡，
> 老子一生從來不用跟任何人打炮。
> 老子基本上超越了打炮，但我那辰光

這首詩始而入選，終而被出版社「炮」斃了。那是另一種打炮，也是一種形式的不打炮。明白我的意思嗎？

如果這次有人從炮、從打炮進入詩，從此開始看詩了，那我也算為詩歌作了點善事。如果從此洗「眼」不看，以為道德文章什麼什麼的，那咱們就拜拜吧。「炮」不同，不相為謀。

老二

最近看《手機》，聽到一句話，覺得很耳生，是說某某「很二！」由此看來，本人跟那個語言已經開始生分了。不過，在中文

裡，「二」這個詞名聲一直都不好，這一點我還是知道的。比如說二心，翹二郎腿，二毛子，二混子，二把刀，二五眼，二進宮，二三其德，三心二意，吃二茬苦，受二茬罪。現在又有了二奶。辦事認真實在，那叫說一不二。遺世獨立，那叫獨一無二。不二法門，那也是不二。都不想要二。

也是，二嘛，只能生三，三，才能生萬物。湖北地方上，稱男人的孽根，就叫老二。很難聽的。

其實，自古以來，二就不好。老話說，忠臣不事二主。還說，天無二日，國無二主。洪邁在《容齋隨筆》（上）中提到，「晉元帝永昌，郭璞以為有二日之象，果至東至亡。恒靈寶大亨，識者以為一人二月了，果以仲春敗。蕭棟、武陵王紀，同歲竊位，皆為天正，以為二人一年而止。」（p. 295）都跟「二」有關。

話又說回來，在民間，二並不壞，至少不太壞。我在湖北有個朋友，就把二稱作愛。據他說，這樣方便記憶。比如一個電話號碼是5927 2727，把二稱作愛，就好記了，那意思是說：我就愛吃，愛吃愛吃。

小出版社

多年前，應該是1998年吧，我在澳大利亞一家小雜誌上發了幾首英文詩。轉眼，大概也就一兩年時間，那家叫ars poetica的雜誌就不存在了。澳洲像這種眨眼出現，轉眼不見的雜誌相當之多。記得的有達爾文市的Northern Perspective，新南威爾士州的Ulitarra，以及維州的Bystander和Gathering Force。我之所以提起它們，是因為當年在這些上面發過我的不少英文詩。它們的出現和消失，頗像天空的流星。

出版社方面，我曾一度失望，覺得整個澳大利亞的出版業被那些以搞錢為主的大出版社如HarperCollins，Allen and Unwin所壟斷，像我這種寫書不以掙錢為目的的人可能永遠也沒希望了。根據這一兩年情況看，似乎出現了一種很健康的趨勢。不少從前沒聽說過的出版社紛紛扯旗而起。每個週末買一份The Age報（年代報），就能發現新起的出版社，如Pantera Press、Transit Lounge和Melbourne Books，一下子就把人的胃口吊起來了，心中立刻充滿希望。當年我第一部英文長篇小說，曾被一家名不見經傳的小出版社（不幸的是，我已經完全忘記了該社的名稱，只記得老闆是個喜歡玩文學的律師）接受，由於老闆是律師，特別在乎錢，合同沒談成，轉到第二家，也被接受，名字也忘了。2000年我在台北，還在網上查到該書的封面設計，是一個穿得很色的女子，足登一雙高跟鞋，背對著讀者漸行漸遠。悔不該當初沒留下該圖，現在我的圖庫裡再怎麼也找不到了。最後那家黃了之後，才在也是一家新起的、由一個匈牙利移民開的出版社出版。這家出版社叫Brandl & Schlesinger。大家不要瞧不起匈牙利移民。今天看報才得知，美國的普利策獎的獎項，就是一個匈牙利移民捐資設立的，該人名叫Joseph Pulitzer，是一位出版商。想一想吧，既為他人出書，還設立大獎世世代代造福後世華人移民中可沒有這樣的人。

一說又說岔了。其實我想補充的是，我的第二本英文長篇小說，也是命途多舛，最後落在了一個小出版社的手中，馬上就要出版。這位出版社的老闆十多年前在圖書館工作，不承想現在成了出版商。我喜歡這樣的人。與買100幢房子的人相比，我更喜歡出100本書的人。

Postscript（又及）。想出我第一部長篇小說的兩家出版社，居然都被我忘掉，不知應該怪我的記憶，還是怪我的良心。為了幫助回憶，只好求助於我的文學經紀人，不料她也想不起來，好在我還依稀記得兩家出版社老闆的名字，一個是Joseph，另一個是Tony。這樣，我們在互相幫助下，終於把出版社從記憶湮滅的境地拯救回來，一家是Zaresky Press，另一家是Pluto。我也不必再多說什麼了，總算對歷史有了一個交待。網上查了一下，Zaresky Press已不存在，而Pluto也早已於2003年換了老闆換了地方，從雪梨搬到墨爾本，到現在僅出了一本書而已。慘。

糞

關於糞，我早就想寫，一直沒有機會。現在有了，主要是因為想起了一件往事。當年我在工廠當卡車司機，經常出差，有時在省內，有時去省外，如河南什麼的，但從武漢到上海，別的司機有，我卻老輪不上，因此頗有怨言，說：「怎麼人家常去，我卻沒有份！」司機班的一位司機立刻接上話頭說：「你沒去上海，那兒怎麼會有你的糞呢！」這玩笑開得倒很別致！

由此，我又想到早年看的莫言一本長篇《紅蝗》，開篇就講一個老漢遙望平野，蹲著拉屎的景象。因為手頭沒書，沒法引用了。幾年前看余華的《兄弟》，也是以廁所拉屎偷窺開頭。關於李光頭，他是這麼寫的：

> 李光頭那次一口氣看到了五個屁股，一個小屁股，一個胖屁股，兩個瘦屁股和一個不瘦不胖的屁股，整整齊齊地排成一行，就像是掛在肉鋪裡的五塊豬肉。那個胖屁股像是新鮮的豬肉，兩個瘦屁股像是醃過的鹹肉，那個小屁股不值一提，李光頭喜歡的是那個不瘦不胖的屁股，就在他眼睛的正前方，五個屁股裡它最圓，圓的就像是捲起來一樣，繃緊的皮膚讓他看見了上面微微突出的尾骨。他心裡砰砰亂跳，他想看一看尾骨另一端的陰毛，想看一看陰毛是從什麼樣的地方生長出來的，他的身體繼續探下去，他的頭繼續鑽下去，就在他快要看到女人的陰毛時，他被生擒活捉了。

這都講的是男的。葉兆言短篇小說中寫了一個女工，到上海鬧市逛商店，愣是找不到一間廁所，最後不得不當街拉了一褲子尿。關於具體的情況，他是這麼寫的：

> 楊海齡無可奈何地歎了一口氣，雙手捂臉哭起來。大家注意到她褲子的那地方的顏色突然變深，像一朵花似的慢慢盛開，先褲襠那兒濕了一小塊，濕的痕跡逐漸擴大，閃閃發亮的水珠子開始滴滴答答到了地上，越聚越多，向低處緩緩地漫出去。（p. 197）

他這個短篇標題是《關於廁所》，講的都是一些與廁所有關的尷尬事。寫得還挺好玩。

女作家裡面也有樂「糞」不疲的，方方就是。她的長篇《水在時間之下》，主人公楊二堂就是專門給人收糞刷糞的。一大早挨家挨戶用糞桶收糞，然後供農民把糞拖走，再在漢江把糞桶刷清。這在武漢叫「下河」。關於這個，有一段描寫，也頗值得拿下來觀賞觀賞：

> 水滴最喜歡蹲在河岸的石墩上看父親楊二堂在小河邊刷圍桶。竹刷在馬桶裡發出嘩嘩嘩的聲音。她的父親抓著圍桶邊沿，迎著水流晃蕩。河水很急，浪頭直抵桶底，一隻圍桶轉眼就被激流沖得乾乾淨淨。楊二堂將洗淨的圍桶，端到岸邊寬敞地帶。洗一隻，放一隻。不多久，一大排圍桶便整齊地碼起來。這時候，陽光會照在圍桶上。富人家的描金圍桶在光照下熠熠發亮。水滴長大後，第一次學會用壯觀這個詞時，腦子裡浮出的便是排成一長溜、散發著太陽光的圍桶。有一回，水滴甚至對楊二堂說，長大了我也要下河。楊二堂聽得滿臉堆笑，未置可

> 否。倒是她的母親，反手就給了水滴一個巴掌。母親說：「你能不能有點出息？」（p. 40）

個人以為，除了有關糞的篇章折了一個印記之外，該書幾乎沒有留下任何印象。

糞學是一門很大的學問，英文叫scatology。有糞學旨趣的人，澳大利亞作家中也有，例如Tim Winton。我翻譯他的書That Eye, the Sky（《天眼》重慶出版社1999年出版）時，就讀到一段很倒胃口，卻又讓人印象很深的片斷。當時跟兒子講了之後，他這個平時根本不看書的孩子，居然把那本長篇在很短時間裡一口氣看完了。那個關於澳洲小孩子是如何在廁所欺負一個新來的孩子的片斷是這麼寫的：

> 我走到喝水的水龍頭前，把頭低下去，弄得個滿臉濕。但還是不行——四方院子那邊有四個大孩子叫開了：「傻瓜！」說著把我拖進廁所，從地上拽起來，把我腦袋按在最臭的糞池裡沖水。他們把我的《瘋狂》連環畫和網球搶走，然後開溜。又來了一幫小傢伙，把一個傻瓜按在小便池裡，我趁機跑了。
>
> 我遲到了五節課。迷路了七次。一個人罵我是同性戀，一個老師叫我先去把頭剃了。我在最後一道鈴響時又被人沖了一次水。
>
> 我回家跟媽媽講了這事，媽媽大聲哭了起來。我渾身臭不可聞。（p. 147）

這件事本來到此就可結束了，但是，今天晚上看到Around the World in 80 Faiths這個電視紀錄片時，只看了一個尾巴，不料也看到一段與糞有關的段子。該片主持人是個英國人，他到印度各處訪神求仙，碰到一個大約是牛糞節之類的慶典，把身子脫得光光，跟一大群也是赤身露體的印度人混在一起，任由他人往自己頭上抹牛糞，撒牛糞，或用大塊牛糞往頭上臉上一氣亂砸。據他自己說，這是他一生夢寐以求的事，而且，經過印度神牛牛糞的洗禮，他感到從裡到外都淨化了。

寫到這兒，想起一件往事，頗能說明糞的重要性。一位澳洲作家興奮地告訴我說，他寫關於中國的一部長篇小說，受到一位中國教授的誇獎，說其中關於duck shit（鴨屎）的一段，寫得很逼真，很生動，似乎都能從文字中嗅到糞味了。由此看來，說紙上能聞到屎味，就如同說力透紙背一樣，也是很好的讚語呢。

抽煙的方式和露餡

自己把煙抽一口，然後把煙屁股掉過頭來，對準朋友的嘴遞過去，讓他也抽一口。抽煙的人，你有這種經歷嗎？你七十年代下放的時候，有這種經歷嗎？從實招來！憑心而論，我是沒有的。我們當年下放抽煙，做得最多的是「灑煙」，即下毛毛雨般凡是在座的都遞一支。如果坐在對面，就把煙扔過去。往往有時用力過猛，或者扔得不準，會把煙扔在地上，於是你就看見對方躬身撿煙的樣子。這是常態。可是，今天看的這個電影，名叫《高考1977》，就在這個抽煙的動作上露了餡，也就是像我最開始所描述的那樣。

這種自己先抽一口，再讓朋友抽一口的做法，是典型的澳洲人的做法，我是說澳洲白人。從前，每年新年前夜，我都要到一個澳洲詩人朋友家去過。在那裡，認識不認識的人，都要儀式般地吸吸大麻。由一個朋友先捲一支點起來，吸一口後，把吸過的那一頭倒過來，手窩住燃紅的煙頭，遞給身邊的朋友，於是順次抽下去。每次輪到我，我都會接住，也會抽上一口。唯一感覺不舒服的是，被人抽過的地方，由於有些人不會抽，溢出的唾沫過多，總是弄得濕乎乎的。

如今拍電影什麼的，經常會讓我們這些老人產生一種上當受騙的感覺。幸而有筆書之，否則，就讓那些傢伙得逞了。

微詞

一個簡單的問題：如果你出了書，網上有人惡評，你並不知道，但你朋友知道，問你想不想知道，想知道就告訴你。那麼，你想知道嗎？想，如果你是中國人。不想，如果你是澳洲人。我發現，在不少問題上，說漢語的中國人和說英語的白種澳洲人，是有著極為不同的文化態度的。曾有一次，我看到一篇英文文章，裡面對某華人教授頗有微詞。正好我認識其人，就告訴他說有篇文章是關於他的，但事先警告說，可能會有不好的言辭，他完全可以選擇不看。但他一定要看。那篇文章看完後，我發現他一言不發，面色鐵青。就連我自己都感到好像犯了一個極大的錯誤，故意讓他不高興似的。還有一次，我看到一篇英文書評文章，是談我一位澳大利亞作家朋友的。裡面也有微詞。誰知告訴他後，他說：I don't want to know about it. Life is too short。（我不想知道。人生太短了。）要知道，很多時候，英文和漢語不同之處在於，漢語把意思說全的地方，英文只說半句，後半句是得要聽話人加上去的。他的意思我明白，是說人生本來就太短，何苦去看那些污七八糟的東西，讓自己難受半天呢！與其知道人家說什麼，還不如不知道。這倒應了中國那句老話：眼不見為淨。此處改動一個字，就是眼不見為靜，心靜。

也是這位作家，做事特立獨行。1993年長篇小說獲獎之後，在英國受到女王接見。回來後發表了一篇文章，談他的感想，結果寫到覲見女王的時候，文章戛然而止，接下去發生的事情不得而知。儘管有些讀到該文的中國讀者大失所望，但我想他留的這個懸念還是有意思的。不就是見個女王，其間的繁文縟節，有必要大肆渲染、有必要濃墨重彩嗎？再說，留個懸念，還可以讓人留下想像的空間。

還是這位作家，當年（1988）年去上海為他擬寫的長篇小說進行調研時，突然決定不去黃山實地考察了，儘管書中人物的出生地就在黃山。他舉了一個法國作家的例子，說這位法國作家當年為寫小說而去非洲考察，航行很久之後，就在非洲遙遙在望的時候，他決定撥轉船頭往回撤了。為什麼？理由很簡單：他不想讓實際看到的情況破壞他的想像。

我不想妄言我這位澳洲作家的做法特別值得學習或是成功的範例——因為他寫的那部長篇後來得獎——但這種給自己大腦留下想像空間的做法，還是可以借鑒的。現在我們看到的來自中國的東西，不是過虛，而是太實，缺乏想像，是其癥結所在。

薩拉馬戈

葡萄牙作家Jose Saramago昨日去世，終年87歲。關於他，有幾個事實值得注意。他出生農家，12歲輟學，當學徒學做鎖匠。1947年出版第一本長篇小說之後，過了19年才出版第一本詩集。60歲文學生涯才有起色。1990年代初，他因政府禁止他的長篇小說《耶穌基督的福音》參選歐洲文學獎而離開葡萄牙，此後一直住在西班牙的蘭索羅特島。他死後據說要把他的遺體運回葡萄牙。葡國政府宣佈週六週日兩天為他致哀。這使我想起高行健。高曾誓言，今生今世決不再返中國大陸。薩拉馬戈稱聖經是一本「道德敗壞手冊」並因把以色列對巴勒斯坦的封鎖比作納粹集中營而在媒體捲起抗議狂瀾。

1998年，他獲得諾貝爾文學獎，但顯然，這並不是最重要的。（資料來源：http://news.yahoo.com/s/afp/20100618/en_afp/entertainmentportugalspainliteraturepeoplesaramago）

窮

與朋友電話聊天，朋友談起某某某發了財，大財，可依然很窮，尤其表現在出手方面，在給雇員付酬方面，在給作者稿酬方面等等，與所得極不相符。這真是窮得只剩下錢。我說你這話固然不錯，但還可以加個下闋，那就是該人不僅窮得只剩下錢，而且富得連一分多錢都不肯給，哪怕是應該給的！

想起一個有關富人的細節，好像是一個澳洲人講給我聽的。說的是你們華人，聽說某家超市解手紙降價，特地開著賓士寶馬，驅車數十公里，幾十分鐘，前往大購特購，為的是節約那點小錢，卻不知所花時間和油錢，遠遠不止省下的那點勾兌。關於這種窮富人，還有什麼可說的呢？只有鼓勵他們繼續窮富下去。

客

把任何一篇中文翻譯成英文，一個譯者最先需要解決的是什麼問題？三個問題。1單複數。2定冠詞、不定冠詞。3大小寫。沒有什麼比這三樣東西更簡單，也沒有什麼比這更難。先說單複數問題。最近有篇文章題為《澳洲獨居家庭數量增長迅猛》（http://www.chinatown.com.au/news/news.asp?loca=au&newsid=56548），讓學生翻譯，所有本該處理成複數的全成了單數，如住戶（households）、老年女性（elderly females）和所有家庭類型（all types of family），單數的卻譯成複數，如「統計局文件稱」（A document from Australian Bureau of Statistics）和「統計局報告還發現……」（An ABS report has also found...）〔注：括弧內的英文是正確的〕。

為了說明單複數的難於把握，我舉蘇東坡的《前赤壁賦》為例，請學生告訴我，該文中究竟有幾個「客」。看來看去，好像只有一個客。仔細看，又好像有兩個，因為有句云：「客有吹洞簫者」。如果有兩個「客」，船上連蘇軾在一起，就應該是三人。設若此舟大小如「一葦」，如何載得動三個「客」？這是一。其次，文章末尾所言「相與枕藉乎舟中」，如果是三「客」，又何以「枕藉」？

我在網上作了一個關鍵字搜索：「《前赤壁賦》蘇軾和誰在一起」。網上什麼樣的探討都有，但對這麼一個既簡單，又關鍵的問題，就是沒有解答，關鍵是沒人提出。

這篇文章，我始而譯成friends，繼而譯成friend，而把那個吹洞簫的譯成another friend，終而還是譯成friend，因為舟中說到底應該就是蘇軾和朋友「客」在一起。我甚至有一個猜想，蘇軾在黃州（我的家鄉）寫作此賦，是他最困難的流放時期，說不定根本就是一個人夜裡蕩舟，自問自答，如果我懷疑有三個「客」，那也不錯，那就跟李白花間一壺酒，對影成三人的「三人」一樣，是一種幻覺、乃至錯覺的藝術「三人」境界。

媽　　的！

別以為我在罵人，這其實是一位畫家畫展的標題，就叫《媽　　的！》是今天跟一位畫家朋友喝咖啡時她告訴我的，說是回北京時看了一位海外回來的畫家林天苗的畫，很不錯。所謂《媽　　的！》，實際上並不是罵人，而是所做的裝置都跟媽有關、跟女紅有關。因為她看了，講得很仔細，但我沒看，沒法細說，只覺得名字起得不錯，一語雙關，而且響亮，既當代，又有一種傳統的東西在。

由此想到寫作命名的妙趣。澳洲作家給自己作品命名，喜歡一語雙關、甚至一語三關。Rodney Hall，我的一個朋友，就曾把他的一部長篇命名為Just Relations，至少可譯成四種：《不過關係而已》、《正當的關係》、《不過親戚而已》和《正當的親戚》。這本書後來獲得澳大利亞最高文學獎，邁爾斯・佛蘭克林獎，是不是就因如此，我不得而知。我1997年出版的第二部英文詩集，本來想題為Songs of the Last Chinese Poet at the End of the 20th Century（《二十世紀末最後一個中國詩人的歌》）。跟Alex Miller，我的另一位澳大利亞作家朋友，聊過之後，他說：何不攔腰一刀，只取一半？我一想，覺得提法不錯，就改為Songs of the Last Chinese Poet（《最後一個中國詩人的歌》），文字短少了，意義反倒更雋永了。

我的第一部英文長篇小說標題是The Eastern Slope Chronicle。譯成中文後，原文三個層面的意思，就只剩下了兩個，即《東坡紀事》。東面山坡的「東坡」和蘇東坡的「東坡」。英文中，slope還有斜眼的意思，是罵亞洲人的俚語，所以Eastern Slope，還暗含著「東方來的斜眼」的意思。這一層意思是讀者讀出來的，很出人意料，但又在意料之中。

有的時候，看到某個很有名的作家，出的書名卻好像很欠考慮，比如哈金那本The Writer as Migrant。我無意在此貶低同行，其實我還掏了27.95澳元把這本書買下來通讀了一遍。遺憾的是，這本書的標題《作為移民的作家》，實在無法讓人產生超出標題本身的任何聯想。

記得當年我在上海讀研究生時，看到一篇英文散文，作者是Gilbert Highet，英國的一位好散文家。該散文標題為「Go and Catch a Falling Remark」（去抓一句掉下來的話）。語出英國詩人堂恩（John Donne）一首名詩的標題「Go and Catch a Falling Star」（去抓一顆掉下來的星星）。散文講的是人生的種種樂趣，其中最大的一個樂趣就是利用各種機會，抓住路人說的隻言片語，然後加以想像發揮。海厄特在文章中引用了荷馬被人用濫了的比喻「生著翅膀的語言」，說「片言隻語就像長著翅膀，它們宛如蝴蝶在空中飛來飛去，趁它們飛過身邊一把逮住，那真是樂事。有的蝴蝶也許帶刺，但那刺決不是為你準備的。」一看完文章，我就產生了翻譯衝動，這跟創作衝動是一樣的，那就是一看到好的東西就忍不住技癢，恨不得立刻翻成中文，與讀者分享大快朵頤的興奮。但是，一上手就遇到難題。把文章標題直譯成「去抓一句掉下來的話」，固然不錯，但沒有了意蘊，無法產生任何聯想。想來想去，在把該稿投給《世界文學》之前，我把標題定為「『偷聽』談話的妙趣」。也許正是因為這個標題，該文被《世界文學》錄用。這應該是1988年的事了。一晃二十二年過去，沒想到這兩年國內出的十幾個翻譯選本（包括一本雜誌），不僅收了我這篇譯文，而且還有兩個選本都以《「偷聽」談話的妙趣》為該書書名，如譯林出版社本和湖北教育出版社本等，實在是出乎意料之外，還是說明了一點：標題即龍睛。標題不好，等於文章是個瞎子。

殺

英語是一個血腥暴力的語言。我們說「混時間」、「消磨時間」，英語卻用kill（殺）這個字來形容，叫做kill time（殺時間）。2010年南非世界盃加納隊遭遇澳大利亞隊的前夜，加納隊球迷揚言要把澳大利亞「袋鼠隊」bury（活埋）和massacre（屠殺）掉。後來一翻譯，發現中文血腥暴力不下於英語，唯一的不同是我們的文字談到殺時，往往更有古風和詩意。

關於massacre（屠殺）一詞，學生就有翻譯成「血洗」的。我自己則把massacre（屠宰）一詞擴展成中國人喜聞樂道的那種形式，即加納隊要把澳洲「袋鼠隊」打個人仰馬翻，片甲不留，或者說要把澳大利亞隊打得屁滾尿流，一敗塗地。

說到殺字，聯想到有一種不見血的殺。原來在中國，檔案就是這樣一種殺。朋友從前在單位犯了點事，就好像背了一口黑鍋，永遠也卸不掉了，無論更換什麼單位，都要轉去記錄著其「劣跡」的檔案，永無出頭之日。其實澳洲也有這種類似「檔案」的東西。一是匿名評審報告。我認識一位翻譯朋友，曾在一家澳洲公司工作，本來很得上司賞識，突然有一天老上司離任，新上司上任，就像換了一重天。新上司請翻譯同行寫了一份不好的評審報告，從此就把這位翻譯朋友打入十八層地獄，再也不給他任何翻譯工作了。另一個是推薦書。澳洲這種推薦書是個人推薦，而不是單位推薦。如果得罪頂頭上司，你就是調換任何單位，也是沒有任何希望的。我認識的一位大學教師就曾因與上司齟齬，得不到關鍵的推薦書，而導致終身找不到任何相關工作的。

正如一位澳洲作家同行所說，其實，澳大利亞和中國差不多。那意思就是說，不要對之抱有幻想。寫到這兒，我倒找到了一個證據，說明任何社會，至少英國社會和中國社會，都有其類似的掌控方式。據Robert Hughes的研究，19世紀的英國，相信有一種犯罪階級的存在，人一旦犯罪，哪怕重新返回社會，就再也無法重新做人了。為什麼？因為有檔案存在。「1830年的檔案記錄要比1770年的好，雇主雇人之前，可以在上面查找。」（p. 167）一旦查出申請工作者有前科，就不會把工作給你。其實，這跟共產黨的做法如出一轍，而且比共產黨早得多。就是二十一世紀的今天，在澳大利亞如果有前科而被定罪（conviction），也逃不脫背時的厄運，而且如今的檢查更為容易，只要敲一個鍵，輸入名字，所有情況就會顯露無遺。

還是回到殺字。一位朋友曾這樣形容那些憑自己權勢，把他人玩弄於股掌之上者，說他們是「玩人不眨眼」。我覺此詞改得不錯，特志於此。

二

既然是二，那我也得盡「二」道，至少談二次，但盡可能言簡意賅。漢語裡有兩個字，都沒有繁體，但都含有二，也都不敢輕視。一個是天，一個是土。從字形上看，所謂天，不過是人頂著二。儘管二壞，但人一頂著二，就有天了，不過，你得把二反過來寫。所謂土，頗似地上插著一個十字架。其他就不用多說了。

剛剛寫完上述內容，就想起一個朋友，他是美國人，到澳洲教書多年，我讀博士的時候認識的，名叫諾曼。他與一般人有三點不同。一是大家都開車，他偏偏騎車。一是大家都成家，他偏偏獨身。他家我去過，後院就像個大垃圾堆，從來都沒整理過。最後一個特點，我還從來沒在他人身上見過，即他只看維多利亞時期的小說，而且只看二流的，凡是大名鼎鼎的作品，一律掠過不看。我很吃驚這種做法，但又感到佩服，覺得是一種勇氣，還覺得很有道理。為什麼看獲獎小說往往感到失望，有一種上當受騙的感覺，是因為評獎的人、評獎的標準、評獎的操作方式等，都存在著各種各樣的問題，還不說作品本身。不知是否受諾曼影響，我現在基本上繞開任何所謂獲獎作品不看，包括諾貝爾獎。比如奈保爾的長篇小說A Gift for Mr Biswas（《畢斯瓦斯先生的房子》），對不起，是A House for Mr Biswas，我看了一百來頁，就怎麼也看不下去了，遠不如他的另一部小說寫得好，就是A Bend in the River（《河灣》），當時我是一口氣看完的。

不

世界上什麼字最狠？「不」字。我以前寫過「說不」沒有「不說」厲害。看了某人的書，如果什麼都不說，那要比什麼都說厲害得多。我之所以說「不」字厲害，是因為想到三個人。一個是奧地利作家伯恩哈特。據百度百科，「在他1989年去世前立下的遺囑中特別強調，他所有發表的作品在他死後著作權限規定的時間內，禁止在奧地利以任何形式發表。」這種以死亡為代價的「不」，比任何個人和國家都厲害。至少說明：國家甭想超越個人。第二個人是薩特。據百度百科，「1964年，瑞典文學院決定授予薩特諾貝爾文學獎金，被薩特謝絕，理由是他不接受一切官方給予的榮譽。」這一點至少說明：諾貝爾獎別想超越個人。第三個是馬克・吐溫。昨天來自美國一家出版社的電子郵件消息，稱他的自傳將於自禁一百年後，即他去世一百週年的2010年11月開禁出版。這是很有意思的事，是作家朝出版商臉上的一記耳光。總以為出版社最狠，不出版你的書，卻沒料到，作家最狠的一招就是：你不出，我還不想給你出呢！

「不」這個詞是一個「一」字，橫在一個「个」字上。如果把「个」看成個人，則那個「一」就像他拿著的盾牌。如果把「不」字側過來，那個「个」字就像一把飛鏢，紮進前面的木板，紮得木屑從兩邊飛濺。「不」，聽起來很像放屁聲，那是往往看似最柔弱、最不堪一擊的作家對國家機器（如奧地利）、授獎機器（如諾貝爾委員會）、出版機器（如美國的出版社）放出的響亮之屁。不，很好！

其實，「不」最厲害的就是那個橫亙在一切之上的那個「一」，說一不二的「一」。你用什麼東西都穿不透它，哪怕以國家的力量都不行。

哭

中國人有「男兒有淚不輕彈」一說，把流淚的動詞「流」弄成了「彈」，想像不出是個什麼樣的動作。大約是男的哭了，又不想讓人看出是在哭，於是有了淚水，就用食指從眼角那麼彈它一下，把淚水、淚花、淚珠什麼的彈飛吧。不過，說到男的哭，澳洲倒有兩個頂尖人物哭。一個是1989年時尚在任的工黨領袖霍克。北京屠城之後，他在電視上當眾「彈」了淚水並當場宣佈四萬中國留學生留在澳洲，臨居也好，永居也好，反正後來都留下來了。居留這個詞也好玩，電腦總是一上來就給出另一個詞，「拘留」，其實就是「拘留」，被自己想「居留」的願望給「拘留」了，最後就永「拘」在澳洲。

今天，我再次目睹了另一位工黨領袖「彈」淚水的盛況。也就是今天中午，我在Sky TV上看到陸克文先生在執政一年半後把政權拱手交給澳洲第一位女總理時，傷心落淚，半天無語，有那麼一會，竟連頭都抬不起來，只見站立他左側的小兒子的一張近乎女性的清秀的臉。

霍克和陸克文，都是「不輕彈」的好榜樣。不像中國詩人，動輒在詩裡寫淚水，讓人看不起，至少我一翻到有淚水的地方，一向都是立刻不看，翻過去的。

手

看過很多小說，寫「手」寫得最為詳細的，莫過於毛姆。我翻譯的第一部長篇小說就是他的，名叫《克萊多克夫人》。時隔多年，細節多已忘記，但關於手，是我印象最深的。這部書稿反覆修改六次，1983年4月10號第一稿，次年4月8號第六稿，譯稿共631頁碼，之後束之高閣，漂洋過海，來到墨爾本，從此就成了壓箱物，再也沒有出頭之日。不過，每每想到他寫的女人的手，總覺得寫得很過癮，很舒服，所以這次專門把手稿找出來，大致翻了一下，卻怎麼也找不到印象中那段極為細膩的描寫，幸而有另一段不那麼詳細的可以放在這兒充數。這段是描寫女主角伯莎的：

> 伯莎莞爾一笑。她站在壁爐旁，轉身對著鏡子，端詳起自己那雙擱在爐架邊的手來。這雙手生得小巧精緻，十指尖尖，指甲嫩紅，天底下數它們最柔軟，天生用來表示親人愛撫的。意識到這雙手的纖美秀麗，她便從不戴戒指，對它們滿意欣賞極了。（譯文92頁）

本來我不打算繼續寫下去，因為我不想花時間搜索書稿，尋找其他關於手的文字，卻無意間翻到一個地方，描述伯莎想看男伴克萊多克的手的情景：

> 她喜歡他的手。它們長得又大又粗，由於幹活曝露在外而變得結實，比起城裡人的嫩手不知可愛多少倍，她想。它們強健有力，使她聯想起在義大利博物館中見過的一隻完工的石雕手。這只手雖然做工粗糙，卻給人一種具有強力的印象。他的手本來也可以成為神仙聖人或英雄豪傑的手。她扳開他長而有力的手指。克萊多克一半驚奇、一半感興趣地瞧著她。他委實太不瞭解她了。她瞥見他投來的目光，便嫣然一笑，低頭吻了吻那翻捲向上的掌心。在這個身強力壯的男子漢面前，她情願降低身分，畢恭畢敬，如果可能，甚至當她的使女。沒有比替他幹粗活更令人高興的事了。她不知道如何表達自己對他的一腔情深。（譯文100-101頁）

最後，我一頁頁地把整部書稿翻了一遍，再也沒有找到任何有關手的詳細描繪了。看來，記憶把我玩了一把，讓我對書中某一個人體器官產生了強烈共鳴，但卻在多年之後讓我失望。真不如把這段細節保存在記憶中的好。

後來，我看了毛姆的長篇自傳小說《人類的枷鎖》，其中提到主人公Philip從巴黎回到倫敦，決定放棄畫畫而學醫，他叔叔責問他在巴黎學畫究竟學到了什麼時，Philip說了一句話，透露了他（或毛姆）對手的興趣。他說：「I learned to look at hands, which I'd never looked at before.」（我學會了看手，我以前從未細看過手。）[1]

---

1 Somerset Maughm, *Of Human Bodage*. New York: Modern Library, 1999, p. 254.

指

中國的很多成語都與指頭有關。隨便舉幾個：指日可待、指鹿為馬、指點江山，都是需要動指頭的。設計電腦的人如果懂得這個簡單的道理，就不至於如此滯後，到現在能夠指指點點的觸屏還不普及，僅限於機場的檢票機和一些博物館的資訊機。今天第一次把玩iPad，親身體驗了觸屏的甜頭，居然還能彈鋼琴，恨不得今後能夠通過指點一切，激揚一切，比如汽車、電視、家中的所有開關、外面的所有開關。也許人類的未來，就是一個觸摸的未來，伸出指頭，一切不在話下，一切不在指下。人類之手，遠不如人類之指更具穿透力、進入力。今後各方面的設計，如果能都優先考慮指頭，可能會方便很多。如果設計電腦的人從一開始就想到這個問題，也就是指頭問題，人類也不會等到第一台電腦自1944年產生之後這麼多年才開始把螢幕與指頭聯繫在一起，找到更直接的方式。

指是最有感覺的器官。女人為何在指甲上大作文章？就是因為一伸手就能目力所及。指也是最及物的動詞。「執手相看淚眼，竟無語凝噎」。執什麼「手」？執的不就是「指」嗎？男女做愛時，二十指交叉，執的不也是「指」嗎？今後設計，多考慮一下指，應該是很有好處的。

最近譯書，碰到一個說法，用的是指，卻竟然無法形諸於指，說流犯的後代不像父輩那樣帶有犯罪的種種惡習，而是富有創業精神，因此they had successes at their fingertips（成功就在他們指尖之下）。惜乎漢語好像不這麼說，說了也不夠勁，總得要垂手可得或易如反掌，才感覺到位一些。有意思的是，英文的這種fingertips的說法，倒成就了指點江山的天下。

沒有留下任何印象的書

每天從自己的書櫃前走過，目光從上面偶然掠過，會突然發現，又有一本書是我沒有看過的。有些書只看封面的顏色，就知道是誰寫的，還記得其中的內容，甚至大約何時看的，以及看時的感覺。也不知道從何時起，我開始養成一個習慣，開始看書那天，在首頁記下當天的年月日和時間，以及地點，看完該書那天，也把年月日、時間和地點記下來。這樣，拿起某本書，前後一翻，立刻就有一個時間框把書圈了起來。圈進來的當然也有感想，以及圍繞閱讀某書時的情景和其他細節。例如，我是很晚才看克魯亞克On the Road這本書的。老實說，我並不認為該書有太大意思。本人早年當知青的「在路」情節，絲毫也不亞於克魯亞克。正是因為這個原因，這本書看看停停，中途還不慎丟失，最後又失而復得。我現去把這本書找來，查查細節看。徒勞無益地找了大約半小時，還是未能如願，看來這本書的命如標題所言，註定了要「在路上」。當年我就是在前往阿德萊得的飛行途中，掉在機上的。後在一位朋友幫助下，通過機場查到了該書，又等到他妻子出行路過機場，才輾轉把書寄回給我。現在，這本書在我的書湖（不敢自詡書海）中躲藏起來，只能期望哪天清理別的東西時碰到吧。

現在回頭來談即便看過，也毫無印象的書，這就是我今早看到的一本，叫《荒山之戀》。咦，我驚歎一句，跟著就把書拿過來。翻開扉頁，上書「1994年6月12日購於墨爾本」。沒有寫何時開讀，也沒有寫何時讀畢。細看之下才發現，書有數處疊了耳朵。翻開一看，原來都用圓珠筆或鉛筆作了評注，這才想起，我現在已不用鉛筆做注了，主要是鉛筆在紙上劃出來的聲音讓人發毛。現在隨手翻翻，翻到53頁，在「他歡喜她是個女的，卻又不像是個女的」這段話下，有鋼筆寫的一段評注：「王安憶的女人形象就是這樣。」再翻，翻到84

頁，有一小段話說：「他是個不很強的男人。」我的鉛筆評注是：「王的小說中的男性都不太強，屬文弱書生型，是她自己的變形。」翻到95頁，對「在女人跟前，所有的男人都是一樣的」這句話，我評注道：「王安憶的女人論。」其他還有很多評她的地方，也就不多說了，只說117頁我的一段評語，說：「這種寫法類似Sidney Shelton的那本Faces in the Mirror，不同的人超越時間，多年後彙聚在一起。」

當然，我對王的看法，也不全都是消極的。在127頁，我說：「很細膩。」在137頁，我說：「男女之偷情寫得活潑。」說到底，這是一本看過之後卻沒有留下任何印象的書，也就是說，如果你要我告訴你，這本書寫的什麼，我一句話都說不上來，儘管我還在多處留下筆記。

額外說一句，現在電腦也認錢。每次打gang bi，它不給我「鋼筆」，卻硬把「港幣」塞給我。每次我打qian bi，它同樣只給我「錢幣」，而不給我「鉛筆」。

鼻

鼻子能寫進詩中嗎？回答是能。本人就寫過，原詩如下：

鼻詩

多年前寫過一首英文詩
大意是寫詩人和他老婆的
現在內容都忘乾淨了
除了寫完後添加的兩句
這有點像德沃夏克寫完
第九交響樂後匆匆用捷克文

添上「自新大陸」一樣
不過這麼說太過牽強
我不是他德沃夏克
他也不是我歐陽昱
其實添加部分並非詩歌
而不過是一處弦鼻
（這混蛋電腦，我是說閒筆）
說的是詩人邊寫詩
邊掏鼻孔而他老婆在另一個房間
齁齁睡去（齁齁兩字用的繁體
而且第一次被我發成xu字，第二次發成ju
到底不是你們中文系畢業的呀）
他的詩寫完，鼻屎也掏了一大堆
明人不說暗話：在某些人眼中
這絕對不是好詩
但在後現代的澳大利亞
它卻上了國家廣播電台朗誦節目
還被譯成瑞典文
那首瑞典詩的複印件
此時正掛在我的壁上
（這混蛋電腦卻沒有搞錯，如果搞成鼻上就好了）
可我卻他馬的一句也看不懂
（是媽，不是馬，混蛋電腦搞的）
某些人又說了
即使如此，還是不是好詩
我也許會同意你的話

你相信嗎？
（是嗎，不是媽，混蛋電腦搞的）

（2002年6月3號寫）

現在提起鼻子，倒不是因為這個，這只是個引子，而是因為很多年前，我在La Trobe大學校園書店看到一本怪書，真正的怪書，是談掏鼻子樂趣的書，書中圖文並茂，有一處大談用哪根手指頭，採取何種姿勢，在什麼地方掏，才能掏得淋漓盡致，還配以插圖，把掏出來的鼻屎也亮相出來。當時愣了一下，沒有掏錢買，現在輪到我後悔了。老實講，人本身就是一個垃圾，人走到哪裡，就把垃圾帶到哪裡，扔到哪裡，每天不僅要排泄大小兩便，還要洗臉、洗口、洗頭、洗腳、洗身體、吐痰、擤鼻涕，等等。當然，這其中也包括偷偷地掏鼻孔，也包括女性。我教書時，就親見坐第一排的某位女生這麼做來著。我當然是心中十分驚訝，臉上全然無知。不過，多年來也就是那麼一位，說明大家對鼻子的保護，還是很重視的，不至讓一個小動作而把臉面丟盡。

烈馬

今天進城買書，買了6本書，總共168元多。逛書過程中，發現那本不久之前出版的《劍橋澳大利亞文學史》。知道我最先查找的是什麼地方嗎？Index。對，正是索引。我首先翻到Y條，發現沒有Yu，於是鬆了一口氣，終於他們知道Yu不是我的姓了。我這麼說，是因為我的姓名從來都被他們弄錯，在索引中放在Y條下。然後翻到O條，很快就發現Ouyang，共有三頁有關此人。我翻到其中一頁，一眼就看到，Ouyang Yu被稱作一個「maverick poet」？什麼意思？英文的maverick，是指身上沒有打烙印的馬，引申為標新立異、不合常規的人。說到底，就是一匹烈馬詩人，因為maverick指的就是烈馬。

這本書我最後還是沒買，因為太貴，140澳元。如果僅僅因為把我寫進文學史而買這本書，僅僅因為我想向朋友秀一秀這段文字，我這人也太自戀了。還是自吝——對自己吝嗇——一點好。

真

大家都喜歡真，都愛求真，但真的東西，無論在中國，還是在澳洲，都很難得。造假的東西，無論在中國，還是在澳洲，也都很多。不然，澳洲今天就不會出台這個針對模特兒業的新政策了，大意是打模特廣告不得在畫面上添油加彩而造假，也不得專打那種瘦得脫形的不健康形象，還把報業巨頭默多克的兒媳婦Sarah Murdoch的照片在今晚新聞上亮了一亮，那是一張很漂亮的臉，但眼角上的皺紋歷歷在目，根根畢露，卻頗受大眾歡迎。為什麼？真啊！有興趣的不妨看看這篇有她相片的英文文章：http://www.wellsphere.com/healthy-living-article/sarah-murdoch-beautiful-wrinkles-and-all/875906

人要的就是這樣一種醜的真實。其實，經常的情況是，美很假，因此不真，所以很醜，而醜，因為真實，反而有時很美。

刪

1998年，我的第一本中文詩集，《墨爾本之夏》出版，我在雪梨藍山所在地的Katoomba從該書編輯傅天琳手裡接到此書時，隨手一翻，吃了一驚，發現其中一首《我的家在墨爾本，我的家在黃州》只剩一半，留下了墨爾本，刪去了黃州，標題改成了《我的家在墨爾本》。回墨爾本後查了一查，發現導致刪節的原因，很可能是「手淫」二字。後來，2005年，我的詩集《二度漂流》出版時，我就把標題和原詩還原給歷史和讀者。現將被刪去的第二闕呈現如下：

2.

我的家在黃州
那個大江東去的城市
浪淘盡的豈止是千古風流人物
如今它是我的故土
我在那兒睡過童年十平方米的房子
我在上課時間到大江裡捉魚
我從不再是朋友的人那兒學會了手淫
和譯成英文依然是粗話的粗話
我的家早已不屬於我
父親作古進入了無言獨上西樓
月如鉤的境地
我從滿街中國人臉和外國模特兒中穿過
彷彿在踏訪先祖的遺址
流浪的感覺
再一次在我不能思鄉的胸中升騰
老大離家老大回
變了樣子的只有城市本身
我的家在黃州
一個既風流又齷齪的地方
不信你聽聽這幾個名字：
蘇軾秦檜林彪李四光
還有我這個名不見經傳的
歐陽昱
總想有朝一日回到我

墨爾本的家

寫一寫你這個田園將蕪胡不歸的準澳洲老頭

我舉此例是想說明，刪，或被刪，是出其不意，不打招呼，難以避免，而且無可奈何的事，無論是自己寫的，還是譯別人的，無論在中國，還是在澳洲，都是如此。先談中國的其他例子、其他人的例子吧。

最近上翻譯課，給學生談到馬建，目前在倫敦生活的一位前大陸中國小說家。當年我去參加丹麥詩歌節，從倫敦過境時，曾去拜訪過他。其夫人是英國人，也是他的翻譯，每有一本新書出來，總是先出中文本，再由其妻譯成英文出版。這個程序也可能先此後彼或先彼後此，這就不得而知了。馬建最近出的一本英文長篇《Beijing Coma》（中文應該是《植物人》），寫的是六-四中被打成植物人的一名學生在二十年後甦醒的過程。此書要在當前的中國出版，應該是不可能的事，但是，2002年，這位備受爭議的作家——當年他就是因為一個《亮出你的舌苔或空空蕩蕩》，在《人民文學》1987年一、二期合刊發表後，遭到該期全部回收，導致主編劉心武停職檢查——居然有一本書在中國出版，但這本書出版的同時，馬建也遽然消失。這本名叫《拉麵者》的小說，由一個很不相干的出版社，天津古籍出版社出版，署名的也是一個跟馬建毫不相干的人，他名叫「馬建剛」。據這位「馬建剛」告訴我，這個署名，是在中國出版的前提。這說明，刪的做法，到了二十一世紀，已經發展得十分靈活多變了。

在中國，記憶通過各種方法被抹去。記得1999年我去北京大學當駐校作家，與一位青年研究生交談中，發現他竟不知魏京生為何人！網上讀到《拉麵者》的一位讀者，對「馬建剛」也有著類似的記憶退場的經歷，他的文字如此敘述道：

> 馬建剛，我對他幾乎一無所知。但有幸在三年前的某一天在一個盜版書店淘到他的這本《拉麵者》，六塊錢。我發誓自己不是一個愛看書的人，但這本書我一直帶在身邊。
>
> 此後遍尋書店，沒再出現過馬建剛的名字，網上也只能搜到零碎的幾篇他的短文。僅有的資訊，長年漂在國外，所謂的「文壇七劍客」，再無其他。他行文流暢，筆調深邃，神秘的近乎無跡可尋。他就像一個神靈，在暗地裡默默審視這群幽靈。（http://45601261.spaces.live.com/blog/cns!7DAE24DF8575C410!705.entry?sa=634693450）

我的翻譯課，一般上午教英譯中，下午教中譯英。這天下午，我要學生翻譯的是朱自清的《荷塘月色》。開始動筆不久，我就發現有一位女生長久地凝視著電腦螢幕。果不其然，如我所猜，她正在網上看別人的英文譯文。把此事暫時「杜絕」之後，我發現自己也在網上看了起來。當然，我的目的應該跟她的不同，因為我的譯文已經完成，我想看看別人如何譯的。搜尋過程當中，我卻發現了其他的東西。原來，學校發給我的那個原稿，相對於三處被刪的大陸本（見陳無畏的敘述：http://www.chinese001.com/wxsj/zgwx/xdwx/zjda/zhuziqing/01077.jsp）〔還有第四處，即「蓮子清如水」一段，也曾從教科書中刪除。見李鎮西：http://www.5156edu.com/page/07-09-25/28135.html〕，只有一句被刪：「也是一個風流的季節」。我這才突然意識到，原來我翻譯的文本，並不是原來的文本，而要回到原來，不知要經歷多少年。我那首詩，花了7年才復歸原樣。朱這篇文章，至少在我意識到刪節的2010年，是花了83年（1927年7月至2010年7月）的！

我的翻譯理論中有一個觀點，即無論翻譯什麼東西，翻譯本人是不能充當審查者的。有一說一，有一翻一，舉凡髒話、淫事，一概照單全收。做不到這點的，就不要當翻譯，去當編譯或摘譯好了，或者乾脆在原文基礎上發揮想像，當作家好了。

鄙人翻譯的《新的衝擊》出版後，畫家朋友讀了，覺得其中一個地方特贊，就是把畢卡索稱為「這個雞巴男人、這個天藍海岸創造力永不枯竭的種馬形象背後的心理現實」這句話中的「雞巴男人」這幾個字，覺得太棒了。不知大家注意到沒有，過去文字中所要刪的東西，從來都是人的下面，而且是人下面的關鍵部位，也是人能生生不息的關鍵部位。今日中國，改革開放居然到了不刪「雞巴」的地步了，很好！

但他可能高興得太早了一點。即便在《新的衝擊》中，畢卡索的「雞巴」保留下來了，但在我另外一本譯書《完整的女人》中，一個美國大兵的「雞巴」卻被閹割了，書中引用「美國大兵簡」的塗鴉說：「吸我的雞巴」，我是照單全「譯」，出版社是照單全「刪」，因此你在出版的本子裡看不到這一段，就不能怪我了。該書還刪去了另一段文字，認為對中國有侮辱的意思在。該書作者Germaine Greer在談到當今女性背棄女權主義，向化妝品投降時，以中國為例如是說：「在中國各省城，你可以看見商店門楣上掛著用別針別滿了加墊奶罩的木板，蠅屎斑斑的玻璃下是一盤盤廉價漆器和口紅，這樣本來長著自然的小乳房的女人就可以扮出『新形體了』。」大約出版社覺得難以容忍的就是「蠅屎斑斑」這四個字吧。一個泱泱大國，怎麼可能「蠅屎斑斑」呢？是可忍，孰不可忍。

其他還有很多刪削的例子，我就不一一枚舉了，開始談談澳洲吧。與中國相比，澳洲好像是一個沒有審查制度的國家，其實不然。那是我們自己的想像。2002年，一部法國影片Baise-moi（《操我》）就被查禁。澳洲有家單位，簡稱OFLC，即電影及文學分級辦公室，就是專搞查禁的。「級」字很有意思，不到一定級別，如《操我》這樣的，不一定會被查禁，頂多標上R18+之類的標籤，供一定年齡的人偷著樂。

審查這個詞，在澳洲語境中不大常用，因為聽上去不雅，很像第三世界。他們為了擺脫這個難聽的辭彙，代之以「編輯」。什麼東西不好，他們就說需要「編輯」一下。一編之下，就把很多自己文化不能消化、不願接受的東西給刪削了，我把這叫做文化審查、經濟審查。比如，我的第一本非小說作品原來的英文標題是On the Smell of an Oily Rag: Notes on the Margins，譯成中文就是《油抹布的氣味：天頭地角筆記》。就是這麼一個簡單而我又喜歡的標題，遭到了出版社的拒斥，理由是margins這個詞——意思是邊緣，也有天頭地角之意——很可能導致該書出版後也會退到邊緣。結果七搞八搞，搞出了現在這個標題On the Smell of an Oily Rag: Speaking English, Thinking Chinese and Living Australian（《油抹布的氣味：說英語，想中文，過澳大利亞的生活》）。最近馬上要出的第二本英文長篇小說，出版社還是出於經濟考慮，把其中有關澳大利亞的部分，基本上通過「編輯」而都刪除了，因為過多地提到澳大利亞，會影響該書走向國際市場！至於我出第一部英文長篇小說時，出版社甚至在合同中限定，作者必須遵守編輯的意見和建議，不得擅自違背其意願。

澳洲的「編輯」，跟中國的審查一樣，對準的基本上也都是下面的東西。一位朋友寫澳大利亞畫家Arthur Boyd的文章，就遭到編輯的反對，要他無論如何，把提及Boyd畫中一位角色，說他正企圖「扯掉」另一個角色「卵子」的那句話拿掉。這當然是很無聊的，但我們必須認識到這一點，澳洲白人不一定比中國的黃種人強到哪兒去，至少在審查這一點上是這樣。

美國如何？回答是：好不到哪兒去！嚴歌苓的《扶桑》一書，就因考慮經濟因素的文化審查，出版時弄了一個極為難聽的標題，叫個什麼The Lost Daughter of Happiness（《失落的喜兒》）。老舍的《駱駝祥子》被一個美國人翻譯成英文後，居然不與他商量，就把悲慘的結局搞成了一個大團圓的結局，暢銷倒是暢銷，但卻令老舍大為惱火。美國人啊，庸俗的程度絕不下於任何其他民族。前段時間，美國有些地方就因男孩子愛穿baggy pants（闊浪褲）有傷風化而要查禁。反正本人對美國那個去了兩次的國家，是不存再想去的願望的。沒勁！

法國怎麼樣？也不行。僅舉一例。據《漢籍外譯史》（馬祖毅、任榮珍），Clement Egerton翻譯《金瓶梅》時，把所有的髒話和淫穢事都處理成了誰也看不懂的拉丁文。這一點倒像郁達夫，他的《日記九種》中，凡是提及豔事，都用日文。至少讓我這個不通日文的人感到失望。

說到删，這個世界上是沒有一個絕對自由的國度的。

說三

剛剛看完的這部題為《媳婦的幸福時代》的電視連續劇再一次證明，目前文藝表現中，打擊的對象是「三」，即小三，或有癟三行徑的小三，或兼具海外華人和國內有癟三行徑的小三特徵的二合一人，也是三。

這一向看過的大陸電視劇多矣，到了過目即忘的地步，幾乎很少值得稱道，但有一點記憶猶新，那就是壞人無一例外，都是海外華人，或與海外沾邊的人，無論其是否男女，也無論其是什麼「龜」，海歸也好，海待也好，反正幾乎都不是好人。比如《媳婦的幸福時代》這部電視連續劇中，表現了一個名叫龍瑾的歸國女商人，此人不僅存心搞垮毛鋒的幸福家庭，還捲走毛鋒一家合力投資的鉅款而潛逃。在把小三和海歸結合成一體的兇惡表現上，編劇可謂用心良苦。

這種奇怪的指向，很有中國人「窩裡鬥」的特性，它不是衝著白人，而是衝著自己人，前自己人，前中國人，似乎所有的嫉妒、所有的仇恨、所有的憤懣、所有的不快、所有的鬱悶，全都一股腦兒朝華人頭上砸過去。其實說到底就是一個詞：嫉妒，由嫉妒而嫉恨，由嫉恨而記仇，由記仇而洩憤。潛台詞是：你從前跟咱們一樣，不過是撈著機會出去撈了點「菜票」而顯得高人一等而已。有啥了不起，你！

好玩的是，海外華人的筆下，對大陸的種種現象也頗有微詞，我就不講了。這大概總是人生的一個原則：愛是互相的，恨，也是互相的。記得最近跟一個朋友聊天，談起回到國內的感受時，他說：回去一兩個星期還行，吃什麼都覺得好吃，接下去就越來越受不了了。到了四個星期就想立刻走人，不想再住下去了。這大約是許多華人回去簽證只簽35天的原因之一吧。

還是回來說三吧。其實小三的表現，也不完全都是癟三型，此處所用癟三意，是指下三爛、下作、等而下之者，如龍瑾這個人人都能乘坐、最後把錢騙走的「公共巴士」。《蝸居》中那位名叫海藻的小三，就頗有動人之處。不過，到了最後，還是通過編劇的道德之筆，把兩個人給幹掉了：宋思明撞車死掉，海藻流產後把子宮摘掉。在對待「三」的問題上，中國的電視劇編劇幾乎個個都是極會意淫的道學家，人被他玩了，最後又都給宰了。就是這樣。

我最近在SBS上看的一出紀錄片就完全沒有這種道德說教，連潛藏的都沒有。該片片名英文是《A Lady's Guide to Brothels》（《淑女妓院指南》），講了兩位英國老大娘，如何到荷蘭，美國和紐西蘭尋找「完美無缺的機緣」，對不起，電腦出問題，應該是「完美無缺的妓院」——看來電腦比人靈秀，某種程度上說，妓院就是機緣，至少在這個紀錄片的意義上來說是如此，為的是在英國中部她們的家鄉開設一家公共機緣，不，妓院，排除種種障礙，最後大功告成的親身經歷。別的不談，要看的最好親眼看看這部片子，本人記得最清楚的一個細節是，據美國內華達州一家妓院老闆陳述，該院有不少年輕女子，白天有正式工作，晚上到妓院打工，完全是在沒有任何人逼迫的情況下，甘心情願做的，而且樂此不疲，因為報酬頗豐。對於這些女性，任何道德說教都是無效的。這些人，對那些以他人道德為己任的電視劇編劇，提出了嚴重的挑戰：如何反映真實？如何真實反映？簡單地對之施以道德謀殺，像中國電視連續劇中那樣，可能是行不通的。

關於該影片的英文資料，此處可窺見一斑：http://www.cbc.ca/documentaries/passionateeyeshowcase/2008/ladysguide/

南方

中國的北方，我最遠到過的是哈爾濱。對之，我只能下一個評語：無甚可看。既然關於北方我無甚可說，那就談談南方吧。

南方我到得最遠的是瑞麗，途中經過麗江和大理。這其中，麗江留下的印象最深，而使人印象至深的物體不是別的，是該地之水，這水清澈見底，引人躍躍欲試，俯身就飲，與昆明、蘇州、上海等地流動的一河河臭水、黑水、髒水、爛水相比，簡直有天淵之別。我對一個地方的評價，從此有了一個極為簡單的標準（其實也是我一向的標準，只是永遠都無法衡量）：水好，這個地方就好。水不好，一切都值得懷疑。

也巧，今天看洪邁的《容齋隨筆》（上卷），讀到當年歐陽公極想遷穎，蓋因「其民淳訟簡，土厚水甘」（p. 323）。現在大家都喝自來水，無所謂水甘不甘，但外面流水清亮不清亮，還是一目了然的。不清亮者，不可久居也。

當然，我說的南方是中國的南方，其實，我起先就想談的南方是外國的南方。2004年，我去丹麥參加詩歌節之前，想從朋友那兒瞭解一下，除丹麥之外，歐洲還有哪幾個國家最值得一去。朋友說的其他幾個國家之外，特別提到葡萄牙。我們在阿姆斯特丹稍微猶豫了一下，不知該去義大利，還是去葡萄牙，最後我說：就去葡萄牙吧。

我不想去義大利，是有原因的。早在離開澳洲之前，一位公司經理告訴我，他是義大利人，但來澳洲二十多年，從來都不回義大利，因為這個國家十分恐怖，小偷遍地，就是在銀行取錢，也要進入一個電話亭樣的地方，把自己鎖在裡面，否則很可能遭搶。他對我想去義大利的打算嗤之以鼻。儘管我不以為然，心下卻已犯了嘀咕。

到歐洲的兩顆大牙、大板牙——西班牙和葡萄牙——旅行之後發現，西班牙這顆牙有點像齲齒，而葡萄牙這顆牙卻像一顆寶珠。我喜歡看從晨曦的輕霧籠罩中浮現出來的廢棄的古堡。我喜歡牆上剝落的油漆和粉刷。我喜歡餐館裡賣的烤沙丁魚配土豆。我還喜歡這個國家國道中落的那種淒涼感覺。還是少說為妙，但下次去歐洲，我肯定還是要去葡萄牙的。

今天看書，才意識到，原來，當年尼采特別想去、最後去了的「南方」，卻正是我當年沒有去成、也不想去的義大利。據茨威格——他的短篇曾一度是我的最愛，但直到今天才知道，他1942年一同與妻子自殺於寓所——說，尼采正是因為去了義大利，才發現「他只有在祖國以外才能生活」。讀到此處，我點評了一下，寫道：「like me」。茨威格接著說，尼采去國之後，「他充滿了歡樂，他無家可歸，沒有家園和財產，他永遠地脫離了『祖國』，脫離了所有『愛國主義的束縛』」。看到這兒，我把這段話加了側劃線，繼續看下去。這時，茨威格說：「在尼采看來，精神的人的家鄉不是他的出生地——出生是過去，是『歷史』——而是他也生產，他也自己能夠造物的地方：『既已是父親，就是出生地』——『我是父親的地方，我創造事物的地方，才是我的家鄉』，而不是他被創造出來的那個地方。」我喜歡這樣的詞語，於是，我把這段話加了下劃線。

德國，亦即尼采的北方，可能在中國人的眼中代表著威嚴、嚴謹、認真和細緻，但在尼采那兒，卻代表著「暗淡陰沉」，他無法忍受「任何形式的北方，不能忍受任何德國化」。我在德國待的時間短，還沒有這種感覺，但如果把這個「北方」放在澳洲的語境下，那我是同意，我有很多時候，是無法忍受「北方」的。讀者也許知道，在澳洲，the North是指達爾文市那邊的北方，其中包括中國。[2]

詩寫我

剛到澳洲來，第一次與導師見面，在座的還有一位老者，被導師介紹為「詩人」，說他在希臘和澳洲名氣同樣大。談完話後，我跟詩人只有兩句話的交談。我問：你寫詩嗎？有點明知故問，但也是一種開始交談的方式。否則，你讓我說什麼？他回答：不。詩寫我。（poetry writes me）。這之後，我就一句話也沒得說了。甚至連笑都沒有。我還說什麼呢？正常人不說正常話，非要玩弄這種用濫了的小伎倆！你能讓人笑得起來嗎？

我是昨天讀到聶魯達的一篇文章，談到他久別歸家時的感受，說「最後認出我的是栗樹」[3]這句話時，想到多年前那件往事的。自己在文章中寫「栗樹認出了我」，總比當著別人面說「我不寫詩，詩寫我」，要來得自然、要少那麼點自戀、少那麼點賣乖吧。其實這種擬人法一點都不新鮮，可那個點評的人卻偏偏多持一舉地在那個地方評注道：「詩人的感受」，好像詩人是什麼怪物一樣。

---

[2] 上述引文出自《外國文學名作導讀本》（散文卷2）。廣西教育出版社2001年，pp. 164-165。

[3] 同上，p. 172。

我的回憶由此延伸到杜甫的兩句，「感時花濺淚，恨別鳥驚心」，覺得既是擬人，又不是。你可以說他看到花就流淚，聽到鳥就心驚，但花朵本身難道就不能濺淚？鳥兒本身就不能驚心？一語雙關，一行雙關，比那種玩什麼「詩寫我」要好得多。

陽萎

中國當代作家中，劉恒似乎是一個對陽痿問題特別感興趣的作家。三個中篇《白渦》、《虛證》和《伏羲　伏羲》，都與陽痿有關。《白渦》裡的華乃倩若不是因為丈夫陽痿，是不大可能與周兆路發生關係的。《虛證》裡可能因陽痿問題而自殺的那個郭普雲，被小說中的「我」嘲諷道，他的「大碑上應大書狂草：他的傢伙不好使」（p. 151)。如果說世上有黑色幽默的話，這應該是黃色幽默了，很典型的黃種人的黃色幽默，就像故事敘述者援引一段廁所的話一樣，「高尚了一天之後，不妨下流一下」（p. 164），也是很黃色幽默的。順便說一下，這個先陽萎、後自殺的郭普雲是個黨員，劉恒塑造這麼一個人物，是否還有更深的含義，那就不得而知了。

而後來改編成電影《菊豆》的《伏羲　伏羲》中，陽痿或曰無生育也是全篇故事得以發展到亂倫的主要原因。「上中農楊金山五十五歲的時候跨進了一生最悲哀的歲月。終於不行了。」（p. 228）[4]還可以加一句，楊金山五十五歲的時候適逢土改，但作者是否暗含他因土改而陽萎，仍然不得而知，因為這是作者暗道機關，有話語興趣的人可通過政治讀解進入。楊「不行」後，只能「乞靈於花樣翻新的襲擊」和蹂躪，無意中把生育和享樂的機會交給了比菊豆（26歲）小四歲的侄兒子天青。

4　劉恒《白渦》，長江文藝出版社，1992年。

這篇小說，我看得有點不耐煩，尤其是寫性的地方。大約經歷過直奔主題的西方性愛洗禮之後，中國的那種濃墨重彩，實際上遮遮掩掩的寫法，讓人看得很煩。天青與菊豆發生關係時，有一段描寫，是這樣的：

> 太陽在山坡上流水，金色的棒子地裡兩隻大蟒繞成了交錯的一團，又徐徐地滑進了草叢，鳴叫著，撲楞著，顛倒著，更似兩隻白色的豐滿的大鳥，以不懈的掙扎做起飛的預備，要展翅刺上雲端。

與清朝小說中凡是涉性的地方，不是來一段葷詩文，就是作者從外面插進來一句「他們後來幹什麼，我也不得而知」，相比上述引文至少還用了兩個比較厲害的字，「滑」和「刺」，如此而已。

說到清朝小說的葷詩文，此處倒可援引一例。張春帆《九尾龜》的中部，寫主人公章秋谷在外面花，跟一位半老徐娘的「舅太太」搞上時，不事敘述，卻來了一段詩歌，是這麼寫的：「一個是半老徐娘，一個是江南名士。鴛鴦顛倒，春風半面之妝；雲雨荒唐，錦帳三生之夢。掩燈遮霧，對影聞聲；輕軀暱抱之時，玉體橫陳之夜。這一番情事，好像天外飛來的一般，章秋谷做夢也不曾想到！」（見：http://www.tianyabook.com/zw/jiuweigui/111.html）

在此之前，提到章秋谷與另一位女子楚芳蘭一夜夫妻的情景時，張春帆三言兩語，一筆帶過，只說「這些故事，在下做書的也不必去提他」。（p. 565）

《伏羲　伏羲》這篇小說，讓我想起澳大利亞作家阿列克斯・米勒的長篇小說《Lovesong》（《愛歌》）。雖然人物不一樣，地點不一樣，語言更不一樣，但故事內涵基本差不多，講的也是一個女的沒有生育，借腹懷胎的故事，還暗喻了澳大利亞這個國家的混血特性。來自澳大利亞的白人男主人公John在巴黎與來自突尼斯的有色人種女子Sabiha結婚之後二十年沒有生育，後該女子為了得子，跟每日到她與丈夫所開餐館送菜的義大利人Bruno發生關係，生下孩子後，兩人來到澳大利亞定居。很簡單的一個故事，寫了300多頁。正如《伏羲伏羲》一樣，一個簡單的故事，寫了90多頁。兩個故事唯一的差別在於，《愛歌》中，Sabiha事發之後，很快就得到了John的原諒，讓我不能不懷疑白人的虛偽，而《伏羲　伏羲》中楊金山得知孩子不是他的之後，則痛不欲生，差點把自己破相，又幾乎把天青生的兒子處死，不久倒是自己鬱鬱而終。孰優孰劣，還是不做評判的好。

劉恒的這個作品，後來不僅改編成電影《菊豆》，還在一個澳洲編劇手下改編成歌劇《The Possessed》，由澳華作曲家于京軍（Julian Yu）作曲，澳洲人Glenn Parry作詞，我本人翻譯成中文，中文標題是《意亂情迷》。記得2003年由墨爾本的歌劇團Chamber Made Opera在墨爾本首演時，我去看戲，再一次目睹了兒時在家鄉黃州大禮堂看戲的情景：舞台右側從上到下打出一道白色的光簾，映照著一行行描寫劇情的內容，只不過內容由我翻譯，字體則是繁體罷了，有一種很奇怪的感覺。

那塊白

畫家和作家能不能捏合在一起？想想好像不能。那我把張曉剛和劉恒捏在一起看看怎麼樣？

先說劉恒。他的《虛證》這個中篇裡，郭普雲有一個外表特徵，就是「最突出的是左眼下鼻子旁邊，有一塊小柿餅那麼大的藍皮膚長時間不退色，好像叫人給打腫了。」（p. 121）之後，郭做了一個手術，結果沒有成功，留下「那塊白」，「那以後他頻繁地稱自己為小丑」（p. 152）。

再談張曉剛。據報導，在紐約蘇富比春季拍賣行上，這位畫家的《血緣系列：三個同志》奪魁，以211.2萬美元成交。（見http://blog.sina.com.cn/s/blog_50587e530100enp0.html）

大家只要看看張曉剛的《血緣：大家庭》這幅作品，一眼就能看到劉恒，至少是劉恒筆下郭普雲的那塊白，幾乎沒有一塊不在「左眼下鼻子旁邊」。不信你看這：http://contemporaryartsem.files.wordpress.com/2008/09/zhang_xiaogang_family.jpg 其中母親和女兒的斑塊稍帶黃。

劉恒的作品收在1992年那本小說集中，張曉剛的《血緣：大家庭》則創作於1994年，至少晚了兩年。張曉剛是否看了劉恒的小說，看了之後是否產生了靈感，這是說不清楚的事，只有問他自己了。我們只能推測，他很可能看了，也很可能從中受到啟發。如果沒看，那就純粹是巧合，但我還是有一個建議：畫家常看小說或其他類別的文藝作品，應該是大有裨益的，至少可以促成這種巧合的發生。

思

不要以為「思」這個字有什麼了不起。比如羅丹的《思想者》，在我眼中從來都有一種感覺，好像雕塑的是一個正在拉屎的人。不信你看看那個姿勢，頗像坐在西方人的馬桶上，許久拉不出屎來的一種感覺。如果表現中國人在思想，恐怕那人的臀部還要放得更低，快要接近地面的糞坑才行。

好在中國的思想家不多，這是文字本身決定的。你看看「思」這個字，田在心上，心裡想的就是一個東西：田，解甲歸田也好，躬耕壟畝也好，都是一個田字在心頭。田，押的是錢韻，在當今就相當於錢。一個朋友開餐館，還投資，問他為何搞得這麼累，他說：不賺錢不行啊！說得好。一個朋友放棄了大學教師，當了教會牧師，問他是否棄絕塵世，不再對金錢發生興趣，他卻大談信仰上帝之後，事業如何蒸蒸日上，末了來一句：錢是我們大家都要呼吸的空氣！說得更好。

中國思想家不多，多的是思錢家。

詩人

詩人形象壞之久矣，而今大壞，尤其在寫小說的人眼中。劉恒在他的《虛證》中，借小說人物一上來就把詩人罵了一通，說：「舉國的詩人準詩人恨不得每天幾十萬首地製造這種東西。」（p. 109）[5]他說的「這種東西」，是指一個有寫作史詩慾望，但後來自殺的人所寫的詩歌習作。不過，小說敘述者還算有同情心，意識到把郭看成「打腫臉充胖子的詩歌愛好者」，是一個「謬誤」，因此而「將尊重所有沉醉在詩歌裡而又註定會失敗的人。他們過多地分擔了人類的痛苦，像郭普雲一樣。他們本來可以活得輕鬆一些的。」（p. 119）[6]

到了余華手裡，詩人簡直就一錢不值了。他《兄弟》中那個趙詩人的形象，完全是個垃圾。不是打架鬥毆，就是罵罵咧咧，最後窮愁潦倒，落到了下崗失業的地步，被其對手劉作家劉C如此奚落道：「都寫了快三十年了，只在從前的油印雜誌上發表了四行小詩，這麼多年下來，連個標點符號也沒看見增加，還在說自己是個趙詩人，不就是個油印趙詩人嘛……」（下部，p. 464）。此人穿「一身皺巴巴髒兮兮的西裝」，看的是大家早就不看，修理行早就不修的「十四英寸的黑白電視」，得用「少年時期的掃蕩腿」才能出圖像，「一腳就把圖像掃蕩出來了」，而且「生活中一個女人也沒有」（p. 465），

5 劉恒《虛證》，長江文藝出版社，1992年。
6 余華《兄弟》，上海文藝出版社，2006年。

介紹給誰，誰都不要。一個女人說：「趙詩人連個垃圾王老五都算不上。就是一隻母雞，也不會多看他一眼。」（p. 466）

走筆至此，中國詩人尊嚴掃地，無以復加。

我有一個臆測，憎惡詩人的人，很可能從前曾經就是詩人，只不過後來沒有成功罷了。這有點像搞批評的，從前不是搞詩，就是搞小說，因為天分不夠，才氣不足，搞什麼都不行，只好退而求其次，做點說三道四，捧殺罵殺的事。

不過，我的這種臆斷沒有完全得到證實，只得到一半的證實。網上提供的情況正好相反，余華自言從來沒有寫過詩。劉恒不同，自言「最先幹的事兒是寫詩和寫電影劇本，最後才是寫小說」（見：http://cq.cqnews.net/cqztlm/qt/zxnh/mrmj/lh/zyzp/201003/t20100317_4198153.htm）。他的詩意，從小說《教育詩》中可見一斑。他對詩人的尊重，至少比余華多那麼一點。

老實說，我雖然也寫詩，但對不少詩人的為人並無甚好感。一樁樁、一件件的事情也可舉出很多，此處就免了吧。

詩人形象不是前面劉、余那種，就是像澳洲一種葡萄酒廣告打的那樣，悲慘淒涼。記得第一次看到廣告時我吃了一驚：酒瓶摔在地上，碎得四分五裂，淌出一灘鮮紅血液般的紅葡萄酒，中景推出兩個英文大字：Poets' Corner（詩人角）。

是詩人都得幹活。法國詩人龍沙（1524-1585）曾把詩人比作「professional soldier」（職業士兵），也就是說，在法國貴族普遍不尊重詩人的時代，詩人要想活下來，都得打工幹活。[7]

實際上，直到現在，詩人依然普遍不受尊重，寫了書要自費出，

[7] 參見Jan Walsh Hokenson and Marcella Munson, *The Bilingual Text: History and Theory of Literary Self-Translation.* St Jerome Publishing, 2007, p. 69.

出了以後又賣不動，靠詩不能賺錢，只好各自找一個工作糊口。我所認識的詩人中，有當編輯的，有教書的，有當攝影師的，有在地攤畫畫的，有開公司的，有搞房地產的，有在醫院當男護士的，有失業的，等等，只在丹麥見過一個完全靠詩生活的詩人，就是Peter Laugesen。他告我，在丹麥，如果到了一定地位，國家就發津貼，養你一輩子，而他情況就是這樣。

其實，詩人就是一個常人，他與常人惟一不同的地方在於，他是一個肉體塑成的樂器，經感情指頭一撥動，就發出異樣的聲音，有的甚至是遺世的絕響。

就我所知，在一些人——一些西方人——的眼中，詩人還是有著至高無上的地位的。幾年前看一本美國最佳詩歌選中一個詩人的介紹時，發現該詩人放著大學教授不當，專門當了詩人，說是當詩人是他一生最大的願望。我2007年在坎培拉幾家大學駐校期間，到深山老林裡拜訪了一個澳洲詩人。此人本是開業醫生，但卻放棄了這個行當，一心一意當了詩人。後來我到武漢教書，碰到也是來自墨爾本的一個澳大利亞伊朗籍的詩人，是個80後的，最後和他告別時，他說了一句話，給我留下印象。他說：我回澳洲後，還想繼續當詩人。

黃配黑

如果老話說，紅配綠，醜到底，那麼，黃配黑又怎麼說呢？

你可能大致已經知道我要說什麼了吧。是的，今天看到有關成龍新片The Karate Kid（《功夫夢》）的介紹時，不覺啞然失笑，心想：美國人果真玩不出什麼新名堂來了！凡是有中國人出場的電影，非要把黃人和黑人捆綁銷售，這已經成了美國電影中的大滯定型，沒有任何希望了。如果說美國電影沒有希望，這就是它的沒有希望。不妨回憶一下美國原來搞的幾個電影。1998年的Rush Hour 1（《尖峰時刻》

1），把成龍和黑人演員Chris Tucker捆綁在一起。2001年的Rush Hour 2（《尖峰時刻》2），這兩個人還是像孿生兄弟一樣捆綁在一起。到了2007年Rush Hour 3（《尖峰時刻》3），這一黃一黑簡直就像成了連體人，已經沒辦法分開了。

不要以為這是偶然。一向以來，黃種人的地位在白種人的眼中並不比黑種人的好多少。有史為證。《九尾龜》上卷，辛修甫路見一洋包車夫欺凌一個「衣裳破碎的老頭兒」，不禁感歎道：「你看他穿著一身奴隸的衣服，不曉得一些慚愧，反覺得一面孔的得意非常，靠著他主人的勢力，糟蹋自己的同胞。就和現在的一班朝廷大老一般，見了外國人側目而視，側耳而聽，你就叫他出妻獻子，他還覺得榮幸非常，仗著外國人的勢頭，拼命的欺凌同種，你道可氣不可氣？怪不得外國人把我們中國的人種比作南非洲的黑人，這真是天地生成的奴隸性質，無可挽回。你想我們中國，上自中堂督撫，下至皂隸車夫，都是這般性質，那裡還講得到什麼變法自強？。」（p. 286）

現在唯一的不同，不是把華人比做黑人，而是捆綁在一起，暗含的意思是一樣的，不言自明。

借

中文的「借」字令人頭疼，特別是翻譯成英文就更其如此了。在法院，如果誰出庭作證，上來就是一句話，說：我借他一百萬，這是很要翻譯命的話，無論你怎麼翻譯，都有可能犯錯、翻錯，因為這個「借」字同時包含著「借給」和「從誰那兒借來」的兩個意思。

在實際生活中，借錢、借書給人，會遇到同樣的問題。一本書借給別人很久都不還，到最後你向朋友要，朋友來一句：你怎麼這樣一個人！不就一本小書嗎，有啥了不起的，一天到晚追著要。這一來，借書給人的，倒好像是從別人那兒把書借來的一樣。借錢給人是同樣的。如果你有這方面的經驗，不用我絮叨你也清楚是怎麼回事。壞就壞在中文的這個「借」字上，主客不分，反主為客。不過，英文雖然把借一分為二，剖成lend（借給別人）和borrow（從別人那兒借），同樣反主為客的情況還是屢見不鮮。要不莎士比亞筆下的哈姆雷特就不會說這樣的話：「別從人那兒借錢，也別借錢給人，否則，借錢給人的人不僅丟了錢，也丟了朋友。」

四百多年前的話，很智慧啊！

髒力

今天上翻譯課，我把慕容雪村《成都，今夜請將我忘記》的原文與其英文譯本給學生對照了一下，同時還對照了閻連科的《為人民服務》中英文本，發現了不少問題，其中一個最主要的問題，是一個陳姓學生指出來的，那就是《成都，今夜請將我忘記》的英文譯本缺乏「張力」。我讓他具體舉例說明，他卻語塞。作為學生，這很正常，因為這正好給老師留下了解釋的空間。我開了一個玩笑，說他所說的「張力」，其實就是「髒力」。大家都笑了。這話怎講？慕容雪村這本書我沒細看，只看了第一頁，第一印象就是，髒話遍地。第二段中連續出現四次：「這廝」、「長得跟豬頭一樣」、「屁本事沒有」，以及「在這種鳥人手底下幹活」。有學生（女性）說：那不是鳥嗎？我說：那個字讀「diao」，第三聲，原字已經從電腦軟體中剔除了，只有繁體字有：屌。可是，這四句罵人的話，翻譯成英文後全部消失，因為根本就沒有翻過去，給閹割掉了。所以我說是沒有「髒力」。

其次，這個劣質的英文翻譯把文學翻譯變成了一種編譯和譯寫活動，一上來就失信於「譯」，任意增刪文字。不僅把本來還有點意思的《成都，今夜請將我忘記》，搞成了一個很濫的英文書名《Leave Me Alone》（亦即「別碰我」）——注意，以這個標題命名的東西網上比比皆是，邁克·傑克遜的一首名曲就叫《Leave Me Alone》。由此看來，西方人的跟風也很嚴重，但在此例中，跟得很下三爛，完全不懂命名藝術——還把所有加了小標題的文字刪去，代之以「Chapter 1, Chapter 2, Chapter 3」（即第一章、第二章、第三章），等等。例如，一開頭的第一個小標題就是《成都，你的肌膚柔軟》，其他的小標題依次是：《她那是第一次》、《會不會是李良惹的禍》、《嘩的一聲掀開裙子》、《她激烈地拒絕》等，到了英文，全都沒了！這種英文翻譯真是粗製濫造得可以。

同樣的問題，也發生在閻連科《為人民服務》的英文譯本中。好端端的一個「引子」，閻在裡面把「毛澤東」三字以「***」取代，從而徹底地顛覆了毛，卻給那個無聊的英文翻譯——還是個很有名氣的——給兜底端掉了，其英文翻譯只需要看一小段，就發現差勁得不行。例如，閻在第一章開頭說，寫這本東西，「是生活重演了《為人民服務》那部小說中的一個事件」，但英文翻譯卻畫蛇添足，在「重演」之前加了一句說：life has imitated art（生活模仿了藝術）。什麼東西！

一個學生問：怎麼這樣的東西也能讓出來？老師回答說：第一，西方出版社面對的是一個stupid（愚蠢）和ignorant（無知）的讀者群。這些讀者提到中國，只知道有北京、上海，不知道還有其他地方。如果讓成都二字出現在封面，恐怕誰都不知道在哪兒，也誰都不會去買它了。之所以《上海寶貝》和《北京娃娃》這樣等而下之的作品居然能夠翻譯成英文而大行其道，除了寶貝和娃娃的誘惑力之外，上海和北京作為可識別的標誌也是一個重要的誘因。其次，中國寫作的人，如果有人提出要把他的作品翻譯成英文，那簡直是什麼升天的感覺，哪敢管人家翻得怎樣啊！再次，就是再次了，也就是說不少中國作家的英文水平是很次的。他哪裡認得人家是否把他的作品「強姦」過了呢！我們常說政府「強姦民意」，這句話放在中文進入英文的這個語境下，那不是「強姦民意」，那是「強姦型翻譯」，先把你的文字任意強暴一番再說，管他什麼信也好、達也好、雅也好。最後，英譯作品出來後，那些搞書評的人，基本上可以說是中文文盲，只能根據英文來評價好壞，完全無法審讀原文。幾乎可以這麼說，至少在英文翻譯市場，對中文文學的翻譯，是一個從愚昧無知的翻譯，進入愚昧無知的市場，被愚昧無知的人評論的狀態。這種情況下，不把原文割裂、破碎、肢解、拆卸、強姦、凌辱，那才叫怪！中國人嘛，本來就可以任意打發。中國的文字嘛，就更不在話下了。

當年老舍的《駱駝祥子》從中文進入英文後，一個悲慘的結局被美國翻譯整成了一個大團圓，而且根本不事先徵求他的意見，頗令老舍不快，儘管賣得不錯。

怎麼樣？你今後還想讓你的文字進入英文嗎？想？好的，那就讓他們先姦後譯吧。

胯

胯，這個字，在我們那個地方，發音跟英文的car一樣。此處先按下不表。

從前有個西人，把蘇軾的「人生到處知何似？應似飛鴻踏雪泥。泥上偶然留指爪，鴻飛那復計東西」這首詩，張冠李戴成了黃庭堅的。這件事我在一篇英文文章中指出過，過後就忘了，最近一位學生提起，又讓我想起這件事來，於是說：在我們老家，有一句話很準確、也很生動地描述了這個問題，只不過聽上去似乎很粗魯，它是這麼說的：「牛胯扯到馬胯去了。」那意思是說，本來長在牛胯下的東西，被你東拉西扯，扯到毫不相干的馬胯下去了！

由於普通話的話語霸權，胯這個字簡直沒辦法用普通話來說，說了就原味盡失。非得用黃州話來說才行。

眼力

整個1980年代，特別是早期和中期，所有中國活著的作家中，我最佩服一個人。先不告訴你這人是誰，我佩服到了專程去北京看過他一次，在他大約只有火柴盒子大小的房間裡，跟他聊了足足兩個多小時，其實，完全聽他一人聊，因為這人實在太能聊了，也因為我實在太嘴笨了。他還當著我的面，把我寄給他的一部長篇整個兒剖析了一遍。

昨天，我講翻譯課時，專門把他的作品原文和英譯本作了一個對照，同時還通過youtube網站，給學生放了一段BBC對他的採訪。這個採訪有兩個地方引起了我的注意。一是當訪談人祝賀他70大壽時，他說他一生很少慶祝生日。我很感動，因為我一生也很少慶祝生日，而且每每臨到生日，就有種不舒服的感覺。記得虹影在《饑餓的女兒》中開篇就提到她從不過生日，只是我的書太多、放得又太亂，一時沒法找到那本書，好在網上一查就能查到，原來她在第一章的第一段裡是這麼說的：「我從不主動與人提起生日，甚至對親人，甚至對最好的朋友。先是有意忘記，後來就真的忘記了。十八歲之前，是沒人記起我的生日，十八歲之後，是我不願與人提起。不錯，是十八歲那年。」

毛姆有篇文章談到他七十歲生日時說：「我自己的生日，沒有任何慶祝活動。我早上照常工作，下午到屋後僻靜的林子裡去散步。」[8]我很喜歡這種到林子裡獨自散步的感覺。

此處插進一點別的東西。東西方除了諸多其他倒反現象之外，還有一個倒反現象，就是對待文字上網的態度。我曾經翻譯過一個澳洲

---

8 參見世界文學編輯部（編），《人像一根麥秸》。新華出版社，2003，第438頁。

女詩人的詩，把它放到了我自己的個人網站上，原以為她會很高興，卻沒料到她大為光火，要我立馬把東西撤掉。我撤了，而且從今以後也不再做這種吃力不討好的事情了。當然是我活該，因為我不瞭解西方的民情：一切都是有權的，人權、署名權、著作權，等等。

由於對種種權力、權利的尊重，給我造成了極大的困難。要不是我手中已經買了上述那位前中國作家的原著和英譯本，以及其他幾個人的雙語本，我的翻譯課勢必不會那麼圓滿。這次的一個遺憾就是，我手頭有王剛的《英格力士》，卻沒有英譯本，在香港時沒買，以為網上能夠查到，可費了半天勁，網上連一頁都查不到，全封死掉了。恰恰相反，凡是稍有名氣的中文書，網上均可隨便查到。看來東西方在對這個事情的認識、態度和做法上，實在是勢不兩立或者說涇渭分明的。

好了，話又說回去了。當問起那位作家對他作品在中國被禁的情況如何看時，他表現得很坦然，說他早在沒出國之前作品就被禁了。片子放到這個地方，我叫停了。

我把我和這個人當年的會面情況簡略地告訴了學生。我並告訴學生說，我崇拜此人時，此人的書在國內到處都有賣，此人的劇本也在青藝或人藝上演，而並不是像他所說完全遭禁的。我之所以喜歡此人的東西，是因為他當年在某家報紙上專門開有談論現代派作品的專欄。如果屬於遭禁之列，當年他絕對不會是名聲遠播的。他的作品也不會很快就讓馬悅然看中、看重。

至於他為何這麼說，是不是有意撒謊，還是記憶衰退了，那就得問他自己了。

他是誰？高行健，一個我2005年在武漢大學教的研究生中第一次提起時沒有一個學生知道、我的一個在武漢某大學當副教授的朋友第一次聽到也不知道，而且國內一篇論述十年來獲得諾貝爾獎作者的學術論文以《近十年諾貝爾文學獎的評獎取向》這種含糊其辭的標題為題，連提都不提起的獲得諾貝爾文學獎的漢人。

現在明白我說的眼力的意思了嗎？我是說我自己吶！我可沒有那種先見之明，知道誰能拿什麼，但我至少能識人、至少在這個人身上沒識錯。

外科先生

一跟澳洲醫生打交道就知道，原來醫生並不都是叫Dr（醫生）某某某的，還有叫Mr（先生）某某某的。從前總以為這是一個比Dr更高的職位，最近留了一個心，才發現大謬不然。事情起因是，我去給一位病人做翻譯，這次他的醫生還是Mr Wallace。看完病後，我跟他聊起來，得知他每週至少要做三、四次手術，每年大大小小要做二百多次正式的手術。說到這兒，他說：I like it（我很喜歡這個工作）。這跟我們——至少我的——態度很不一樣，不是覺得很苦，而是覺得很喜歡。當年我在加拿大做三峽工程的翻譯，途經深山老林，對方公司的老總揮手指著大山說：從前我在這兒做過水利。我的第一個反應就是：哎呀，那條件一定很艱苦！他搖搖頭說：不，其實很好玩。看來，西方人對工作和生活的態度，跟中國人就是不一樣。也難怪。那時，我到加拿大遙遠的Bay James這個地方和他們一起參觀過一座水電站，那兒冰天雪地，但工人的住宿條件極佳，至少中國人是沒法比的，室內有暖氣，洗衣房有電視，供人等待時流覽。我望著窗外白雪皚皚的景色，心想：什麼時候中國也這樣該多好！那是四分之一世紀之前的事了。

為什麼不叫醫生，而叫先生呢？這裡面有個說法，可追溯到16世紀。那時，隨軍打仗的醫生不是外科醫生，而是理髮師，叫做barber-surgeon（理髮外科醫生）。他們跟正規醫生不同，是沒有正式學位的，獸醫也是如此，因此大家都不叫Dr（醫生），而叫Mr（先生）。

惜乎中國出的英漢字典對此都沒有解釋。按理說，外科醫生應該譯作「外科先生」，這反而比醫生好聽了，有點足球先生、棒球先生、業界中的佼佼者的味道了。

最不詩人的詩人

Catullus是我最喜歡的古羅馬詩人。當年我翻譯《西方性愛詩選》（另一本），就選譯了他的東西，可惜這本連手稿都不知弄到哪兒去了。今天在醫院做翻譯，看他的書時，看到一處大為歎賞，他說他自己是least of poets，深有同感，立刻在該頁把它翻了出來：「卡圖魯斯：最不詩人的詩人」。

同感？是的，當年我曾想寫一本英文詩集，標題是《Poems by Someone Who Does Not Know How to Write Poems》（不會寫詩的人寫的詩）。也曾自稱是一個不會寫詩的詩人，沒想到，我的這種感覺早在兩千多年前就有人說了。卡圖魯斯（西元前84-54）可以說是所有詩人中最色、也最出色的一個，但同時又很詩。今天看到的這首讓我擊節叫好的詩中，一個男子對他心愛的女子這麼說：

你要待在家裡
待在自己房裡
做好準備
一跟我見面就來
一來就來九次

（選自《Catullus The Poems》，p. 89）

好了，其他的好東西，還是自個兒欣賞好，用不著跟人分享了。

虛線

社會越來越文字化，越來越不相信嘴，這是我在跟她聊到一件事情時得出的結論。昨天，她上網看到了當天的中國新聞，感到很興奮，同時她注意到，大陸藝人見面時，居然全都像西方人一樣互相親吻臉蛋兒，久住西方的華人反而卻不這樣。

我說：中國的西化過程勢不可擋，越來越西了。前日看完的那個《媳婦的幸福時代》中，媳婦的第一個婆婆有句口頭禪，凡是口說的都不算，一定要「簽字」。這個簽字，就是西方帶進中國來的。當年，英國人跟中國人打交道，最讓中國人不習慣的，就是永遠要在有虛線的下面簽上自己的姓名，好像這樣就板上釘釘了。一位澳洲作家（Oscar Asche）把中國人、德國人和日本人比較一番之後評論說，就算跟日本人和德國人簽字也沒用，他們一翻臉，就撕毀合同。中國人不同在於，他們口裡說的話，等於是他們的合同。

這跟中國的文字有關。所謂信，左邊是人，右邊是言，就是人說的話，而人說的話，是要算數的。言而無信，行而不遠嘛。但是，那是古代人的信。既然連簽字的合同都能撕毀，人言就更靠不住了。

相信文字，西方猶烈。當年我做博士，每次和導師見面，基本不超過半小時。為什麼？因為他不相信嘴上說的話，他更相信文字。一見面，他就從桌子對面把一張早就列印好的審稿意見推過來。你自己看去吧，廢話少說。這跟國內的情況大不相同。一位教授朋友曾向我訴苦，說有時跟研究生談起論文來，一談就是五個小時！

這在澳洲是絕對不可能的。

掌

前面談到過人指的功能，Palm reader（掌中寶）之所以沒有發展起來，與沒有意識到人指的功能有直接的關係。

這次到雪梨歌劇院看戲，觀察到不同的鼓掌方式。在中國，人們鼓掌大約只有一種方式，即左掌與右掌相擊，發出聲音，而且永遠在身前、胸前。樂團成員鼓掌，則因其樂器不同、姿勢不同、站位不同而千變萬化，不一而足。小號手站成一排出場時，觀眾歡聲雷動，這時，我注意到一位華裔小號手左手執號，右手順下來，輕輕拍著褲筒。我面前的幾位女性小提琴師，在凡是需要鼓掌的時候，左手持琴，右手把琴弓伸出，敲打著面前的椅子靠背。斜對面的大提琴師右手扶琴，左手拍打著自己右手的手背。一位小提琴手用右手拍打右大腿一側，而她前面的第一小提琴手則伸出右手拍打自己右腿膝頭上方。

我從前在墨爾本的酒館、咖啡館參加詩歌朗誦，那兒的鼓掌方式又有不同。有用手拍桌子的，有用啤酒杯底敲桌子的，有用手掌擊打旁邊門柱的，還有用手在自己身上任何部位拍打的，包括頭部。哪兒都無所謂，只要發出聲響就行。

老實說，我很喜歡這種不拘一格的鼓掌方式。實在雙手都占住了，例如，左手拿酒，右手拿煙或書，依然有掌可擊，腳掌。雪梨歌劇院的成員們這次就以腳掌鼓過一次掌，應和著觀眾的掌聲，此起彼伏，相得益「掌」。

出租司機

所謂出租司機，我有個體會，就是把司機出租給你，除了車之外。這次去雪梨，一下子租了好幾個國家的司機，有埃及的，有希臘的，有塞爾維亞的，有印尼的，還有中國的。每個司機都是一段故事。聽我細細敘來。

從機場到雪梨的路上，這位埃及司機跟我談起說，他八年前來到澳洲，一直認為這是一個很不錯的國家，因為在埃及，像他這樣的基督徒，是沒有任何前途的。在那個國家，穆斯林人口占75%，政府的執政者都信穆斯林。舉一個小例。你若申請工作，把身分證交上去，對方一看上面你信的是基督教，會立刻告訴你：謝謝你！但我們這兒沒有工作。這位埃及司機對華人社區高度評價，認為華人跟其他民族不一樣，互相幫助，抱成一團。我這個人有個習慣，談什麼都會往文學上靠一靠。我問這位埃及人：你知道馬哈福茲嗎？他說：誰？我又把名字說了一遍，還補充說這是你們埃及獲得諾貝爾文學獎的人。他說：哦，我知道，然後就沒話了。顯然，他是並不知道的。這樣也好，一個得了諾獎的人可能以為她或他盡人皆知，但這個世界之大，就是有不知道他／她的人。即便有知道的，也不一定就看過其書，比如我就沒有看過馬的一本。

接下來從飯店去歌劇院，出租給我的司機來自廣東，講了不少他自己的事和當年華人搞身分的事，說他目前擁有六輛計程車，是一個小公司，來澳洲21年了。接著就談起當年搞身分的816，613等等限制和規定。這些東西，如果放在任何一個別的語境下，可能都讓人不知所云，但對1989年前後抵澳，身臨其境的人，則都會如數家珍。他講的一件事情，讓我小吃一驚。據他說，當年曾有一批中國學生想打集體官司，每人交40澳元，湊成了3百多萬澳元，結果被某某以及某某某等拿去賭博消耗淨盡！

中間有一次出去吃飯，出租給我的司機看樣子是個老華人，可我一開口說漢語，他就搖頭。原來他30多年前來自印尼，一句華文不會，原因是我早就清楚的：印尼排華，不許開辦華文學校，不許華人起華文姓名，但我不知道而這次他告訴我知道的是，即使起了印尼人的名字，政府也會在身分證上標上暗碼，你不知道，他們一看就知道你是華人，從而在教育、就業等問題上區別對待。他還讓我知道了，印尼前總統瓦希德是半個華人，自他執政以來，變了一個天，華人又揚眉吐氣了。

第二次去歌劇院，開車的是個不太願意講話的老頭，收音機聲音開得很大，車也開得很猛，在一個轉彎的地方突然停車，把我整個人向前面摺去，安全帶插了半天也沒插進去。讓他把收音機聲音調小，他也很不情願，伸手做了一個假動作，聲音還是原來那麼大。一看來頭不對，我就好言和他搭訕起來，結果得到的情報也不過是此人60年代來自希臘而已。真正是話不投機半句多。而且60年代也是我猜出來的，因為我從史書上早就得知，澳大利亞的1950年代和1960年代是希臘移民和義大利移民湧入的年代。其中的一個結果就是，墨爾本成為雅典之外最大的希臘城。

最後一個出租給我的司機是塞爾維亞人，但這個人有意思，我問他時他卻說：我是南斯拉夫人。我說：南斯拉夫不是老早就解體了嗎？他說：是啊，太不好了。我說：現在分成了幾個國家？四個？他說：六個。接著就給我算起來：斯洛文尼亞、塞爾維亞、馬其頓、克羅地亞、波士尼亞、黑山。我說：不是還有科索沃嗎？他立刻說：這個不能算。那些阿爾巴尼亞人很窮，都跑到科索沃，一來就生孩子，每家生12、13個孩子。最後人多勢眾，就把我們給擠出去了！言談中可以感覺出，他對阿爾巴尼亞族的人偏見很深，甚至還有擴而大之的傾向，他認為，這種現象正在世界各國發生，如法國的穆斯林，如澳洲，窮人一個勁地猛生，富人節節敗退，導致的結果就是新民族的產生。他又告訴我，他從前是做建築的，但因為一個Chinese老闆把他騙了，總共有兩千多澳元，他才轉行當出租司機。看來，每個民族的人對其他民族人的認識，是否好壞，常常參雜了這種無法避免的個人經驗。我轉了一個話題，積習不改，又談起文學，問他是否看了帕維奇的《哈紮爾詞典》。我一提這個名字就很激動，立刻說了一堆讚美的話，不料他卻說：看過，不好看，這個作家太自戀，我沒看完就擱下了。他跟著就向我建議，應該看南斯拉夫獲得諾貝爾獎的作家安德里奇，說這位作家描寫鄉間的作品可以讓你聞到鄉間的氣息。這時，我們的談話不得不結束，因為我已經到站了。

燒

10頻道今晚節目The 7pm Project上，一人採訪南非記者時說，世界盃結束後，他們準備拿舉行世界盃的賽場幹什麼？這位南非黑人大漢不假思索，說：We are going to burn it! We are going to burn it!（我們要把它燒掉！我們要把它燒掉！）

話音一落，所有的人都哈哈大笑起來。

這，就是西方人的幽默。很好的幽默。笑完之後，記者才正兒八經地談起了賽場以後的用處。

試想，如果2008年北京奧運會結束之際，有人採訪中國記者，問類似的問題，得到類似的回答，結果會怎樣？

不難想像，第一，沒人會笑，中國人的幽默不是這樣的。第二，記者肯定丟工作，就算不丟腦袋的話。

踩點

「踩點」這個詞，網上有很多意思，也有很多解釋，但沒有一種意思是我當年下放的那個意思。「點」指知青點，「踩」指走。所謂踩點，是指從一個知青點「踩」到另一個知青點。大約快40年前，我們在下放的那個地方，逢到農閒，後來也不管農不農閒，我們就會去踩點，從最近一個村莊的知青點踩起，把該點的口糧吃完後，就「踩」到下面一個點去。隨著離鄉回城，進城上學，越洋讀書，這個詞很快就從嘴上消失了。我後來才發現，中國有很多詞，曇花一現，很快就不見了。

例如，1999年我在北大駐校期間，回老家黃州去了一趟。朋友帶我去歌舞廳玩，我注意到一個現象。在唱歌休息的空當，所有歌女都來到廳外，從腰間取下別著的BP機——那時基本沒有手機——一邊看，一邊手裡還不閑著。對我這個剛從國外回來的老土來說，真不知道她們在幹啥。朋友跟我解釋了一番才明白，原來她們這是在查看BP機上的資訊之後，正忙著回覆或就近找地方打電話。這種做法叫做「覆機」。不久，隨著手機大潮席捲全國和全球，這種與BP機連帶產生，帶有時代特徵的詞語很快就隨著BP機銷聲匿跡了。

其實，應該有一本像不斷刷新的多卷本英國《牛津大辭典》之類的書，把所有這些漏網之魚、漏網之詞搜集起來，這麼做工程肯定浩大，因為有點像把每次從天上掉下來的雨滴都搜集起來一樣，但個人以為頗值一做。想到我問80後的學生這些詞的意思而他們絲毫不解其意時，我就更堅定了這種想法。

微

把「微」一打，跟著就出來「笑」，好像電腦知道我要寫什麼似的，但我立刻就把「笑」刪去了。

這次去雪梨，又到那家寫著「樓高藏好書」的書店去了，上去要爬三重樓梯，還要忍受樓上舞廳嘈雜的音樂聲和雜遝的舞步聲。這家書店基本上沒什麼人，書也從來都不大整理，老闆抬頭看看有人來了，重又把頭低下去，不是看書，就是看電腦螢幕。你買書也好，不買書也好，他永遠都無所謂。不過，碰到我，每次都會買幾本書，這回買的，就有一本叫做《五根》。啊，想起來了，不是在這兒買的，而是在另一家名叫China Books的地方買的。都無所謂。反正不好看。只記得有一個地方談到張承志時頗有微詞，說他有篇文章「寫得不好，過於偏激」。（p. 276）

對，就是這個「微詞」，讓我想到許多與「微」有關的字，比如看東西要見微知著，吃東西要微辣，做的東西裡面有微疵，等等。仔細想想，「微」跟年齡恐怕不是沒有關係的。到了一定的年齡，愛是微愛，恨是微恨，妒，也是微妒，詞，更是微詞。所有感情「微」它一下，包括吃喝玩樂等人類活動，如微吃、微喝、微玩、微樂，等等，人可能活得更踏實，也可能活得更長久。

其實，古代也是有「微」的。那時有些書名就以「微」結尾，如《左氏微》、《鐸氏微》、《張氏微》、《虞卿微傳》等。[9]據洪邁講，這個「微」係「微指」，即「微旨」的意思。不過，我倒覺得「微傳」不錯。今後就不要搞什麼「大傳」這類，看得人昏天黑地，來一個「微傳」挺實惠的。

拉

我沒學過丹麥語，但我知道，有一個丹麥字跟中文字如果不是相同，至少是接近的，這就是「拉」字。

2004年，我應邀去丹麥參加詩歌節，同時受邀的還有一批中國詩人。這次詩歌節為期十天，請了十個中國詩人和十個丹麥詩人，讓他們同台朗誦，一人讀中文詩，一人讀該詩的丹麥譯文。反之亦然。輪到一位姓沈的中國詩人朗誦時，他朗誦了一首《我們拉》，寫大學生拉屎的事。其中有一句反覆出現：我們拉呀，我們拉。

丹麥詩人朗誦其丹麥譯文時，我注意地聽了，發現居然丹麥文也在拉呀拉，因為每段最後的結語是：vescula, vescula。請注意該字最後的一個la字。

當然，這是我記憶中的事和字。現在，讓我去把載有兩種文字的

9　洪邁，《容齋隨筆》（下）。齊魯書社，2007，691頁。

那本書找來，看丹麥語究竟是哪幾個字吧。好了，我找到了，丹麥文的「我們拉」是「vi skider」。我不確定，又沒有人問，就到谷歌翻譯上試譯了一下，得到的結果是：「我們狗屎」。較為接近。

為什麼我會把skider聽成scula，還認為兩者發音很接近呢？這是因為我起碼知道，在丹麥文中，夾在字縫間的d，是不發音的。當時詩歌節的主持人名叫Sidse，由於d不發音，我們都叫她Sise。如此而已。

秩

我總以為英文簡潔，十年一個字就可以解決，即decade。現在看來情況不是這樣，比如「張」。說人三十歲了，那是「三張」。又比如說「根」，說人進入了五十歲，那是「五根」，就如我前面講過的陳村那本書，書名就叫《五根》。殊不知，古代就有簡潔的說法，十年叫一「秩」。

這是宋朝洪邁說的。他引用白樂天的詩云：「已開第七秩，飽食仍安眠。」與現在不同的是，這個「秩」，有超前的傾向。如果說誰「第七秩」，那誰其實還在六十歲裡面。正如洪邁文中所注云：「時俗謂七十以上為開第八秩。」

其實，張也好，根也好，秩也好，decade也好，都不是我寫作本文的初衷。我想說的是，自中華人民共和國建國以來，每十年必有一大動，已成定規，如五七年的反右，六六年的文革，七六年的天安門事件，八九年的六四。且慢，六四過後，至少我沒有想到十年之後會出事，就算我有先見之明，根據這個規律推算會出事，也不知道會出什麼事。到底還是出事了：九九年的鎮壓法輪功。到了2008年，疆獨、藏獨一齊上，搞得不亦樂乎。誰知道2018年前後會出啥事呢？有一點是確信的，不管出什麼事，肯定會出事。

老死

老死不相往來是老子說的。老子，老死。很有意思。多年前，一批華人作者見面吃飯，我說過一句話：新華人老了，老華人更老。不要多久，就要輪到你我了。

不過，老子數千年前說的那句話，用在澳洲十分合適，至少對我來說是如此。最近看陳村那本《五根》有個總體印象，即此人有「掉人名」的嫌疑。幾乎篇篇日記中都有跟誰誰誰（都是名人）見面吃飯聊天等等的記載。如果把我的日記拿給你看，也許一年中你也看不到我跟任何名人見面的事蹟。原因有二。一，我的日常生活就是跟書打交道，幾乎不與人往來，老死都幾乎不相往來。二，若有名人在墨市出現，如果不知道，我不會躬逢其盛。如果知道了，我更不會躬逢其盛。例如當年王蒙和莫言來墨爾本，我知道了，但我沒去。沒去就是沒去，不感興趣，尤其對名人不感興趣。如果書好，我肯定要讀。如果人名氣大，我肯定不去捧場。從前有位搞翻譯的澳洲白人朋友，對我說過一番話，到現在都還記得。他評論一位暴得大名的作家說：此人的名字最近頻頻出現在報端，令我很不舒服，一看到載有其名的地方，立刻翻過去不看。你可以說這是一種嫉妒，但我覺得健康的嫉妒有時還是很有必要的。

還有一次，我跟一位澳洲網上英文報紙主編出去喝酒，在酒館偶遇當時澳洲民主黨領袖、1969年出生的Natasha Despoja。我不覺回頭瞧了一眼，覺得在現場看到一位平常只在電視上看到的領袖人物很新奇，並提醒我的朋友也看一下。不料他說：不看！我不喜歡這個人。原來他早在我之前就看到了。我觀察到，酒館裡沒人跟Despoja搭腔，甚至都沒人扭頭看她一眼。這就是民主國家：沒人非要向任何名人頂禮膜拜，除非是自己真心崇拜者。想到某些人——特別是華人

——在公共場合見到名人就要圍觀之、與之拍照、索要簽名，拍照後還要在自己公司顯著的位置掛起來，不覺啞然失笑。

搞寫作的人，最健康的莫過於死守書房，不與人來往。誠如老子所說：老死不相往來，一種完美的境界。

正寫到這兒，翻舊書翻到一首美國詩人狄金森寫的英文短詩，當時看就很喜歡，現在隨手翻譯過來，也算是一種隨筆或者不如說「隨譯」吧，頗有「隨意」之意：

我什麼人都不是

我什麼人都不是！你呢？
你也什麼人都不是？
那我們就算一對了。
別跟人講，否則他們會廣而告之，知道嗎！

什麼人都是，那可沒勁透了！
大庭廣眾——類似青蛙——
在漫長的六月，把自己的大名
衝著沼澤地宣講！也只有沼——澤地欣賞！

掉書袋、掉「人名」

我所說的掉「人名」，是一個英文的說法，與中文的「掉書袋」互為映照。在中國文化的語境中，如果誰開口閉口引經據典，賣弄學識，動輒歷數自己讀過的書目，這種現象叫做「掉書袋」。但是，如果有人寫文章，動不動就提到自己最近又跟某位名人見面了，如某位姓施的女士常愛做的那樣，我們悠久的中國文字就沒有經典的說法了。學英語好就好在這一點，中文裡沒有的說法，英文中應該是有的。對那種特別愛賣弄自己天天能與名人見面，以名人給自己增光添彩的人，英文中稱之為name-dropper，即那種小口、大口一張，名字——主要是名人的名字——就從裡面一串串掉出來的人。

我的掉「人名」的說法，就是這麼來的。

野蠻裝卸

這個詞很久沒有出現了，無論在我記憶中，還是在我讀到的文字中。大約二十年前，中國的裝卸行業有一種現象，不好好裝卸，而是不分青紅皂白，把貨物從高處往下扔，被貶稱為「野蠻裝卸」。

今天晚上看電視，播放了一則新聞，看到一位錫克族送貨員把一本又厚又重的White Pages（白頁）遠遠地朝現任總理Julia Gillard的門前扔去，好像有氣似的，至少缺乏應有的敬意和尊重。這使我想到了當年的「野蠻裝卸」。

在此之前，該新聞還播放了一則對Julia Gillard的簡短採訪。在澳洲對最高領導人進行的採訪中，我注意到，記者是最不講情面的，什麼問題最敏感、最刺人，就問什麼問題。比如，最近陸克文下台，令不少人不快。兒子說：Julia Gillard這麼做，等於是背後拿刀殺了陸克文一刀。我的希臘朋友說：下次大選再也不投Julia Gillard的票了。在此前對Julia Gillard所住街區的居民進行的採訪中，就有一位女性說，她是不會投她票的，因為她搞掉陸克文的做法，很能說明她這個人的「character」（人品）。

所以，記者一上來，開門見山就問：你把陸克文搞掉，很多人都不高興，這很可能在大選中影響你，你怎麼看這個問題？

Julia Gillard當然是久經沙場，回答這種問題臉不改色心不跳。如果對任何一個中國首腦提出類似的敏感問題，可以想像結果是怎樣的。不是讓領導人大為難堪窘迫，就是事後把那個記者幹掉。從這個角度講，在澳大利亞當領導人，不是那麼容易的事。

有意思的是，Julia Gillard今天一宣佈將於8月底進行大選，反對黨領袖Tony就立刻猛擊她的痛處，說像她這種暗地對人下刀的人，是不值得人民信任的。不過，在我看來，選舉從來都不是選最好，而是選兩個之中不太壞的那個。因此，我肯定會選Julia，而不是Tony。實在太不喜歡那個人了。

隨譯

隨譯，是我發明的一個詞，根據隨筆而來，是隨心所欲，看到好的就隨手譯下來。比如剛剛看到幾首詩都不錯，都不太長，都很值得一譯。一首是葉芝的，英文標題是spilt milk。

潑濺的奶

該做的做了，
該想的也想了。
得走了，散夥了，
就像潑在石頭上的奶。[10]

另一首詩是加勒比海詩人Una Marson寫的，英文標題是politeness：[11]

---

[10] *The Oxford Book of Short Poems*, p. 170.

[11] 參見*The Penguin Book of Caribbean Verse*, ed. by Paula Burnett. Penguin Books, 1986, p. 160.

彬彬有禮

他們跟我們說
我們皮黑
但心白。

我們跟他們說
他們皮白
但心黑。

最後一首是加拿大華裔詩人Jim Wong-Chu寫的，英文標題是Equal Opportunity：

平等機會

加拿大早年
鐵路四通八達

每一站都帶來新的機會

當年有條規定

華人只能坐
最後兩節
車廂

也就是說
一直坐到火車翻車
前面坐的人
全部死光

（華人搭起祭壇，感謝佛祖）

於是又產生一條新規定

華人必須乘坐
前面兩節
車廂

也就是說

一直坐到又一場車禍
要了後面
所有人的命

（華人搭起祭壇，感謝佛祖）

經過激烈的辯論
還是常識占了上風

如今，華人
可以乘坐

火車的任何地方

隨譯（2）

看到兩首怪詩，第二首比第一首更怪。先譯第一首。

我是詩人大衛斯·威廉

我是詩人大衛斯·威廉，
我作惡多端，臉不變色眼不眨，
我是男人，活著就是為了吃，
我是男人，活著就是為了喝。

我臉大嘴唇厚，
皮膚粗糙，幾乎發黑，
我最醜陋之處見於我詩，
能證明我靈魂黑暗而且失落。

感謝上蒼你沒讓我結婚，
我是惡貫滿盈、黑到極點的詩人，
許多烈火燃燒的魔鬼，
也沒法管理我該詛咒的靈魂。

這首詩的作者是W. H. Davies（1871-1940），其實寫的就是他自己。有點讓我想起大陸的詩人伊沙，他當年就稱自己在詩歌中「作惡多端」。

另一首詩也是他寫的，英文標題是D is for Dog。

D，Dog的D

我的狗瘋了，把我的手咬了一口，
一直咬到骨頭。
我老婆帶狗出門，
回來卻是獨自一人。

我抽煙斗，我調養傷口，
我親眼看見她和狗一起出門。
我老婆獨自一人回到家時，
我好像被人一直咬到心頭。[12]

是不是有點怪？至少我覺得如此。

爬山

當年我工作的那個車隊，夏天一遇天涼下雨，第二天早上上班，工友就會互開比較下流的玩笑：昨天晚上爬山了嗎？

昨天晚上沒爬山，倒是從電視新聞中得知，92歲高齡的曼德拉有句關於爬山的名言。電視裡一邊用英文說著，我這邊就一邊用中文翻譯下來了，大意是說曼德拉本人覺得，爬上最高的山之後，有種無山可爬的感覺。我很喜歡，就隨譯下來。

關於曼德拉，還可以說兩句。在澳洲這個國家，要想有他那樣的英雄，已經是不可能的了。比如陸克文，一旦從最高位置上被人拉下

---

12 *The Oxford Book of Short Poems*, p. 178, p. 179.

馬來，要想復出，哪怕像曼德拉那樣坐二十年的牢，也是不可能的，而且可能更糟。在澳洲要做最高領袖，英雄氣質最不重要。最重要的是什麼？嘴巴。只要看看澳洲議會無休無止的嘴仗，就可以領略一下嘴巴的重要性了。澳洲最高的山也不過2228米，本來無高山可攀，即使在政府爬到最高位置，也不過憑著一張嘴，而且隨時都有被人拉下來的可能。要在這個國家當英雄，曼德拉式的英雄，不可能。

郵件

我接觸的海外華人（包括一些與海外打交道的中國人）有一個特點：害怕郵件，是一件讓我百思不得其解的事。先從台灣談起。多年前，大約也有15年左右了吧，我在台灣一家文學雜誌發東西，稿費他們居然都先留存起來，做一張清單，留待有人來澳時親手把現金交給作者。這個「留待」不簡單，一「待」少說幾個月，多說就是無限期了。後來，這個雜誌人間蒸發，清單上的稿費也就不了了之。當時我就在想：為何不隨時發，隨時把稿費用支票方式寄給作者，像歐美雜誌那樣呢？

這種問題，當然不是我回答得了的，但期間，我又接觸了相當多類似的人和事。比如，當年在大陸發了東西，請對方寄樣刊，對方很不願意，答覆竟是：海外郵費太高。又如，某人出了新書，答應贈我，但硬是等待數月，等到有一個訪華的澳洲人從中國回來，然後親自把書從我家打開的門縫中遞給我，請他進來他也不肯，就此消失而去。其實，大不了幾十塊人民幣寄過來，還沒有平時塞牙縫的飯錢多，何至於讓人家不遠萬里，辛辛苦苦把書送到家門口呢?!再說了，所有類似情況下，鄙人都是通過郵寄方式，除了星球之外，遍及世界各地，也從來沒有過一句怨言。不就小指尖那麼點錢，至於嗎？

澳洲這邊並好不了多少。一位朋友借了我書很久沒還，讓他通過郵寄方式寄還他也不肯，說是一定要親自送上門。My God！從他家開車到我家，少說也要一個小時。再說，等他有機會到我家來，還不知等到何年何月。開車來去的油錢，應該可以寄十本同樣大小的書還不止。反正到末了還是堅持不寄，硬是在某一天我不在家的時候，活生生地送到了家門口。我只能在感激之餘，驚歎同胞的避「郵」精神。注意，避「郵」一詞純屬生造，源自避秦。

還有一位，在白人單位工作，也有我的一本書需要還回來，多次請通過郵寄寄過來，多次謝絕。甚至不惜到本人所在地郵局，想通過郵局工作人員代轉，但被他們謝絕。最後問清了地址，硬是上門遞交了事。在白人單位有正式工作，寄一本區區小書，應該是不成問題，卻偏偏要投遞上門，是不是我們骨子裡有還有一種古驛站的遺風在，非星夜疾馳，躍馬揚鞭，登門到戶，親手呈遞而不可、不能？

筆

澳洲太陽之熱，可以熱到這種程度，車在停車場停了一天之後，甫進車內，不敢手握方向盤，只敢用指尖撥轉，那種燙法，幾乎可以燙到掌下冒汽，扯去一層皮。

記得原來有個喜歡開車寫詩的習慣，因此車中總要放上幾支筆和數張紙。後來發現，臨到要寫東西時，筆不管用了，怎麼甩也不頂事。原來是筆管中的油墨全都曬乾的緣故。

有一次，我吃驚地發現，我車裡的一支筆居然彎成了弓狀，拿在手裡，居然能寫出字來！惜乎此筆不知扔到哪兒去了。所以我牆上掛滿的用過的筆中，唯獨沒有這支筆。看來，得專門在車裡放一支筆，讓太陽盡情地曬去，一直曬到只識彎弓射大雕的弓狀為止。

3首和30首

一般在澳洲、紐西蘭、加拿大或英美投稿，要求都是3到5首，不得超過，而美國投稿之嚴苛，比其他國家有過之而無不及，什麼要附回郵郵資，不接收電子郵件來稿（現在僅有少量雜誌接受電子郵件，但條件苛刻複雜得一看就不想再投），等等，弄得像座大監獄。請注意，我說的不是幾十年前，我說的就是現在，2010年的7月。與中國相比，這些所謂發達的英語國家，至少在投稿方面已經落後得讓人無話可說。

最近，一位詩人朋友從中國向我約稿。一口氣要我30首，這是上述諸國的10倍。有人可能要說了：一次發這麼多，難道字字珠璣不成？當然不會。但必須有一定的數量，才能有一定的質量。我接觸的許多西方雜誌，從投稿到發稿，稿來稿去，等到出來，往往少說半年到一年，多說一兩年的也有，早已失去時效，而失去時效的東西，幾乎就沒有什麼生命力，這聽起來似是而非，但實在是大有深意。不能把永恆在一瞬抓住的東西，又怎麼能永恆?!西方搞文學的人，特別喜歡津津樂道的是，一本書寫了上十年，一本雜誌編了又編，篩選了又篩選，好像這樣才能弄出什麼完美無缺、永垂不朽的東西來，其實純粹自欺欺人，搞成了神經病。如果一看之下就不好的東西，再怎麼在幾個評委中篩選，再怎麼反覆修改下去，依然不會是好東西。美國有個知名翻譯，在選擇把賽凡提斯《唐吉珂德》的多個版本從西班牙文譯成英文時，決定選擇最早那個滿是錯誤的版本，認為只有這樣的版本才具人情味，最能反映作者的才情。一個人才華「橫溢」的時候，誰能保證不沉渣泛起，出口成「髒」？誰又能保證字字珠璣，不帶語病呢？惟其如此，才最能展示一個天才的風貌。我看一些澳洲作家，一本書反反覆覆修來改去，等到數年之後出版發表，一讀之下幾乎沒有任何銳氣可言，還要自以為是什麼精益求精的東西。要知道，文學這個東西跟別的東西還不一樣，不一定反覆修改就必定是好東西。李白還說：日試萬言，倚馬可得呢。按西方人這種操作方式，不要說李白，連李棕、李黃、李黑都出不了。不瞞你說，直到現在，我最好的詩歌（包括英文和中文的），永遠是一氣呵成，不改一字的！

近來有家英文雜誌，神經病到這個地步，要求作者投稿時，要把自己姓名隱去，似乎這樣才能更公平，選出的東西才能更高水準。結果雜誌拿到手裡，我居然一篇都看不下去。從前曾經看過一張明信片，上面印著一團打磨得十分精美的東西，細看才猛醒，原來是一團糞便。是的，打磨得再精美，糞便永遠都是糞便。

不管怎麼說，從文學角度講，中國在2010年與西方之比，就是30與3的關係。

掛彩、雞爪手、放風

多年沒聽說這個詞，乍看之下，還有點不相信，但手底下這張報紙《宏觀週報》千真萬確，白紙黑字，就寫著這個幾個字：「多名立委掛彩」。如果在戰場上掛彩，還情有可原，但這是在台灣的立法院。我吃飯時把這個詞說給她聽時，她覺得很耳生，說：「掛彩？什麼意思？你是說受傷嗎？」是的，我也是多年來第一次聽說，而且發生在上層建築，這真讓人為台灣害羞，一句也不想多說。喜歡打架、喜歡「肢體衝突」，就多打、多衝突唄，誰管得了他們！

將近二十年前來澳在大學讀博士，最不喜歡的一類人是電腦房的人。這些人面無表情，目光呆滯，如果不是能夠張口說話，幾乎就讓人以為他們是能夠行走的電腦，跟你講完話後，立刻回到電腦邊，連半秒鐘都不願多花在你身上。現在好了，有了雞爪手，一個我剛剛學到的名詞，指長期在電腦上敲鍵的手，久而久之，關節會僵硬到無法伸直的地步，形同兩隻雞爪。我當年有位客戶，多年再見之後，不是他叫我名字，我根本認不出他來。他的手是否變成雞爪我沒注意，但他因長期在電腦前工作，得了嚴重的佝僂病，身體彎曲程度，幾乎形同一個7字。

由此我想到放風一詞。是的，在現代封閉建築中，一個大公司幾十台，乃至幾百台電腦放射出的氣體和物質，混合著空調，不知要比抽煙的危害大多少倍。成年累月置身其中，呼吸著那種毒氣，不得各種各樣的怪病才叫怪。那些有煙癮的人反而因禍得福，至少上下午可以到室外呼吸一下新鮮空氣，就像坐牢的人出來放風一樣，既解了煙癮，也吐故納新，可謂一舉兩得。

高老頭

文學作品有一個重要的特點，就是批評家說的是一回事，讀者看後得到的感覺卻完全是另一回事。比如巴爾扎克的《高老頭》一書。我老實講，這本書並沒給我留下太深印象，但我曾在兩個不同的地方，隔了二十多年，聽到兩個不同的讀者對該書的看法，竟然有著出奇的一致。一般評論都愛胡說什麼「著重揭露批判的是資本主義世界中人與人之間赤裸裸的金錢關係」（http://baike.baidu.com/view/132009.htm），好像社會主義世界就沒有這種關係似的。但是，看完該書後，我大學同班同學的Zhou告訴我：其實我覺得高老頭不錯，如果學習也能像他那樣勤儉節約，日積月累，其實是會很有長進的。

二十多年後，我採訪一位藝術家，回憶當年看完《高老頭》時的感覺時說：我覺得這是一個很好很好的人，有些地方倒很像我。

黑／白

在我看來，澳洲的黑人——土著人——是最受歧視的一族。今天

SBS新聞報導，親眼看見一個土著人因在警察局門口罵了一句什麼，轉身就走，被警察當即衝出去，反扭住他的手，把他的頭照著旁邊的牆和汽車上撞，然後倒拖進警察局內並立刻告他public nuisance（公眾性滋擾），旋即又撤回。這一切，都被錄影拍攝下來。

聯想到我從前見到並與之交談的土著人，我發現，他們講話聲音都很輕，有一種壓抑的感覺。到中部城市Alice Springs去時，到處都有土著人席地而坐，特別是土著女性，一邊還在畫點彩畫，身邊放著畫好的畫，有沒有人買無所謂，她照畫不誤。

對比之下，我發現紐西蘭的毛利人要比澳洲土著揚眉吐氣得多。1994年第一次去，我就發現各行各業都有很多毛利人工作。在澳洲，你只有在大型節慶場合才看得到作為點綴的土著表演。其次，毛利人比賽之前，有跳戰舞的傳統習慣，那種喊殺聲震天的英雄氣概，在土著中是不大見到的。還有一點，毛利人之所以在紐西蘭還沒有壓抑到像澳洲土著那樣，我猜想多少與他們1860－1870年間與白人進行的10年「紐西蘭土地戰爭」有關。歷史的經驗告訴我們，跟白人，你不能讓，你越讓，他越壓你。塔斯瑪尼亞當年的土著人如果與白人抗爭，就不會那麼容易地被白人斬盡殺絕，造成萬劫不復的歷史悲劇。

今天晚上的SBS新聞還報導了一起發生在南非的種族主義事件。南非的the University of Free State的四名大學生侮辱5名工人，其中一個學生把尿拉在湯裡，讓工人喝，同時還錄影。這個大學教師多為白人，但後勤人員多為黑人，黑人學生占60％，白人占40％。為此，學校強調黑人和白人要加強integration（融合）。四個白人學生此舉，就是想通過拉尿錄影行為，惡搞黑白融合的理念，那意思就是說：看吧，讓黑人喝我們白人的尿，這不就融合了嗎！（英文詳見：http://news.theage.com.au/breaking-news-world/four-white-safricans-to-be-sentenced-20100728-10uqp.html）

四人在審判中已供認不諱，低頭認罪。與此同時，五名工人將通過民事訴訟，每人索賠一百萬蘭特（相當於150,817澳幣）。

關於澳洲華人和白人的關係，有位朋友說的話很經典。他說，他與白人打官司，幾乎百分之百輸，與「雜鬼」（指阿拉伯人或其他種族的人）打，輸贏各半。如果與華人打，基本他贏，畢竟他還有一定的實力。

其實，與白人相比，華人的種族主義並好不到哪裡去。只要聽聽華人對印度人的說詞，看看他們對印度人的態度，就可略知一二。

自戀

忽然發現，現在很多人都染上了一種毛病：自戀。這個時代也太適合自戀了。怕別人不知道你，就在網上開個博客。沒人理你，就自己提一下自己。至於自己讚美自己的，例子比比皆是，就不用我提了。

我之所以提到這個話題，是因為一種類似的民族自戀，比如說，無論在國內還是海外，總有人讓我相信，中國的烹飪是世界首屈一指。慢慢發現，原來這是我們自己自戀出來的一種一廂情願的說法，別人並不一定相信。早年在漢當翻譯，有一個代表團來自加拿大，受到熱情款待，內容之一就是讓他們每天都吃中餐。沒想到，第三天，團長就通過我向領導婉轉地表達了他的意見和建議：中餐好吃，但我們還是更喜歡早上吃麵包，喝牛奶！記得這話當年讓我很不解，可見我因自戀中毒過深。來墨爾本後，曾碰到一位澳洲女性，坦誠她不喜歡中餐，因為「味精」過重，影響健康。幾年前，我去丹麥時，一位在中國生活過的丹麥朋友說，他怎麼也無法習慣中國的早餐，因為太鹹，而他喜歡吃甜的早餐。最近又從朋友那兒瞭解到，澳洲甚至還有從來都不喜歡吃米飯的人！

其實，任何東西長期吃下去，再好也不會好。經常換換口味，才是人間正道。

最自戀的人莫過於詩人。詩人之中，智利的聶魯達就極為自戀。他在《寫詩是一門手藝》這篇文章中說：「翌年，我獲得爭取和平和人民友誼史達林獎。可能我值得榮獲這個獎，但是我總在問自己，那位與我們相距遙遠的人物怎麼會知道有我這個人。」當然因為你名聲太大太響，從智利傳到了蘇聯嘛！簡直讓人看不下去。

一個smart的細節

我不喜歡日本人，但是，在某一個細節上，我承認他們很smart，這就是對自動門的設計。

在澳洲，凡有自動門的地方，只要有人經過，也不管是不是要進門，都會照樣打開和關上。對於進進出出的人，當然是方便了，但對於只是偶然經過的人，就不免有些浪費。只有少數人過門不入也無所謂，但過門不入的人多了，久而久之，日積月累，浪費就大了。

在日本，我突然發現，他們的自動門不好用，因為我走到跟前時，它居然不給我打門。適逢一人走來，伸掌在玻璃上觸摸了一下，門就開了。等我們走進去，門就在身後自動關上了。我恍然大悟，這肯定不是疏忽，而是設計時的預謀，為的是解決人來人往，過門不入時，自動開關門的浪費問題。

大概也是為了節約，日本商店中的自動扶梯也比中國、澳洲和美國的狹窄，大約僅一人半寬，這樣好了，省去了很多可以節省的空間。如果是情侶一起走，還能很自然地緊緊相擁，又不顯得過於擁擠。

精液

老話說：人心不古。其實，這話要換個方式說了。不是人心不古，而是古人更直。最近在看《蒙田隨筆全集》。此法國人名聲很大，但對我留下的印象並不太深，覺得行文拖遝，囉嗦饒舌。倒是不少引文不錯，如拉博埃西這句話：「死亡屬於過去或將來，不屬於現在。」（p. 58）又如西魯斯這句話：「財富是玻璃做成的，它閃閃發光／但很容易破碎。」（p. 67）

蒙田有一章專談想像力，叫《論想像力》。其中談到青春期做春夢時，引用了盧克萊修的兩句詩，是這麼說的：「彷彿真在做愛，直到完成，／精液外泄而弄髒了衣衫。」（p. 110）由此看來，古人，至少是西方的古人，對「精液」這類葷詞是不避諱的。

這使我想起，我的第一本中文詩集《墨爾本之夏》1998年出版時，有一首詩被刪掉了一半，就是因為其中含有「精液」二字。這首詩的標題是《我的家在墨爾本／我的家在黃州》，前半闋留存，後半闋被刪除。後來出版《二度漂流》時，我又將其「扶正」，恢復了原貌。

我查了一下，原來我記錯了，不是「精液」，而是「手淫」二字，導致半詩覆沒。這倒也是，如果盧克萊修用的是我的「手淫」，估計中國那家出蒙田全集的出版社也會將其刪除，代之以別的字。再說了，誰知道蒙田法文版用的究竟是哪個字呢？有時間的話，我倒是要去對質一下的。

水

洪水猛獸是很可怕，但比洪水更可怕的是另一種水，廁所門把手上的水。

何以見得？在我教書的學校裡，經常會出現一種情況，前面解溲的學生洗過手後，用濕淋淋的手按住門把手，把門打開，然後把門關上。留下一把晶瑩燦亮、水汪汪的門把手！上面的每一滴水珠都在向你擠眉弄眼，對你發出無聲的挑戰：來吧，快來沾我的光，按我一下吧！

每逢這種情況，如果門沒關好，屬於虛掩，我就伸出一根指頭，指向門緣的上部，輕輕把門摳開，一滴不染地走出去。如果門已關上，這就十分討厭，意味著非得去觸碰那把水汪汪的門把手。我也曾親眼看見無數的手無所謂地滿握帶著他人手跡的水珠，滿不在乎地走了出去。我不行，無法欣賞自己的手與他人手上水滴接觸的盛況，只能轉身扯一把轆轤作響的手紙，掩護我越過這道天然的人為屏障。

玩命

西方社會發展到一定程度，什麼都boring，玩什麼都沒勁，只有一條，就是玩命。

據朋友講，美國有個人，對一切都感到厭倦、沒勁，想出一條妙計，把牛奶沖兌酒精喝下去，放屁的時候，用打火機對著屁股點燃，一下子就把自己炸死了。

這次60分鐘節目放在頭條的新聞報導，談的就是玩命，說的是在澳洲和歐美，有些人的最大愛好，莫過於在雪崩地帶滑雪。這叫做heliski，坐直升飛機到高山滑雪，在冰雪崩塌的瞬間，從中一掠而過，體驗「接近天堂」的極限刺激。其中有一個人和他的朋友到紐西蘭滑雪，遇到雪崩，被埋在兩米深、數噸重的雪下，幾乎窒息。據他說，當時只聽得見自己「嘣嘣」的心跳聲。最後，他由自己的兒子救起，而另一個朋友未能生還。這個死裡逃生的人說，他還要繼續玩下去。

60分鐘這個節目儘管很垃圾，沒什麼太大意思，但從中可以觸摸到這個國家的脈搏。肯定是他們最感興趣的事情，他們才會放在首要地位。而現在，他們最感興趣的事情，就是玩命。稍微次之的則是玩。我認識的一個澳洲白人女性曾說，她總是巴不得趕快放假，好又開著她的房車，裡面有做飯、洗嗽、睡覺的地方，帶著朋友去各處周遊，沿途碰到風景優美的地方，就停下來待一陣，直到厭倦為止，然後繼續前行。

這個玩，還有一個具體的表現，即把一生當作兩生來過。有幾位澳洲白人朋友，本來是實行異性戀的，生有子育有女，五十歲之後，猛然頓悟，發現人生原來別有洞天，於是實行同性戀，與男友住在一起，似乎從此更加幸福了。

所以，當我今天看見報上報導（http://celebrities.ninemsn.com.au/blog.aspx?blogentryid=714786&showcomments=true），說查理斯王子也是個Gay，共有三名男友，我一點也不吃驚，在把一生當作兩生來過的人中，他不過地位最高罷了。

可以想見，人類再發展下去肯定是徹底地玩，玩就等於是工作，而玩命，與之不過一字之差，相去不甚遠了。

0

從前我筆下有個小說人物名叫「零加零」，那是二十多年前的事了。現在，整個世界都在朝零奔去。只要人是一，人的餘生就是一個加零的過程。

我現在要說的，就跟零有關。澳洲的電視影評節目，喜歡給新上市的電影打分，從零至五，我曾經上當過一次。兩個已經老得難以卒「看」的主持人Margaret和David曾經把Eyes Wide Shut一劇打過4.5分，害得我當即跑去看了一場，結果大失所望而歸，還真不如借盤色帶看過癮。

昨天是週二，電影推廣日，上網查了一下，發現Leonardo DiCaprio的新片Inception給打了5分。立即欣然前往，結果敗興而歸，發誓從今往後，再也不看任何美國垃圾片了！

這部片子，哪怕讓我重新敘述一遍都覺得浪費時間，只想說我注意到的一個情況，即現在的美國片，音樂聲大到讓人噁心，已經毫無任何美感的地步。這部片子是這樣，成龍那部Karate Kid也是如此。回家過後很久，腦子裡還是亂哄哄一片。其次，美國電影已經到了神經病的地步，內容是神經病的，演員是神經病的，如果哪一天觀眾從電影院裡出來，也一個個神經兮兮的，估計美國電影的目的就達到了，但我不會等到那一天的來臨，而且，我從現在就洗眼不看，不花那個神經錢了。

如果要我評分，這個電影只能給零！如果可以索賠，我一定要電影公司退款並報銷我丟掉的兩個多小時時間，雙倍地報銷，因為晚上9點以後應該是雙倍工資。

積德和悔罪

Inception（Leonardo DiCaprio主演）這部片子雖然爛極，但其中有一個字我還記得，那就是演主角的Don在妻子跳樓自殺之後，曾反覆念叨guilt這個字。這，就是西方人與中國人特別不同的一點。根據《聖經》，人之初是性本惡的，這與中國的《三字經》恰成倒反，那裡面開天闢地第一句話就是：人之初，性本善。

可能正是因為這個原因，我上大學時，學生與那位霸道的加拿大老師發生了衝突。加拿大老師要學生閱讀加拿大作家Sinclair Ross寫的一個短篇，The Painted Door《油漆門》，並要他們根據其guilt的主題——該小說的女主人公因丈夫對她過於疏忽而與他人有染——生發開去，也寫一篇有關自己guilt的文章。豈料遭到不少同學反對，其中抗議聲最強烈的是我一個最要好的朋友。據他說，他從來沒有做過任何壞事，也沒害過任何人，憑什麼要他無緣無故地感到guilty，為子虛烏有的guilt去悔罪呢？末了，他反其道而行之，寫了一篇跟悔罪無關的文章。

西方人——特別是英美這一族的人——愛說對不起，可能很大程度上與guilt有關。一位來自奧地利的朋友曾從中國來澳洲，順道來墨爾本看我。喝咖啡時對我說：怎麼在澳洲大街上走路，人還沒有撞著你，便一疊連聲地說道歉，好像很過分似的。犯得著嗎？

那些相信人之初性本惡的人，就是在做事上也與相信人之初性本善的中國人不同。他們先把人殺死，然後認錯，悔罪。他們先把一個大陸佔領，據為己有，兩百多年後再說道歉，像澳洲那樣。他們先大肆排華，強行徵收人頭稅，一百年後再說道歉，像加拿大和紐西蘭那樣。他們先拿下伊拉克，再攻打阿富汗，道不道歉以後再說。他們永遠感到有罪，於是就把最高文學獎頒給土著作家（澳洲五十幾年僅兩個半），或者把最高肖像獎頒給畫土著的白人畫家（澳洲八十幾年只給白人畫家，其他種族的剃光頭）。這不是以淚洗面，這是以錢洗心，以為只要給了足夠的錢，一段骯髒的歷史從此就給抹掉了。

據我所知，有一位華人讓白人打成植物人後，就是通過一筆巨額賠付才了結官司的，但一方（及家人）內心的創傷和另一方內心的guilt，難道就能輕而易舉地用錢洗清嗎？

大約也是因為中國人相信人之初性本善，所以一般都不肯認錯，即便錯了也不，相信自己本心是向善的，是出自好意的，這是其一。另一個表現是，中國人相信積德，因為積怨甚多、積惡甚多，都可能會留下負面影響。誠如《太平經》所說：「承者在前，負者在後；承者，乃謂先人本承天心而行，小小失之；不自知，用日積久，相聚為多，今後生人無辜蒙其過讁，連傳被其災。」（卷三十九）[13]所以有些人害怕「相聚為多」，作孽後人，就通過求神拜佛來消災解難，所謂積德也。記得有一朋友平日口無遮攔，無意中言語多刺傷他人，向

[13] 轉引自李焯芬《道教的慈愛觀》，原載《明報月刊》，2010年第8期，第100頁。

其指出這可能會產生不良後果時，朋友自有解釋：我誠心拜佛，積德甚多，吾不怕矣！

也許，最好的方法是擺脫這兩種極性思維，該道歉時就道歉，不該說對不起時，就什麼也不說。不用為任何事情感到guilty，也不必為了防患於未然，而去積什麼狡猾的德。

大氣

說某人大氣，是說氣量大，但這個詞直譯成英文big air，連意思都消解了。在這一點上，英文generous一詞的使用，跟中文的「大氣」是最為接近的了，但英文generous一詞所含的一個意思，是中文大氣、寬宏大量、慷慨大方等詞都沒有的。容我細細道來。

中國人說某人大方或慷慨，往往指錢，比如出手闊綽，一擲千金，送禮能達到送房子、送汽車、甚至送人（如從前把小妾送人、現在聽說還有把小姐送人）的程度，現在則又簡單到核心，只送錢。其實細想一下，沒有一個真正慷慨的人，不是慷國家之慨，就是慷不義之財之慨，從來沒有肯把自己賺來的血汗錢慷慨大度送人的。當年有位客戶打官司，告另一人不該把送給ta的幾萬塊錢又要回去，結果官司打輸了，其根本原因就是法官完全不相信，不過一場戀愛，怎麼可能一方白送另一方幾萬塊錢呢！澳洲人中，哪怕送幾百元錢都不可能，何況不過談場戀愛。值得嗎？這場官司輸就輸在文化上。

澳洲英文說generous，往往指非物質方面的。一次，作家朋友Alex的新作得到好評，他對該評論員的評價就是：此人非常generous。初聽覺得不習慣，一分錢也沒花，怎麼就generous呢？原來，有這樣一種人，人數還不在少數，借用一句中國老話「聞過則喜」來描述他們的話，就是這種人聽說他人的成就之後是「聞績不喜」，嫉妒、厭惡、不屑、乃至憎恨等各種各樣的消極情緒都會表現出來，最突出地反映在對他人獲獎和取得成就的態度上。我有一年在坎培拉查資料，發現我那位作家朋友與他人的通信，其中，有不少在他獲得某次文學獎時，朋友和讀者發來的祝賀信。一言以蔽之，這些人都是相當generous，一分錢沒花，比花了重金還難得。

China

China這個字還很有說頭。從前翻譯叫「支那」，有貶義，小寫則指瓷器。這是常識。近有一個畫家，根據China的發音，做了一個「拆哪」的系列，因為China本身就意味著「拆哪」，一天到晚在熱火朝天地拆這拆那，天翻地覆慷而慨地拆。

英國人中，用國家當姓的不少，墨爾本Meanjin雜誌的前主編Ian Britain，姓就是「不列顛」。姓「英格蘭」的也相當之多。至於說到名，就像中國有人名叫「中國」，如著名小提琴家盛中國，英國人也有叫China的。據今天墨爾本The Age報報導，有一位英國作家名叫China Mieville，剛剛出了一本新書。此人屬70後，學士、碩士、博士一股腦兒拿到，專寫幻想小說，曾經放言，要把各種門類的長篇小說樣式統統寫書發表。令我感興趣的是，他為何要起一個China的名字。因為無法查證，只能推測。大約他的愛好學問對中國的崇拜學識不無關係。而且，此人還信奉馬克思主義。這又跟中國拉上了一層關係。只是如何把他的姓名翻譯成中文而不失掉China，這可能是一個小難題。若音譯成赤那•梅爾維爾，這個「赤那」一像「吃哪」，二像「赤佬」，都不好聽。「支那」肯定不行。「拆哪」更不可以。如果請我給他翻譯，倒不如乾脆漢化，像盛中國那樣弄成「梅中國」，只是「梅」諧音「沒」，中國「沒」了。不太好玩，不玩了。

愛

以我的觀察，世界上最不喜歡愛的人，很可能就是澳大利亞人。僅舉兩例。墨爾本有位女詩人，叫Gig Ryan，曾經寫過一首詩，英文叫Love Sucks。我翻譯成《愛情噁心》，全文如下：

1

無所謂了
他身上連一塊肉我都不想要
你那些夥計又放肆起來
我重新去找科學的神秘
它輝煌燦爛地從你身邊掠過
我自然斷言的東西
現在都給寄存起來
我們把桌上的螢光書清開
以便研磨毒品
玻璃杯磨損之後，就會發臭
我把你的沙漠留在一針注射劑裡

2

他終於想起
她頭髮後面那小鬼考慮很不周到
用Clag牌膠水把房間粘了起來
隨著線條射出去，她的交通海綿般潤濕
他翻過身去
她的摩托嘴巴動著，直到鳥兒擊碎

Charade字謎遊戲，當早飯吃／接著你去上班
（我們凝視了約摸一年）
她用意見打他，像蛤蚧
愛情噁心

一位廣州詩人看了之後十分欣賞，總是念叨著起頭兩句，「無所謂了／他身上連一塊肉我都不想要」。

我說「不喜歡愛」，其實是說澳洲人比誰都把愛看得透，一穿見底，尤其在澳洲這個地方，愛情特別會被人利用，達到個人的種種目的，無非都跟身分或錢財有關。每次到家事法院作翻譯，常常一個上午就有五十幾對離婚的人，法官不停地重複幾句套話，某某某與某某某於何年何月結婚，又於何年何月離婚，生有多少子女，等等等等，仔細聽下來，一結一離之間，相隔十年的都鳳毛麟角。試想，這些人當年結婚時何其相愛，離婚時又何其相恨！想想都覺得很沒意思。

又有一次，我把一部英文寫的愛情詩稿交給一位澳洲詩人，因為他還兼作出版商。他回郵第一句話就是：你的愛情是否與色情有關？儘管是玩笑口吻，但你可以感到，至少這個男詩人是不相信有什麼愛情的，因為他早已先入為主地把愛情和色情劃等號了。

英國詩人Sylvia Plath對愛的看法也比較澳洲。她說：「Love is a shadow／How you lie and cry after it.」[14]（愛是陰影／你大撒其謊，愛過之後，又哭哭啼啼。）

古希臘詩人對愛的倒錯和乖戾，愛情內含的「power relationship」（權力關係），那種遊戲關係，看法也一針見血，如六世紀的希臘詩人Markedonios Hypatos就曾說：

---

[14] Sylvia Plath, *Selected Poems*. faber and faber, 1985 [1960], p. 43.

...Dump him who loves you,

chase him who doesn't, and then dump him when he does.[15]

我的翻譯如下：

……他愛你，你就把他拋棄。

他不愛你，你就追他。等他愛時，再把他拋棄。

奇隆對愛看得很透。他說：「愛他時要想到有一天要恨他；恨他時要想到有一天會愛他。」[16]

時代發展到一定程度，我想人們真的不再需要愛情了。我曾看到日本製造的假女人幾乎達到了亂真的程度，可讓男人在其柔軟的肢體上為所欲為。今後，一個男的把這種人買一個回去，不用想入非非，只需大幹快上，也省去了任何爭吵糾紛之虞，何樂而不為？

實

「实」（實，簡體字）字裡面有個「头」（頭，簡體字），也就是說，當頭的人，哪怕是一國之頭頭，也要求實，也要講求實在。這一點，通過澳洲反對黨領袖Tony Abbott攻擊現任工黨領袖的一句話清楚地反映出來。他說：現任政府領袖應該say what they mean and do what they say（心口如一，說到做到）。有點中國人的「實事求是」的意思，但比那種含糊的說法更清楚，更簡單，更直截了當，是很低的要求，但極難作到。其實，最簡單的事情往往最難作到，對當頭頭的人來說，更其如此。

---

15 參見*The Greek Poets: Homer to the Present*. New York: W. W. Norton and Company, 2010, p. 303.

16 蒙田，《蒙田隨筆全集》（上）。譯林出版社，2008 [1996]，212頁。

五官

關於五官，各家說法不一。中醫指目、舌、口、鼻、耳。《新華字典》指眼、耳、口、鼻、身。《辭海》指眼、耳、口、鼻、心。現取《新華字典》意。我要問的問題是：人的五官中，哪個最貴？我們首先排除身，因為滿足身體慾望屬於淫蕩的範疇，花的錢可能難以計算。剩下的四官，依我愚見，耳最貴，鼻最賤。何以見得？為了滿足人的口腹之欲，人的一張口再怎麼吃，一次也吃不了多少錢。西方人的口長在眼睛上，胃吃不飽無所謂，吃得爛也無所謂，但眼睛一定要看，走遍全球，為的就是喂飽一雙眼睛。從這個角度來說，眼睛最貴。如果人在自己的城市中哪兒也不去，相比較而言，耳朵就比眼睛貴。買一本書不過二三十塊錢，看場電影不過十來塊錢，看場戲不過幾十塊錢，我看過的最貴的一場戲是話劇《等待戈多》，159澳幣，但那是眼耳共用，平分下來，不過80澳幣。如果把耳朵也當成胃的話，要餵飽這隻胃，隨便花點錢都比書、電影和戲多。我看過澳洲最好的小號手James Morrison在雪梨歌劇院的演奏，一張票69澳幣。我也看過澳洲華人大提琴家Li-wei Qin的音樂會，兩個小時80澳幣，還不是最貴的。兩個人看，就是160澳幣。

說到這兒，我想起一件趣事來。上次我在雪梨歌劇院看音樂會時，旁邊坐了兩位華女。中間休息回來之後，兩位華女不見了，代之而來的是兩位華男。當時我怎麼也不明白這是怎麼回事，再說，精彩的演出也不容我去細想。後來跟朋友談起此事，才恍然大悟，原來他們是四人瓜分了一場音樂會，相當於每人花了不過20澳幣！

五官當中，最賤者非鼻子莫屬。你不用為了聞任何東西而花錢，包括空氣。如果讓鼻子和口來分攤口腹之欲的話，那一餐飯的錢就更便宜了。唯一讓人感到欣慰的是，人有兩隻耳朵，聽一場音樂會80澳幣，實際上每隻耳朵僅40澳幣。換在那四個華人身上，他們平均每只耳朵只花了10塊錢。還是很划算滴！

聽到這兒，朋友插問了一句：這麼說來，四個人中，兩個人看頭半場一個多小時，另外兩人不是要坐冷板凳一個多小時嗎？換言之，替補隊員在下半場看一個多小時，中途退場的兩位不同樣要坐冷板凳一個多小時嗎？

我說，你說得很對，但這跟我毫無關係，是他們的事！

小

曾經寫過不少以「小」為題的中文和英文詩，在一首英文詩中說，人小到一個字那麼小。直到今天，我才意識到，為什麼這麼喜歡小。如果說澳洲和中國有什麼關鍵區別，這區別就在小上。在澳洲，做一個小民是最自由的。錢是少一點，但基本上可以說，想做什麼就做什麼，只要不犯法，沒有任何人管，一輩子都不會有人管，完全可以自由自在地過自己想過的生活。前面說的那個詩人是如此，寧可不當開業醫生，而當兩袖清風的詩人，跟一個比他大10歲的女性，在深山老林共同生活，自製肥皂，用積蓄的雨水洗澡，自己種菜，每天黃昏時分，就在陽台餵養成群飛來的野鳥。我認識的一個白人編輯也是如此，跟男友樓上樓下，同住一室，出雙入對，形影不離，同性戀又怎麼樣？誰都管不著。一般所說的自由，就是做小民的自由。

在澳洲，要做大，就沒那麼自由了。實際上，越大越不自由。不可能為所欲為，媒體和反對黨一天到晚都盯著你，稍有差錯就被提出來摔打。今晚電視插播的廣告中，就播放了反對黨攻擊執政黨的一個廣告，要選民不要相信現任女總理Julia Gillard，因為此人曾對陸克文back-stabbed（背後捅了一刀）。再看看兩黨領袖拉選票的活動，對任何小民都不敢怠慢，讓人覺得可憐。難怪當年我認識的一位澳洲大學學院院長，很欽佩中國領導人的作派，小車到了地方，連門都不用開，就有人替他開了，東西別人拎著，自己永遠都是甩著手大搖大擺走的。

走筆至此，想起曾在電視新聞上見到的一件往事。有一年，時任紐西蘭總理的海倫克・拉克抵達澳洲，從舷梯上下來時，手裡拎著旅行袋，隨行人員居然都不幫提！而陸克文在任期間，曾因在飛機上把空姐訓哭一事，鬧得大報小報沸沸揚揚。大，不是什麼很好的事。

不過，習慣了這種不講尊卑的民主，甚至都覺得尊卑觀念讓人難受。剛到澳洲時，有一次跟年過六旬的導師同行，見他手提一個重包，忙上去幫忙，不料他卻根本不讓，態度上似乎還顯得有點不屑。讓我大惑不解。當然，現在我明白了。人，再大，還是人。從飛機上往下看，能見度再好，也是看不見的。

血錢

第一次在電視上聽到blood money這個詞，下意識地就把它翻譯成了「血汗錢」，後來又改成「血腥錢」，但最後都覺得不好，還是直譯成「血錢」到位。這條含有「血錢」的新聞，是關於英國前首相布雷爾的，說他的自傳即將出版，為寫這本書，他得到了460萬英鎊的預付金，相當於560萬歐元或720萬美金。我算了一下，根據今日比價（2010年8月19日），相當於4800多萬人民幣！

老百姓並不欣賞他拿這麼多錢，在他們看來，這是blood money（血錢），因為布雷爾在任期間打伊拉克、打阿富汗，在伊陣亡士兵179人，在阿陣亡士兵331人。儘管布雷爾為了減輕心理負擔，決定把錢全部捐給慈善組織，反戰組織也認為無法「洗清他沾滿鮮血的雙手」（見該文：http://news.yahoo.com/s/afp/20100816/en_afp/britainpoliticsliteraturepeopleblair）而且有不少人會選擇他新書發佈會的時間，前往示威，表示抗議。

能夠出書，獲得天價預付金，還召開大型圖書發佈會，是很不得了，但平頭百姓最厲害，就罵你是「血錢」，就要衝你的發佈會，就不相信你花錢能買個心理平衡，這，再一次證明，在西方，位置坐得再高，一旦做了對不住國民的事，你就脫不了干係。報導中就有老百姓稱，將來還是要把布雷爾送交國際戰犯法庭審判的。

吃相

我注意到，年輕一代不講究吃相的現象越來越普遍了。有一年一個大陸讀研究生的女生到家做客，揀菜時筷子頭上沾著一粒飯——是的，僅僅一粒飯——菜揀起來，那粒飯就掉下去了，害得我再也沒碰那盤菜。時隔多年，我還記得如此清楚，是因為這種細微末節的事，其實很要命。

我不怪他們，我只怪他們的父母親。在我們那一代，吃飯手不扶碗，是要打手的。吃飯嘴裡發出響聲，是要挨罵的，比如會這樣罵：像豬嗒嘴一樣！還有種種諸如不能把筷子雙雙放在吃完飯的碗上，等等，總之清規戒律很多，現在回想起來，也很好。年輕一代不注意這個，肯定跟上輩人不教有很大關係。

奇怪的是，有些50後、60後生的人，居然也有吃相問題，我就不知道是何原因了。有一次，一位教授朋友因為吃飯聲音實在太響，又是在澳洲，加之我們關係不錯，我就說了一句：聲音是不是大了一點？豈料他旁徵博引，舉林語堂的例子說：林語堂說，人只有在吃得很香的時候，嘴裡才會發出聲音，這是最自然不過的事情了！

好吧。我無話可說，覺得他說得也不是沒有道理。但人和豬不同，吃飯上總得有點區別才行。有一次，在一個澳大利亞白人教授辦公室，適逢他正在吃中飯，偌大一個三明治，一口咬下去一大塊，只見嘴巴蠕動，不聞半絲響聲，哪怕就在離自己半米不到的地方，直到吃完東西，也居然沒有發出一點點響聲。教養之好，欽佩之餘，暗暗吃驚。

聯想到國內某大學某系的一位領導，多次與之宴會，沒有一次吃飯嘴裡是沒有動靜的，哪怕有外國人在場，也處「外」不驚，其響聲之大，使得在場者均不吱一聲，靜靜地聽著他一個人的嘴巴「吧嗒吧嗒」地響。我當然不會像對朋友那樣，拿他嘴巴說三道四，於是也跟大家一樣學乖，靜靜地聽著那響聲，一聽就是好幾年。

光

只要提到「光」這個字，就會想到兩個細節。一個是《聖經》中的這句話：And God said, Let there be light: and there was light。（上帝說要有光，於是就有了光）。一個是關於江青的一個說法，說她「怕光」。

今晚看A Taste of Iran（《品伊朗》）這部紀錄片，有兩個地方留下比較深的印象。一是採訪當地一位伊朗人時，據他說，人生最重要的就是facing the light（面對光明）。他們每天都要面對光明，天一亮，就要面對白天的光線和陽光，黑夜降臨之後，又要面對燈光，因為只有光明才能蕩滌心靈中一切骯髒之物。我喜歡這樣的說法，由此對伊朗人產生了好感。

還有一個地方，攝製組來到設拉子。介紹其為「詩城」，是哈菲茲的故鄉，據說那兒人人都能背誦哈菲茲的詩。在哈菲茲的墓地，有一個人手托盤子，裡面放著一排綠紙片，寫著哈菲茲的詩，盤子邊上立著一隻小鳥。讓小鳥隨意一啄，啄到哪首詩，那首詩就能預測該人的未來。這有點像美國華人餐館的fortune cookie（簽語餅），隨便選一個，打開一看，裡面的一張小紙，就能未卜先知。我喜歡的是那隻低頭就能啄詩的小鳥，很傳神地讓我想起了中國的鴻雁傳書，大約在想像中就應該是這種樣子吧。

小動作

首先問一個問題：如今當老師，跟過去當老師，是否有任何不同？回答：沒有，除了所教學生性別之外。何以見得？三十年前讀大學，一個班上30人，男女各一半。30年後教學生，全班35個人，只有一個男生！

大學文科發生的這種變化，我個人的解釋是，搞經濟就像打仗，把男的都吸引過去，女的則留在後方，從事軟行業，如學英語、學翻譯。

現在切入正題，講講學生。一般來說，我不寫女生的，但這並不意味著背後不談。從前在一所大學教書，一位教書的同行常常會半開玩笑說：要是班上有個漂亮女生，他上課就不覺得累。

我對這方面的話題不感興趣。只講小動作，一些想不注意也不行的小動作，非講不可的小動作。比如，一位坐在最前面的女生，上課時老在不停地挖鼻孔。又如，另一位坐得比較靠前的女生，一上課就脫鞋，把光腳丫子伸出來，還互相搓，這不是當年的赤腳醫生，而是如今的赤腳學生了！

還有更讓人難堪的事。比如學校的廁所是A和B並排，A男B女，如A空著，女可以用A，但B空著，男卻不能用B。這倒無所謂，本來女就多於男嘛，等一等也就罷了。有時候，女用完A之後，因為不注意，留下不潔的痕跡，就會讓後進去的男生撞見。這，就讓人難受了，而且又無處可說。這種種小動作，不教如今的書，是經歷不到的。

荷蘭話

上週接受電台採訪，驚奇地發現了一個鮮為我知的事實：歐洲人是絕對遵紀守法的移民。注意，不是公民，而是移民。他們遵紀守法到了語言敏感的地步。採訪我的人是荷蘭人的後裔。據她說，父母親移民到澳洲後，從來都不教她荷蘭話。我問為什麼？她說：他們非常尊重澳洲習俗，來澳之前就被告知，不要在公共場合講外國話，免得遭人白眼。因此，她出生後，父母從不教她荷蘭話，只是當著面說說家鄉話而已。

就是這樣一個細小的事實，讓我意識到，原來還有這樣的民族，在移民之後，是如此全心全意地投入到移居國的文化生活中，他們的考慮，一定是為了有利於下一代的溝通和融合，是很好的一種考慮。否則，像華人那樣，孩子從小就送週日學校補習漢語，好則好矣，但從某種意義上來說，保持、保留並發揚光大了頭上那塊反骨，永遠與移入國保持著並行不悖的油水距離。何謂主流？在ABC國家廣播電台做英文的節目主持，像這位女士那樣，即是主流。漢語和英語同樣好，往往會阻礙這方面的發展。當然，如果你說，我來澳洲就是要保存中華文化的，主流、偏流、甚至逆流都無所謂，那是你的事，跟人沒有關係。

那麼，這位女士是不是直到現在都不懂荷蘭話呢？當然不是。據她說，因為小時候在家經常聽父母說家鄉話，她也能約略聽懂。後來一回到荷蘭，很快就學會了那種語言。

臭

丹麥是一個美麗的國度，但她給我留下的最深印象只能用一個字形容：臭。至今，留在我鼻孔中的丹麥還是這個臭字。2004年春，我去丹麥參加詩歌節，從奧爾胡斯坐火車去哥本哈根，沿途邊看風景，邊不時看看手中的書，這時，就聞到一股刺鼻的臭氣。一注意，那氣味就沒了。過一會兒又鑽進鼻孔，很像是廁所門沒關緊，從裡面冒出來的臭氣。但這不對呀，因為我上過火車上的廁所，很乾淨不說，冷熱水設施都很齊全，馬桶上也有厚厚的蓋子。這種聞似人糞的臭味一直到哥本哈根下車後才沒有了，卻混同著記憶留在了鼻孔裡。

後來跟丹麥朋友說起這事，朋友哈哈大笑起來，好像很得意似的，也驚奇於我竟然敢問，因為大多數人聞到了都不會深究，過鼻即忘，而我，還好意思問！據他講，這是因為火車經過的農田春天都施過了用動物糞便作原料的肥料。儘管如此，我還是覺得，這種滿丹麥（不過四萬多平方公里，比六萬多平方公里的寧夏都小）都洋溢的氣味，實在是一種不想記憶也會自動留下在記憶中的特點。如果想聞聞丹麥，最好在4月份去一趟那兒，一飽鼻福。

難怪《哈姆雷特》劇中有一句名言，就叫：something is rotten in the state of Denmark。（在丹麥國，好像有啥東西爛掉了。）這也是我那位丹麥朋友聽我問題之後大笑的原因之一。一說起丹麥之臭，就會想起《哈姆雷特》之「爛」。

別處

自從昆德拉那本《生活在別處》（我沒看該書）出來之後，用「生活在別處」做文章的真不少，因此我也從來都不想用它做文章，只是提到丹麥，我才想起，當年在丹麥碰到的幾個丹麥詩人，倒都是「生活在別處」的典型例子。其中一個名字叫Thomas Boberg，與妻子一起長期住在秘魯，用丹麥文寫作。另一個名叫Nikolaj Stockholm，自願長期住在愛爾蘭。第三名詩人是Henrik Nordbrandt，他則長期住在土耳其的伊斯坦布爾。問他為什麼，他說：生活很便宜。我這才想起，當年沒去挪威的一個主要原因就是，東西太貴。據一位挪威朋友說，那兒一杯啤酒大約要花幣值15澳元左右的錢（大約90元人民幣吧）。這麼一看，什麼「生活在別處」，其實還是一個錢字。哪兒便宜往哪去，哪兒好掙錢往哪去。比如移民二十年後的今天，不少藝術家都回頭往中國跑，還不就是因為那兒這兩樣都合適：生活便宜、有錢掙嗎?!對我來說，生活絕對不在別處，而就在此處。是別人的別處，是我自己的此處。就這麼簡單。

上述三位詩人中，只有最後一位詩人的一首最簡單的詩，也最有味道的詩，是我記得最清楚的詩。儘管我無論在網上或網下，都查不到這首詩了，但我在我的記憶深處，把該詩撈了起來，全文經過我「隨譯」，最後又通過丹麥朋友Lars來信點撥，終於在網上找到原文，是這樣的：

一年裡有十六個月

丹麥一年有十六個月
一月
二月
三月
四月
五月
六月
七月
八月
九月
十月
十一月
十一月
十一月
十一月

十一月

十二月

一到十一月，丹麥就昏天黑地，冷得像個冰窖，據說雲層低到壓在大樓頂端。所以，其他月份一晃而過，一到十一月，時間就凝固起來，不再往前移動了，真是一個讓人害怕的月份。其中的詩意，因反覆吟誦而加強。

這首詩，是我丹麥朋友Lars用英文朗誦給我聽的，馬上就記住了。他朗誦的同時，還用手指著沉沉的烏雲，向我解釋了丹麥可怕的冬天。後來我發現，無論在奧爾胡斯，還是在哥本哈根，只要出太陽，哪怕是一小會，咖啡館或餐館裡面的人就會來到大街上，沿街靠牆而坐，貪婪地享受著金貴的陽光。

還記得當我問到丹麥有哪些值得一讀的作家時，朋友Lars說沒有。在他看來，好作品都在別處，在別的國家，由別國的人在創作，從這個意義上來講，我倒同意，生活在此處，好作品在他鄉。

避諱

中國一向有避諱的傳統，什麼不能跟皇帝姓同樣的姓等等，但澳大利亞這個所謂的民主國家，也是有避諱的。比如，凡在書上或報紙上出現fuck字樣，都要把中間的uc二字母剜掉，代之以兩個連字符號--：f--k。凡出現shit一字，也要避諱，把該字改成：sh*t。最好玩的是，如果在電台上出現某位演員粗口，說fuck一字，電台會用某種噪音方式把該字遮住抹去，因為聽得多了，每逢出現這種噪音，兒子就會大笑，知道是罵人話。而在電視上出現粗口，則不僅用噪音遮聲，還用某種一小片白雲的方式，把罵人的人嘴極為短暫地遮蓋一下、模糊一下。因此，一出現這種情況，就又知道是在罵娘了。

當年我翻譯了一本很厚的傳記，是關於英國劇評家Kenneth Tynan的。1965年，他在BBC電視台的一次辯論節目中，脫口而出，用了fuck這個字，從而成為英國在BBC電視上當眾使用該詞的第一人，惡名昭著，備受攻訐。記得當年他對一個採訪他的人說：難道我死後，唯一能讓人記住的就是這件事嗎？我的澳洲朋友Roy說：是啊，Kenneth，恐怕會是這樣吧。

他用該詞的年代，是一個雖然口無遮攔，但個人把自己嘴巴管得很緊的年代，所以他一字出口，名垂千古。有人說，他對該詞的使用，是「his masterpiece of calculated self-publicity」（他處心積慮，為了自己出風頭，而做出的大師之舉）。

半個世紀後，誰想在大庭廣眾罵娘都可以，但都免不了要做種種避諱的處理。不過，文學雜誌稍有不同，出現fuck一字時，並不會加以處理。本人2001年曾在墨爾本的一家文學雜誌Overland上發表了一首英文詩，標題就是Fuck，該詞通篇反覆出現，但沒有一個地方因避諱而修改。

說到這兒，想起由我翻譯、上海文藝出版社2007年出版的英國長篇小說《殺人》。該小說中，凡是提及男女雙方做愛的地方，均用fuck一詞，比如誰fuck了誰，誰又和誰在fuck，等等，但出版之前，這些詞全都被刪除，代之以「做愛」。原文中因使用fuck一詞而帶有的當代感、當下感、甚至襠下感都蕩然無存。所以當朋友建議我看亨利·米勒的《北回歸線》等中文譯本時，我立刻婉拒，因為我不相信他的作品會譯成中文而不遭刪節。我還不如直接讀英文原著的好。

B

接著談避諱。避諱，拼音是bi hui，說得更簡單點，是b hui。就是只要涉及b字，就要避而不談。當今的漢語，特別是大陸所用的漢語中，避諱得最多的就是這個b字，用得最多的一個替代詞，就是「逼」，什麼牛逼呀，等等，其次就是b字，有時大寫成B，但那個由「屄」和「穴」二字組成的正式的漢字，卻不讓出現在任何文字記錄中，連電腦的簡體版都不收。當年就是因為這個問題，導致我寫了那首《找B》的詩，以及整個《B系列》。謹將第一首錄在下面（欲看其他，網址在此：http://www.haiguinet.com/blog/index.php?p=59943）：

找B

我在這個簡體的軟
件
中找來找去
就是找不到這個Ｂ字
這軟體
叫世界寫（Worldwrite）
是美國人設計
什麼字都有
就是沒這個B字
我當即打電話電腦公司
威脅說不給我弄個有B的來
我就退貨索賠
卻被告知本公司已不經營這種產品
臨了囑咐一句：
你查繁體看看
我一查
嗨：

有B字

就是這個屄字

害我找得好苦！

請注意，最後那個由「屄」和「穴」組成的漢字在該詩在大陸發表之後，變成了一個完全不相干的「蘗」字，結果進一步導致詩人桑克寫了一篇評論文章，題為《細讀歐陽昱「找B」》，其中，關於最後一個「蘗」字他如是說：

> 這個B字終於原形畢露，是「蘗」。作者沒有像貝克特（Samuel Beckett）一樣，讓觀眾到最後也不知道「戈多」（Godot）是什麼東西。「我」辛辛苦苦找的B，原來就是「蘗」。蘗，音bi（第4聲），是檗（音bo，第4聲）的異體字，常用於「黃檗」，一種開黃綠色小花的落葉喬木。這個字很容易和「蘖」（音nie，第4聲）混淆。B的概念解釋清楚了，就順勢推翻了我們預設的關於生殖器的引申，彷彿作者和讀者開了一個道德性的黃色玩笑。但這不是關鍵的問題，誤讀才是我們的需要。而這個「蘗」只是表層的合法性的完成，那種非法性的誤讀才是最有趣味的。作者有意識地在完成合法性的基礎上將讀者誤導到自己挖的閱讀陷阱中。害得誰好苦？其實是被牽著鼻子走的讀者最苦，作者偷著樂呢。

這是個很好玩的臆測，出乎我的意料之外，真是節外生枝，橫插一杠。說哪哪都不是，不說哪哪都是。

還是接著B或b這個話題往下講。前面講過，我翻譯的《殺人》那本書，儘管出版時把fuck全都改成了「做愛」，但如果罵人話中涉及了b，編輯還是保留下來了。僅舉一例。書中的「我」買了一把槍，想把桃樂西和她丈夫艾倫幹掉，並在對著想像中的這兩人開槍時，罵了一句：「操他媽艾倫的B。操他媽桃樂西的B。」出乎我意料之外，這句髒話原原本本地保留下來了。

我手頭有兩本英文書，一本怎麼也找不到了，說明書一多，也會像人一樣，突然消失不見。人失蹤，在澳大利亞叫missing persons（失蹤之人）。澳大利亞聯邦警察局，就成立了一個專門幫助尋找「失蹤之人」的網站：http://www.missingpersons.gov.au/home/。上面說，澳大利亞每年失蹤的人數都在35000人左右。至於失蹤的書呢？沒有專門報導，也就不得而知。我自己的書失蹤，有一個很奇特的地方，突然失蹤的書，又會突然出現，而且往往是在你並不需要用它的時候。這本暫時失蹤的英文書名是The Vagina Monologues（《陰道獨白》）。中國雖然沒有譯本，但作為戲劇，卻在深圳和武漢都演出過，其作者是美國的Eve Ensler，2007年出版，影響很大。恕不介紹，要看自己掏錢買書看，或者不掏錢到圖書館借書看。另一本是Inga Muscio的cunt: a declaration of independence（《屄的獨立宣言》），2002年出版，我2009年讀完。我想：這本書要想在中國大陸出版，恐怕要幾百年吧。至少我這一代和以後幾十代都不要去想了。不過，2010年3月我回大陸，發現也還沒有到那麼絕望的地步，至少我手上一本專門探討髒話髒字的英文書，居然有了中譯本，其英文是Language Most Foul（《極為齷齪的語言》），中文譯本的標題是《髒話文化史》。於是我就買了一本。

拿回來專門對照看了一下，發現有真實的「屄」字，一個都沒有刪去。立刻評道：很好！例如，第五章專門討論「屄」字的起源和發展，英文是A cunt of a word，中文譯成《咄咄屄人》。再評如下：很好！簡直好評如潮了。

其實「屄」字，代表的不就是一個人體的正常器官嗎？幹嗎要把它妖魔化，髒字化，乃至不僅要三緘其口，甚至連寫都要彎扭成什麼「逼」或「B」呢？根本豈有此理。

2010年3月我去香港，買了一本英文書，英漢對照，專門介紹中國當代的流行語，書名就叫Niubi（《牛屄》）（2009年版），把「屄」和「傻屄」二字，列為西方讀者必須知道的最常見的25個漢語辭彙。

台灣詩人陳克華，寫過一本《欠砍頭詩》（1995年出版），其中有關「屄」的描寫如下：

她的三個屄分別被稱作
現象　　　本質
和屌

我之所以改用繁體，是因為「屄」和「屌」二字，繁體中都有，而簡體全都刪繁就簡，加以割愛了。割愛，多麼可怕的漢字！這兩樣東西，能夠隨便割愛嗎？

不過，因為陳是同性戀，「屄」字出現並不頻繁，倒是有大量關於肛交的描寫，最厲害的莫過於《「肛交」之必要》那首，該詩結尾兩句這麼說：「肛門其實永遠／只是虛掩」。（p. 72）

最近大陸有個叫「大腿」的女詩人，「逼」詩眾多，而且寫得好，最好的兩首是《手機已經放逼裡了》和《被你操腫》。上網一查，就可查到，勿須我贅言。

瑞秋

上午在家寫作，突然門上有人蓬蓬敲響，開門一看，原來是位大高個子的洋人，立刻告訴他，沒有時間接待，因為正在寫作。該人塞給我一張紙後，就走掉了。

不用說，我也知道，該人來此一定是搞傳教的。果不其然，一看他們散發的彩色傳單，Jehovah's Witnesses（耶和華見證人）幾個字就映入眼簾。不覺想起剛來澳洲時有一天，也是有陌生人大白天敲門，開門一看，是兩位女性，一位華女，一位澳女，還都很年輕，跟我細說上帝的道理。我則一一問了她倆的名字，華女姓Chow，澳女叫Rachel。記得當時聽了這個名之後我還評論說，聽上去很像中國人的名字「瑞秋」。她問是什麼意思，我還用英文給她解釋了一遍。結果，她們離去的時候，我沒受什麼影響，倒是她們帶走了一點關於瑞秋的中文意思。也算是一次非正式的文化語言交流吧，所以直到現在，一提起Jehovah's Witnesses，我就會想起那個瑞秋來。

抹

正在看電視上的一個節目：Art in the 21st Century（二十一世紀的藝術），瞭解到了兩位同性戀伴侶的女藝術家，Jessica Rankin（澳大利亞人）和Julie Mehretu（埃塞俄比亞人），都是70後的人，都在藝術上獲得了巨大成就，但我對此沒興趣，我感興趣的是Mehretu畫畫的方式，把剛剛畫好的整齊的墨滴，用手指頭抹去，抹亂，抹得不成樣子，留下的痕跡，頗像夢醒之後腦中有關夢的印記。

作為寫作的人，用電腦寫作，就失去了用筆寫作的樂趣，慢的樂趣，不流暢的樂趣，能夠塗塗抹抹的樂趣，寫錯字、甚至故意寫錯字、寫錯之後抹去、再改正的樂趣。這個世界越來越正確，也越來越沒意思、沒趣。草書、狂草之所以好看，就是因為不正確，充滿了錯誤的可能性。好了，感想到此為止，繼續看另一個藝術家的東西。

Multi-tasking

Multi指多，task指任務，multi-tasking指一身而兼數任，一心而多用。

據報載，英國越來越多的人都在這麼做。其實，隨著人類進入網上時代，這種現象越來越普遍，一身而兼五六任根本就是常態，如邊看電視，邊通過無線上網查郵件，還把msn開著，以便隨時與朋友聊天，如有可能，還走跑步機鍛煉身體，與此同時，鍋裡煮著肉，烤箱裡烤著土豆或雞，電飯煲在燜飯，湯鍋在熬湯，洗衣機在洗衣，這已經是一身而兼九任了。有條件的話，這張清單還可以繼續開下去，如同時寫作或翻譯，或聽音樂，或下載軟體，無所事事已經完全不可能，心無旁騖也不可能，這個時代大家之所以都忙，就是因為這種multi-tasking造成的。開句玩笑，據說做愛，也有人邊做邊看電視，邊做邊看報紙或雜誌、邊聽音樂、邊想別的事的。一心一意，恐怕只有古人才會那樣。

詩歌銀行

把詩歌和銀行捏合在一起，聽起來好像有點牽強附會吧？這個時代，有誰讀詩，又有誰買詩？不信問一下你自己，最近一次買詩是什麼時候？大約總是30年前吧，不是30年前，也是20年前吧。至於我自己，可以告訴你，基本上每隔幾個月都會買詩，而且天天看，天天都有收穫。

跟不買詩、不看詩的人談詩，簡直是對牛彈琴！不過，對牛談錢應該還是可以的。那就利用這個機會對牛談談錢吧。

多年前，有位澳洲白人朋友說：詩歌是個銀行。我請他解釋一下是什麼意思。他說：儘管英文有句老話說，there's no money in poetry（詩無錢），實際情況並非如此。比如某人某首詩寫得好，發表之後會被選入選集、收入課本、收入最佳詩歌選、收入翻譯文集（注意，很可能是多種語言），等等，不一而足。儘管這種「收入」會在幾年、甚至幾十年後發生，但每發生一次，就有一次「收入」，得一次稿費，集腋成裘，積少成多，一首詩歌，就像一個小小的銀行，在詩人的一生中，雖然不能彙成大江大海，但總是不無小補的。

不瞞你說，其實也不值一提，鄙人的英文詩還真有若干不斷「收入」這個那個選本，包括最佳選本，本來原發時不過區區五十澳幣或七十澳幣，到了後來，比如去年「收入」Macquarie Pen Anthology of Australian Literature（《麥誇裡國際筆會澳大利亞文學集》）中兩首，都是原來發表過的，就有200多元的稿費。

談到稿費，不能不再饒舌兩句。澳洲發詩，最便宜的是一分錢沒有，最貴的是每首220澳元（含GST）（相當於1300多人民幣）。哪家雜誌給這麼豐厚的稿費呢？你如果是詩人，不用我講你也知道。如果你不是詩人，講了你也不想知道。再說，上帝是公平的，並非人人都能寫詩，也並非人人寫都能寫好。況且會賺錢的人才不會為這幾個區區小錢動心。

平衡

上帝雖然公平，但人類心理永遠不平衡。名氣大了，被人罵也是應該的，難道你名氣大到人人都該捧著你、抬著你的地步嗎？就像我原來那位白人朋友說的，如果報紙頁頁都是關於某人的報導，他絕對翻過去不看。很健康的一種態度嘛，也說明其人心理不平衡。

這，就是名利的代價。最近看Comedy Channel（笑話頻道），看見一個「棟篤笑」演員的演出極為幽默，其中就把老虎伍茲開了一次涮，說有一次，有人在外面說了伍茲一句什麼，搞得他很不高興。演員說：你他媽一年掙那麼多錢，一個窮百姓說了一句閒話，你就不開心，憑什麼你富有，就該一切都順著你！

是的，西方領導人地位再高，在漫畫家手中就是毫不留情。Tony Abbott的巨大招風耳，Julia Gillard能夠伸到對方臉上的細長鼻子，都給你放大到讓人忍俊不禁的地步。細想一下，已經是國家領導人了，讓人惡搞一下，心理平衡一下，又有什麼關係呢？

由此想到美國詩人弗羅斯特。據厄普代克講，弗羅斯特一生獲獎無數，光普利策詩歌獎就拿了四個，但他的家庭卻很不幸。大兒子Eliott四歲就死了。另一個兒子Carol三十八歲用一把獵鹿的槍自殺，二女兒Irma有精神病史，婚姻不幸，餘生都在精神病院度過，妹妹Jeannie也患精神病，很早就去世了。弗羅斯特的老婆Elinor去世後，他又愛上了一位名叫Kathleen Morrison的有夫之婦，但此人不願離婚與他結婚，只願充當他的情婦。[17]

一個人如若一生運氣頗佳，就要當心這個「頗佳」的反面。我認識一個人，曾是澳洲最高的廚師，年薪十萬多，是某家飯店總管，幾乎每週電視新聞和報紙都要報導他設計的新菜系，就在事業達到登峰造極的地步時，一次不慎從高處摔下來，身體嚴重受傷。結果不僅丟了飯碗，而且健康每況愈下，痛不欲生。

反過來，有些人一生不順，卻可能會在某個時候時來運轉，一路往上。記得我來澳洲時，我的澳洲作家朋友Alex大約55歲，一向很不得志，才出第一本書，言談中常常流露出失望和失意。不過二十年，他就兩次獲得澳大利亞最高文學獎和其他各類大獎。馬上，雪梨某大學還要專門為他召開一次作品討論會，這在中國可能稀鬆平常，但在澳洲這個很苛刻的國家，卻是極為罕見的。一個作家不達到眾所矚目的地位，是不會享受這種殊榮的。

人的這一生，似乎有某種超自然的力量在左右，不讓你一味居上，也不要你永無出頭之日，總是要在某個關鍵時刻抽你一把或扶你一把，那時，你就要小心了。

17　參見John Updike, *Due Considerations, 2007,* pp. 531-532。

一位名叫「日落」的女性

晚上看SBS的Insight節目，是關於男性和女性因何原因而互相吸引的，其中介紹的一位瑞典女性，名叫Sunset。我一看就說，咦，這不是「日落」嗎！一個名叫「日落」的女人。

其實，很多澳洲人（包括英國人）的姓名，從中國人的角度來看，都是很奇怪的。一次，報紙報導了一個姓「威爾布拉德」的法官，其實，該姓是Wildblood，意思就是「野血」。

從前，我在一家澳大利亞公司工作過一段時間，通過電子郵件的互相聯繫，我發現了這個有關姓名的「秘密」，因此寫了一首詩，全文如下：

怪姓

在一家澳大利亞國際公司工作
每天內部電子郵件系統
隔一會兒就會發出一聲亮而低的「叮咚」聲
不用查，我已經熟悉了是些什麼郵件
不是誰誰誰的車占了不該占的車位
就是某某某要到新的草地吃草——要換單位了
將于何時何地召集誰誰誰開一個歡送會
或者是什麼什麼什麼工作崗位缺人，歡迎
大家來申請
所有這些我都覺得缺乏詩意
沒有寫進一首詩
這兩天，又收到幾封於己無關的郵件

引起我注意的，是這些人的姓氏
一個人是特立克先生，即Trick先生
一個人是當斯先生，即Dance先生
還有一個是佩恩，即Pain先生
這都是中國沒有的姓氏
一個姓「詭計」
一個姓「舞蹈」
最後一個姓「疼」

以詩代文，省去了很多廢話。

無禮

80後的人無禮，看來已是不爭的事實，至少從我個人經驗中看是如此。比如，今天我的這個客戶，看上去就是80後生的，男，穿得很貴，表現得卻很賤。何以見得？第一次見面，我就說「你好！」誰知這傢伙什麼也不說，只是喉嚨裡「嗯」了一聲。考試結束後，我臨走前又打了一個招呼，說「再見」，誰知他積習不改——可能根本就沒有「習」——只是把頭車過來，看了我一眼，什麼也不說，頭又轉回去，跟考官繼續講話。我不用說他什麼，因為他已經受到他自己不良成績的懲罰，一而再、再而三地沒有通過。自始至終，此人沒有說過一句「謝謝」！我估計，其父母也可能從來都沒有教過他，在外面應該如何與人正常溝通交際的。

聯想到上一次一個年齡較大的客戶，可是非常彬彬有禮，第一次見面問過「貴姓」之後，立刻就言必稱「先生」，中間不忘說「謝謝」，告別的時候也沒忘了說「再見」，給我留下了很好的印象。儘管考試沒有通過，但如果他真像他說的那樣，以後來找我，我肯定是會安排時間幫助輔導他的。

寫信求教，得到所要東西之後再也不回信，索要贈品，但收到贈品之後不再理睬，甚至連告訴一聲，說「已收到，謝謝」，都不肯做，在80後的人中比比皆是，已經見怪不怪、見慣不驚了。這個時代，還要禮節幹什麼?!不需要做人（make person），只要會做錢（make money）就行。

書腰

應該是1999年9月底的時候，我回湖北老家，從北京機場過，買了一本廖亦武的《中國底層訪談錄》（當時還沒有禁），發現有一圈東西圍在書的周圍，起初覺得新奇，拆開以後又放回去了，後來覺得礙事，又因很好看而不忍丟掉，還是圍在書的腰際。逐漸，買什麼書都開始有這個東西了，越來越覺得不僅礙事，而且討厭，甚至浪費。把它折疊起來做書簽吧，又嫌太厚，把它隨手扔掉吧，印製得那麼好看的東西，又覺可惜。把它反面亮出來，在上面寫字吧，這主意不錯，但不實用，因為一長串，很執拗，攞不平，說實在的，書腰這個東西不是皮帶，不能把書捆起來，讓它腰變細。紮在書的上面，意味著每翻一次書，就要把它扣住書頁的耳朵攞好、攞齊，煩不勝煩。

今天從中國來了一箱書，其中有四本，都是所謂得了什麼大獎的書，堂而皇之地圍著雞肋一般的書腰，給我當即撕成碎片，扔進垃圾桶裡。向你報告一下，這四本書是：北島等人合編的《七十年代》，路遙的三部曲《平凡的世界》，霍達的那本什麼「正版銷量突破百萬冊」的《穆斯林的葬禮》，以及被狂吹成什麼「華語文學大獎小說獎得主」的韓冬的《知青變形記》。書腰，做得再好看，對我來說也是拖拉機。不明白什麼是拖拉機嗎？那是對「垃圾」的影射：拉機、垃圾、拖拉機、拖垃圾。

小和下

歷史是由一個個「小」組成的。每一個個人都是一個「小」，但很多歷史，包括澳大利亞的歷史，都把這個「小」忽視了。這是一。其次，歷史一向都是從上往下的歷史，著書立說的人，都是高高在上的人，下面並不是沒有聲音，而是有聲音也從來都沒人聽，沒人聽得進去。我手頭正在翻譯的這本書《致命的海灘》作者看來十分瞭解這一點，否則就不會出說下面這番話來：

> 有關流放制度的大多數敘述中所缺乏的一個元素，就是流犯本人的聲音。這個制度留下的官方文件堆山疊海。我們從行政管理人員、遴選委員會的證人、教區牧師、獄卒和流犯的主人那兒，能聽到很多東西，但從流犯本人那兒，卻所知甚少。因此，我盡可能試圖由下及上地察看這個制度，通過流犯的證據——信件、證言、請願書、回憶錄等——來瞭解他們自身的體驗。迄今為止，這個材料的大部分尚未發表，（p. xiv）還有更多的材料則在等待研究。

這種「由下及上」的態度很好，但如果能應用到歷史的各個層面和各個時期，比如也用在探討當年華人、以及當代華人在澳的生活（包括別國的人），那就更好了。作為我們每一個還活著的「小」人和「下」人，注意把自己的聲音留下，留給後代、留給後世、留給後人，特別是那些搞歷史研究的人，看來是很有必要的。我甚至想，那麼多人收集郵票、香煙盒、像章等，就沒想過把自己的聲音收集起來，讓後世聽聽當年此人是如何發聲、如何說事的？看來，趁還沒有過世之前，這是當務之急啊！

窮

據報導，全球最富作家是詹姆斯・派特森（James Patterson），2009年收入7000萬美金。該人每年產量約為8本，不是一人寫，而是一個團隊寫。二富為斯蒂芬妮・梅爾（Stephenie Meyer），去年掙了4000萬。老三則是斯蒂芬・金（Stephen King），總共撈了3400萬。可以肯定的是，這些人賺的錢裡，沒有我一分錢。本人是有原則的，得大獎的書不看，最暢銷作家的書不看，越是評論捧得高的書越不看，越是點擊率高的越不看，剩下需要看的基本上是古人的書、死人的人、壞人的書和被忽略的書。

閒話休提。據本月（2010年8月）澳大利亞的一份收入報告稱，澳洲作家憑寫作年收入不足4000澳元（約合2.4萬人民幣）者大有人在。真是窮得可以。當年有位澳洲作家告訴我，他每年從寫作中大約可以收入兩萬，我還覺得他是在開玩笑，現在有了這個資料，足以訓誡下一代，永遠也不要與文字沾邊了。不過，前面的一富、二富、三富，還是值得某些人效仿的。

「脫了」

「脫了」是我兒子小時候不懂英文時，憑聲音感覺，對英文toilet（馬桶）音譯自造的一個詞，我覺得不錯，往往用來代指馬桶，即toilet。不知是否有人注意收藏毛澤東用過的廁所馬桶沒有，根據我立刻上網搜查的情況看，國人的思想還沒有走到那麼遠。需要加強教育。

最近，ebay上把美國那位寫出了《麥田裡的守望者》（台譯：麥田捕手）的隱居大師塞林格的「脫了」抬出來拍賣，喊價——猜一猜出價多少？我的朋友猜了三遍，才算猜對。第一遍是一萬元，第二遍是10萬元，第三遍是100萬。是的，老塞死後，房子賣了，手稿留給了老妻，但房內的七七八八還可以銷售，包括這個據說是老塞坐在上面構思了無數傑作的「寶座」。這個「脫了」的叫賣，附帶了不少條件，其中之一就是不能把它清理乾淨，大概是要原封不動地保存原樣，最好帶上作家原來的臭氣和糞跡，才有淘金價值、掏金價值。

Piero Manzoni（1933-1963）是義大利藝術家，只活了30歲，但他的糞便可能要活幾千年，而且時間越久越值錢，因為他在世時，於1961年做了一件名為Artist's Shit（藝術家之屎）的作品，把他自己的屎分裝在90盒小罐頭裡，每盒30克，1960年約為1.12美金一克。2007年在美國拍賣的一盒屎賣到了8萬美金。

玩糞尿方面，Manzoni不是第一個，也不是最後一個。早在1917年，法國畫家杜尚就搞了一個驚世駭俗的作品，把尿池端上了畫展，名為「泉水」。1999年在紐約拍賣，賣了180萬美金。

相比較而言，美國雕塑家Andres Serrano的裝置作品Piss Christ（尿基督），儘管比杜尚的作品不知要驚世駭俗多少倍，在墨爾本展出不到兩天就閉館，因為有人向上面扔石頭，甚至揚言要殺死藝術家本人，最後拍賣也不過10來萬美金。大約糞尿相比，還是糞便值錢吧。這部作品很有衝擊力，在一隻大玻璃缸裡，用藝術家本人的尿液，把釘在十字架上的受難耶穌一起泡在裡面，可謂前無古人，後也不會有來者。原來，藝術裝置是一次性的，誰再作同樣的東西，連狗都不會多看一眼。所以，讀者們，把鼻涕留起來吧，把淚水攢起來吧，把據你推算，再過一百年就會有價值的一切，都收集起來吧。事先提醒一句：無論賺多少錢，也沒有一分歸你，因為你早已不在人世。

新舊社會

從前接受共產主義教育，總是聽到這種說法：新舊社會兩重天。

我們這些小孩子，只知道眼前這個社會，誰知道舊社會是個什麼樣子，只能根據書中的描寫。來澳二十年，越來越覺得，從前在中國和現在在澳洲，這才真是新舊社會兩重天。當然，這個「舊」並不一定含有貶義。

澳洲的新社會，新在所有的一切，人、物、風景，等等，但是，過了二十年，卻有一種越過越舊的感覺。舊，在英文中是old，有老的意思。誠如我對一個朋友說的：從前的新移民，現在也都老了。舊，還有另一層意思。澳洲這個國家，幾十年來靜悄悄的，幾乎沒有什麼變化，可以說是日不新也月不異。就像一件東西，用了二十年也會用舊一樣，這個新社會過了二十年，也過得相當舊了。這一點還表現在，已經去過的地方不再想去，因為看不到任何新的東西。當年還能交點新朋友，現在，交上新朋友簡直不可能。在這個「新」社會，各個民族之間，幾乎是老死不相往來的，舊到一定的時候，也不想往來了。

中國這個已經離開二十年的舊社會，反而新了起來。每回去一次，都看到不同的變化。真可謂日新月異。不過，已經過慣了新社會的舊生活，對舊社會的新生活，也就不那麼嚮往了。不像我們下一代的華人子女，從來沒有在中國生活的經歷，倒把那兒看成是一 個新社會了。

詞條

被寫進詞條，是最近幾年的事。這是好事，但卻很棘手，有些未曾預料的情況在裡面。比如，一位朋友告訴我，英國的一部後殖民主義詞條裡有關於我的詞條，我興奮了，就想把書買下來。結果一查，要價約合700多澳幣。我瘋了，花這麼多錢去買有關我的一個詞條！拉倒吧。

還有一次，有人要編一個什麼詞典，電子郵件來信說，請我自己寫自己的詞條，我沒有同意，理由很簡單，如果這樣，那我還不如乾脆自己編一個關於自己的字典。既然你編字典，你就應該有你的編輯方針和觀點，從你的角度出發來寫詞條。讓我自己寫算什麼？如果要我提供資料，這我沒話說，一定照辦。但是，自我寫詞條，沒門。

最近，發現好幾年前大陸出的一本有關海外華人作家的辭典裡有我的詞條，在讀秀網一查，還真看到了全部，但不僅不喜，反而堪憂。為什麼？原來，其中有不少資料根本沒有搞對。寫作該詞條的人就在一千公里之外的某個城市，居然會那麼不認真地寫出個詞條來交稿完事。試想，這個作家尚還活著。如果不在世了，那誰想怎麼亂寫都成。

其實，發個電子郵件，一切都解決了。我自己的檔案庫中，存有最詳盡、也比較正確的資料。連這麼簡單的工作都不肯做，只能說是對被寫進詞條的人缺乏起碼的尊重。

Cavafy

阿多諾說：奧斯威辛之後，寫詩是可恥的。這話可以改成：到海外後，不寫詩是可恥的。

我有個習慣，只要看到好東西，無論英文漢語，立刻就把它翻成相對的文字。我自己發明的辭彙是：隨譯，前面已經講過。今天在看那本希臘詩歌英譯本，看到一首詩，不禁怦然心動，立刻就想譯下來，也立刻就做了。所以，從來不看詩的讀者，請你耐著性子，也來看看吧：

城市

你說：「我要去另一個國家，去另一片海灘，
去找另一個比這更好的城市。

無論我嘗試做什麼，結果註定總是做錯。
我的心被活埋，好像死掉了一樣。
我還能讓我的大腦在這個地方再發霉多久？
無論我朝哪兒轉身，無論我碰巧看啥，
我在這兒都只看見我生命的黑色灰燼，
這麼多年都在這兒耗費了，虛擲了，完全毀滅了。」

你不會找到新國家、不會找到新海灘的。
這座城市將永遠跟蹤你。你將在
同樣的大街小巷行走，在同樣的街坊鄰里衰老，
在同樣的房子裡頭髮花白。
你將永遠結果在這座城市。不要對別處的東西抱希望了：
沒有船搭乘你，沒有路。
你既然已經在這兒這個小小的角落浪費了你的生命，
你等於把世界其他地方的一切都毀了。

他是希臘詩人，全名是C. P. Cavafy（1863-1933），我最喜歡的一個詩人。看不看由你，但請記住，到海外後，不寫詩是可恥的。不讀詩更可恥。只賺錢，不讀詩，最可恥。

厭英症

去三藩市後發現，那兒的唐人街不是一條街，而是一座城，所以叫華埠。還發現，唐人住在那兒，一輩子都可以不講英文，因為有說中文的醫院，有說中文的警察局，有說中文的餐館，有說中文的一切。我產生了一種感覺，再過五百年，這可能不是華埠，而很可能是華人州，甚而至於華人國了。住在這樣的地方，真的可以世世代代不說英文。

厭英症是我自己發明的一個辭彙。幾年前到雪梨去一個朋友家吃飯，驚奇地發現，這位英文還不錯的朋友居然說：我不喜歡看任何英文的東西，根本看不進去。我想，也許這是因為她是用中文寫作的，不喜歡自有她的道理。

最近應邀參加作家節，請一個也是寫作的朋友去，誰知他說：我英文聽不懂啊！而且，你們講那麼深的東西，更加聽不懂！

這倒是實話。在路上來回奔波一兩小時，或者開車去，花十來塊錢停車費，再花幾塊錢門票，再花一兩個小時在那兒似懂非懂地聽，是很浪費時間、金錢和精力的事。不來參加完全應該。有一次，余華到墨爾本講話，我一位丹麥朋友已經到了大門邊，見到後頭一句話就是：用中文嗎？我說：是。他道歉之後掉頭就走。

厭英症連我家那位也開始有了。這是昨天晚上吃飯時發現的。我們一邊吃飯，一邊看晚間新聞，她忽然說：不知道他在那兒說些什麼，一句都沒聽進去！

是的，當你到海外漂流了一二十年，當你已經能夠用英文購物、交流、辦事後，英文對你來說，就是一件很累贅的事了。不用再考試，不用再用英文學習什麼，也不用為英文傷腦筋，加之辦任何事都可以叫翻譯，要英文又有何用？最近為之工作的一個客戶，來澳工作了二十年，英文知識依然幾乎等於零，還不是照樣工作拿錢，並無半點不適。想想也是，當年花那麼大的功夫學英文，竟然學到了這種厭惡的程度，就連我都染上了。一部英文長篇小說看了幾年都沒看完，其間，看過的中文書都有幾十上百本了。很可怕的一件事。

不說

我原來寫過「不說」，但這次寫的是另一種不說。最近在看北島和李陀編的一本題為《七十年代》的書，覺得寫得最好的當屬徐冰。

其中他談到他當年畫大衛時，靳尚誼先生「看了好長時間，一句話沒說就走了」，讓徐冰「有點緊張」，結果傳出話來，說這是美院建院以來畫得最好的一幅畫。（p. 27）

這件事讓我想起多年前我經歷的一件事，大約在1993年我剛來澳洲的前後吧。那時，在墨爾本的Perseverance hotel舉行了一次詩歌朗誦會，我是第一次參加。會上碰到一個還很有名的澳洲詩人，互相寒暄了幾句。我朗誦完之後，發現他把背對著我，自顧自地看報紙，看樣子知道我想跟他講話，但也不想理我。於是就很沒趣地走掉了。回去之後，跟另一個也去了的澳洲朋友聊起此事，他說：這個人是在嫉妒你！我說：是嗎？感覺好像是的，但又不確定，因為畢竟這是自己第一次出道，不至於會好到讓一個前輩嫉妒的程度吧！

一週後，收到一封來信，竟是該詩人的信，信中高度讚揚了我的朗誦「表演」和我的詩。這倒讓我吃驚了。他有何必要對我如此美言呢？看來，既然他主動寫信，一定是感動之下而做的。不過，他的這種不說，很有點像靳尚誼那種。也是的，如果面對同行的東西，覺得真的好到無法言說的地步，人確實是會出現這種不說的態度的。至於這裡面是否有嫉妒在，那就說不清楚了。

損己利人

在中國，我不太敢上廁所，不是因為廁所，而是因為人。遠遠的，還沒走近，就看見有人從裡面出來，一邊做著甩手運動，顯然是想把手上的水滴甩乾。一般甩的動作都過大，搞不好臉上都能濺到對方射過來的水珠，有好幾次這些噴濺的水珠性別都是女的。不能再往下想了，如，她剛剛大過，還是來的小的？

再就是廁所的門把手比任何地方都難下手，因為上面經常有人經手，濕漉漉的，因為紙少，你沒辦法，不是等有人來，借其手推門或開門，就是乾脆伸手摳開門上邊或下邊乾燥處。應該寫一本廁所開門指南了！

最近在Northland上廁所，發現一個澳洲白人如廁後的情況，還比較感動。他洗完手後，來不及擦乾，因為還帶著一個孩子，就一邊往門走去，一邊伸出雙手，在自己屁股後面的牛仔褲上使勁地勒了幾把，直到確信手上沒水，才去開門。

我盛讚他的行為，認為這種損己利人的行為值得高度讚揚和發揚。

古漢語答錄機

答錄機質量再高，功能再多，也不可能錄製其發明製造之前的聲音。在這一點上，言語遠遠超過了答錄機，可說是古語言的活化石，不，活化石這個名詞用得太濫，應該是古語言的答錄機，從漢語的角度來講，是古漢語的答錄機。

何以見得？徐冰寫他下放農村的生活時，敏感地發現，當地的土話和日語居然有某種聯繫，比如，日語把車叫做「guluma」，他下放的收糧溝也把車叫做「guluma」，即「軲轤馬」。他估計這很可能是日本人唐朝來中國時把這個字借用過去的，一直沿用到現在。（p. 19）

我去日本和韓國，在語言上有這麼一個認識。首先，日本在我印象裡，簡直就是中國的翻版，我稱之為small China（小中國）。我在那個國家裡，走到哪兒都不會迷路，因為所有的商店招牌、路標、書籍等等，都夾雜著漢字，不全懂還不會猜個半懂嗎？而且，我發現，日本人說話跟漢人說話很接近，比如「新幹線」這三個字。用英語發音是Shinkansen，用日文寫是繁體中文：「新幹線」，但在日本人的口裡發出來，竟然跟「新幹線」的普通話發音相去無幾。在京都，我們去看三十三間堂。從日本人嘴裡，我聽出來了，「三十三間堂」的發音是：三十三幹奪，發音好像是湖北鄉下人說的話，如把「間」發成「幹」。至於為什麼「堂」是「奪」音，可能要去向廣東人或福建人討教了。

韓國，或South Korea，就遠不如日本舒服了，因為一路上都是韓文，看不懂，好在也有英文輔助，所以問題不算太大。一參觀博物館什麼的，就立刻發現，原來這個國家，往前推六百多年，就全是漢語的天下了，幾乎到了無漢語不成書、無漢語不成史書的地步。接著我又發現，原來他們甚至今天說的話裡，也有漢語，比如我去參觀戰爭紀念館，這位既不懂漢語、也不懂英語的計程車司機，竟然能很流利地說：哦，「戰爭紀念館！」除了「紀」發成gi外（蓋伊切），其他幾個字無一不是地道的漢語，只是音調有點怪而已。另外，漢城有個地方，叫「江邊」，是我去參觀當代藝術館的必經之路，其發音是Gangbyeon（剛邊），很像上海人的發音嘛。

我只能有個猜測，所有這些都是很久以前日本和韓國從中國借用過去的，古代中國的言語發音，就這麼通過這兩個國家的語言答錄機，準確生動地保存至今。至於人們說潮汕一帶的方言朗誦唐詩，似乎更有古味，我相信如此，但因從來沒有親歷過，也就不敢妄言，只希望有朝一日，找到一盤錄有他們朗誦古詩詞的CD，親耳聆聽一下言語答錄機所錄製的古音。

趁人之「外」

漢語有趁人之危的說法，不說「趁人之『外』」，這是我本人的發明。古人的「之」有「往」的意思，如「君將何之」？我的「趁人之『外』」不僅諧音，而且有意，也就是趁著某人到外國去的時候，對該人下手。

最近因為國內的資料庫新產生了一個「讀秀學術搜索」，我有了一個新的發現，即我來海外後，這二十年中，國內許多選集和雜誌，都選了我的譯文或文章，但都是在我並不知道，沒有收到錄用通知的情況下發表的，之後既沒有樣刊，也沒有稿費。有一篇1988年發表的譯文，竟然被二十五六家選集收錄，這樣造成的結果是亦喜亦憂，喜的是吾譯有人欣賞，憂的是如何追回樣刊和稿費。

我並非等閒之人，對這種「趁人之『外』」的事可以等閒視之。我要爭一個說法，討一個公正，於是就一家家去信。遇到的是幾種態度，一種是根本不予理睬。一種是給予理睬，但搪塞推託，把皮球踢回給你，讓你自己去跟什麼什麼單位聯繫。一種很好，查證落實之後，立刻付款寄書。一種更好，信的一開頭就說：我們單位領導對此事極為重視，云云，然後保證款書一併落實。還有一種也不錯，就是樣書沒有了，稿費當年也很小，要不你在我們出版的書單裡選擇一下，挑三種書，隨後奉送。

總之，「趁人之『外』」的結果，浪費了我不少時間。最讓我氣憤的是，其中有一家出版社舉出實例說，當年某月某日曾把稿費寄給我他們以為我工作的單位某某雜誌社了。顯而易見，這筆稿費沒有退回，一定是讓某人給冒領侵吞了。稿費事小，蛇吞事大。說明什麼問題，毋庸我贅言。

不友好

1999年在北大當駐校作家，2005-2008在武大當教授，接觸了不少大陸詩人，一言以蔽之，很友好。跟中國詩人在一起，是不愁吃，不愁住，不愁玩的。這方面的有關故事，以後逮著機會再細講。

我現在要講的，是澳大利亞詩人。這個國家的詩人，一言以蔽之，不友好。我1991年來這個國家，逐漸開始用英文寫詩，慢慢參加詩歌朗誦會的機會多了起來，忽然發現一個情況，在眾多的白人詩人群眾中，只有我一個華人，都是我不認識的人，也沒有人介紹，更沒有人主動跟我搭腔，讓我孤零零的一個人，讀完詩後，偶爾有一兩個不認識的人，上前說一兩句什麼「我喜歡你的詩」之類的恭維話，其餘的時候，你要想留下，你就一個人喝你的酒，否則，你就跟你孤零零地來時一樣孤零零地走掉。

記得有一個詩人，叫Mal Morgan的，有一定的名氣。他知道我，我也知道他，但從來沒有說過一句話。他不主動，我也不主動，但我的猜測是，他不理我的原因，肯定是不喜歡我的詩。一直到該人去世，我們也沒講過話。我現在還依稀記得，他戴鴨舌帽的臉在人群中晃動，和我對光之後，又把目光移開的樣子。

俗話說，將心比心。如果這件事發生在中國，該人移民中國，在那兒用中文寫詩，我肯定是會主動和他搭腔，與他交友的。我不明白的是，一個人直到死，怎麼會有這樣一種決不跟來自異鄉的華人詩人說話的決心和勇氣。

最近又一次詩歌朗誦會，我到得稍微晚了一點，桌邊都坐滿了人。因為燈光暗淡，我只認出最近的女詩人Judith Rodriguez的臉。她也立刻認出了我，很高興地打招呼。她原來曾當過企鵝出版社的詩歌編輯，1997年時採用了我的英文長詩《最後一個中國詩人的歌》，但因該出版社決定詩歌不賺錢，放棄原有計劃，該詩集未能出版。

我跟她打招呼的時候，意識到她周圍還有一些別的人，都不出聲，還以為都是生人，等我到另外一邊坐定後，仔細看了一下，原來裡面居然有認識我的人。他們為什麼不理我，是我無法想像的。還是打一個中國的比喻，如果桌邊坐著幾個都認識的人，你跟一個人打招呼，其他幾個是絕對不會坐在那兒不發聲的，除非是仇人。

這幾個人不是我的仇人，坐在咖啡廳裡其他地方的詩人也不是我的仇人，我在澳大利亞詩歌界是沒有仇人的，但這些我都認得出臉相的人看到我時，居然都裝不認得的樣子，儘管我每看見一張熟識的臉，都會報以一個笑顏。

這裡面有一個詩人，原本是朋友，但突然之間，他就翻臉不認人了。曾經編一個選集，收入了他的詩，他卻回信說：我不感興趣！意思就是說，你們不要把我選入。我始終也不明白，我究竟在什麼地方得罪了他，甚至在上一次同台詩歌朗誦會上，我還主動跟他打招呼，他也愛理不理。這一次見到了，那麼大家相安無事，也相見不理。其實我思前想後，明白了為什麼。原來有次他編選的雜誌，收了我幾首詩歌，請我在發佈會上朗誦一下。我一翻開，發現幾首詩歌發生編排錯誤，前後錯置，首尾脫節，就在朗誦的時候半開玩笑地指了出來，其實並無惡意，只是覺得怎麼會弄成這樣。

一個見面熟的人，就此成了見面仇！

這一次，和我同坐的是一個愛詩者，一個40多年前從印度果阿移民澳洲的暮年女性。我們兩人都是異鄉人，因此談話也很投機，到了我和她發生互動，請她從我詩集裡挑了一首詩歌讓我朗誦的地步。我是最後一個朗誦，話音一落地，我跟該女士告別，就義無反顧地離開咖啡館，消失在黑夜之中。我跟這些不友好的澳洲詩人在一起，是不可能有一星半點共同語言的，還不如立刻走掉的好。

棄

被棄的感覺，可能人皆有之。如果是因壞被棄，比如惹事生非，那還情有可原。如果是因好被棄，那就很冤枉。過去，被棄的人中，女的居多，所以有「棄婦」、「怨婦」之說。現在男女平等，男的遭棄，也不是沒有的。我認識一個男的，找了一個比他小很多的女的，生了兩個孩子之後遭棄，可能要在偉大的育兒工作中安度晚年了。

我所說的「棄」，或者說「遺棄」，是另外一種，指的是寫作者的遺棄。比如一位作家，經年累月地創作，出版了一部又一部的書，但買者甚少，以致家中賣不出的書堆積如山。他只能以這樣一種想法支持著他難以為繼、必須為繼的事業：現在沒人買，以後會有人買，以後無人買，死後會有人買，死後無人買，那就隨它去了。這是一種「棄」。又比如某位作家，曾一度引起評論界注意，開始有人寫博士論文來談他了。等該人拿到博士頭銜，繼而升任教授，隨之不再對作家產生進一步的興趣時，作家才猛然醒悟，原來他當年只不過充當了別人的學術「炮灰」。這也是一種「棄」。再比如作家的某部著作引起若干讀者的青睞，有了「粉絲」，一度開始交往甚歡，豈料粉絲畢竟是粉絲，興趣經常發生轉移，不可能長期膠著在某一馬拉松寫作者身上，等到作家下一部書出版，粉絲對之的興趣，早已從月球轉移到火星上去了。這，也是一種「棄」。正所謂始「臠」終棄，把作家這塊肉、這塊「臠」吃過後，就扔掉了。作為寫作者，或想當作家者，不能不提前打預防針，防止因始「臠」終棄而灰心失望。

十年磨一「見」

今天我的第二部英文長篇小說發佈會，英文發佈詞已經想好了，其中有段話，是引用目前我任教學校已離任的澳洲經理跟我交談的內容，大意是，他問我寫一本書要花多少年，我告訴他，一本書從寫作到出版，至少十年。

這樣的問題，從前我也問過不同的作家。早在80年代末，澳洲作家Alex Miller第一次到訪中國時，我就問過這個問題。他的回答很簡單：寫作一部長篇至少要4年。不花4年寫作，是不可能寫出好東西來的。

1994年，張賢亮來墨爾本參加作家節，我也問過他這個問題。他說：6個月。

寫的東西好壞與否，跟時間沒有絕對關係，但長一點，多點時間修改，總會更趨完美。關鍵問題不在此，而在很多時間其實並不是完全花在寫作上。我給那位經理算了一個簡單的賬：寫作四年，退稿四年，出版兩年。什麼意思呢？也就是花在寫作上的時間為四，用來投稿和被人退稿的時間為四，最後花在正式出版的時間為二。所以我說，十年磨一「見」。所以我還說，如果有人在作者出書之後，直接向他免費索要贈書——這種人在澳洲為數不多，但也不是沒有——這等於是向他索要他10年前投資買下的一幢房子，哪怕這幢房子僅值二、三十澳幣，而且也不會增值。

車

細細算下來，我來澳洲，從第一輛Camira到目前開的奧迪，已經買了不下五輛車，其中故事頗多，只能從簡，談點印象深刻的。有一年從一個議員手裡買下一輛白色福特車，一年後接到他一個電話，說是該車過戶手續還未辦理，我心裡一驚，後來發現果真如此，立刻辦理了過戶手續，這件小事，說明從議員手中買車，還真買了個放心。試想，如果他不告訴我，這車再開多少年，也不是我的。

人們對好車，總是抱有幻想，以為名車就沒有非名車的問題。其實不然。我手中這輛嶄新的奧迪，看上去、開起來都好得沒話說，但正如我發現的定理，最好的東西，都有它的致命傷。奧迪也是如此，僅舉一例。這個車只開一周下來，因為剎車粉的拋灑，就把四個車輪弄得黑不溜秋，而這樣一個小小的問題，車行的推銷員當然不會對客戶提起，客戶買車時只注意到所有的光明面，也不會想到提這個問題。再說，新車的車輪賊亮，不可能讓人想起這會是個問題。

與我之前開的本田雅閣相比，奧迪也有缺點，這個缺點就是，本田雅閣裡可以辦公，因為車內空間大，奧迪不行，因為車內空間小。

我這人有個特點，喜歡在車頭放些筆紙，以備不時之需，主要是碰到詩思迸濺的時候，立刻拿起筆來寫作，哪怕是在開車時。

談到這兒，我想起曾經在車上寫作，後來發在《詩潮》雜誌上的一首詩。我記得很清楚，當時剛剛下了一場陣雨，車沿Lygon Street，行至墨爾本大學附近的墓地，正遇紅燈，我抓緊時間，在集結的車隊中，寫了下面這首詩：

去見一個編輯

這場雨真過癮
你就是花幾千塊錢也買不到它
只幾分鐘
就把城市打得透濕
車窗外還有斑斑點點的小冰粒
轉眼雨停太陽出
透濕的城市
收起了雨具
行駛的車都是雙的

現在開奧迪了，因為變速器在車內占位太大，留下的辦公空間太擁擠，我寫詩的數量，也逐漸減小了。對一個詩人來說，這是很遺憾的。正所謂有所得，必有所失。

送酒

入鄉隨俗。在澳洲，我一般去人家吃飯，總是帶一瓶酒。帶酒永遠沒錯。不帶，才會聽到一種來自虛空的譴責：這人也太小氣了點！

只有一次沒帶酒，而是送了兩本書，結果，那種譴責居然持續了數日，其實，書的份量和價格遠遠不止一瓶酒的價值，但客人隨便遞來的一個眼神，讓人始終懷疑是否就是那個虛空聲音的起源。

這次發生了一件好玩的事。在我一次新書發佈會上，有一位朋友在和我見面時，竟然亮出了一瓶裝在飾品袋裡的酒，意思是送給我做禮物，祝賀新書出版。這當然是很開心的事，但決不是入鄉隨俗的做法。新書發佈會不是請客吃飯，出了一本新書，借助某位文學界的名流，在發佈會上發表一篇講話，炮彈一樣把書發射出去——英語的發佈一詞，跟衛星的發射一詞，都是一個動詞，即launch——如此而已，很簡單的一件事，用不著送酒。

於是，我簡略地告訴朋友，千萬把酒留下帶走。一般來說，發生這樣的好事，主要還是不太瞭解不同文化的操作程式而致。其實，開圖書發佈會，對作者最賞臉的事，莫過於買他一本書，請他在上面簽字。能做到這一點，那才叫功德圓滿。

西方

每每提到西方，澳洲的知識分子就會警惕地問：西方？你指哪個西方？美國還是歐洲？即便歐洲，也有北歐、西歐、東歐、南歐之分。在澳洲，來自南歐的義大利人和希臘人並不屬於思想最先進的一類，甚至連皮膚都不太白。一位嫁給華人的愛爾蘭女性曾告訴我：南歐來的移民，皮膚還不如她的華人丈夫白！

在我這篇小文中，我只擬把英格蘭作為這個所謂「西方」的一個典例，也只擬談兩點比較，說明這個國家其實一點也不比中國先進。首先是名字。一個澳洲女人嫁人，首先就要失去自己的maiden name（娘家姓），改從夫姓。這個習慣從古至今，保持到現在還幾乎一層不變。屢見不鮮的是，一個婦人結婚數次，就要改姓數次，有的為了數典而不忘祖，會把前幾任丈夫的姓都含在自己的姓名中，如Sarah Smith-Colquhoun-Thompson，從中可以看出，她曾經嫁過的丈夫有姓史密斯的，有姓科爾洪的，最後一個姓湯普遜。哪有中國人先進，女的婚後從不更姓改名，甚至還有如果育有二子，一子跟父姓，一子跟母姓的情況。

說到離婚，英格蘭就更不如中國了。據羅伯特・休斯說，截至十八世紀末，英格蘭的「女人離婚是絕對不可能的」（p. 24）。當年一位研究犯罪學的作家派翠克・科爾洪，在他1797年的一本書中，甚至把未婚同居者都算做犯罪分子。英國啊，英國，學學中國歷史吧，離婚早在中國的西周就已出現。現在順手從網上抄錄下面這段：

> 《周禮》規定，丈夫可以以七種理由休棄妻子，即所謂的「七去」，也叫「七出」。所謂七去，「不順父母去，無子去，淫去，妒去，有惡疾去，多言去，竊盜去。」（http://hi.baidu.com/zxlls/blog/item/3a5dfd11b0310dc6a6ef3f3b.html）

中國人是瞎了眼睛還是怎麼的？一個個拼命往西方跑，相信西方文明甚於自己者，最後成精神病的居多，如果不妥善調整心理的話。

短篇小說

從前去澳洲朋友在Port Melbourne的家，發現附近有一家大木門的宅院，緊閉的門邊有一塊銅牌，上書：Short Story。翻成英文就是：短篇小說。

「這是什麼地方？」我問。

「是一家brothel。」朋友說。

Brothel就是妓院。我的興趣勾起來了，但很快又被朋友的妻子澆滅：別去那種地方。去那種地方的都是有病的人。

是的，直到現在，我都沒有去那家「短篇小說」，但直到現在，我還是認為，這家brothel的名字真的很藝術，很有回味。我甚至還寫了一篇英文短篇小說，標題就叫《Short Story》，但開了頭，就再也沒寫下去。

你想寫，那你就把這個想法拿去寫吧。

貶值

什麼貶值？什麼都貶值。最近學校送了一個很大的月餅，我是說，裝在一個很大盒子裡的月餅，盒子精美無比，月餅包裝無比精美，但是，對於月餅中的內容，我並不抱很大希望，因為我對這種華美包裝之下的月餅，早就領教過了，其味道遠不如兒時吃的各種十分謙卑的月餅。從這個意義上說，月餅貶值了，盒子好得讓人捨不得扔掉，留下來又沒有任何用處，還不說占很大的位置，餅子吃一個尚可，吃兩個嫌多，吃三個肯定受不了，還不知道吃下去的那些甜的、油的、色的東西裡面，究竟還有什麼別的東西。

這種貶值也反映在出版的新書上。封面美輪美奐，讓人一見就想「下手」，如某位搞設計的人所說：我就能把書的封面設計到放在成千上萬本書中，只有我設計的書是人一看就想買的，至於內容，是次要得不能再次要了，而且也無所謂。現在出的書，實際情況就是這個樣子。

這種內裡虛空，外表姣好的貶值反映在人臉上，也就是說，臉也在貶值，特別是女人臉。原來一張很好看的臉就是很好看，而現在，要化妝才好看。對化妝品的崇拜，已經讓女人把自己的臉，變成了一個旋轉舞台。哪怕身體有各種各樣隱秘的病，一隻蛋，臉蛋，是一定要盤得鮮花盛開的。裝飾本身沒有意義，裝飾已經成了意義。人眼所看到的，就是一張經過精心打扮的臉，難怪張藝謀到處都找不到一個好看的女人做演員了。

貶值還反映在用字上。從前，「夫人」一詞只用於國家元首，現在，每個男人的妻子都是「夫人」。從前，崇高的東西是不容玷污的，而現在，再崇高的東西，都可以惡搞。連《天鵝湖》這樣的劇，也有全男演的。照此推理，以後用全黑演、全黃演，全男同性戀演、全女同性戀演，也都不是不可以的。當然，這已經超出了貶值的話題，進入了別的範疇。至於說到教授，這個從前如雷貫耳的頭銜，現在也早都貶值。有一句話說：白天是教授，夜裡是野獸。還有一本名不見經傳的小說《美人蹄》，把教授稱做「叫獸」。文字貶值到何種程度，由此可知。

人的貶值更不消說。前日看電視報導，BMW的生產完全自動化，整個車間看不到一個人。這就是這個世界的未來：最後是沒有人的，只有機器人。人這個垃圾，可以休矣！

道德

長期以來，我覺得，澳洲與中國相比，是一個遠遠看重道德的國家。別的不說，就說男女關係一事上，稍有不測，就會訴諸法庭。我隱隱有種感覺，這個國家可能是在以法律來代替宗教，發揮懲戒不道德行為的作用。

翻譯《致命的海灘》一書，書中提到英國18世紀法律及其嚴酷，稍有不慎，如偷獵一隻兔子，就會判處死刑，被法律送到斷頭台上，作者這時說了一句話，正好應和了我長期以來深藏內心的那種想法和看法。他是這麼說的：「這種立法屬於十八世紀英格蘭總趨勢的一個組成部分：法制（與任何成文法都絕然不同）發展成為一種高級意識形態，一種宗教形式。從那時以來，一直有人認為，正是這種宗教形式取代了英國國教日漸式微的道德力量。」（p. 29）我敢說，總有一天，中國的法制也會發展到法大於黨的地步，只是時間早晚的事，因為當年的英國國教，就類似於今天的共產黨。

豬

一天之內，三次看到豬或聯想到豬——不是真豬，而是「豬」或pig這個字——在我來說這種情況還不太多，值得一寫。

一是從最近一本充賬的書——所謂充帳，就是出版社欠我一本樣書，樣書又早都沒有了，作為補償而寄贈的書——中看到這句話：「養兒不讀書，不如餵頭豬」，覺得挺不錯的，是對中國的讀書無用論的一種民間不認同。由此想到，在澳洲，也有一種讀書無用論。霍華德執政當年，就很不鼓勵年輕人讀書，認為學生中學畢業之後，最好學一門手藝。也是，當年我帶一隊中國代表團訪問澳洲一家學校，被告知學電工拿到從業執照之後，年薪至少可達4萬5澳幣。幾年之後就可達6萬5了，比教書還好。說這番話的是一位電工學徒的父親，他當時在學校教電工。以霍華德的觀點，最好這個國家的人都不讀書，或者唯讀有用的書，當電工、木工、泥瓦匠、屠夫、清道夫、油漆工、管子工、清潔工等等就行了。想一想那句民間不認同的話吧，當一頭豬，的確是不用讀書的。

我同時在看的，還有一本書，是一本從古到今的希臘詩集（英文版），有一行詩這麼說：People shoving like pigs！（人像豬一樣拱！）我當即就用筆劃了一道痕跡，覺得很精彩、很到位、也很簡練。我畫這道痕跡，也是因為我想起了家鄉一句可能人們早就不說的老話了，很不堪入耳，但卻說得很絕，是講人與豬之不同，全在一張臉上，端的是：豬日屁股人日臉！

如覺此句有問題，編輯們盡可以酌情拿掉，但總比躲在門背後看的小電影不知要清潔多少、哲學多少！

看

中國人有個特點，喜歡看。一到大街上，就你看我，我看你，男的看女的，女的看男的，所有的人都看外國人，特別是在早年（如清代），來一個外國人，就觀者如堵。在墨爾本街頭，最容易一眼認出來的，就是大陸來的中國同胞。他們肯定西裝革履，而且都是很新的那種，一上大街就東張西望，男的手裡都拿著一根煙，或者嘴上叼著一支，跟本地人，包括華人，都很不一樣。但在西方國家，比如澳洲，這種看，本來沒事，也會看出事的。

我有一次在法院，看見有兩人在吵架，看了一眼，僅僅是一眼，就聽見吵架的女方輕聲嘀咕，罵了起來，意思是不該朝她看的。還有一次，看一篇報導，說參加朋友婚禮時，有一位男子看了新娘一眼，被新郎瞟見了，當場把該人打死。

不知大家是否知道，英文裡有個詞，叫eye-rape，翻成中文就是「眼奸」，即用人的眼睛姦污被眼睛看中的對象。澳洲文學中，我相信其他英美文學也一樣，有很多小說在描寫黑人時，喜歡用「眼奸」這個字，彷彿白種女人哪怕是被黑人看一眼，也會被姦污。種族主義到了這種地步，已經病入膏肓了。

說是這麼說，但一個華人，在大街上瞅其他人種的人，特別是白種男子，搞不好是會瞅出事來的。其實，類似的事情，已有很多見諸報端了。對我個人來說，就是一個字：不看！從來都不看。

據說，白人的眼睛是直的，沒法像中國人那樣眼觀六路，他的眼睛要轉彎，連頭都要跟著動。所以要小心：你要是被他直勾勾地盯上了，問一句：Why did you look at me？

你可得要當心了。

生意

中國人可能有所不知的是，在澳洲，什麼生意都可以做。多年前，在一次聖誕聚會上，我跟朋友們半開玩笑說：如果你想賺大錢，不妨去開一家妓院。我援引生活中我知道的例子說，澳洲警察退伍之後，不少都去開妓院。為什麼？一是他們掃黃打非，對妓院生意熟門熟路，二是在這個國家，妓院都是私營的，只要知道如何弄到開業執照，哪怕花大錢，最終還是能夠掙來更多的錢。在我為之翻譯的一些客戶中，就不乏申請妓院執照，最後大功告成者。

除了妓院，還有一個生意也是可以做的，那就是開監獄。你又吃驚了，就像我的一個朋友那樣。在這個國家，就跟在英國，凡是能夠來錢的，都能做成生意。坊間曾經報導，澳洲抓到黑民後，就會送進私營的拘留所，其中管理不善的情況，也就頻頻曝光。現在從我正在翻譯的書中，順手摘抄一段，說明私營監獄，其實由來已久，源頭就在至今仍被澳洲人稱作Mother England（英格蘭母親）的英國：

> 英格蘭約占半數的監獄都是私人擁有，私人管理。賈斯特菲爾德監獄屬於波特蘭公爵，他又把監獄轉租給一個管理人，每年收費18幾尼。伊里主教擁有一座監獄，杜厄姆主教擁有杜厄姆縣監獄，哈里法克斯監獄則屬於里茲公爵。監獄看守不是國家雇員，而是小生意人——心腸歹毒的房主——他們通過敲詐勒索，從囚徒那兒謀取利潤。犯人一走進伊裡主教拘留所，就用鐵鏈拴在地板上，給他頸子套上一個帶尖刺的領子，直到他把錢吐出來，這才「免受鐵器之苦」。凡是監獄看守，想往犯人身上戴多少腳鐐手銬，就可以戴多少，然後拿掉一件就收一次

> 費用。儘管「鐵鏈生意」經常受到譴責，被斥為國恥，但卻一直到1790年代過了很久才廢除。（p. 37）

這讓我想起，在澳大利亞的Detention Centre（拘留所）裡，經常關著大量黑民。所謂黑民，是指簽證過期，逾期不歸者。據我所知，他們在那裡面拘留，每天是要收錢的。他們回國之後，要想再返回澳洲，必須把積累的錢款還清，才有資格申請護照。印象中，好像一天要收145澳幣，相當於住四星級賓館，一位朋友調查之後告訴我：一天只收125.40，但那也差不多是一家三星級賓館的錢呀？如果折算成人民幣，可以在中國住五星級了！怎麼要收這麼多錢呢？我不清楚，不好亂說，但可以引用18世紀英國的情況，看看澳洲人的先人是怎麼做的，你也可以略知一二：

> 吃飯要付錢，喝水要付錢——監獄的酒吧賣杜松子酒，這是監獄看守的主要收入來源——睡覺、用水、甚至呼吸空氣都要錢。境況不錯的囚徒能夠住得稍微舒服一點（但是，無論他花多少錢，都不可能讓他不得斑疹傷寒，這個十八世紀監獄中的流行病）。對比較窮的人來說，監獄制度就像泰山壓頂。紐蓋特的入門費是3先令，每週「租金」是2先令6便士。與他人合睡一領草席，每週收費1先令6便士。這些費用聽起來很小，但債務人或小偷關進監獄的理由，常常也不過是這個款額，而且，要在獄中賺到這筆錢，不是根本沒希望，就是希望很渺茫。（p. 37）

好了，還是回到前面所說的生意上來吧。至今華人有些生意做得不多，可能與道德有關，比如我打過交道的警察局裡，可以說從來沒有見到一個華人警察，越南警察倒是曾經見過，但也只見過一個。再比如說，經營監獄的華人，就更聞所未聞了。奇怪的是，這麼講究道德的華人，涉嫌妓業的，開業者和從業者都不在少數。不過，這跟我此處講的事情無關。我只是想提請大家注意，在澳洲這個廣闊的天地裡，有很多大家尚不知道的生意，其實是大有可為的。

錯

人生一世，除了別的之外，老在克服一件事，就是錯誤。殊不知，錯誤才是創造的源泉，至少從記憶上講是如此。多年前看的一首詩，別的全忘記了，只記得其中一個錯字，把「湖色」錯成了「胡色」，從此以後再也沒有忘記，一看見「湖色」，就想起「胡色」。

早年，我寫過一首詩，標題是《我說錯了》，利用的就是「錯」。當時是詩歌無意識，不像現在這樣積極地利用錯誤。先獻醜如下：

我說錯了

為了情慾我倆走到一起
隆隆的車頭鑽進深深的隧道
倏然消失：狂吼、火熱、強力
我說錯了
應該是為了愛情

為了情慾我們把彼此滿足
靜靜的夜夢想著紅紅的唇
明天又會像昨天把今天忘個乾淨
我說錯了

應該是為了愛情

為了情慾我倆結下果子
於是牆在水和水之間聳立
浪花從兩邊舔著硬壁
我又說錯了
是愛情不是情慾

最近，有意記錄了幾個人們犯的錯誤，覺得富有創意。一個朋友說：你把那個機器修好，根本就是瞎貓子碰死老虎！等把該話再說一遍改正，原味盡失。

還有一個朋友無意說走嘴，把「大師」說成了「大癡」，而把「有識之士」寫成「有食之士」。我不知道他是否故意犯錯，但這麼一犯，倒有意思了，往往那些有識之士，還真是衝著「有食」而來。沒有「食」，哪有「識」呢？

平衡

所謂平衡，是個人，都做不到，但冥冥之中，有一種力量在不斷調控，發揮平衡萬物、萬人的作用。遠的不說，說近的。最近申請基金，沒有拿到，細想之下，也很應該，因為若干年來，每次申請，每次拿到，從平衡角度看，過去拿到多少次，現在就應該有多少次拿不到，才能沖抵，才能達致平衡。

二十年前，一位朋友五十來歲，說他十八年如一日，申請基金，十八年沒有拿到一次，自歎為何命運如此不公。豈料不過幾年，他鹹魚翻身，某部作品拿到大獎，從此以後便江河而上，幾乎無往而不利，到了不申請，也有人請他申請，不想得獎（誰知道是不是真的不想得獎），也有人把獎像大雨一樣向他頭上澆淋的地步。這，不管你喜不喜歡，就是某種神力在操持，在維護你的平衡。

說遠的也行。當年，少奇同志迫害致死時，填寫火葬申請單，用的是「劉衛黃」這個姓名。把一個國家主席，整到這種地步，應該說達到了殘酷和瘋狂的極致吧。但是，死亡並不是一個人的終結。所謂平反，也就是平衡，把反的東西再正過來，是不會以死亡為界限的。

還是說近的，說回來吧。余華的《兄弟》出版後，銷售方面當年有個數位，據說是50萬冊，現在應該更多了吧。我在香港還看到該書的兩個不同的英文版本。但這本書，在《給余華拔牙：盤點余華的「兄弟」店》裡，遭到了批評界各方的指責、甚至譴責。李敬澤說：「《兄弟》也就是兩行淚水。」李雲雷說：「《兄弟》為什麼這麼差？」蒼狼說，他要給余華這個「牙醫」拔牙，拔掉他的「四顆病牙」，依次為「黃牙」、「假牙」、「雜牙」和「黑牙」。

其實，這就是平衡在起作用。你想銷售量達到空前，譯成幾十種語言，賺足用各國鈔票支付的稿費，拿各種獎，同時又讓批評界臣服？這可能嗎?!老天也看不過眼。

關於《兄弟》、《紐約時報》的評論說，閱讀該書是一種daunting, sometimes vexing and deeply confusing experience（讓人害怕，時而又很惱火，而且極為混亂不清的體驗）。末了還說，The marathon sex scenes at the end of the novel are almost unbearably toneless and bland.（小說終了處，馬拉松的性交場面幾乎讓人無法忍受，毫無情趣，平淡乏味）[http://www.nytimes.com/2009/03/08/books/review/Row-t.html]

這，就是另一種平衡了。在中國當代可能讓人欣賞的東西，比如從前不登大雅之堂的性愛描寫——澳洲一位女作家賈佩琳（Linda Jaivin），就很瞧不起當代中國文學，她認為連性的描寫都沒有，那還能叫文學嗎？當然，她這種陋見，肯定是不瞭解，而不是很瞭解所致——現在在中國堂爾皇之地登了，到了性氾濫的西方，卻又讓那些十分道學的知識分子很不以為然。所以才有上述那種「無法忍受」的感覺。你想兩面討好？這種冥冥之中的平衡作用，偏偏讓你不能得逞。

澳洲有個現居南澳，從前來自南非的諾貝爾文學獎獲得者，叫J. M. Coetzee，2003年獲獎之後，不斷有新作問世並在澳洲各大文學獎中頻頻入圍。最後結果基本可想而知，那就是入圍次數大大多於得獎次數。人們的心理，包括老天爺的心理，是不難探測的：憑什麼拿了諾貝爾獎，你就應該今後寫多少書，就該得多少獎？也給別人（後進者）一點機會吧！

一個年過半百的人，找到一個如花似玉，年輕貌美的女子為伴，應該說豔福頗深，性福無比吧？不然。只要看看紐西蘭華人殺妻拋女一案，就知道那種無比的快樂天堂，最後還是給無底的苦難深淵平衡掉了。

有個朋友的兒子，在澳洲一座大城市，幾年中連續換了幾次工作，每換一次，工資就上調一次，可說是所向披靡，戰無不勝，年僅26歲，年薪就到了九萬多澳元。滿意嗎？滿足嗎？不。為什麼？因為所有的大公司從外表上看來、聽來，都盡善盡美，只有進去的人才知道，無論中外，都有錯綜複雜的人事關係，糾纏不清的各種問題，初來乍到者就像掉入一個陷阱，一進來就感到後悔，但為了前途，又不得不硬著頭皮幹下去。畢竟，你不給他帶來900萬的盈利，人家誰會給你9萬年薪呢?!這，又是那種平衡在發揮作用。你太好了嗎，就讓你有點那麼不太好。否則，老天肯定是看不過眼的，更不要說人了。

軟

常言道：柿子揀軟的捏，說的就是人欺軟怕硬的一個特徵。其實，不僅僅中國人才這樣，西方人也是如此。在澳洲生活的華人應該有體會。碰到不講理的白人，跟他對著幹，比默不作聲要強得多。吼他兩句，保險他會不吱聲了。

以前講過，我去紐西蘭，對有一件事留下深刻印象，就是那兒毛利人很多，而且勢力很大，原來，這有一個歷史原因。庫克1770年第一次抵達澳洲時，就發現，澳洲土著「武器裝備很差，文化落後，人又膽小，大多數人一看見白人的臉就會開跑，而且也沒有商品或財產需要防禦。」（p. 54）正是因為這一點，英國皇室決定不把紐西蘭作為流犯流放地，因為那兒的「毛利人是一個很狡猾，有決心，而且兇猛無比的民族。」（p. 54）

看吧，正是因為欺軟怕硬的這個人皆有之的特徵，導致英國的白人決定把澳洲作為流犯殖民地。而土著人一見白人就開跑的特徵，令我想起了一件與中國人有關的往事，那就是，當年中國人與英國人一交鋒，也是被打得落花流水，逃之夭夭。1637年8月12日，英國人威忒爾的艦隊在虎門炮台與中國人交鋒，有史為證，記錄如下：

> 我們的幾發炮彈擊中了他們，把他們嚇壞了，不到半小時，就在炮火轟擊下逃出去了，差不多有二十個人沿著海灘跑，一直跑到一個岬角背後……我們把控制得很好的船划到岸邊，但只走了一半的路，又從炮台裡跑出來一打人，我們看不出裡面有一個像樣的人。（p. 128）

這段引文，選自我翻譯的香港教授博爾頓的《中國英語史》，是在我眼下正翻譯到前面那段文字時想起來的。這讓人明白一個簡單的道理，對英國人，以及其他白人，你軟他就硬，他就贏，只有你硬，才能讓他軟下來。不信試試你自己。

民歌

很久不看民歌，最近通過英文轉譯，看了若干首15世紀的希臘民歌，欣然產生了隨譯的願望。大家或許還記得，隨譯，源自隨意和隨筆，是我的一個小發明，見到另一個文字裡好的東西，不用等，當時隨手就譯出來，正所謂隨意而譯，隨譯。

這些民歌自然飄逸，不拘一格，都是沒有標題的。這使我想起，曾經有一次接受採訪，有人問我為何首首英文詩歌都是「無題」或「沒有題」或「沒有標題」這類標題，我的回答已經記得不太清楚，無非是詩歌產生在前，標題敷陳在後，所謂「無題」之類，無非是一句真言，本來就是無題的，詩寫完了，依然無題。

這些古老的希臘民歌，做得更加徹底，根本就光禿禿的，沒有任何題目。其中一首這樣說：

山為什麼是黑的，覆蓋著濃雲？
是風在跟雲作戰嗎？還是雨在鞭打雲？
風沒跟雲作戰，雨也沒鞭打雲
是死亡攜帶著死人，正從那兒經過

看到這兒，不禁想起一句詩，好像是「天空飄滿金色的屍體」，以為是顧城的。上網查了一下，查不到。又以為是「天空飄滿了彎曲的屍體」，還是查不到。倒是通過這個，查到了北島一句「看吧，在那鍍金的天空中，飄滿了死者彎曲的倒影」。通過這種由誤及正的查找過程，倒是於無意中造了屬於我自己的兩句詩。

言歸正傳，把我想隨譯的那首詩，悉數隨譯如下：

我吻了吻紅唇，自己的唇也染紅了
我用手帕在唇上抹了一把，手帕也染紅了
我把手帕在溪水裡洗了一下，溪水染紅了
岸邊染紅了，海水有一半都染紅了
蒼鷹撲將下來喝水
翅膀染紅了，就在這時
太陽有一半紅了，月亮全都紅了

這首詩，連同上一首，都是沒有作者姓名的，就跟在電台上聽到的某首好聽的歌曲，聽完之後，很想再聽，但已無法尋找，不知道歌名，更不知道人名。好的東西，命該如此。

葡萄牙

前面說過，歐洲我喜歡的一顆牙是葡萄牙。除了諸多因素之外，特別讓我動心的，是這個國家老百姓身上反映出的哲學沉思。在里斯本的街頭巷尾閒逛，我會突然被半明半暗的門道的一個身影驚住：一個人低著頭，坐在那兒，一動不動，他明顯沒有任何睡意，只是自顧自地在那兒沉思，絲毫也不理會身邊來來往往的路人，絲毫也沒有想與路邊任何人哪怕用目光交流的願望。他肯定不感到寂寞，否則他早就像我一樣融入人流之中。而且他也肯定不富有，身上穿的一眼看去就知道是個窮人。但這並不妨礙他沉思。所謂沉思，也就是think，而think這個字裡，含著一個thin（瘦）字。思想著的人，是不配胖、也不可能胖起來的。

後來，我在海邊又見到一個這樣的人。這次是個年輕人，大約30左右，他在我們附近一張面海的長條椅子上坐下來，面對大海，並不看大海，而是把頭低下來，儘管他很可能知道我們在看他，我在看他，但他不屑回顧我們、回顧我，而是把頭低下來，面海坐在那裡。大約半小時之後，我們要走了，我看見他原封不動地坐在那裡，我記得那天並不是週末，遊人很少，當地人更沒有，這個人就那麼坐在那裡，他沉思什麼呢？無論他沉思什麼，我都很喜歡他沉思的樣子，喜歡這個喜歡沉思的國度。如果像一個中國人那樣，把他沉思的時間、沉思積累的時間攢起來賺錢，應該是有無數不動產了，但這個人，他的沉思就是他的不動產，他的動產。

讀到一首希臘詩歌時，我又再次想起這個葡萄牙的特徵：

> 不過，今天，他完全背離了他的本性
> 陷入沉思，心情懊喪。在那兒的海灘上，他痛苦而陰鬱地
> 看見　　　　一條又一條船緩緩地
> 在吞噬戰利品的箱子……

這首詩的標題是《在義大利的海邊》，詩人名叫C. P. Cavafy（1863-1933）。這是一位我非常喜歡的希臘同性戀詩人。以後，我還會慢慢提到他的。這首詩，就在這個地方，讓我想起了葡萄牙，和葡萄牙的那個人。

淫

多年前，從中國聽來一個與朝鮮領導人有關的笑話，說金日成是已經日成了，金正日則是正在日，而現在這個笑話因他兒子的出道也有了一個句號般的完美，那就是金正淫，哦，對不起，是金正銀。

從銀這個字，我又想起另一個更毒的武漢聽來的笑話。說男人到澡堂子找小姐去消費，實在是件很划不來的事，這叫做「既丟金子，又丟銀子」。這句話用武漢話來說，特別有味，因為發ing這種音，武

漢人從來不帶g。前面的「金子」還用說嗎？當然指的是「精子」。

由此又想到一個更毒的，是改寫的一首李白的詩，如下：

窗前明月光
地上鞋兩雙
兩個狗男女
脫得精光光

記得當年在北京飯桌上講這個笑話時，一個自稱寫小說的，竟掏出筆來，讓我再給他念一遍，好讓他寫下來，大約是以後寫到小說裡去吧。

我本來不想從笑話入手，但因為要談的題目是「淫」，碰巧想到了，隨手就寫下來了。本人當年編譯《西方性愛詩選》，共有兩本，僅出了一本，另一本連手稿都找不到了，但編譯的初衷，就是覺得中國詩歌中，關於性愛的東西，實在少得可憐，即便有那麼一點點，也要塗脂抹粉，喬裝打扮一番，弄得不倫不類的。後來，書讀得更多了一些，覺得其實古人並非像當代人那樣清教徒，開放之程度，似乎不輸1990年代後性開放的中國人。馮夢龍的《掛枝兒》中，有很多可稱淫詞小調，但活潑可喜，隨便從中抽兩首，一首云：「俏冤家扯奴在窗兒外。一口兒咬住奴粉香腮。雙手就解香羅帶。哥哥等一等。只怕有人來。再一會無人也。褲帶兒隨你解。」另一首云：「俊親親。奴愛你風情俏。動我心。遂我意。才與你相交。誰知你膽大就是活強盜。不管好和歹。進門就摟抱著。撞見個人來也。親親。教我怎麼好。」

過癮。第一首，連同另外好幾首，一見之下就被我譯成英文，很快就拿到英文雜誌發表了。

關於這兩首，馮夢龍評論道：「以上二篇。毫無奇思。然婉如口語。卻是天地間自然之文。何必胭脂塗牡丹也。」

再抽一首，說得更徹底：「妻不如妾。妾不如婢。婢不如妓。妓不如偷。偷得著不如偷不著。」馮如此評論道：「此語非深於情者不能道。耐著心兒守。妙處正在阿堵。」（見http://www.my285.com/gdwx/gdsc/gze/001.htm）

這同我目前在看的一首希臘民歌頗有異曲異工或同曲同工之妙，我的隨譯如下：

穿黃衣服的瑪麗婭，
你愛誰多點，愛誰少點，
你老公，還是隔壁那個男的？
我愛我老公，我真的很愛，
但我更愛隔壁那個男的。
要是我老公變成大理石，
隔壁那男的變成玫瑰花就好了，
這樣我就能站到大理石上，
替自己把那朵等待的玫瑰花剪下來。（pp. 423-424）

淫嗎？你自己決定吧。

地名

近讀一本來自中國的網路詩選，對詩沒有留下什麼印象，但對不少詩人的出生地，卻產生了詩意的感覺，原因是活了半輩子，居然從來沒有聽說過這些中國的地名，當屬我孤陋寡聞。有這樣一些，順次排列了一下：都昌，鶴崗，杜川，畢節，貴港，福泉，龍海，德清，平墩湖，閬侯，鄒平，武勝，歧路村，羅甸，尚志，無極，達州，鹽亭，來賓，堰頭鎮，益陽，衡水，白銀，隆回，鉛山，玉環，文安，海安，博興，麻洋，臨川，平和，章丘，響水，金鄉，等。我很喜歡自己的這種無知，因為它成了某種創作的動力。

這些地名看上去都賦予了意義，如什麼「安」，什麼「銀」，什麼「金」，什麼「鉛」的。這是中國人的文化習慣，到了外國，同樣照搬。當年去加拿大，就發現很多地名給華人化了，有一個記憶至深，那就是Montreal，這個說英法兩種語言的都市。在加拿大華人那兒，這地方叫「滿地可」，大約是從廣東話翻譯過來的，一定是當年廣東華人過來，覺得地方不錯，滿地都可以，才起了這麼一個名字。

英國人就不這樣做了。他們每到一處，雖不像古代皇帝那樣勒石刻碑，但卻把所到之處都命上自己的名字。至今，澳大利亞幾乎所有大城市的名字都是英國人的姓氏：雪梨以當年內務大臣雪梨子爵的名字命名，墨爾本成立於1835年，以當時的英國總理墨爾本勳爵的姓氏命名；達爾文則以查理斯•達爾文的姓氏命名。當年庫克船長開船進入植物灣，看見一座海港，連進都沒進去，就以當時海軍部長的姓氏，將其命名為傑克遜港。

何謂殖民？這就是殖民。走一地，命一地的名，把凡不屬於自己的地方，都命以自己國家偉人、名人、要人的姓，從此，地名就是人名，人名就是地名，哪怕翻譯成別的文字，根子還是在那個人名上。其實，這也是他們的一種文化習慣，地屬於誰並不重要，要緊的是命上自己的名，從中國人的角度看，是要一種胸襟的。問問你自己：敢把一個不知名的地方，用你自己的姓氏來命名嗎？

拿澳洲來說，華人不僅沒有替澳洲任何地方命名，反而被命名了。很多澳洲地名都留下了華人在歷史上被命名的痕跡：南澳有個Chinaman Wells（中國佬的井），雪梨有個Chinamans Beach（中國佬的海灘），昆士蘭有個Chinaman Creek Dam（中國佬小溪壩），不僅如此，昆士蘭的海域還有一種魚，名字就叫Chinaman，是一種身體花花綠綠，但肉有毒的魚。澳洲其他地方，以Chinaman命名的小地方多得不可勝數，有時在高速公路上開車，就會有一個路標躍入眼簾，是個Chinaman什麼的，到處留下了Chinaman的痕跡，到處都沒有以中國人姓氏命名的地方，悲哉！

是這樣嗎？不完全是。新一代的移民開始有這種命名意識了。我的朋友老徐是搞房地產的，他就把開發房地產的一個小區，以他的公司「巨星」命名。大約是考慮到澳洲老百姓發不出Ju字這個音，所以該小區的名字就叫Jising，聽起來像「吉星高照」的「吉星」，也很不錯。

印度人

關於印度人，我在澳洲華人這邊聽到的情況，基本上沒有多少好的，跟在中國差不多。幾年前，我打的去武大遇紅燈停下，正好有幾個印度人過馬路，被我看見並指出，出租司機立刻說：哦，印度人，他們比我們窮！

這是第一反應，而且是一個社會地位較低的中國人的第一反應，無論是否準確、正確，一定是有道理的。可我不這麼認為，我繼續聽他人對印度人評頭品足，同時觀察報紙的報導。有一次在課上讓學生翻譯一則有關印度人在墨爾本挨暴力襲擊的新聞，沒料到極少學生對之表現出應有的同情。恰恰相反，各種各樣的不滿情緒溢於言表，並佐以親身經歷的確鑿事實：跟印度人為鄰極不愉快，因為他們喧譁吵鬧，不管他人，也不聽勸告，經常搞到夜深，等等，簡直成了一個針對印度人的控訴大會。

我呢，依然堅持自己的意見，認為在一個多元文化的國家，各民族之間應該互相尊重，互相諒解，互相學習。我這麼認為，是有原因的，因為我有一位已故的朋友，曾是大學教授，就是一位原籍馬來西亞的印度人。我們過從甚密，學術上相得益彰，我從他那兒也瞭解到他從小有與華人共同生活的經歷，對華人有著非常好的印象。他來澳洲五十年，談到兩件事，給我留下深刻印象。一是50年代作為年輕學生在墨爾本讀書，去唐人街一家餐館吃飯，唐人老闆問：你有多少錢？他掏出一把硬幣，攤在手上。唐人老闆從中揀了一個兩元硬幣，把其他的都退回去，然後給他盛了滿滿一大碗食物，遠遠超過了兩元硬幣的錢。他說，以後每次去，也都是受到這種款待，可見那位唐人老闆為人之厚道，儘管他看上去並不和善。還有一次，他坐公車，看見旁邊有位白人在看報紙。你知道，澳洲報紙一買就是一大堆，不可能一下子看完的，而在印度，如果有人在看報，旁邊的人是可以借看的，周圍乘客人手一張，皆大歡喜。朋友以為在澳洲也可照此辦理，就問該白人乘客是否可以借看，沒料到被當場拒絕。70多歲的老人，對前者沒齒不忘，對後者耿耿於懷。

而我，儘管兩次跟印度人直接打交道的經驗始終不是十分愉快，但還是願意暫時忘掉，因為畢竟有一個陌生的印度人，用一個很簡單的動作推了我一下，把我從電車軌道上推開，躲過了風馳電掣般駛過的電車。那是某天下午，學校放學之後，我搭乘電車回家的路上發生的一件事。就這一點，我對印度人，還是感恩的。

中國

西方俗文化中的中國，說出來的話，頗讓中國人感到匪夷所思。大家可能有所耳聞的是，西方人相信，全中國的人吐一口唾沫，會把全世界都淹沒。

另一個迷信是，如果你在地球鑽一個洞，一直鑽下去，就會發現你到了中國。澳洲有位小說家，就以這個做書名，寫了一部長篇，題為《A Hole through the Centre of the World》（即《穿越地球中心的一個洞》）。

最近又發現一個說法，說是如果十億中國人同時跳一下，地球就會從軸心脫落，所有的人就會死光。以此為題，這回又是一個澳洲人，寫了一本非虛構類的書，名叫《When a Billion Chinese Jump》（《當十億中國人跳起來時》）。他無非是想說明一點，今後的世界，在很大程度上要取決於中國的發展。

不知不覺，話題發生了轉移，從中國轉到了中國人身上。最有意思的是，關於中國人的一個說法，在美國和在澳洲竟然是相反的意思。Chinaman's chance（中國佬的機會）在美國英語中是指機會微乎其微，因為當年（19世紀早期）華工在那兒開礦，做最髒最賤最危險的活，比如點燃炸藥導火索，這樣，生還的機會就極為渺茫。又有一論說，在加利福尼亞淘金時期，華工來得晚，該淘的基本上都淘完了，剩下的只有Chinaman's chance。

在澳洲，Chinaman's chance則指機會不錯，因為澳洲人認為中國人都是lucky people（有運氣的人），這也是澳洲淘金時期傳下來的迷信。如果某一個澳洲人一直手氣不好，其同伴就會問他：你殺死了多少中國佬？言外之意，中國佬是殺不得的，殺了就會把運氣也殺掉。2010年，又是一個澳洲人，以這個迷信，寫了一本小說，題為《Running over a Chinaman》（《軋死一個中國佬》）。這種大路貨，偶現在是不看的了。各位有興趣，上網就可查到。

西方對中國的迷信，是與幻想結合的。比如澳洲小說中，一次又一次地幻想中國把澳洲淪為它的殖民地，就是一個明證。不過，中國人能被他們想像成這麼強大，總是一件值得自豪的事吧。

慾望

關於慾望，我們這些50後的人，至少我這個50後的人，從前有個現在看來是錯誤的看法，即女人是沒有慾望的，從來男女之間發生的事，總是首先由男的挑起頭的。至少在我們那個青春時代，很少聽說女追男的事，永遠都是男追女。電影上表現女的在前面奔跑，男的在後面跟著追的鏡頭真是比比皆是。因此，一旦出事，罪名基本上永遠都是男錯女對。只有一次，有一位領導犯事，把出差隨身帶上的秘書辦了，回來後卻不認錯，說：是她勾引我的！這是我八十年代聽來的，也不知是真是假，但哪怕是作為一種理由搪塞，女追男這種現象，女的慾望可能比男的強這種可能性，當年應該不是沒有的。

進入十年代，2000年後的十年代，世界好像掉了個過，女的慾望真的比男的強了，不只強一點，好像強很多，至少從電視片的表現裡，女追男，而且欲罷不能，一追到底的現象屢見不鮮。生活中耳聞目見的也不少。

其實，早在18世紀，在英格蘭，在第一艦隊1787年把第一批流放犯人送到澳大利亞的路上，女的慾望比男人強烈很多，也是有史為證的。其中一艘船的外科大夫懷特就觀察並記錄道，這些女犯人：

> 體內的情熱卻發揮了強大的支配作用，或許是由於她們內心腐化墮落，所以，到了夜裡，艙口……一打開，她們和海員以及海軍陸戰隊隊員之間，就會立刻發生一場男歡女愛的亂交……女人就想和男人在一起，慾望無法抑制，結果，無論羞恥心（說實話，她們早就喪失了羞恥心），還是對懲罰的恐懼，都不能阻止她們穿過艙壁，前往分配給海員的住處。（p. 79）

男追女，隔座山，女追男，隔層紗。上面這段描述，也大致證明了這一點。在這個「倒追」（也就是女追男）成風的時代，不知道男性是否因愛情失去平衡，從主動變為被動，而慾望大增還是大減，但據最後的情況看，往往被成功追上手的男性，最後又輕而易舉地被拋棄，被女人拋棄，這種現象，見得太多了，反而就不想說了。

80後的澳大利亞（洲）人

根據今天（2010年9月28日）新聞報導，金正日已將金正銀扶正，要做他接班人了。如果真的如此，正銀可能是世界上第一個80後的國家領導人，因為他才27歲。

就我所知，澳大利亞華人媒體關注得最不夠的，是在文藝領域嶄露頭角，來自亞洲的澳大利亞人或澳大利亞的前亞洲人。我稱他們為澳大利亞（洲）人或澳大利／亞洲人或澳大利／亞人。

簡單說來，這些人都是80後的，有父母都是華人，來自柬埔寨，本人寫了一本自傳《Unpolished Gem》的Alice Pung，有父母都是華人，最近剛出了一本回憶錄《Family Law》的Benjamin Law，還有白人和華人結晶，最近剛出了一本長篇小說《This is Shyness》的女作家Leanne Hall。

當然，如果打擦邊球的話，還有一些人也可以算進來，如1979年出生的越南華裔Nam Le，其短篇小說集《The Boat》獲多項大獎，儘管並沒有多大看頭；1978年出生的越南裔青年戲劇演員Anh Do和他1979年出生的弟弟電影導演Khoa Do。

澳大利亞文學界對他們的接受和肯定，比什麼都快，拋開別的原因不說，最主要的一個原因，就是他們都新而鮮，作品題材新，人的年紀嫩。這兩點，決定了他們的一本走紅。至於今後是否能有大的成就，人們拭目以待。

不難看出，這裡面用英文寫作的，就是沒有一個來自大陸的80後華人作家。相信假以時日，等他們過了而立之年，英語好起來後，應該還是有可能的。跑吧，兔子！

Dong

普通話好就好在走到哪兒都有人說，都聽得懂，但壞就壞在，它像一把熨斗，把地方話的色彩和特徵都抹成了一張燒餅臉。有一年我到武漢，路上也好、商店也好，居然都聽不到武漢話了。我很遺憾，要知道，這是地方話的奇恥大辱呀！

記得多年前，黃州和鄂城這兩個隔著長江的小鎮，說話口音很不同。鄂城人說「吃肉」，是qi ou，而ou的發音是重濁音，好像在o字上多生出一塊贅肉。後來鄂城變成了鄂州，交通更加便利，到武漢大約半小時車程，連說話都帶著漢腔，很多讓人發笑的話，就都漸漸消失不見了。

現在說dong字。中國人說相聲，是兩張口，要兩個人「說」雙簧，英語文化中，則流行一張口說「單簧」。這在英文中，叫做stand-up comedy，也就是站在那兒表演喜劇。英語兩個字，翻成中文居然要說一大串話，這也太繁瑣了。於是有人翻譯成「單口相聲」。這也ok，但只是ok而已。為什麼？不簡潔，沒有結晶效果，而語言翻譯，要的不是解釋，不是對應，中國人有雙口相聲，英國人就來個單口相聲。語言翻譯要的是語言膠囊效果，把原語內容，裝在另一語中，傳遞過去。

這個工作，只有交給廣東話來完成了。其實，大家只要好好想想，就會發現，很多英文字，不是通過普通話，更不是通過北方話，進入中文的，而是通過廣東話。比如巴士，比如計程車，又比如士多，等。

Stand-up comedy，就是這樣通過廣東話變成中文的，叫做「棟篤笑」。為什麼是「棟篤」？因為在廣東話裡，站著的發音就是dong du。站著演喜劇，不就是站著笑、站著說說笑笑、站著說，讓人笑嘛！

有意思的是，湖北土話「站著」二字的發音，也是dong dao。這個發音，現在聽不到了，只有我的記憶還保留著當年連答錄機都沒有的錄音。我還記得，「站」的湖北土話，發音是ji。學校的阿姨給你洗澡時，讓你站著，就說：ji dao, ji dao。

白

如果講迷信，就不能不相信，整個澳大利亞從1788年1月18日這天，一勞永逸、萬劫不復地落入白人之手後，就永遠姓白了，至少姓了200年，到目前為止還沒有姓別種顏色之虞。

我不是迷信之人，但第一艦隊的一位外科大夫叫John White（約翰・懷特），即白約翰大夫，姓白。第一艦隊所有的人都是白人。截至2010年，領導這個國家的，除了極少數源自他族的人之外，都是白人。1973年獲得諾貝爾文學獎的澳大利亞作家是Patrick White（派翠克・懷特），也姓白。

澳大利亞最高文學獎Miles Franklin獎，99%姓白。該獎自1957年第一次頒獎，到2010年止，共頒獎給五十位作家，其中很多白人作家一而再、再而三、三而四地得獎，但只給過兩個澳洲土著，其中一個還是跟另一個白人共同分享了一個獎，而且這兩名土著都是2000後才得的獎。

澳大利亞最高的肖像畫獎Archibald Prize也姓白，自1921到2009年的88年中，授獎無數，得獎者中無一黃人，也無一黑人，均係白人。有些白人反覆得獎多次，如William Darbie得獎8次，W. B. McInnes得獎

7次，John Longstaff得獎5次（資料詳見：http://en.wikipedia.org/wiki/List_of_Archibald_Prize_winners）

我就是再不迷信，最終也不得不迷信了。

愛

愛，這個字，在澳洲可能是最能被人看穿的一個字。許多山盟海誓的愛情，一到澳洲就會變味。據說某女愛某男到如此地步，每天晨起都願意在床頭餵食並無任何疾病的老公，但一旦PR到手，就好「情」不長了。這種故事，在澳洲因為發生得實在太過頻繁，也就不再為人注意。

在中國人的筆下，愛情總是被謳歌的，不管是不是上過愛情的當，反正有理無理，總要拿來謳歌。在澳洲詩人筆下，對愛的認識，通常是比較清醒的。最清醒的，莫過於墨爾本詩人Gig Ryan。她寫了一首《愛情噁心》，我翻譯如下：

愛情噁心

1

無所謂了
他身上連一塊肉我都不想要
你那些夥計又放肆起來
我重新去找科學的神秘
它輝煌燦爛地從你身邊掠過
我自然斷言的東西
現在都給寄存起來
我們把桌上的螢光書清開

以便研磨毒品
玻璃杯磨損之後，就會發臭
我把你的沙漠留在一針注射劑裡

2

他終於想起
她頭髮後面那小鬼考慮很不周到
用Clag牌膠水把房間粘了起來
隨著線條射出去，她的交通海綿般潤濕
他翻過身去
她的摩托嘴巴動著，直到鳥兒擊碎
Charade字謎遊戲，當早飯吃／接著你去上班
（我們凝視了約摸一年）
她用意見打他，像蛤蚧
愛情噁心

我之所以觸及愛，是因為在我翻譯的這本書中，曾有一個澳洲部落，名叫Iora。我翻到10萬字時，這個字再次出現，但我已經忘掉了我是如何翻譯的，艾羅拉，還是愛羅拉，還是埃羅拉？於是，我用關鍵字逐個搜索了一下艾、愛、埃，但居然都沒有。居然10萬字沒有一個「愛」字！可見澳洲墾殖之初，條件何等艱苦。由是產生了此文。

事後我發現，原來電腦出了問題，重啟之後，愛回來了，也找到了那個部落的名稱：即艾奧納部落。

酒

多年前，在一次翻譯活動中，偶遇一次採訪。興沖沖的華人記者找到澳洲白人總經理後，很想從他口中探知華人對澳洲的貢獻，誰知這個白人老頭子很認真，不是那種隨便找話讚揚人的人。他說：就我所知，華人的文化就是food（吃喝），Chinese New Year（中國新年），跳獅舞，這些。然後他想了想，就再也想不出別的話來了。我當時看著有點難受，覺得他其實還可以再說點什麼，但說什麼呢？我也想不起來了。

最近寫一篇英文文章，編輯讓我也談談這個問題。我除了舉出上述例子之外，談了三點，一是華人清醒，二是華人勤勞，三是華人互助精神強。因為這篇東西與酒有關，我就只談第一點。

我到澳洲近19年，發現這個國家的人酒量之大，不是華人能比的。路上經常因酗酒而出車禍。澳洲最常見的一個勸誡人不要酒後駕車的廣告，已經不是勸誡，而是罵街了：If you drink and drive, you are a bloody idiot！（如果你酒後開車，你他媽的就是個蠢貨！）一次和一個澳洲白人青年報紙編輯出去喝酒，我的一大紮啤酒還沒喝三分之一，他已經開始喝第二紮，我第二紮剛剛開始，他第三紮已經喝完了！簡直像喝水，不，喝水也不可能在那麼短的時間裡喝那麼多。

一個華人朋友的兒子說什麼也不願交白人女友，原因是據他說，白種女孩子太愛喝酒、太能喝酒，而且，喝了之後啥事都幹，包括性事，也不論對象。SBS民族電視台一次舉辦的談話節目中，就有不少未成年的少女坦言，她們就有酒後肇事、肇性事之「前科」。

國內出版過一本書，叫《醉醺醺的澳洲》，內容沒太大意思，標題倒很準確地標定了這個國家的一大特點，也就是從1788年到現在，一直在發揚光大的特點。據澳大利亞歷史學家休斯說：「殖民時期的雪梨從上到下，都是一個大醉醺醺的社會。男男女女全都喝酒，不顧一切地喝，酒癮十足地喝，一心一意地喝，邊喝還邊吵架。他們喝的每一滴酒都是進口酒。」

酗酒問題一直是澳洲的大問題。幾年前我們去澳洲中部的Alice Springs去玩，在酒店入住的櫃檯，一眼就看見一個標誌，上書：

> *Public Restricted Areas: Drinking alcohol in public areas such as parks, streets, the Todd River bank is banned and attracts penalties.*

中文意思是：

> 公共限制區域：在公園、大街、陶德河畔等公共場所飲酒屬違禁行為並將予以處罰。

這一點和我從一位印度出租司機聽到的情況吻合。據他說，每年墨爾本大賽馬的那一天，會有不少人醉得不省人事，倒在街旁或地溝邊。警察見到公共場所飲酒者便抓。我沒親眼見過，所以覺得有點聳人聽聞。

為了查明酗酒問題的嚴重性，我還上網做了一點「作業」，找到一篇維多利亞省警察總長的英文發言，其中提到酗酒問題每年給澳大利亞造成17億澳元的損失，其中7.5億澳元花在投入警力上，而且也是死亡和住院的一個重要原因，平均每年死亡3000人，住院65000人。（http://www.heraldsun.com.au/news/special-reports/alcohol-fuels-violence-says-chief-commissioner-simon-overland/story-fn4hb6of-1225808318598）

就我所知，華人不是不喝酒，但像澳洲人那樣隨時隨地地喝、不顧一切地喝，酒癮十足地喝，一心一意地喝，可能不多。所以我說如果要說他們有什麼貢獻，sober（清醒）就是他們的貢獻之一。

助人為樂

助人，並不一定得到回報，很可能還被記仇，這可能是活了半輩子的人，都有體會的一件事。在澳洲，更是不能助人。這個經驗之談，一個來自華人之口，一個來自白人之口。華人就不去說他了，哪怕再親的人，反目成仇的事也常有發生。在我接觸的人中，兄弟為錢打上法庭的有；父子不和，導致父親趕到家門之外，不得不住旅店的有；夫妻翻臉、最後連婚姻都翻船的，就更不用去說了。

我說的是一位澳洲朋友，有天對我說了一句話，是這麼說的：You know, people hate those who help them。這句話翻成中文就是：知道吧，幫助人，總是招人恨的。

細想之下，這句話話裡有話，似乎隱隱地在批評我。是的，我們一生中，助人為樂的事常有，但忘恩負義的事卻不能說完全沒有。這又讓我想起，從前求他幫忙時，他曾堅決地婉拒過，後來想想，還是他對。再說，人家又沒有動不動求你。

看了歷史，有些事情就容易明白了。當年來澳的流犯，是從來都不互相幫助的，哪怕到死都不。原因很簡單，大家都苦、大家都累、大家都窮、大家都餓，幫了別人，自己就沒有了。關於這個情況，休斯有一段描述，值得亮相：

> 工作隊裡的大多數男子已經跟土著人一樣赤身露體，因為他們已經把衣服拿去換吃的了。流犯互相幫助，這種可能性是沒有的。雪梨灣好像蒸餾一般，只把英國貧民窟狗咬狗的悲慘保

> 存了下來。1790年5月，一個上年齡的囚犯在排隊領食物時，倒地死去，柯林斯對他解剖之後發現，他的胃部幾乎是空的。他不是把他的做飯用具弄丟了，就是賣掉了，他的囚友不幫助他，卻要求砍掉他的定量，否則就不分享他們的炊事用具，他就這樣餓死了。（p. 102）

本人的親身經歷，在澳洲，人們是不大互相幫助的。現在富了，就更不用互相幫助了。這與宗教也有一定的關係。上帝就說過：God help those who help themselves（自助者，天助也）。這句話反面的意思是：不自助者，天不助也，人也不助也。

至於我為何說華人比較助人為樂，那不是我說的，而是我在雪梨打的，聽一個來自埃及的出租司機說的。他聽說我是Chinese，就告訴我，他很喜歡Chinese，除了他們有種種優點之外，他還發現，Chinese很喜歡互相幫助。如果他相信如此，那當然很好。至少作為一個外人，他看到了連我們自己都可能還沒有看到的優點。

道歉痞子

我們把那種坦白承認錯誤的人叫做「坦白痞子」。在澳洲生活久了，我發現，這兒有一種人和做法，可以稱作「道歉痞子」。此時，我就一邊寫這篇東西，一邊聽著電話中播放的音樂，一家電話公司讓人等待而不接電話，不斷重複了多少年的音樂。每隔一小段時間，就會有個事先錄音的女聲說：We apologize for the delay and will attend to your call as soon as possible。（讓你久等，向你道歉。我們會儘快接聽你的來電）

這個電話錄音的「道歉痞子」所說的這番話，到現在已經重複出現了5次，大約有10分鐘了。幸好電話有免提功能，不用把耳機貼在耳朵上不敢取下來，怕萬一有人出現而錯過。原來沒有這個電話，但有無繩電話時，總是趁等待之機，去上廁所、去吃飯、甚至邊看書邊等，唯一不能做的事就是思考問題（當然，做愛也是不可能的）。

有「道歉痞子」說話的這家公司是所有公司中最為惡劣的一家，給人的感覺是，你可以一聽一整天，大約該公司覺得，反正他們已經事先apologize了，你就可以永生永世聽下去了。

比這種「道歉痞子」好一點的，是另一些公司的做法，他會告訴你，你在電話排隊的過程中，大約還有多少等候時間，從一分鐘到20分鐘不等。

想起來，「道歉痞子」類的公司還不算最糟。最糟糕的是居然把人給取消，完全讓你對著機器聲音說話。一個聲音問你什麼，你就說什麼，如果你不想回答，它便繼續問下去，問得你一時性起，恨不得把電話砸了或者把那個電話聲音痛罵一頓。都沒用，因為它永遠也不會生氣。這種做法給人的感覺是：人類馬上就要完蛋了。讓我們下一代出生的嬰兒，都跟著各自錄音的母親聲音去牙牙學語吧！

錢

恥於談錢的人有兩種，一種有錢，一種沒錢，基本一看或者一聽就知道。窮，而且又恥於談，一定是個偽君子。不窮，而恥於談，那是多得不想談、不屑於談，談了，就是假富。

我見過的白人，對錢的態度是赤裸裸的。一個年過半百的女文學經紀人對我說，她的人生經驗就是：Never say no to money！對錢永遠也不說不。一個澳洲女作家則在文章中寫道：不給錢，我一個字也不給它寫！我的作品，就是拿來換錢的。

我見過的華人，只有一個對錢的態度達到了同樣白熱化的程度。據他說，錢是空氣，沒有錢是無法生活的，而只有信了上帝人才會有錢。所以，他信上帝之後，生活越來越幸福，錢也越掙越多。其實他這種聽起來讓人認為太俗、太中國人的話，我早就在多年前去加拿大時，就聽一個加拿大白人親口講過，說他本來如何窮愁潦倒，飽受吸毒之苦，一旦信教之後，不僅什麼都有了，包括老婆孩子汽車房子，而且百事順遂，萬事如意，簡直有種似乎可以活千年的感覺。

日本詩人谷川俊太郎，一個詩人，就直言坦言：「我寫詩就是為了賺錢，養家糊口……寫詩與我私人感情沒有關係。」

（http://www.poemlife.com/PoemNews/news.asp?vNewsId=5806）

具體怎麼靠詩賺錢，他並沒有講，但我估計，在日本寫詩，大約稿費還是不菲的。在澳洲，一首詩付費最高的，應屬昆士蘭的文學雜誌Griffith Review，每首220澳幣（含GST）。本來想談一下本人戰績，但此處暫時按下不表。至於其他出版社，可以一直往下排列到一分錢都沒有。

臉

二十多年出國前，看過一篇中國人寫的談臉的文章，把愛面子歸於中國人的民族特徵，大批特批了一通，當時頗有同感，覺得西人好像不是這樣。

西人真的不是這樣嗎？諸位只要看看每次新聞報導中，西人出現在法庭門口，被攝入鏡頭時，大多都會掩面而過，間或還會伸出手來，不是堵口，而是堵鏡頭。更有把自己上身衣服脫掉，把整個上身包裹起來的。說明什麼？說明西人也是人，也是愛她／或他那張臉，也是不想讓親朋好友知道那張好臉現在成了壞臉的。

羞惡之心，人皆有之。為什麼不說獸皆有之？就是因為是人，無論是中國人還是外國人白人還是黑人好人還是罪人，只要是個人，他就有這種羞惡之心。200多年前英國流犯發配到澳洲之前，都要在囚船上囚禁一段時間，白天上岸幹活，晚上回船休息。幹活時用鐵鏈串成一串，叫做chain gang，成了當地遊客一大景觀。他們在眾目睽睽之下感到羞愧難當，就是這種羞惡之心在作怪，以致有位囚犯說，他之所以喜歡幹挖煤工作，是因為渾身上下灰頭土臉，黑不溜秋，哪怕有人看，也看不出什麼名堂。

中國人的問題不是臉的問題，而是太過於把自己與人家分開，而且由於自賤心理，老覺得人家比自己強，甚至連臉都不在乎的。是個人，他都要臉，管他是白人還是什麼別的。

夥伴情誼

學澳大利亞文學的人都知道，澳洲的mateship（夥伴情誼）是怎麼回事。從最簡單的層面講，澳洲人見面互稱Mate。講深一點，是說澳洲人很講義氣，很哥們。

一個網友這麼寫道：

> 澳洲人最珍視夥伴情誼和團隊意識，「同室操戈」、「窩裡鬥」不在他們的血液裡。對夥伴的忠誠是做人之本，告密、出賣為他們所不恥。這是當年叢林人留下的夥伴情誼烙印。這種良好的品格已為全世界所公認和讚歎。（http://dongtaiwang.com/do/z__Z/ttoLTGYFz0iyPm0Le0h/Y0MN/343846）

是這樣嗎？其實不是這樣的。根據休斯的敘述，早年來澳的流犯中，是根本沒有互助互愛精神的。一位囚犯排隊等飯時當場倒地餓死，並無人上前噓寒問暖，因為大家都餓，自顧不暇，更談不上幫助他人。一些囚犯初抵澳洲，同行中有人死去，立刻就有人撲上去把衣服剝光，把東西搶光。晚上睡覺，四人蓋一條毯子，身個最高，力量最大的就把毯子扯過去蓋在自己身上，根本不顧及他人。

休斯提到當年塔斯馬尼亞流犯中沒有夥伴情誼的情況時感歎道：

> 如果有夥伴情誼，可能會使這種艱難困苦的局面好受一點，但幾乎沒有這種情誼。在這個喬治時代的前沿地帶，萬物匱乏，產生了一種心如鐵石，東西抓在手裡就不肯放的人，他們互相搶奪對方，就像豺狼一樣圍著一具屍體咆哮，只要有可能，就欺瞞哄騙政府。管理政府倉儲的職員與賣農副產品給他們的農場主沆瀣一氣，霍巴特給養部門新任命的職員總管因此在1816年宣稱，給養部門的記錄中查不到一份文檔或賬目。（p. 126）

即便後來發展起所謂的「夥伴情誼」，也是建立在犯罪團夥抱成一團，信奉拿摩溫的的基礎之上的。請看下面一段譯文：

> 對凡是處在所屬小集團之外的人和事一律採取不屑一顧的抵制態度，是澳大利亞夥伴情誼的根基之一。但沒有一個流犯認為，其他所有流犯都是他的兄弟。他們經常互相蹂躪，互相壓迫，對較弱的囚犯表現得極為尖酸刻薄，殘酷無情。（休斯，p. 174）

緊接著，休斯援引一個流犯給父母的信，讓人看到了當年的真相：

> 年輕的抗議者湯瑪斯・霍爾頓1812年和其他盧德分子一起被流放，他在寫給父母的信中說：「我希望，凡是有人寫信回博爾頓說，他們對我有多好，你們千萬別相信他們的話。我生病後，沒有從博爾頓來的人那兒得到半點好處，實際情況恰恰相反。」

所謂夥伴情誼，其實非常有針對性，至少從文學作品中看，白人的夥伴情誼從來都不會給華人，也不會給黑人或其他少數民族。一黃一白、一黑一白，這樣的夥伴在澳洲是不大多見的，說起來好聽罷了。

個人角度講，來澳二十年，除了在口頭上聽見人們互稱Mate之外，是沒有看到多少能夠令人大加讚賞的什麼mateship的。生活艱苦的時候夥伴情誼缺乏，生活不艱苦了，還可能有夥伴情誼嗎？更不可能了。在澳大利亞，人人只為自己，倒比夥伴情誼更可信。

懲罰

社會是懲罰個人的。第一艦隊來澳洲，因流犯打了土著，菲力浦船長把八個流犯鞭笞了一頓，每人挨了150鞭，帶腳鐐一年。最重的一次懲罰發生在1796年，一個名叫威廉・特林波爾的囚犯在來澳大利亞的途中，被無中生有地當作船上鬧事的頭領，兩天內挨了800鞭，打得皮開肉綻，沒幾天就死了。

一個人成就越大，塌台的可能性也越大，挨社會「鞭笞」的可能性也越大，這在西方社會尤為明顯。

全球高爾夫球王Tiger Woods事發後，人倒眾人推，公眾形象一落千丈，慘遭虐殺，到了一部紀錄片出台，Tiger Woods: the Rise and Fall，毫不留情，全面揭醜的程度。該片如從Tiger角度看，可說慘不忍睹，不僅透露了他父親曾經發生過的婚外情，而且通過Tiger幾個情婦的現身說法，具體入微地講述了與他做愛的細節，就是作為公眾一員的我，也覺得這樣一種披露性懲罰實在太過分了。所謂西方人注重他人的privacy（隱私），只不過是一個神話，一個謊言，在這部片中不攻自破，難怪馬克・土溫的自傳要自我封存一百年，才肯拿給人看。

片中說，Tiger早年對種族主義有強烈的個人體驗，他的成功遭到很多白人的嫉妒和攻擊，甚至有人威脅殺他。這部片子，從某一個角度看，就是白人社會對他的虐殺、對他的800鞭的鞭笞。因為他的倒台，白人終於可以吐口惡氣了！

其實，我們這個社會已經扭曲得變形。以這樣一種抖落隱私，大翻家底的東西來嘩眾取寵，沒有任何教育意義，只能說明製片人的齷齪。這種通過藝術把人搞臭的手段，頗似當年中國政壇整人的做法。好在老百姓的集體記憶一般都不太好，克林頓的事件過去之後，還有誰記得那麼多？其他人的其他醜聞又接踵而至、蜂擁而至，讓大家看不過來，忙得不亦樂乎。

希臘

希臘跟中國相距遙遠吧，希臘詩人在中國出生好像更加不可能吧，但是，讀詩，跟讀史一樣，也是一種發現。在我讀的這本厚達692頁的希臘詩歌英譯集中，我讀到只有一首詩歌入選的一個詩人，發現他竟然是在Manchuria出生的。所謂Manchuria，就是滿洲里，也就是我們中國的東北。

一個希臘詩人，出生在中國東北，這肯定是不為中國人所知的。一上網，就發現我的這個事先得出的結論並不太錯，至少用簡體談他的極少，倒是有關於這個詩人的繁體介紹，說明台灣那邊可能有所瞭解。

他的名字是Nikos Kavvadias（1910-1975）。他寫的這首詩末尾一句很有意思，說：Hell has got a brothel too。（地獄也有妓院）。更有意思的是，我在另一個希臘詩人（Katerina Anghelaki-Rooke），一個女詩人的詩中，看到一句類似的詩行。該詩開門見山就說：Angels are the whores of heaven。（安琪兒是天堂的妓女）。

Nikos Kavvadias寫過一篇關於中國的短篇小說，叫《Li》。什麼時候有空，我要找來看看。今後如有人想研究希臘在華作家，或曾在華作家的作品，此人一定不能漏掉。

友情

我越來越對友情這個字生疑。從前有「為朋友可以兩肋插刀」的說法，僅僅是說法而已，從來沒有親眼看見那種景象，「對朋友兩肋插刀」的做法，倒是屢見不鮮，不必絮言。

我不相信中國人（包括華人）之間會產生真正的友誼，我還很懷疑西人之間是否可能產生友誼。不過，我從書上倒是看到一個罕見的友誼的例證，說的是當年來澳的流犯中，也有少數幾個政治犯，湯瑪斯・帕默就是其中的一個，因提出修改憲法而被判流放。他的密友約翰・波士頓為了陪伴他，竟然「自願與妻子一道，經過漫長的旅程來到雪梨」（p. 180），這種友誼恐怕世所罕見，值得敬佩，特志於此，儘管我根本不相信，這樣的友誼會感動今天的任何人做出同樣的事來。

對友誼，女人最誠實、最直言不諱。我曾在兩個不同的地方，聽到兩個女人對「朋友」的說法。一個女人親口對我說：我沒有朋友。另一個女人的丈夫對我說：她說，她沒有朋友。我以為這樣真實地直面生活，是很好的一件事。

愛爾蘭人

我對愛爾蘭人印象一直不太好。當年租房住，隔壁就是一家汽車旅館的停車場，晚上基本上都是空空蕩蕩的，有兩次，因我住地停車不便，地方太小，就把車在空空的停車場停了一下，結果，旅館的愛爾蘭老闆居然鬧上門來，大喊大叫，嘴裡鬚子囉嗦的，盡往外掉渣滓。從此以後，我再也不在那兒停車，但也得出了一個關於愛爾蘭人的結論：性格暴躁，粗魯無比。

後來我與一個來自英格蘭的朋友聊起來，我並沒有告訴他我對愛爾蘭人有看法，倒是他自己說，他最瞧不起愛爾蘭人，因為他們喜歡鬧鬧嚷嚷，沒啥文化。當然，他說的話要比這更鄙視，我只是不想原封不動地倒出來罷了。我對挑撥民族間的感情，是沒有任何興趣的。

關於愛爾蘭人與英國人不合的情況，我也略有所知，但通過翻譯流犯史一書，我發現，他們遭受英國人的壓迫，境況頗與當年華人在澳洲的待遇相似。書中說：

> 根據「英國的」《財產法》，「愛爾蘭的」任何天主教徒都不得進入議會議政，不能當律師或進入陪審團，沒有選舉權，不能教書，也不能參軍。他們因財產法而失去資格，財產法改寫之後，打破了天主教徒的財產，鞏固了新教徒的財產。新教徒的財產可以完整無缺地傳給長子，但天主教徒的財產則必須在所有子女中平分。就這樣，天主教擁有地產的家庭發生蛻變，不出一兩代人，就成了收益分成的佃農了。（p. 182）

不妨把這段話與當年《巴拉納特之星》關於澳洲華人的一段話對比一下：

> 至少在我們這個時代……「中國人」別想給我們寫書，給我們編雜誌，別想給科學或藝術添加任何東西。不能讓他們進入陪審團，也不能讓他們進入任何立法院。

從這一點看，我對愛爾蘭人早年的遭遇，感情上起了微妙的變化。

再談不

請注意，國名不是沒有意義的，比如不丹就姓不，叫丹。等會再談不丹的意義。

近年來，我發現，我的垃圾中有不少都是紙，如信封呀、廢紙呀、廢紙盒呀、手紙捲筒呀等等，這些東西如果與其他生活垃圾混在一起，勢必給垃圾處理的人造成不便。於是，我就開始把拆開的廢信封留起來，往裡面裝滿其他的廢紙或碎紙之後，再丟到裝紙的垃圾桶中。

人，就是垃圾。一個人走到哪裡，就把垃圾帶到哪裡。有一年澳大利亞人到土耳其紀念他們的澳新軍團日，散會後，滿地垃圾。開會的隆重場面，與會後的狼藉，形成極為鮮明的對照。

昨天晚上（2010年10月26日星期二）ABC電視台播放的Foreign Correspondence節目，介紹了中國的環境惡化現象，讓人慘不忍睹，永遠也不想再回到那個山腥水臭的國家。其中用了一個字，讓人感歎不已，即英文的sacrifice（犧牲）。中國一味發展，犧牲了自己的空氣和水，犧牲了國人的生命健康，縱使賺來了金山銀山，正如該片中一位中國的老年婦女所說，你也不可能靠吃金喝銀過活。

該片矛頭對準中國，但無意中也透露了一個很重要的細節，即英美，包括澳大利亞和日本在內的國家，都把一船船廢棄電腦垃圾運往中國，實際上把中國當成了發達世界的垃圾堆。雖有人認為，中國的污染應該歸罪於西方，但我卻認為，罪魁禍首是中國政府。人家並不是靠著炮艦政策把這些垃圾往中國頭上傾倒，而是肯定沖著你敞開的國門長驅直入的，如果政府不為了那點小錢而對他們說不，西方絕不敢隨便對著中國的臉亂扔垃圾的。

談到這兒，不丹就有意義了。這個三萬八千八百平方公里的小國，比台灣島只大三千多平方公里，為了保護自己的生態環境，不惜向入境遊客收取高額費用，叫tourism tax（旅遊稅）。這個收費標準比較複雜，但簡單說來，三人一組的遊客每天要交100美金，每晚上還要加收40美金的額外費用。宰你沒商量，而且必須宰，誰要你來旅遊，破壞我的生態環境！你不來拉倒，我正好享受我的GNP（Gross National Happiness），即國民幸福指數，而不是你們所謂的GDP（Gross Domestic Product），即國民生產總值。所謂國民幸福指數，就是不以發達論成敗，而以是否感覺幸福來衡量人的生活質量。哪怕你是做專利的，每小時收入500澳幣，如果你每天開車回家塞車，兩三小時才能到家，你鼻孔因呼吸污染空氣而黑乎乎的，你吃的東西裡總有防不勝防的化學藥劑，你每天經過的那條河永遠是腐爛發臭的，你用無論多少錢，都買不來自然的鮮水和自然的新鮮空氣，那你的GDP不啻是Great Death Potential，即偉大的死亡潛景。

所以，不丹的名字很對，就是要對全世界的遊客說不，否則就毫不手軟，課以重稅。從今往後，誰不把自己的生態環境放在首位的國家，誰就絕對是傻B。

微詞（2）

微詞微到什麼地步，才算「微」？我有一個例子，取自《致命的海灘》。當年流放到澳洲的英國流犯，也有不少逃亡者，但成功的不多，James Martin是其中少有的幾個之一。他到倫敦後，寫了一部《備忘錄》，後來不知怎麼到了當時很有名的英國哲學家邊沁（Jeremy Bentham）手裡，成了他寫書的材料。Robert Hughes在注解中提到此事時說：「不過，在邊沁出版的作品中，並未提到詹姆斯・馬丁或他的那本《備忘錄》。」

這句話初看貌不驚人，卻越想越覺得驚心動魄。一個專門研究監獄學和法律的哲學家，拿到這麼好的材料，用在自己的作品中，卻居然連材料原主的名字和稿件隻字不提，按當今的觀點看，不是盜竊也是剽竊。即便原主是個流犯，不是流犯的邊沁做的事，也不比流犯好多少。休斯對此輕描淡寫，一提而過，應該是「微」得不能再微了，但如果讀史細心，也是能夠見微知著，體會到作者的臧否的。

病

每個文化都有一種病，只有到了該文化外面，或在外人眼中，這種病才看得比較清楚。例如，漢文化的病就和瑞典文化的病有某種相似之處。

在澳洲，一個華人哪怕做最低賤的活，洗碗涮盤子做清潔工，也覺得有資格看不起澳大利亞和澳洲人，無非還是一個文化有5000年，一個只有200年，一個是龍的傳人，一個是流犯的傳人，等等這些，都是老生常談了，但這，就是病。它阻礙這個民族與其他民族在更高層次上的交流。

瑞典這個國家，不去就只有敬意，因為是他給世界頒發諾貝爾獎呀！去了以後不是沒有敬意，而是有了親身體會，即哪怕這個斯德哥爾摩的一個拾荒者，說得難聽就是撿垃圾的，也可傲視全球，睥睨天下：你們算老幾，到最後還是靠俺們瑞典給你們發獎。得不到我們這個獎，你們就什麼都不是。全世界任何獎，跟我們的諾貝爾獎一比，就完全不在話下，錢再多也一錢不值。

當然，這是我去瑞典後產生的感覺，也從某些知識分子那兒得到了印證。比如醫學院有一個工作人員，就親口告訴我：諾貝爾醫學獎是我院頒發的。說話的口氣，大有頒發此獎也有他的一份功勞。

這，也是瑞典的病。正如中國人無法甩掉那個5000年的包袱，瑞典人看來也無法擺脫諾貝爾這塊心病。要緊的是，世界不要也患上那個病，老覺得拿了就怎麼樣了，不拿就不怎麼樣了。這不，我幾年前買的幾本獲獎者作品，到現在都沒看完，也沒法再看下去了。

與世隔絕

可以與人隔絕，很難與世隔絕。提到這個詞，是因為想起兩件事。十九世紀初，在範迪門斯地，也就是今日的塔斯馬尼亞，有許多流犯遁入叢林，成為叢林土匪。他們打家劫舍，把搶來的東西賣給當地農場主，換取食品和彈藥。由於深得老百姓同情，有些土匪身在山中，居然都能不與世隔絕。一個深山老林中的土匪誇口說，霍巴特出報五小時，他手中就能拿到報紙！想想看，這比墨爾本報紙到得還快。我訂的報紙，有時出報五天，都到不了我的手上，與土匪相比，我們住在城裡的，倒更有點與世隔絕了。

由此我想到幾年前到坎培拉附近的一座深山老林裡拜訪一位澳洲詩人的事。我發現，他雖在深山，與世界的距離卻遠比我近。電視打開，可收看新聞。電腦打開，可上網連通世界。家裡訂的各種報紙中，還有《紐約時報》。當然他不可能訂《人民日報》，訂了也看不懂，但我想，如果他想訂的話，也不是辦不到的。他要出門也很容易，引擎一發動，轟一腳油門就上路了，想去哪兒去哪兒。

其實，他最想做的事是與人隔絕。正如他的partner（伴侶，澳洲對住在一起的男女的一種無歧視稱呼）所說：我之所以喜歡這個地方，是因為放眼望去，看不到一個人。她手一揮，我眼睛跟著一轉，只見四下林木秀美，耳邊風聲呼呼，遠山近水，確乎連一根人毛都見不著。是否值得仿效，我無意在此臧否。老實說，本人還是比較傾向這種生活滴。

婚

武漢有句開玩笑的俗話。你明知道朋友未婚，卻問他是否結婚，他會說：結黃昏！也就是說，結什麼狗屁婚呀，還沒有呢。

結婚的「婚」，的確含著一個「昏」字，不是黃昏，倒更像昏頭轉向，昏頭搭腦，老眼昏花等的「昏」。是的，人如果頭腦沒發昏，肯定是不會結婚的。很多時候，回想一下，不少人都會覺得，當年結婚，實際上是結昏。

特別是在澳洲。我認識的人中，結婚半年不到就離婚的有之，結婚後老婆跑得不知去向到處找老婆的有之，結婚兩年後老婆一拿到PR就離婚的有之，因為與人有染而被對方逼婚（立刻離婚，同時結婚）的也有之。1996年前後，許多89後來澳的臨時居留者拿到身分後，立刻回國娶妻接妻，其結果是不到半年，大量婚姻破裂現象直接在法庭發生。總的來說，所有這些婚姻都體現了一個「昏」字。老華人對華人子弟的忠告就是：千萬別找大陸女。

無獨有偶，早年來澳拓居的人中，至少可分兩種，一種是流犯，另一種是自由民。許多老年自由民，都會到帕拉馬塔的一家女工廠找流犯女結婚。結果可想而知：這些女工一旦脫離工廠，拿到假釋證，成為自由民，不要多久也像當今拿到PR的女性一樣，就逃之夭夭了。關於這個現象，一個寫了《流犯回憶錄》，名叫梅裡希的人表述得比較詳細，特志於此：

> 我認識……非常棒的年輕女子，都是你想見到的那種，卻嫁給了老傢伙，衣衫要多襤褸有多襤褸，也許住在20到30英里開外的鄉下，周圍5到6英里之內都沒有一幢房子，直接就在叢林裡，那兒除了樹木之外什麼都沒有。但有一個政策規定，這人

> 是個自由民，他們結婚之後，她也自由了。她逗留一兩天後，就會找個藉口，女人想找藉口從來都不是問題，說要去雪梨一下。她總會從他（老傻瓜蛋！）身上搞到她想要的錢，但她一去就不復返了。（休斯，257）

當然，我也見過不少找了大陸女也生活得很幸福的人，但都不大聽說。這正好應了「好事不出門嘛」那句老話。

歷史

何謂歷史？歷史就是當年的黑夜，比如同性戀。在十九世紀初的澳大利亞，「雞姦」罪被認為是罪大惡極，說不出口。這也是造成至今在官方文獻中幾乎找不到具體犯有該罪人數證據的重大原因之一。目前只有兩個極端的數字，一說在諾福克島每天至少有60起，一說十年中最多只有一起。

因為罪大惡極，因為說不出口，這個問題就像黑夜一樣，一直籠罩到現在。關於當年對這個罪行的懲處情況，我從休斯那兒引證一條如下：

> 1829-1935年間，在新南威爾士和範迪門斯地，僅有二十四名男性因「違背自然罪」而被審判，其中十二名被定罪並被判刑——四人被判處死刑，但只有一人（於1834年）實際上被絞死。五人加入「鐵鏈幫」，帶著腳鐐手銬幹重活，三人被重新流放到諾福克島或莫爾頓灣。（267）

任何一個民族，任何一個群體，勢力發展到一定程度時，反敗為勝，反反為正，反黑夜為白天，如當年為白人所不齒的澳大利亞華人，如當今勢力越來越大的同性戀群體，就會重寫這段歷史。我猜想，他們不僅會把這些被絞死者的姓名發掘出來，甚至還會為他們樹碑立傳，把他們當成澳大利亞同性戀史上的烈士，傳揚他們的美名。

這，或許就是歷史的意義，或意義之一吧。

查禁

中國人，至少我，從前比較幼稚，以為相對中國來說，西方較為文明，至少什麼都不查禁。80年代初我當翻譯，碰到一個英國來的工程師，聊起來後他說：They don't ban anything。也就是說，英國現在什麼都不禁。

澳洲人至少不像我這麼無知。當我有一次欽佩地提起說英國文化多麼開放時，我的澳洲編輯Bruce立刻拿起一本英國出的字典查了一下，然後說：不，他們在二十年前，字典也不收fuck這個詞。

歷史這個東西，越往前看，就越能看出問題，最後只能得出一個結論，即大家誰也別誇誰比誰強，只要是上面吃食物，下面拉屎拉尿的人，就不會比誰好到哪兒，也不會比誰壞到哪兒。當年澳洲管監獄的人，把囚犯同性戀氾濫現象寫成報告，發回到英格蘭，卻遭到大刪大削，有此註腳為證：

> 奈勒和斯圖亞特兩人的報告都由英國政府印製，收入《提交給上下兩院關於流犯管教及流放的通信》，1847年2月16日，但是，這兩份報告都遭到大刪特刪，所有專有名詞都給拿掉，而且，所有涉及同性戀行為的地方也都給查禁了——不是為了保護議員，避免傷害其脆弱的感情，就是為了儘量減小影響，以免破壞流放制度已經大傷元氣的名聲。（630-631）

想一想吧，這離現在還不到兩百年呢。

酋長

二十多年前，我大學畢業，在一家單位當翻譯，接待過不少美國人，基本說來，除了個別人之外，一般都還比較友好。其中有一個比較愛開玩笑，每次碰面，少不了要叫我一聲「Chief」。當時並沒有在意，以後也沒有，覺得不過是開玩笑罷了，連字典都沒去查。

現在好了，25年後，在我翻譯的文字中，出現了這樣一段話，說土著人「成了可憐巴巴的嘲諷對象，就連他們的權威傳統也遭到白人的拙劣模仿，這些白人堅持以新月形的銅板形式，把盛氣凌人的身分證發給一些長老，用英文把「酋長」字樣鐫刻在上面。」（p. 274）

這個「酋長」，英文就是「chief」。原來，我在當年那個美國混蛋眼中，不過是一個部落的「酋長」！現在意識到當年所受的侮辱，是不是有點太遲？

是有點，但可以講一個故事來補償。有位華人朋友告我說。他在工廠打工時，告訴他的白人工友說，他的名字叫「Ye Ye」（爺爺）。從此以後，只要跟他打招呼，這些白人都稱他為「Ye Ye」。估計他們不花一二十年，也不會意識到這其中的「人」膩的。

死

白人對死的態度，跟中國人劃然有別。應該是1996年吧，在澳大利亞理事會舉行的一次召集了中台澳三方的會議上，發生了一次衝突，焦點就是關於死。澳方堅持認為，資助中方出版澳洲文學作品，只能資助活人作品，人死了，就不給錢了。道理很簡單，資助的錢中，有一部分是給作者的生活費。

中方有一人堅決不同意這麼做。他認為，資助與否跟作者活著還是死去沒有關係，而與作品質量高低有關。如果質量不高，哪怕作者還可以活幾十年，這部作品也不能資助。如果作者死去了幾十年，但作品是公認的高檔作品，那也應該資助。

為此，中澳雙方爭執不下，面紅耳赤。我有幸目睹了這個場面，也知道交鋒的兩方是誰，但就不提當事人的名字了吧。

在對死亡的態度上，中國人的祭祖，在西方人的話語裡，曾經一度遭到奚落和嘲諷，因為西方人看重的是此時此刻，是生者而不是死者。這種唯物觀，唯生觀，不僅與中國人格格不入，也與土著人水火不相容。下面引用一段出自休斯書中我的譯文：

> 距離更遠的部落情況好一些，但也好不了多久。他們很快也要失去土地了。他們的地契在哪兒呢？只在他們集體的記憶和口頭傳說中，但白人對這並不注意。他們衣衫襤褸，成群結隊，似乎漂過了整座領土，從來不在一個地方呆太久，從森林裡浮現出來之後，又消失在森林之中。他們把擁有之物隨身攜帶，帶不走的嬰兒就殺掉。嵌入土著人思想中有關領土的複雜而又古老的觀念——這些觀念與土地作為神話祖先的「財產」有關，而跟此時此地的物質擁有權無關——是白人完全不熟悉的，哪怕沒有語言障礙，也是晦澀難懂的。（p. 274）

對於白人來說，只有現世的，才是有理的。直到現在，無論什麼文學獎，都有一個關鍵的要求：頒獎之日，獲獎者必須還活著！彷彿人生在世，一了百了，一死百死一樣，把生死之間分割得如此涇渭分明，黑白分明，其實是不對的。我想，正是中國人生死相通，古今相通的觀念，才產生了如《搜神記》和《子不語》這樣的神奇作品。《子不語》中，項羽因「坑咸陽卒二十萬」，「戮於陰山受無量罪」，二千年後才得「滿貫」。哪裡是死，就一死百死了呢。

自由

何謂自由？自由就是失去自由的代價。白人來到澳大利亞之前，土著人的空間就是整個澳大利亞大陸。白人來後，黑人沒有了自由，下面這句話特別讓人能夠感受到這一點：白人的「牛羊一來，就把袋鼠和其他野物趕走了。圍起了柵欄，也就堵死了古老的路徑和通道。」（休斯，277）

白人有了自由，土著人就沒有了自由。也就是說，白人以土著人失去自由的代價，獲得了他們的自由。

如今在澳大利亞的高速公路上開車，隨處都可看到一條亮錚錚的鋼絲，把整個澳洲圍裹起來。有了這道鋼索，土著人就再也無法自由地在大地上漫遊了。

白人

關於這個詞，我一句都不想多說，只想把剛剛譯完的這一段和盤托出，放在下面：

> 新南威爾士具有象徵意義的那場大屠殺於1838年，在亨利・丹噶爾的地產上發生，那地方靠近蓋蒂爾河，名叫霾霝溪。這次屠殺是針對盜竊牲畜，「偷牛」或造成牲畜狂奔亂逃的一次報復行動。牧場主憎惡造成牲畜狂奔亂逃的做法，因為這會導致牲畜因慌亂而消瘦，從而降低可銷售的體重。
>
> 牧場幫手並不知道誰是實際的罪魁禍首，但他們在離現場四十多英里的地方，發現了一個對人無害的土著營地並對其發起了攻擊。一打武裝起來的牧場工人在一個白人的帶領下，該

> 白人曾在頭三週與這個小部落陪伴，包圍了二十八個手無寸鐵的男子，女子和兒童，用繩子把他們捆綁起來，驅趕到附近一座殺場，用毛瑟槍和彎刀把他們悉數宰殺。然後，他們把其中一些人剁成肉塊，又把另一些人肢解，用柴堆燒起大火把屍體焚毀。碰巧這些殺人犯中有一個白人證人告密，告發了其他十一人。儘管陪審團在第一次審判中判定所有的人都無罪開釋，但據第二次審判裁決，七人有罪，被判絞刑，另外四人無罪開釋。（休斯，279）

白人雖然殘酷，但還算比較誠實，至少沒有把這個事實掩蓋起來，從歷史中剔除。

字數

我一向不注意自己發表了多少字數，不屑於統計字數，除了為了領取稿費目的之外，更鄙視那種在自己小傳上說發表了幾百萬字云云的做法。就是發表了幾億字又有何用，反正我一個字沒看，即便可能看了，但肯定一個字也不記得。有一次讀到某人的類似小傳之後，說他發表了多少百萬字，我才意識到，原來這個人的名字我從來都沒聽說過，更沒有看過其作品。

現在突然關心字數，是因為手頭這本書字數已過30萬，但原文還沒過300頁，仍有300來頁要翻譯。看來，這本書搞下地，至少也要過60萬字。想到這，我有點不寒而慄，這意味著我得每天坐在電腦面前敲三四個月的鍵。想到這兒，不覺有個想法，想看看之前翻譯的書是否有這麼多字，於是便逐一調研起來。

先查的是幾個月前出手的一本書，叫《軟城》。記憶中好像字數不太多，因為英文原書有300頁，一查，才18萬來字。《新的衝擊》

英文有500來頁，翻譯字數不過27萬來字，大約是因為該書圖片較多之故。《有話對你說》也不過才27萬字。《英語的故事》字數最多，達29萬來字，但也沒有超過30萬字。

寫到這兒，我猛然醒悟。手頭這本書之所以書未過半，字數已達30萬，是因為該書註腳極多，作者註腳加上我的譯者註腳，到30萬字時，已有600多條，其中最長的註腳約有半張紙長。

說到字數，前不久一家出版社約稿，說是有一本大書，約800多頁，需要翻譯，請做好準備，但因作者要挑選譯者，可能要等待一段時間。我根據常識算了算。一般來說，千字英文，譯成中文後至少要到千五中文，可能還不止。這本800多頁的書翻譯成中文後，恐怕字數要上百萬。想到此，我心中暗慮，但願翻譯的重任落到別人頭上。

眉

與中文相比，英文的眉表現力很差，幾乎只能表現很少幾種情緒，而且基本上都是消極情緒，如憤怒、不滿、不贊許，如frown，brow-beat，scowl，等，像漢語的眉飛色舞，眉來眼去，火燒眉毛、鬍子眉毛一起抓這種表現喜、色、急、亂等感情和狀態的辭彙，英文裡面根本就沒有對應詞，如想翻譯，就只能找一些近義詞，最後結果都是一樣的，就是把眉毛這個字給弄丟了。

這是我今天看到一首澳洲英文詩時產生的聯想。這首詩由一個流犯桂冠詩人創作，描寫了新南威爾士Western Road（西部路）建成時的景象，稱該路穿過「那邊的藍山，像一根巨大的眉毛」。哎，我暗暗叫好，覺得這種比喻不錯，我就把它寫在這兒了。該句的英文是：tremendous brow。

同時，我又聯想到中國詩歌中關於眉的描寫，立刻想到兩個細節，一是魯迅的低眉：「吟罷低眉無寫處，月光如水照緇衣」。一是朱慶餘的畫眉：「畫眉深淺入時無」。後者韻味無窮，一句發問，竟能讓人進入狀態，都是一個眉字給惹的。

大燈

在澳大利亞，如果有人吃了虧，一般是不會告訴他人的，連朋友也不會告，告了你也不會感激，因為口裡說出的話不值錢，等你自己也吃過虧，你就發現，你也會如此對待你吃過的虧，不告訴別人，讓他們吃了虧後再說。

多年前，我們開車去南澳，之前跟一位朋友談起，也提到了需要注意什麼，但唯獨有一件事情他沒有說，給我們碰上了。事後再度碰到提起此事時，他好像剛剛想起來一樣說：是啊，我就是說嘛。原來我出遠門時也碰到過類似的事情。他這麼一說，我立刻就明白了，什麼都沒說。當然更不會怪他。

書歸正傳，其實發生的事情並不大，也就是我們的車開到一個小鎮附近時，突然後面笛聲大響，被一輛警車追上了。一次罰了百把多塊錢。這樣被警車活捉，是我們怎麼也沒有預料到的，其實是一種常態，在城裡開慣了車的人，一到鄉下就會遇險，因為小鎮附近經常會埋伏著警車，就等那些不知道在穿過小鎮時把速度降到60公里的人拱手交錢。

不說了。我之所以談起這些，是因為早上出門，走到Waterdale Road的某一路段時，突然對面來車沖我亮起了大燈，還不止一次地亮。我當然明白這是什麼意思，一定是前面某個地方有警察臨時設置了速度錄像設備。平常每每碰到這種情況，我都會條件反射似地、人來瘋似地也亮起我的大燈，讓對面來車別碰釘子。澳洲雖是一個人情冷漠的地方，這種友愛還是有的。反正大家誰都不用感謝，幾秒鐘後，誰也不知道誰在哪個天涯海角了。

今天我沒這麼做，因為路本來就擠，想開快都沒法開到每小時50公里。倒是想起了早年那件事。

白（1）

澳大利亞文學藝術領域一言以蔽之，就是一個「白」字，「白」手遮天，「白」璧無瑕，「白」色（不）恐怖，整個兒就是一個白化。

先舉幾個小例。澳大利亞最高文學獎邁爾斯・佛蘭克林獎從1957年授獎以來，得獎的50個男男女女中，只有兩個土著人，其他清一色白人。澳大利亞獎金最高的肖像獎阿奇博爾德獎從1921年到2010年的90年授獎歷史中，沒有一個土著畫家獲獎，沒有一個亞裔畫家獲獎，所有獲獎者無一不是白人，有些人多次獲獎，如William Dargie（8次），W. B. McInnes（7次），John Longstaff（五次），Ivor Hele（五次）。得獎次數多到已經不讓人欽佩，而是讓人厭惡的地步。

今年（2010）早些時候，墨爾本成立一個文學組織，邀請了三十多個青年作家，全部放在照片上，一看，沒有一個黑的，沒有一個黃的，全是白得不能再白的白人。這張照片給人什麼資訊呢？我們這個國家的白人未來有保障了，喏，這就是我們的白種精英。

幾年前，某編輯約稿，要我評論一下英國雜誌Agenda編的一期澳大利亞詩歌特刊。我一看氣就不打一處來。該刊除了兩個土著詩人之外，全部是白的。我從另一個詩人那兒得知，原來約請他編選的稿件中本來選取了有其他民族或文化背景的，但全都沒有採納。我寫的評論當然沒有好話可說，當然，這篇評論最後也被槍斃了。

由此觀之，有一條白線從英國一直貫穿到澳大利亞，頑強地、頑固地、冥頑不靈地排斥其他雜色。有一年（在二十一世紀內）我在美國發了幾首詩，那家美國雜誌（Indiana Review）居然把該期特刊叫做「Writers of Color Issue」（有色作家特刊）。你看看，已經白到什麼程度，一個不白的作家，在他們眼中就是「有色作家」。這條白線，也貫穿了美國。

最近，我有一首詩入選澳大利亞最佳詩選（The Best Australian Poems 2010）。這是好事。其中入選的除了一個土著之外（不選土著白人是不敢的了），也有幾個華人，都是初出茅廬的新秀，如來自新加坡的Eileen Chong和來自澳大利亞本地的Debbie Lim，一個伊朗人和一個越南人。值得注意的是，書中很多詩人的名字都出現在書背上，雖然用的是黑字體，但全是白的，白人，除了一個土著之外，也就是Lionel Forgarty，我說的所有亞裔一個也沒有列出來，全都成了這張白人名單之後的三個英文字「and many more」（以及很多其他人）。

多元文化的澳大利亞已經走到窮途末路，這張書背上的名單頗能說明問題。

話又說回來。白人的獎也不是完全只給自己的。1994年，澳大利亞華人作曲家于京軍（Julian Yu）就獲得了澳大利亞最高作曲獎Paul Lowin Orchestral Prize，獎金45000澳幣。次年他再獲此獎。據他自己說，第三年還想再參賽時，評獎規則已經改變，參賽者必須具有澳大利亞國籍，這樣就有效地把他關在了外面，因為他當時只有PR身分。

靜

1991年甫抵澳洲，感到最讓人受不了的就是一個字：靜。這種靜，靜到都可以聽到思想的聲音，靜到讓人感到好像活在死後，靜到耳朵裡面充滿了中國的聲音。後來由於工作關係，我發現不少進了精神病院的華人病人，就是受不了這種靜，開始hear voices。別看英文兩個字，「聽見聲音」，其實是個醫學術語，叫做「幻聽」。有個病人就是從靜中聽到天神跟他說話的聲音，要他不停地喝水，蕩滌身體和心靈中的污垢。後果可想而知。

我後來產生一個錯覺，以為只有像我們這種熱鬧慣了，喜歡熱鬧的民族和文化，才覺得靜，白人可能正好相反，喜歡靜。其實不然。

早年有個來澳的白人寫的日記中，就曾注意到這個靜，說「這個地方極度安靜，滲透了一切，超出了人的想像」（p. 320）。據休斯說，這樣一種靜，讓流犯有了「沉思默想的機會」（p. 320）。

看到這兒，我的心頭一跳，想起了一個來自中國的老者的話。他是一個客戶，給他把工作做完後，他告訴我，來到澳洲後，澳洲之靜，讓他把前生後世顛過來倒過去想了個遍，彷彿懺悔一般，彷彿坐監一般，好好壞壞都過了一遍。據他說，這種事情在中國不可能，只有在澳洲，因為中國太忙，永遠沒有時間細想過去的事。

原來，這種蕩滌靈魂的「靜」是有來歷的。早年有不少流犯被配給給農場主，給他們放羊，就面臨這種靜。據休斯說，「流犯在這兒成了隱者，通過沙漠而蕩滌靈魂」。據當年一位訪問澳洲的遊客說：

> 這種生活雖然單調乏味，寂寞孤獨，但卻有一種效果，給道德病人的思想指出了一個新方向，它比最深刻的唯心主義者發明的思想也要高級。處於囚室中的寂寞孤獨和無所事事，會完全把人的心靈征服和顛覆，讓人發瘋和自殺，但也能使人意志堅定，處事謹慎，使罪犯在他生涯中獲利的機會就更大，而把寂寞孤獨和畜牧業結合起來，就能讓人具有最公平的成功機會，斷奶一樣逼著他放棄舊的習慣。（pp. 320-1）

移民澳洲的人，包括華人，估計在這種寂靜的壓迫下，不時會產生類似流犯的感覺，靜思一生之過，哪怕無過也要思出過來。結果，患上depression（憂鬱症）的可能性就大了。

中國（1）

關於中國有很多可說，都不說了，只說自己知道的二三事。接觸的澳大利亞人中，多數對印度比對中國的興趣大得多。諾曼是我讀博士時的一個美國來的老師，沒去過中國，卻去過一次印度。印象不太好，但不願多說，大約在背後講一個國家的壞話，也像在背後講別人的壞話，是他所不齒的。

後來參加澳洲人的聚會，發現一觸及印度，人們就津津樂道，還發現他們不僅去了一次，而且還準備下次再去。如果你告訴他，應該也去中國看看，他或她就會不置可否，或者支支吾吾應付一下。你馬上就能敏感地覺察到，他們其實沒有興趣。

昨天又碰到一個這樣的人，叫弗蘭克。得知我原籍中國時，他說：這大約是我在世界上唯一沒去的地方之一。我立刻就說，去一去應該是high time了，他沒吱聲。現在回想起來，他的不吱聲可能大有深意在。他告訴我，他每年都要去海外兩次，基本上都去泰國，因為那兒有他的老朋友，都是澳洲的越戰老兵，拿著金卡和兩週五百多塊澳幣的養老金，一住就是多年，樂不思蜀、樂不思「澳」了，理由不外乎是風景宜人，美女如雲，物價與澳洲相比奇廉。

好在我跟二十年前不同，不是句句話裡都要帶「中國」或「China」了，也不會因為別人對這個話題不感興趣而不開心，而是順著他感興趣的話題一直談下去，竟然又談到了sex。據他說：在那兒只花30澳元，就可以摟著一個女人睡一個晚上，而在澳洲，半小時就要140澳元。這時間哪夠呀！看來，在澳洲人的眼中，也有他們的天堂，而這天堂，一般來說好像不是中國。

中國（2）

從前曾打算寫一本書，書名就叫《青山那邊是中國》。本來也已立項，只要寫下去，就能最終出版，但由於種種原因，這本書擱淺了。如果誰想寫書，沒有合適的題目，盡可以把這個題目拿去，一分錢不要，提不提我則由你。

「青山那邊是中國」不是我的發明，而是從英文裡借用過來、翻譯過來的，原話是：beyond the hills lies China。這句英文的原產地在澳大利亞，早在1791年就在流放到澳大利亞的愛爾蘭流犯中間傳播。在他們的腦海中，中國就在河那邊，在青山的那邊，只要跑過去，就能逃出澳大利亞這個流放殖民地，就能獲得自由。關於這個情況，在《致命的海灘》一書中，有比較詳細的介紹，下面節選兩段拙譯：

> 幻想逃到中國，這是流放時代早期一個執迷不悟的形象。黄皮膚的少女和茶葉，鴉片和絲綢，樣子怪怪的藍色小橋和柳樹，就像盤子上面畫的那樣。只要去了那兒，就可以擺脫鋤頭，擺脫鐐銬，擺脫把人烤焦的陽光，擺脫饑餓讓人說不出話來的痛苦。因此，不少「幻覺叢生的」愛爾蘭人不是死於疲勞、饑渴，就是死在黑人長矛下。在帕拉馬塔和皮特瓦特兩地之間的叢林裡，能夠找到被烏鴉揀盡的遺骨，旁邊還有一塊政府發的工作服的破布和一塊鐵銹斑斑的「羅勒葉」。
>
> 這些人後來都被貶稱為「中國旅行者」，他們第一批的人數很多，於1791年11月從玫瑰山出發——共有二十名男性和一名女性，都是從「女皇號」上下來的流犯。他們分頭行動，一連幾天錯誤地在叢林裡遊來蕩去，餓得暈頭轉向時，就輕而易舉地被活捉（儘管其中有三人極為肯定，他們已經幾乎到了中

國，於是很快又出逃，結果都死掉了）。隨著時間的推移，這個中國神話又與另一個幻想結合起來，正如柯林斯所報告的那樣。他對抱有這種幻想的平頭黨一般是持不贊許的看法的：「他們除了天生作惡的特質之外，還產生了一個念頭，覺得已有一個白人殖民地在本國發現，就在拓居地的西南面，距拓居地三、四百英里。」這是另一個香格里拉，那兒不需要幹活，它把人們的希望維持了一段時間。

1798年，愛爾蘭人還在往中國跑，每次多達六十人。由於他們沒有指南針（即使有，也幾乎無人知道如何使用），他們出去的時候，帶著一個富有魔力的仿製品，在紙或樹皮上畫一個圓圈，標上方位點，但沒有指標。（p. 204）

有一年，我從墨爾本大學圖書館出來，碰到一個年輕的澳大利亞白人學生，因為什麼事弄得很不開心，嘴裡罵罵咧咧的，一個勁地抱怨澳洲不好。我跟他說：知道該去哪兒嗎？他睜大眼睛，好奇地問我：哪兒？「當然是中國啊！」我說。一個白人如果覺得澳大利亞都待不下去，那最好的地方就是中國，就像當年的愛爾蘭流犯一樣。不知道他後來去了沒有，但中國作為一種想像中的產物，還是很奇特地在澳大利亞這個地方發揮著影響。我在一次翻譯活動中，就碰到一位對中國，主要是香港讚不絕口的澳大利亞人。還曾經有一位澳大利亞文學雜誌編輯，見到我後，居然異想天開地以為，馬上就可打開市場，進入中國擴大銷量了。還是這種「青山那邊是中國」的思想在作怪。

其實，再過二百年，澳大利亞「侵略小說」中所幻想的在澳洲成立的「新中國」出現在青山的那邊，也不是很不可能的事情。上周，SBS第二套節目就在星期三推出了中文節目，理由之一就是華語是澳大利亞僅次於英語的第二大語言，與之平起平坐，雖不是指日可待，但很可能是有朝一日的事。誰知道呢？

白（2）

眾所周知，塔斯馬尼亞的土著黑人，是給白人趕盡殺絕的。可能還不知道的是，黑白之爭的最開始，是誰先動手的。我這兒有剛剛翻譯的一個資料，照錄如下：

> 亞瑟上校的最後一個問題，就是塔斯馬尼亞的黑人，而他本人也是他們的最後一個問題。到了1824年，也就是他來到範迪門斯地的那一年，一場不宣而戰，似乎永遠也結束不了的惡意的遊擊戰已在白人和黑人之間拖了二十年。1804年，首次登陸的幾個月後，在裡斯登小海灣打響了第一槍。多年後，前流犯愛德華·懷特向土著事務委員會描繪了事情發生的原委。1804年5月3日，他正在溪邊鋤地，突然有一支三百多人的土著隊伍從叢林中出來，有男人，女人和孩子，前面趕著一群袋鼠。黑人在袋鼠和海水之間，形成一個很大的新月形。他們拿著棍棒，但沒有帶長矛。懷特看得出這不是一支戰鬥部隊。他們只是打算把逼住的野物殺掉，然後舉行「可樂飽你」舞會。他還記得，當時「他們眼睛都看著我的那種樣子……[他們]沒有威脅我，我也不怕他們」。不過，他還是跑去告訴了士兵，這些士兵把毛瑟槍上滿子彈，就朝部落人進逼過去。「土人沒有攻擊士兵，他們不可能騷擾士兵」。但是，士兵還是用大口徑短炮往他們直截了當地放了一炮，用葡萄彈掃射他們。誰也沒有計算，有多少手無寸鐵的黑人被屠戮，但在該次大屠殺結束之時，殖民地外科大夫雅各·芒特戛熱特一時心血來潮，來了人

類學的興趣，把他們的屍骨裝了一桶，並在裡面撒上鹽，然後送到了雪梨。

譯完這段話後，我無話可說，但是我要問一句：這「手無寸鐵的黑人」中，有多少是婦女兒童？

白（3）

在我翻譯的這本書中，還提到早期白人為了防禦土著，曾提議搭起「誘餌棚屋，裡面放上麵粉和糖，重重地投毒其中」，（p. 417）這樣，有土著偷襲時，就能把他們毒死。

這段話讓我想起當年澳洲白人關於華人的作品中，常有華人廚師放毒的情況。其實是白人自己有毒心，才懷疑他人有毒膽。上述例證正好說明了這一點。

億

過去總覺得，中國人喜歡誇張，動輒千山萬水，千恩萬謝，萬歲萬歲萬萬歲的，但從數字上講，中國人的誇張，基本上到萬為止。與之相比，英文有過之而無不及，比如Thanks a million！（謝謝一百萬），相當於把「千恩萬謝」乘以幾千萬，成了「千萬恩百萬謝」了。

更有甚者，還有Thanks a trillion（謝謝一萬億）之說。這麼一來，當年喊老毛萬歲的，不妨喊他個「億萬歲億萬歲億萬萬歲」多來勁，反正往上加就得了。

我之所以說這些，是因為今天讀金斯堡詩時，看見一句詩這麼說：A billion doors to the same new Being!（同樣一個新生命，敞開十億扇門！）時，覺得我們在誇張方面，確實走得還不太遠。

長詩

有很長一段時間討厭長詩，大約總有十來年了。1990年代中期買的一本希臘古詩，看看放下，看看又放下，就再也不看了。後來，寫作《金斯勃雷故事集》時，決定每詩最長不超過一頁。實在是因為，這個破碎的時代，只適合看短的好詩。

沒想到，朋友也有這個看法。據她說，沒法看任何太長的詩。

昨天買了一本詩集，英文是《The Word: Two Hundred Years of Polish Poetry》（《詞語：兩百年波蘭詩選》），是一本雙語集。最近看詩的方法，已經不是從1到300或500了，而是從任何地方翻開，看完做個記號以免以後重複之後，再從任何地方翻開看，沒想到翻到的第一首詩就是這首《Seeds》（《種子》），我的譯文如下：

我不喜歡長詩

短詩像鵝卵石
可扔
像球，可拋
可在上床睡覺之前吞下去

長詩像長街
路邊停滿一排車子
懶洋洋的人群在看櫥窗裡的東西

短詩呼吸一下就嫌太多
敞開一隻手，捏起一隻拳頭

靜靜的一聲歎息、一聲呻吟

如今，長詩不實用了
囉囉嗦嗦嘮嘮叨叨地講事情
還得集中注意力

短詩是我們這個時代的象徵
一粒種子，等待指定的時間發芽

順便說一下，詩歌是酒，每天都不能不喝。不能想像一個做為不是動物的人，能活一天而不看詩，活一年而不買詩的。

鞭笞

昨晚電視爆料，說有一名蘇丹婦女因犯小罪而遭鞭笞，螢幕上出現一個鞭子手對她揚鞭的鏡頭，舉世譁然。

其實，一百多年前的澳洲，響徹了鞭笞流犯的聲音。前面曾經提到，最重的一次鞭笞發生在1796年，當時，一個名叫威廉・特林波爾的囚犯在來澳大利亞的途中，被無中生有地當作船上鬧事的頭領，兩天內挨了800鞭，打得皮開肉綻，沒幾天就死了。

昨天螢幕上顯示的鞭笞鏡頭，並沒有當年白人打白人兇殘，因為沒有把那位婦人綁起來，而早年鞭打囚犯，都要把他們綁在三叉刑具上，英文叫triangles，即三根木柱搭起的架子，把囚犯臉朝裡，背朝外綁起來，一鞭鞭地抽擊，直至囚犯脊樑開花，鞭子手臉上濺滿肉星子為止。

這個世界上，各民族各文化的發展是不平衡的。蘇丹現在抽鞭子，那是他們的傳統，強求他們立刻變成美國而不抽了，是不現實的。可以批評，可以譁然，但不可以強求。現在的情況是，總覺得自己是對的，別人都是錯的。這就糟糕了。因此，常常想想一百年前澳大利亞的鞭笞聲，是有好處的。

聽不清楚

澳洲人從英國人那兒繼承了一個壞習慣，就是講話聲音小得讓人聽不清楚，以法官為最。當年參加口譯訓練時，教官就曾特別提醒，到法院翻譯，切記仔細聽法官講話。後來的經驗證明，哪怕你再切記，再仔細，大多數的時候，法官的話是聽不清楚的。

最近讀書，終於發現，原來這個壞習慣是有淵源的。成功塑造了福爾摩斯偵探的亞瑟・柯南・道爾曾這麼批評過一個教授：

> 墨累教授愛犯大多數英國人都愛犯的錯誤，那就是說話聲音小得聽不清楚，如果我這麼說，他肯定會原諒我的。現代生活中有一種讓人莫名其妙的現象，有人想說什麼，說的話也很值得一聽，可他就是不肯勞神費力學習一下，如何讓人聽清楚的技巧……墨累教授對他自己的白領帶和桌上的水壺說了幾句至為深刻的話，同時還對右邊的那座銀燭台很幽默地、也很閃爍地旁白了一句什麼。[18]

中國人大可不必擔憂，因為他們的「聲如洪鐘」早在書裡就有描寫，更不用說在外面旁若無人大聲說著漢語了。只是有些描寫澳洲法院法官的華人文字，因為沒有我上述的經歷，常會把他們想像成中國的法官，可以拍案而起，可以聲色俱厲，可以大聲呵斥什麼的，那實在是中冠澳戴了。對情況不瞭解，如何寫得好東西呢？

---

[18] 轉引自 *The Art of Teaching by Gilbert Highet*, p. 95.

死

我發現，人在奔入老年的過程中，一點也不忌談死。我來澳大利亞20年的最大收穫，就是寫入英文詩中的一句話：living in Australia is like living after death（活在澳洲，就像活在死後）。

萬惡的流放制度結束之前，澳洲最壞的流犯，都送到美麗的諾福克島（Norfolk Island）。生活在最美好的環境下，卻過著最暗無天日的生活。這被稱作對蹠地大自然的逆反現象。該地實際上成了地獄懲罰的最底層。用密爾頓的話來說，就是：all life dies and all death lives（生命死掉，死亡活下來了）。

這應證了我長期以來的一個感覺，自然風景越美麗的地方，人心可能至為骯髒，甚至扭曲到發瘋的地步。善與惡必須取得平衡。一碗清水，最容易弄髒。

在澳洲生活久了，就會發現，把有生命的東西整死，是澳洲文藝界的一大發明和貢獻。這方面的例子太多，也就不去說它，之所以提起，是因為今天看報，讀到有關Allen Ginsburg當年寫《嚎》這首詩說的一句話。他說：他要擺脫一切恐懼。他之所以能夠寫出那首大氣湯湯，洋洋灑灑的巨作，是跟這一點分不開的。是的，其實西方的禁忌之多，決不下於中國，甚至有過之而無不及，讓搞文學藝術的人，常常內心充滿恐懼，這也不行，那也不敢。無怪乎以《在路上》一書出名的Jack Kerouak說：First thought is best thought（最先的想法永遠是最好的想法）。

這句話說起來容易，做起來卻極為困難。在澳洲這個文化禁錮的國家裡，教條主義橫行。一些作家常常以為，把一部書反覆不停地修改，就能把書寫到完美無缺的地步。其實這是自欺欺人。世界上最完美的東西是什麼？死亡。任何東西只要死了，就沒法再修改，也不用再修改了，因為已經臻于完美。什麼東西最不完美，也不可能完美？生命本身。正因為生命不完美，它才充滿生命。

據一個澳洲詩人告訴我，另一個我倆都認識的澳洲詩人寫了一首詩後，修改了十多次，最後仍不滿意。我問：那你覺得呢？他說：我覺得還是第一首好。個人以為，本來是狗屎的東西，修改一億遍，依然是狗屎。本來含金量很高的東西，修改很多遍，只可能修改成一具屍體。

常聽見某個澳洲作家誇口說：我這部長篇小說花了10年時間才寫成。我嘴上不說，心裡卻不服：花10年寫一部長篇小說，能是什麼好東西嗎？這不僅是無才的表現，更把所有的生命力消磨淨盡。可能一個錯字沒有，但肯定滿篇垃圾。

多年前，有位澳洲作家曾告訴我，不花四年時間寫長篇，肯定不是好小說。我很欽佩他的認真。那時，如果我打電話去，碰到他正在寫作，他會很不高興，而且直接告訴我，他不喜歡這樣，因為打斷了他的思路。後來他逐漸起了變化。幾年前我給他打電話，正逢他在寫作，便立刻道歉，準備退出，誰知他說：不要這樣嘛，打斷了也沒關係的。難道我就那麼沒才能，打斷了就寫不下去了？他還開玩笑。二十多年後，他早已不是那麼uptight了。最近我們見面，他說他剛寫完一部長篇，僅花了五個月。First written is best written（最先寫下的永遠都是寫得最好的）。這是我根據Kerouak改寫的一句話，對詩歌尤其有效。別人怎麼寫我管不著，但我所有寫得最好的詩，永遠都是一字不改的第一稿。寫得不好的東西，一出手就是垃圾，改多少遍也是垃圾。

最近有個朋友編一部英文論文集，主題是關於中國崛起的。文稿送審到美國一家出版社，就進入一輪輪的審閱程式。第一輪過關，反應很好，但第二輪就被打回來，不是這就是那的。這部文集從2009到

2011年，花去兩年多的時間，得到的就是這個結果，又請文集中的撰稿人再把文字修改一遍，準備再接再厲地重新提交。我跟朋友說：文章不是千古事，一般都是有時限的，已經過去兩年的東西，要作者再去修改，就等於把兩年前做好後放在冰箱裡凍的一盤菜拿出來重新回爐，再加作料，不僅沒有味道，很可能還會有異味。就算一輪輪地審下去最後通過，待到三五年後出版，這種書除了幾個人數無限小的學術界人士看之外，基本上是無人要看，更無人要買的。本來還很鮮活的東西，硬要把它整死。這，就是我們看不到的西方的一面。

裘德

裘德是英國作家哈代最後一部長篇小說《無名的裘德》的主人公，也是我的最愛。讀大學的時候看了之後，很久都鬱鬱不樂，很受感動。極力推薦給另一個也在讀大學，但讀的是中文系的朋友，他的冷淡卻出乎我意料之外。好的文學其實就是這樣，不是所有的人都認為好的。很多人都一致叫好的東西，往往不是文學。事情就這麼簡單。

100年前，美國和英國的保守和落後是難以想像的。《無名的裘德》（Jude the Obscure）1895年哈代55歲那年出版時，被威克菲爾德的主教當眾燒毀，遭批評家圍攻，被斥為Jude the Obscene（淫蕩的裘德）。《無名的裘德》的美國「潔本」，刪削了其中所有關於婚外情和裘德之子殺死他和Sue所生另外兩個嬰兒的細節。由於這個原因，哈代決定不再寫小說，重返青年時期的最愛即詩歌，把餘下的32年獻給了詩歌和戲劇，是英國文壇與公眾共謀，成功活埋一個天才作家的案例。

後來（1995年），也就是100年後，《無名的裘德》改編成電影Jude（裘德）放映，又引起爭議，無非是因為裘德與他表妹Sue有一場大約不到兩分鐘的赤裸裸的床上戲。

這部電影剛剛看完，感動依舊，唯一遺憾的是，書中的一個細節不知為何沒有表現。那是裘德年幼時，常喜躺在田埂上，用帽子蓋住自己的臉，自言自語地念叨父母不該把自己生下來，在這個苦難的世界受罪。

五十步笑一百步。當John Updike（約翰・厄普代克）評論蘇童和莫言的兩部英譯小說，指責他們放不開，說：but free spirits in China are still well short of enjoying free speech（但中國精神自由者目前依然遠遠不能享受言論自由）時，[19]他恐怕早已忘記100年前英美對哈代作品的齷齪行為。

舉手

中西文化之不同，往往反映在細微末節的地方，例如，漢人與漢人見面，除了打招呼之外，是要互相點頭致意的。我跟澳洲人打招呼時，發現我跟他們點頭時，他們之中竟有跟我搖頭的，同時，嘴角還往右下方扯了一下。時間長了我明白了，原來他們打招呼時，要說hello，多數時候人忙，擦肩而過那一霎那，不出聲地做一個hello的動作，就是把嘴從左到右，從上到下地斜撇一下，算是打了招呼，與此同時，那張撇嘴所屬的頭顱也會稍微向左偏斜一下，配合著嘴巴完成整個歪頭縮嘴的動作。「歪頭縮嘴」是我的家鄉話，惜乎由於普通話的話語霸權，連字形檔裡都找不到那個「suo」字，只好以「縮」替代。

昨夜跟一個丹麥朋友出去吃飯後握手道別，我邊說再見，邊習慣地舉起手來，掌心向外，指尖高不過肩，沖他來回晃了兩下，卻發現他雙手下垂，只是嘴裡說著bye，使我在一剎那間意識到我凝固在空中的手，和他處於靜止的下垂狀態的手適成對照，頗有點落寞的感

[19] John Updike, *Due Considerations*, 2007, p. 445。

覺。文化就是在這種細節中凸現。他居然就不學我，也把手舉起來晃晃，我也居然就不學他，把手順下來，只讓嘴巴動。看來，文化在這些細節上，是很難互相學習的。

寵

這位丹麥朋友最近去了中國兩趟，問起他的印象來，他只有一個字：spoilt。也就是說，他在中國期間被寵壞了。一個來自西歐的白人，在中國受寵，我一點都不感到奇怪，但據我所知，類似的禮遇，相同級別的中國人到澳洲來，卻是享受不到的。從前認識一個大陸來的教授，就抱怨來澳後沒人管他，隨便派個什麼人到機場接回來後，便一連幾天沒人過問。與白人在中國相比，完全不受寵。

這裡面可能也有一個文化問題。據澳大利亞一家大公司的總經理親口對我說，他們最講實效。若有中國公司派代表團來，他們期望代表團抵達之後自己打的到城裡飯店下榻，次晨9點上班時出現在公司會議廳，準時召開會議。其他一切，吃喝玩樂觀光旅遊等等，都是次要的，最重要的就是談生意、談工作。

我的中國朋友，一家出版社的老總，聽了之後哈哈大笑著說：那好。如果他這樣對待我們，那就沒生意可做了。我們立刻走人。

刪節號

一個人記憶中最痛苦的是什麼？刪節號！至少對一個作家和翻譯家來說是如此。1989年初，我翻譯的《西方性愛詩選》交稿，在安徽文藝出版社進入編輯階段，五月份編輯稿回到我手中，翻開稿子，興奮之餘，令我大吃一驚，所有有關人體器官的詞語，均被悉數刪除閹割，代之以刪節號。我很不服氣，又一一認真地把刪掉的器官，重新放回了原體。稿子送回去後，很快接到當時那位姓張的編輯來信，他在信中大發雷霆，指責我不該輕舉妄動，並威脅說如再不合作，同意所有的刪節號，出版社就撤回原稿。

當時我以為，世界上只有中國是最喜歡刪節的國家。

目前手中翻譯的這本澳大利亞流犯史表明，至少100多年前，澳大利亞和英國，也是一個非常喜歡刪節的國家。當時，諾福克島上流犯甚眾，雞姦現象猖獗。調查官斯圖亞特調查一番之後，寫了一份詳盡的報告，幾年之後在英國發表時，其中所有有關同性戀的文字被全部刪除，代之以asterisks，即星號，相當於中文的刪節號。

有意思的是，100多年前，在大約相同的時代，清代出版的作品中，頗多關於玩相公（即同性戀）的描述，卻完全沒有遭到任何刪節，如下段所述：

> 原來這個老頭兒，就是現任吏部堂官白禮仁白大人。這位白尚書別的都沒有什麼，只有個愛頑相公的毛病兒。見了相公們就如性命一般，一天不和相公在一起也是過不去的。這個佩芳更是向日最得意的人，天天完結了公事，一定要到佩芳寓裡來頑的。如今見佩芳家裡平空的走出這兩個人來，明知道這兩個人一定是買通了佩芳要來走他的門路，心上想要翻轉臉來，喝令他們出去，一則佩芳撒嬌撒癡的死纏著他，定叫他答應，不好意思一定怎樣；二則自己也是個一位大員，本來不應常在外面這般混鬧，萬一個鬧了出來，自己身上也有好些不便之處；更兼白尚書分明認得劉吉甫是本部的書辦，自己是個堂官，如今在這個地方給他撞見了，臉上好像有些過不去的樣兒。一時間心上七橫八豎的不得主意起來，只得對著佩芳說道：「你這個孩子，不問什麼事情，專要這般的多管閒事。」佩芳道：「他們兩個都是我的親戚，怎麼又是我多管閒事呢？」白尚書聽了

也說不出什麼來，只得說道：「你也不管是什麼東西，受得受不得，就這樣的混出主意！」佩芳道：「這是他拜師的贄敬，有什麼受不得！你們做官的人，拜老師送贄敬是通行的，又不是你一個人，算不得什麼大事。」白尚書聽了，料想今天不答應是不行的，又見康觀察和劉吉甫兩個人還直挺挺的跪著不敢起來，便道：「你們且先起來，有話好說。」二人聽了方才立起身來，垂著手站在一旁。白尚書只隨隨便便的問了幾句話兒，佩芳便對著他們使個眼色，兩個人都會意，便請一個安退了出去。（http://data.jxwmw.cn/index.php?doc-view-52052）

這類描述，如在當年的澳大利亞文學中出現，定會刪得到處都是星號，可見誰先進，說落後，也是相對的。

走後門

走後門一詞，據說早在南宋就已出現，但在我們50後的人的記憶中，應該是文革時期達到鼎盛的，直至1990年代之後，物質文明較前大盛，才稍有收斂。

我不想對走後門這個詞進行任何深入探討，我甚至都不想再去回憶與之有關的任何不值得懷念的東西。我之所以提起這個詞，是因為這種現象並非中國特有。只要是人的地方，管他黑人白人黃人棕人紅人什麼，只要想在背地幹什麼壞事醜事骯髒事，都要走後門。

澳洲犯人流放制度即將結束之時，曾經達到危機的頂點，專門囚禁最壞犯人的諾福克島和範迪門斯地，因為源源不斷有從英格蘭來的流犯，難以承受壓力。這時，大不列顛政府就想出了走後門的辦法，英文中用了through the back door。原話是這麼說的：

> *So various projects were mooted, with a view of relieving the pressure on Van Diemen's Land and sneaking the convicts onto the mainland through the back door.*
>
> 因此，提出了各種不同的方案，以供討論，目的在於緩解範迪門斯地的壓力，通過走後門的方式，把流犯悄悄運到澳洲本土。（p. 551）

此句出自The Fatal Shore（致命的海灘）一書，該書第一次出版是1987年，是否受到文革影響不得而知，但through the back door，應該是西方人老早就做得出來的。

友誼

我第一次得知友誼可怕，應該是在1978年前後。一位工友小侯告訴我：一個人最可怕的敵人，就是他最親近的朋友！

我並不以為然，因為我還太年輕，再說，我也沒有他所說的那種「最親近的朋友」。

三十年一晃而過，我不能不同意小侯的看法。遠的不去說它，最近所聞的幾件事，全都有關朋友欺騙朋友。因此，也不值得細說，連粗說都不值得。

倒是可以說得更遠一點。當年澳洲流犯中，有個大名鼎鼎的人，叫皮爾斯，他夥同其他流犯逃跑後，彈盡糧絕，竟然揮斧把身邊友伴一個個砍死而吞食，還美其名曰：「朋友除了被利用之外，還有何用？」聽到這話之後，莫里森牧師十分感歎，說：「有些人的友情比敵人還要可怕。」（p. 351）

澳大利亞帝國

1804年3月4日，在雪梨附近的卡斯爾山，愛爾蘭人舉行了一次起義，隨後成立了澳大利亞帝國（The Australian Empire），又叫「新愛爾蘭」（New Ireland），推舉愛爾蘭首領菲力浦・坎甯安（Phillip Cunningham）為澳大利亞帝國的國王。

這次起義很快就遭到鎮壓，幾乎所有起事者都被判絞刑，屍體掛在樹上數日不摘，腐臭難聞，當時有位目擊者寫道：

> 小道……陡然升高，從那兒——哎呀呀！有多少次了！——我往下瞟了一眼面前那座小山谷，我得從中穿過——能夠看見並聞到那個名叫鐘斯頓的人（他因去年三月參加起義，而被戴著腳鐐手銬絞死，掛在那株高高的樹上）——我經常駐足凝視，事實上，眼裡已經充滿淚水！……那人性格極佳，所以讓人不止一點震驚。——這種情況有好幾個場面都有展示，直到來自印度的肯特太太跟她丈夫乘坐「水牛號」船來了，這時，……在她不斷的懇求之下，才從金總督那兒得到命令，允許她把所有為了神聖的自由事業而被絞死的烈士埋起來。[20]（p. 193）

我截取這段歷史事實，其實想說明別的東西。大家可能已經注意到，這段引文中提到了一個來自印度的「肯特太太」。根據史書，中國人最早於1818年抵達澳洲，但上述事實說明，印度人早在1804年就到了，比中國人早得多！其實這也不奇怪，因為印度當年就是英國殖民地，一個英國人在印度娶了印度老婆，帶到澳洲來，也是理所當然的。

[20] 約翰・格蘭特，日記，47-48頁，Ms. 737, Grant Papers, NLA, Canberra。

The N-word

進入二十一世紀，輪到美國人當「落後分子」了，他們對敏感詞的刪削，與中國人相比有過之而無不及。就說N-word吧。

漢語有種簡化能力，如把「上海測繪研究所」簡稱「上測所」，聽上去像「上廁所」，英語的簡化能力就更厲害，如UNHCR，五個字母，就涵蓋了「聯合國難民事務高級專員辦事處」等十四個漢字。英語還有一種簡化辦法，把一個字簡稱為一個字母，比如multiculturalism（多元文化主義），就簡稱為the M-word，Nigger（黑鬼）簡稱為the N-word，等等。

由於長期對種族主義問題的敏感，在美國，人們已經不太敢公開使用nigger這種字，甚至到了見字即刪的地步。英國作家約瑟夫・康拉德的小說The Nigger of the Narcissus（《水仙花號上的黑鬼》）一書，該書尚無中文譯本，但2009年由Wordbridge Publishing出新版時，標題居然成了The N-word of the Narcissus。如何把這種清潔標題譯成中文，倒給翻譯提出了挑戰。《水仙花號上的N字》？聽上去好像是偵探小說。

這還不算完。美國人神經過敏，已經到了不允許過去存在的地步。最近一位研究馬克・吐溫的著名美國教授把《哈克貝利・芬歷險記》（1884）清潔一番之後，出了一個潔本，把該書原有的219個nigger一字，悉數以「slave」（奴隸）一字取代。當然，他有他的道理，因為美國黑人對nigger一字極為反感。為了照顧他們的情緒，還是刪去為妙。

不過，我想，到了一定時候，恐怕連黑夜（black night）也不能說了。說什麼呢？非白夜吧。

自由（2）

別以為我要長篇大論地談什麼自由問題。我要談自由，但跟治安有關。剛到澳洲來時，我跟一位來自中國的朋友，與一位澳洲朋友發生了爭執。我們都認為，澳洲治安情況不好，應該投入更多警力，最好隨處都能看到警察身影，像在北京那樣，有巡警上街。

澳洲朋友說什麼也不同意這個觀點。他認為，如果到處都看見警察，老百姓反而會感到不安全，受約束，不自由。我們，至少是我，當時也怎麼都不同意他的觀點。

二十年後，回想起當年那場小小的文化衝突，我終於不得不同意，這位澳洲朋友還是對的，我也的確不喜歡隨處都有警察的身影，如果真是那樣，就從反面說明這個國家的治安差到了何種程度。

回首歷史，我才恍然大悟，原來澳洲這種不喜警察的心理，來源於英國對自由（liberty）的熱愛。英國一直到19世紀初，一直沒有正規警察力量，曾於1784年遭到一位法國來訪者的苛評，說：「從太陽落山到黎明，倫敦周圍一帶方圓二十英里，成了遍地盜賊的遺產。」（p. 28）英國人卻不以為然，認為法國那種能夠隨意追捕人的憲兵騎警隊「制度是與自由不相符合的」，因為會弄得人心惶惶，不可終日。一位從法國回來的遊客甚至說：「我寧可每隔三、四年，就看到有人在拉德克利夫公路上被人割斷喉管，也不願意老讓人來家造訪，被人監視，受到傅切發明的其他一切方法的制約」。後者在18世紀末期說的話，簡直跟我在二十世紀末期聽到的那個澳洲朋友的話如出一轍。

英國人所說的自由，英文是liberty，其與freedom不同的地方在於，freedom有做和不做的自由，即freedom to do something和freedom from something。Liberty著重於後者，即不受專橫或暴虐政府控制的自由。

與中國進行對比，就會發現差別。那兒是在處處都能看到警察治安之後有freedom to do things的自由，而在澳洲，則首先要求免除看到警察的freedom。又是一個文化倒反現象，無所謂好壞。

暴力

昨夜花了36塊錢，和兒子看了一場《黑天鵝》的美國電影。之前，我讓他在網上搜索一下，看最近有何好看的片子。他報告說：只有這個片子還不錯，貌似拿了什麼金球獎。我又問：最好看看有否法國或其他國家的片子。他報告說：沒有。

我這麼問不是沒有道理的。以前看電影是一種享受，後來發現，老婆會半途睡著，我會看完後失望。兒子推薦的大多數電影，看完後也都覺得一錢不值，不是無聊至極，就是暴力異常。老實說，我對美國大片已經到了可看可不看的地步。

昨晚這個我還是去了，因為是兒子推薦的。剛開始還不錯，感覺很強烈，特別是表現芭蕾舞演員穿鞋子那段，很有力，很動人，是一個人們不大關注的細節，放出來的效果，幾乎讓人能聞到美麗的芭蕾舞演員的腳臭，清晰地注意到她們腳上的處處傷口了！

接下去，就開始暴力起來，血腥起來，泛性起來，甚至還神神怪怪起來，如，從背上拔出一根毒刺，用玻璃刺死對手，繼而又像夢幻一樣沒有發生，最後刺死自己，為的是表現那種death is perfect（死即完美）的編導思想，其實俗不可耐到不可忍受的地步。

美國電影對暴力醜學和性愛醜學的追求，一定是基於對觀眾的某種認識，覺得現在觀眾的神經已經結了老繭，拿針刺沒有任何反應，用刀割也無動於衷，只有揮舞暴力的板斧，朝觀眾頭上砍去，才可能引發某種類似植物人的哼哼聲。如果說製作電影者是廚師，他們用的當代三大佐料就是：暴力、性愛、吸毒，並以骯髒淫穢的語言作為一條黑線貫穿其中。其實這部片子完全可以免除這三樣佐料和那條毒線，還能做得舒服可愛，但是，既然是美國廚子做，他當然只能做肯德雞，而做不出北京烤鴨來！而肯德雞吃了是要消化不良，不停放屁的。

所幸我對美國電影已經膩透，不想看到真暴力，更不想、也不屑於去看假暴力。

前面提到，我想看法國電影或者其他電影，但是我們的電影院成年累月展示的都是美國垃圾，除了極偶然的一兩部中國片（幾乎也是垃圾）和法國片外，看不到德國片，荷蘭片，丹麥片，智利片，毛里求斯片（我是隨口說出的國家），試想，一年到頭都看垃圾，自己很難不成為垃圾。

我給自己提出一個要求：從此不看美國片！不為美國電影的全球擴張添磚加瓦，拒絕成為美國片傾倒的人身垃圾場。你們要看，我不鼓勵，也不反對。那是你們自己的事。

身分

身分這個詞很有特點，由兩個字組成，「身」和「分」。

在澳洲，有種婚姻雙方年齡懸殊很大，從十年到二十多年不等，性質往往都是華女白男，或大陸女澳洲華男。據我所知，這種婚姻持續時間不長，一般女的過了兩年，一拿到PR身分，他們的婚姻就會解體。而且，締結這種婚姻的女子，事先就作好了苦熬兩年，拿到PR掉頭就走的準備。不明就裡的白男或澳華男，在嘗到甜頭的時候，哪裡知道以後早就準備好的苦果呢！

也就是說，她們通過「身體」的結合，得到PR的「名分」，最後「身」「分」了，完美無缺地貫徹執行了「身分」二字先在的寓意。

這種現象，在澳洲流放制度實行的時期就有。當年有很多刑滿釋放的流犯，常常到雪梨帕拉馬塔的女工廠去找對象，花錢把她們娶走，但很快又被她們拋棄，如一位流犯在回憶錄中所寫的那樣：

> 我認識非常棒的年輕女子，都是你想見到的那種，卻嫁給了老傢伙，衣衫要多襤褸有多襤褸，也許住在20到30英里開外的鄉下，周圍5到6英里之內沒有一幢房子，直接就在叢林裡，那兒除了樹木之外什麼都沒有。但有一個政策規定，這人是個自由民，他們結婚之後，她也自由了。她逗留一兩天後，就會找個藉口，女人想找藉口從來都不是問題，說要去雪梨一下。她總會從他（老傻瓜蛋！）身上搞到她想要的錢，但她一去就不復返了。（p.257）

看到這兒，我又想起澳洲作家周思（Nicholas Jose）多年前發表的一個短篇，說的是某個越南華裔娶了一個老婆，卻在某天上班時，讓她給偷偷跑掉了，理由是「尋找自由」。我同時還想起生活中碰到的一個例子。某位辛苦的打工仔好容易從中國討到一個老婆，又愛又懼，生怕她「投奔自由」，不得不把她天天鎖在家裡，等到晚上下班回家，才放下一顆如焚的憂心。我很難想像這樣的生活能夠持久，我對雙方的境況都表示理解和同情，但我無法提出更好的解決辦法，因為這在澳洲「古」已有之，成為這個文化中的膽結石了。

掌門

朋友的老公是義大利人。每次碰面，總會把他們家中常來的大陸客嘲笑一番，其中最讓人噁心難忘的一個細節，就是那些人拉尿時，不知道（也或許是懶得）把馬桶桶蓋揭起來，直接在上面撒尿，結果水花四濺，煞是好看。

多年前，關於大陸客，還有一個觀察。他們來到澳洲之後，總是穿著很新的西裝和革履，站在墨爾本街頭東張西望，一看就知道是從大陸來的。

後來，情況似乎逐漸起了變化。有一次給陸客做翻譯，碰到兩個人，也是兩種人，留下深刻印象。一個是公司老總，他一人前來，不帶翻譯，不帶隨從跟班，當場談好生意，簽訂合同，只在墨爾本住一晚，不參觀，不訪問，不遊玩，第二天啟程回國。我看著他拉起四個輪子的大旅行箱走出大門的背影，很受感動。

另一個是小公司老闆，他渴望尋找商機。當他得知某一大公司要來墨爾本洽談生意，便主動上門瞭解情況，到了如影隨形跟著他們的地步，一直跟到墨爾本，參加了會談。澳洲人聽了大吃一驚：這不是stalking嗎！從法律角度講，stalking屬跟蹤他人罪。這個字，在我手頭的《英漢法律詞典》和《英漢大詞典》中都沒有釋義，這其實很不應該。在澳洲，很多夫妻打官司，就是因為夫對妻犯有stalking罪，結果被判在妻周圍劃二百米，不許其夫進入圈內，否則就是stalking。

中國文化倒是容忍得多，中方並不覺得有什麼，因為人家熱情很高，何必去潑冷水呢。

最近，我接待了一個團，又發現一些小事。比如，在中國進出有門的公共場所，前面走的人，意識到你在後面，哪怕隔得很近，也絕不會替你把門掌住，讓你出來時比較方便，尤其你是陌生人，就更不會如此了。這次這個團的人來到澳洲，大概受到了這邊淳厚民風的影響，都使出了這個小動作。你給我掌門，我給你掌門。大家不分你我，倒也相安無事。其間，我上了兩次廁所，兩次都發現，馬桶的水是黃色的，顯係前者未沖之故。這讓我想起在國內如廁時經常看到的一個廁所告示：「來也匆匆，去也衝衝」。我沒法認定這是代表團成員做的事，因為沒有證據，但我覺得，澳大利亞這家國家單位做這種事的可能性相對較小。當然，對這種無頭案，我只有一個解決辦法，按下按鈕，把黃水沖掉先。

題外話。除了掌門這個細節之外，還有個餅乾細節。澳洲公司比較喜歡用餅乾和白水招待客人。對於我面前的三種餅乾，我看中哪一塊，就拿哪塊吃。旁邊這個陸客，拿起一塊來，看看，放下，又拿起旁邊一模一樣的另一塊，再看看，然後放進嘴裡。這個小動作，我看在眼裡，驚在心裡，想：幸好我看見了，肯定不會去吃那塊，但沒有看見這個小動作的人，保不準會把他手臨幸過的那塊吃掉！

最後，我找到一個機會與另一個陸客交流了政治。我問：埃及的事情在中國有報導嗎？答：有哇！現在internet這麼開放，怎麼封得住呢？好吧你，總算有了點進步。畢竟「八九六四」不是「一一二一一」（穆巴拉克辭職下台之日），沒把政府整垮，卻把學運自己整垮了。遺憾。

杵

中國有句老話：只要功夫深，鐵杵磨成針。最近慕容談到沈浩波的磨鐵出版社時，我想起了這句話。

我更想起的，是這句話中的一個字：杵。在我們老家，「杵」（發音是chu）字是動詞，讀第三聲。拿一根棍子往一個洞裡插，這叫「杵」。面對面地戳過去，這也叫「杵」，而且是更帶「杵」意的動作。

下面的文字女士不宜，事先警告一下。

十多年前我讀大學的時候，從黃州到武漢，常在長江邊上的汽渡搭乘便車。有一次搭了一個卡車司機的便車，一聽口音是四川人，談起司機的生活，他說了一句話，雖然俚俗，卻過耳不忘，第一次被我寫進文中。他說：我們大老粗，有啥理想！我們只要「鍋裡有煮的，胯裡有杵的」就行。

四川話與武漢話很接近，所以我一聽就明白，特別是韓信胯下之辱這個「胯」字，在我們那裡和四川一樣，發音也是ka，讀四聲。真不知比普通話生動多少！

「鍋裡有煮的，胯裡有杵的」這句話，現在網上也能查到，且有比這更厲害、更消停、也更經典的，叫做「灶裡有火烤，床上有b搞」。

話又說回來，後面這句話放在澳大利亞這個同性戀現象與日俱增的國家語境下，可能不一定適用、也不再適用了。

命名

麥誇裡海港在塔斯馬尼亞，曾一度是「整個英語世界最糟糕的地方」（Robert Hughes, 371）。這個地方沒有魚，因為都被戈登河含泥炭量很大的水毒死了，只有鱔魚和一種巨大無比的淡水小龍蝦，拉丁學名叫Astacopsis gouldii。

一種魚叫什麼名字，往往與人有關。西方人喜歡殖民，這個「民」不僅指人，也指地、指鳥獸蟲魚，其實是殖民、殖地、殖鳥、殖獸、殖蟲、殖魚，秘密就在命名。

該淡水小龍蝦之所以叫Astacopsis gouldii，是因為有一個名叫William Buelow Gould的流犯畫家第一次描述並記敘了該蝦，他的姓氏從而進入了史冊、魚冊，以後再也不會叫別的名字了。gouldii和Gould：看見了嗎？

我把這事跟來到澳洲的華人對比一下後發現，華人對命名並不感冒，他要的就是把找到的物件吃掉，管它是魚還是蝦。再說，既然已經有了叫法，跟著別人叫就成。

你願意哪天找到一條無以名之、也沒有名字的魚時，通過以你自己姓氏命名的方式來殖民、來殖魚嗎？你作為華人是否會認為這有傷體面？

Mary Kingsley（1862-1900）是英國女作家，曾到非洲旅行，因反對白人至上主義，曾被英國殖民部斥為「最危險的女人」。她在非洲搜集了三種魚，後來都以她的姓氏命名，分別叫Brycinus kingsleyae，Brienomyrus kingsleyae和Ctenopoma kingsleyae（參見：http://www.nbb.cornell.edu/neurobio/hopkins/mkingsley.html）

何謂永恆？真正的永恆是沒有的，但一旦某蝦，某魚，某樹，某星辰等被命名，這個人就永恆了，除非某蝦、某魚、某樹絕種，某星辰掉下地來，而這一般是不大可能的。

有鑒於此，我也想命名，為一個本來沒有的英文辭彙，起一個我的姓氏，這個辭彙就是：on third thoughts。它的名字就叫：Ouyang。不明白的人請看我的書On the Smell of an Oily Rag。就這麼回事。

昨天剛寫完這段，今天就看到一行詩，是塞爾維亞一位26歲自殺的詩人Branko Miljkovic寫的：A fatal illness will be named after me，意即「一個致命的疾病，將以我的名字命名」。好！

順便說一下，個人認為，這位詩人的詩是我在看的這本英文詩集中寫得最好的，其書名是The Horse Has Six Legs：An Anthology of Serbian Poetry（《馬有六腿：塞爾維亞詩集》）。

說不

一敲shuo bu二字，第一時間跳出來的就是「說不」，而不是「說部」，說明這個字已經編入軟體程式。自1996年《中國可以說不——冷戰後時代的政治與情感抉擇》一書發表一來，這個詞就逐漸滲入了中國語言。其實，它並不是中國語言的一個部分，而是從英文進來的外來詞，即say no。中國人的一向傳統恰恰相反，是「不說」。你好，我不說；你壞，我也不說。而且，你越好，我越不說。這種情況，尤其表現在文人相輕上。

「說不」其實是一種陰性的做法，女性的做法，挨打、挨罵或受辱之後，被動地作出反應。長期以來，與西方相比，中國屬陰性之國。西方的日曆是陽曆，中國的日曆是陰曆。當年西方的炮艦長驅直入，中國只是消極應戰，被動挨打。即使是China這個字，也十分女性化，詞尾的na與很多女性的名字相同，如Christina、Jana、Ina和Susanna。「說不」還帶有孩子氣。大人罵了，孩子還嘴（我們那兒叫「繳嘴」），這就是「說不」。

我想到寫這個，是因為今晨開讀了一本書，標題是《Not a Muse：A World Poetry Anthology》（《不是繆斯：世界詩集》），是2010年3月參加香港文學節受贈的一本英文詩集，因為太厚（516頁），一直沒看。翻看了幾首，立刻就意識到，這本書是絕對排男的全陣容女詩人集，詩人名字不是Kate，就是Rachel，或是Sridala，或是Sharon，等。果然，書的扉頁上說，該集收錄了來自全球24個國家的100多名詩人，反映了後女權主義時代的21世紀女性生活。

這就對了。剛剛看到英文詩集標題時，還覺得奇怪，以為是Nota Muse，因為t和a之間隔得不開，等到明白是Not a Muse時，便不禁釋然。女性嘛，就是有這樣一種堅定的「說不」或「不是」特點。換了男性主編詩集，一是不大可能在標題中使用no或not之類的詞，二是不大可能只收男詩人，不收女詩人。這使我想起1998年出版的一本澳大利亞華人短篇小說集，裡面清一色的是女作家，標題也鮮明地具有「說不」或「沒有」特徵，叫《她們沒有愛情：雪梨華文女作家小說集》。如果譯成英文，至少有兩種譯法，一是They Don't Have Love。二是：They Don't Love。甚至還可以有第三種譯法：They Don't Love Anyone。用中文說「她們沒有愛情」，聽上去無所謂。不愛拉倒，誰在乎呢?!請她們用英文如此說說看，是不是很強烈？再想像一下被說的其他人種對象聽到這話的反應，那一定更好玩了。

不說

中國人是頗懂不說的技巧的。你對誰有意見或看法，你在文章中就絕口不提或在你有權掌控某出版物時一字不收。這些事情常有發生，就不去提它了。

其實，不說並不是中國人的專利。澳大利亞人也會玩這個，本人就親自領教過這種把戲。

2005年，我的New and Selected Poems（《歐陽昱新詩選》）在英國出版。這裡插一句話。大陸有個詩人有不少詩被我翻譯成英文，在澳洲發表，但我發現，他的簡歷中從來不提，好像澳洲是個不值一提的二流國家一樣。後來我翻譯他的詩在英國出版，不久就看見這個消息出現在他的簡歷中，彷彿是什麼了不起的業績似的。最近給一個大陸代表團做翻譯工作，也發現這個情況。該團領隊是個女的，動輒發號施令，頤指氣使，不等人家先問，就自報家門，說曾在英國拿過博士云云。殖民主義深入人心，由此可見二斑。還有第三斑，是某人曾誇口，孩子大了，一定要送到美國去深造，朋友聽後說：幹嘛去美國？難道美國是世界第一國不成？畢竟還不在天上吧？最好去天國深造！

我這本英文詩集在英國出版後，被一個姓King的白人在墨爾本的老文學雜誌Overland上評論。他採取的態度近乎「不說」。除了引用幾行詩來說明他如何不喜歡這本書之外，他以一句「正如我覺得這本書不喜歡我，我也不喜歡這本書」（見：http://collectedworks-poetryideas.blogspot.com/2007/09/all-goss-on-ouyang-yu.html）作結，然後就不吭氣，閉嘴「不說」了。

我是中國人，不，華人，我沒有採取「不說」的態度，而是說了，而且是「說不」。欲知詳情，自己查去。

書

華人不買書，這是我多年來得出的一個結論，當然，我指的是澳洲華人，我所知道的大多數澳洲華人，並曾在2002年加州伯克利分院召開的「開花結果」在海外提交的一篇論文中提及，得到普遍認同。

我說「澳洲華人」，而不是中國人，是因為在中國，買書的人實在太多，走進任何一個書城，如廣州天河，深圳圖書城等，都無法不覺得，這個民族還是很有希望的，至少從購書之踴躍，購書之多這一角度看是這樣，還不說滿地坐著白看書的人。

我說「澳洲華人」，而不是澳洲人，是因為在澳洲，如墨爾本，購書也是一種澳洲人積極參與的文化活動。記憶至深的一件事，多年前的一個耶誕節，我在書店曾親眼看見一個三十左右的年輕人，提著滿滿一籃選好的書，還不斷左拿右取，往上面擱書。若按每本書20澳元算，那一籃書至少也得一千元。

我的已故印度朋友Vin是蒙納希大學和墨爾本大學教授。據他講，由於墨爾本某家書店不進亞洲書，他決定以後不再在該書店購書。光這一項，該書店每年就要少收6000澳元的銀子，因為這就是他的購書量。

由於文學萎縮，美國不少文學雜誌不大賣得出去，便想出一個新招，在打廣告時不忘附上一句：建議投稿者最好購買一本我刊，以便掌握我刊風格和發文體裁等。不知道這種做法是否湊效，但我每每想到此，就有點內疚，因為不是我不買，只想投稿賺取稿費，而是我當年讀書的大學圖書館基本上都有訂閱。

最近有一讀者，想在原鄉出版社出書。我建議她參考一本該社最近出版的短篇小說集，以便熟悉圖書質量和體例等，並告訴她如不願買，可到國家圖書館查詢。我還告訴她，在本社出書，不收她一分錢。換在是我，定會買一本書來看看，再決定是否在該社出書。可惜「華人不買書」的傳統深入人心，所造就的就是這樣一些隻想出書，而對購書毫無興趣的人。試想，除非出書目的是為了把書全部送出去，否則，在這樣一種只對出書和別人買自己的書感興趣，而對他人出書不感興趣的華人亞文化中，人只能在惡性循環中持續旋轉。

不是自詡，每次從中國回，總要買數千元書。在澳洲或國際上，只要有好書出來，或自己想看的書，也絕不吝惜，百元一本的書也買過幾本。倒是對從圖書館借書，我早已興趣不大，因為無法在天頭地腳，隨心所欲地記下我的想法和隨感。自己讀過的書，哪怕是垃圾書，也是自己的一個部分。

當然，並不是所有澳洲華人都不買書，否則這個帽子扣得太大了。有一些喜歡買書的人，只有自己心裡最有數，就不一一列舉了。

漂亮

在澳洲英文文壇，由於PC（political correctness，意為「政治正確」）的無情統治，作為作者，人幾乎已經到了不敢說話的地步。有一年，我發表了一篇英文文章，談文學翻譯中的審查現象，講到一個細節，說關於《殺人》一書（是我翻譯的，後在上海文藝出版社出版），我曾在上海見到過該書編輯，是一個剛從大學畢業不久，長得很漂亮的女研究生。我並沒有誇張，也沒有任何別的意思，只是在談我的印象而已。

後來看到一篇評論該文的英文文章，單挑我用的「pretty」一詞，對我大張撻伐，好像用此詞描繪女性，有男權主義之嫌。

如此一來，今後如去某地旅遊，看到殊美的風景，最好也閉嘴不言。如果你大喊「太美了」，那不是既俗氣，更對該地不敬嗎，因為這兒曾經發生過一場戰爭，死過不少土著人或華人或其他少數民族，為了表示PC（正確），最好一言不發，垮下臉來，佯作悲哀之態。以後寫到任何女性，不言其美，更不能言其醜，如果有可能，根本不寫任何女性，否則，處處都可能觸雷，PC之雷，因為英文以及英文的文學創作，正在成為遍佈PC之雷的雷區，不僅雷人，更能毀人。是很不好玩的。

再談垃圾詩

中國當代的「垃圾詩派」約產生於2003年前後，以徐鄉愁和凡斯等人為首。前面講過徐，就不再囉嗦了。凡斯寫了一首《我讀了這麼多書還是滿肚子屎》，有詩為證：

我被推上手術台
手術開始
七八個人整我一個
這算什麼回事
我被開膛破肚
裡面的東西全被翻出來
沒想到我肚裡能裝這麼多東西
堆在外頭足足一大桶
……

漢字的「詩」拼音是shi，加一個t，就是shit了。是故垃圾shi中充滿了shit。

其實，如對垃圾詩溯源，可以上溯到1998年澳大利亞的墨爾本，那年的10月25日，我寫了一首詩，題為《垃圾》，開頭寫道：

我整天跟垃圾打交道
傳真紙筒的筒芯
電腦鍵盤abcdefghijklmnop qrstuvwxyz之間縫隙中的絨毛
昨夜手淫之後包在粉紅色手紙中的一團潮濕的精液
包裹信封的塑膠皮
一張供寫詩用的提示的小黄紙
用回形別針剔下然後擦在粉紅色手紙上的牙垢
喝過三道的茶葉
大堆大堆已經用過還在使用的文字中文英文少量法文和少量德文
以及每日必拉不拉則不痛快的屎
我總是在消滅這些垃圾之前產生一個念頭：
能否像中國人所說的點石成金也點這些垃圾成金……

如果再慢慢溯源，還可往上推到1985年前後，那時我寫的一首《小鎮風情》如此結尾：

當你在街頭漫步
被車屁股揚起的一陣陣灰塵
嗆得透不過氣來
看著一頭肥豬在角落的泥坑中打滾
白天黑夜為了生活忙碌而喘息
你簡直無法相信
這小鎮竟有那樣的風情！

當然，我們把自己標榜為什麼派的什麼人時，往往有一個致命的弱點，就是我們不瞭解歷史。垃圾詩實際上還可以往回大大地推一下，一直推到1926年，那時，聞一多寫了《死水》，一開篇就是這樣：

這是一溝絕望的死水，
清風吹不起半點漪淪。
不如多扔些破銅爛鐵，
爽性潑你的剩菜殘羹。
也許銅的要綠成翡翠，
鐵罐上鏽出幾瓣桃花；
再讓油膩織一層羅綺，
黴菌給他蒸出些雲霞。

1926年早嗎？可能不早，如果你聽說了這個人的名字的話：Edna Vincent Millay（1892-1950）。她是美國女詩人，她寫的一首詩叫Still will I harvest beauty where it grows，據說聞一多的《死水》，「幾乎全部驚人的意象得益於」Millay的詩。[21]

下面，趙毅衡先生如是譯：

我收穫美，不管它生在何處
多刺的花，斑斑的霧氣
驚見於生棄的食物；溝渠
蒙一層混亂的彩虹，那是油污
和鐵銹，大半個城朝那裡扔入

---

[21] 馬祖毅，任榮珍，《漢譯外籍史》。湖北教育出版社：2003，278頁。

空鐵罐；木頭上爛滿空隙
青蛙軟泥般翠亮，跳入水裡……[22]

還可以往前推，一直推到波德賴爾（1821-1867），他的《惡之花》中，有一首《毀滅》，就是這樣結尾的：

在我的充滿了混亂的眼睛裡
扔進張口的創傷、骯髒的衣裳，
還有那「毀滅」的器具鮮血淋漓！

應該說，自有人類以來，就有垃圾詩，人類的一生，就是伴隨垃圾的一生。最偉大的人，每天也要拉屎。最美的人，同前。最善良的人，同前。事實是，只要是人，都同前。我們說沒有，只是暫時還沒有看到文本而已。

獎

曾經有個很著名的法國作家，著名到厭倦著名的地步，決定更名改姓，從頭開始，重新體驗退稿的失望和樂趣，因為一旦著名，任何稿子拿出去就有人用，發表了就會得獎，這實在太沒勁了。於是，他以迥然不同的風格，試圖再展雄風，結果事與願違，作品屢遭退稿，因為他用的名字不見經傳，無人理會這個無名小卒，但他至少達到了他的願望：重新體驗失敗，因為通過失敗，才有創新的可能。

這是多年前看到的一個新聞，也許是虛構的新聞，所以該作者的名字早就忘了。

---

[22] 轉引自同上，278頁。

現在的情況不是這樣。得獎的作家，包括得諾貝爾獎的作家，恨不得每部作品都得獎，得大獎，幾乎到了每有書出必得獎的程度。南非有個得諾獎的作家，移民澳洲後繼續出書，每部書都要與當地作家為文學獎廝殺一番。如果參賽者名字都從書上隱去，也許還能保存一點公正性，但這顯然是不可能的。那麼，一個拿到諾貝爾文學獎的作家，卻與各地小將爭搶文學獎，這就像拳擊賽中，重量拳擊手與輕量拳擊手安排在一起比賽一樣，是很不公平的。儘管有人說，評獎過程中，最重要的是圖書質量，但除非評委能把該人獲得諾獎這一事實從腦中抹得一乾二淨，否則，諾獎本身就是一個隱形的砝碼。

好在諾貝爾獎一生只發一次，斷了這些以得獎為第一目的的人的後路。再說了，如果一個作家剩下的只有成功，那麼，這種成功就比失敗更可怕，而且多了一份無聊。

兩年前，英國《衛報》搞了一個活動，請網上博客提名評選過去十年最差作品。該報本來希望讀者把大路貨的作品扔進歷史垃圾堆，卻不料讀者選出的最差作品，大多是獲得了布克獎的作品，如伊恩•麥克尤恩（Ian McEwan）的《切瑟爾海灘》和《星期六》，認為這兩本書「從頭到尾都是垃圾」。其他一些遭人恨的作家也都是獲獎作家，如Yann Martel, Anne Enright, Margaret Atwood（加拿大的瑪格麗特•阿特伍德），Kazuo Ishiguro, John Banville和D. B. C. Pierre。[23]看到這條新聞，我感到很欣慰，因為這裡面至少有兩個作家我一直拒絕閱讀，即Yann Martel和Margaret Atwood。名聲太大了，實在讓人討厭。

祖國

祖國，英文是motherland。當年辦《原鄉》雜誌給它起英文名字

[23] 參見Jane Sullivan, 'Dear reader, there is much to learn', *The Saturday Age*, 7/5/11, p. 28.

時，我把這個motherland砍掉了一個字母，叫otherland。本來是「祖國」的原鄉，一下子成了「異鄉」。

對於祖國，國內人的種種提法，就不去提它了，因為聽起來很不真實、很矯情、很虛偽。記得荷蘭的多多曾在指縫中發現祖國，那句詩是這麼說的：「從指縫中隱藏的泥土，我／認出我的祖國——母親」。母親二字，讓人覺得做作。

有一年，我去福建玩。跟一個當地詩人說：什麼是祖國？祖國就在「操你媽」這句罵人話中！不會罵的人，罵得不理直氣壯的人，是沒有什麼祖國之感的。

今天查智利作家Roberto Bolano的資料發現，他稱他的妻子和兩個孩子（一男一女）為「my only motherland」（我唯一的祖國）。好！於是，我想起了前面提到的細節。

拳擊或澳式足球

進入澳洲文化，掌握語言並不是最重要的。一個乞丐也能講很好的英文。如果你能寫出漂亮的英文，這當然很好，但當作家，要想成功也不是一蹴而就的，不把一二十年砸進去，不可能有太大成就。就是砸進去，也不一定會有太大成就。

體育，這個常常被中國家長或華人家長忽視的問題，其重要性往往超過英語，比如football（澳式足球），這個曾被一個華人朋友稱為stupid ball（傻瓜球）的球，對於某些人來說，簡直就是性命攸關的事。

曾聽一個朋友講起，說有位華人青年，去一家頂級金融公司應聘，過五關斬六將，進入最後關頭，卻在一個細節上敗下陣來，這時白人CEO，一個澳式足球迷，忽然大談起footy（澳式足球的簡稱）來，應聘的華人青年幾乎說不上話來，因為他從來不玩這個stupid ball，對該球的瞭解近乎於零，平常在電視上看到有關消息也是馬上轉換頻道。

那就好了，一個CEO，招進來的高官卻是一個幾乎沒有共同愛好和興趣的人，那多沒勁！其實，我們平常說的談得來、玩得來，就是講的這個意思。如果你學了英文，卻沒有學會footy，或者學會欣賞footy，那你不僅跟他們玩不來，也談不來。誰要跟這種人共事呢？

當然，我這是站在CEO那邊，從他的角度講話。這不是種族主義，而是culturalism（文化主義），以是否與自己文化接軌來衡量他人。

我不想對文化主義進行是非判斷，而是想接著話頭，再講一個類似的故事。一個來自英國的朋友，當我問他是否喜歡footy時說，他很不喜歡，從來不看。兒子呢？也不，他說。但是，兒子找工作一點問題也沒有，因為兒子曾經學過拳擊，打得也不錯。據他說，兒子在「業餘愛好」裡填上「拳擊」之後，找任何工作簡直是長驅直入。原來，在澳洲，「拳擊」比footy更勝一籌，很得青睞。

看來，考前幾名並不是最重要的，但在footy或拳擊，或其他體育運動中拿頭名，對於順利進入重大腦，但更重體魄的澳洲公司，卻是至關重要的，應該是下一代乃至下幾代華人家長重點考慮的教育內容之一。

壞

大約1997年前後，我曾想通過《原鄉》雜誌主辦以「壞」為關鍵字的一期，後來因來的東西不夠「壞」而沒有辦成。大約也是在這個時期，我寫了一組詩歌，題為《B系列》，相信已經「壞」到好的地步，果然被台灣和香港這兩個絕對保守的地方退稿，但不久就在紐約嚴力主編的《一行》上發了11首——本來他說33首全發。後來又有7首在大陸的《三角帆》發表。據當地主管文化的官員說：不過就是B嘛，沒關係！

一種文化藝術有無活力，關鍵要看它是否夠壞。「壞」到一定的程度，就能爆發出巨大的能量，火山或地震就是這樣一種壞，但藝術的壞不像這二者那麼傷人，它能留下長久的記憶。一些好的藝術品之所以好到讓人覺得「壞」，是因為缺乏這種創造能量的巨大爆發。西方十八世紀的油畫美人的確很美，但卻不如畢卡索的醜人有味，甚至不如醜人美，就是這個道理。

邁克爾・傑克遜1987年推出了一個歌帶，英文叫Bad，可惜譯成中文後，不倫不類地成了《棒》，很讓人噁心。傑克遜就是因為這個「壞」的歌帶而成為1980年代世界最成功的藝術家之一。

21世紀頭10年結束之際，「壞」以英國女歌手Rhianna的一曲Rude Boy（《粗魯男孩》），又在流行歌曲中被推到了頂峰，其歌詞頭四句是這麼說的：

Come here rude boy, can you get it up?
Come here rude boy, is you big enough?
Take it, take it, baby, baby,
Take it, take it, love me, love me.

譯文是：

來呀，粗魯男孩，你翹得起來嗎？
來呀，粗魯男孩，你東西是否夠大？
進來，進來，寶貝，寶貝，
進來，進來，愛我，愛我。

歌曲唱下去後，甚至還用了象聲詞：Give it to me, baby like boom boom boom（把東西給我，寶貝，嘣嘣嘣）。

Rhianna在另一首歌《S&M》中就有一個對「壞」的定義，說：Cause I may be bad, but I'm perfectly good at it（因為我可能很壞，但我絕對會搞）。

壞，作為一個關鍵字，早已出現在當今中國的詩歌中，特別是年輕女詩人的詩歌中，越年輕，越「壞」，也越好。

手機已經放逼裡了

我把手機調成振動
我給你發去消息說
我把手機放逼裡了
你瘋狂地打我手機
一次次的振動
讓我達到了
前所未有的高潮

你們如果覺得太壞，就把這次登載此文的這一頁撕掉。如果覺得壞得太好，就去看看吧，不要落伍喲。

無話可說

很多人可能以為，作家與作家相會，一定是很有意思的一件事。也許是這樣吧，如果只看書上描寫的話。很多年前，我有一次參加本地澳洲詩人和小說家的午餐聚會，卻覺得很沒意思，主要原因是，大家無話可說。

無話可說有幾種原因，一是大家都不熟。二是大家意見相左。三是語言不通。四是的確無話可說，也沒有任何原因。當時就屬於第一種和第四種情況。其實不熟不是理由。在中國漂流期間，曾經接觸過很多文人，很快就熟起來，也很快就能找到共同感興趣的話題，但那次跟幾個白人，卻無法找到任何共同感興趣的話題，他們除了對天氣感興趣之外，其他一律一個字也不多談，整整兩個小時，使人如坐針氈。跟他們坐在一起，等於和能說話的活死人同坐。

事後想到這事，覺得可能有一個原因，即其中有寫小說的，互相都很提防，不願過多閒言碎語，以免被別人寫進小說，成為他人暢銷的素材。如果真是這樣，永遠也不要再跟這些人聚會了。

美國

我不大寫美國，因為我對這個國家沒有任何感覺，很討厭它的種種做法。比如在對待利比亞的事情上，奧巴馬居然宣佈卡扎菲政府不合法，應該下台。美國是什麼國家？難道它是世界的首都，世界上的任何國家都是它的省份嗎？他認為誰該下台，誰就應該下台？儘管我也不喜歡卡扎菲，不喜歡他一當權就是40多年，但要不要他下台，那是利比亞老百姓的事，只有他們才能決定自己國家的命運。對一個能跟美國平起平坐，也應該平起平坐的國家，美國是無權干涉的。

跟著前面那條新聞，又播報了海牙國際法庭擬對卡扎菲殘害本國人民的暴行作出審判。這當然沒有問題。任何針對自己國人下毒手的暴君，都應該繩之以法或國際法。問題在於，這條原則應該既適用於第三世界國家，也適用於英美等超級大國。它們2003年以大規模殺傷武器為由侵略伊拉克，結果被證明該國並沒有這種WMD。根據一個網站的資料，從2003年以來，美軍死亡人數為32987，傷者人數為10萬以上。（參見http://antiwar.com/casualties/）

伊拉克人死傷多少呢？根據資料，從2003年3月到2010年10月，軍人和百姓共死亡150726人。（參見http://en.wikipedia.org/wiki/Casualties_of_the_Iraq_War）造成雙方如此巨大損失的罪魁禍首，就是Tony Blair和George Bush。這兩個人應該送交海牙國際法庭受審。可是，直到2011年，這件事還未發生，儘管早就應該發生了。

強權就是公理（Might is right），直到現在還是如此。伊拉克冤死的孤魂，美國士兵的炮灰，看來永無出頭之日。

縫

一提「縫」字，腦海中立刻就出現杜甫「臨行密密縫，意恐遲遲歸」那句。不過，時代進入二十一世紀，「縫」這個動作幾乎已經被淘汰了。每次住飯店，拿起那個針線盒，就不免感歎一番：誰現在還需要這什物？衣服破了，自己沒時間縫，也不會縫，還不如丟掉再買一件拉倒。

Gig Ryan，一位澳大利亞詩人朋友，最近給我看了她一篇文章，其中談到她很欣賞古希臘的一種文體，叫stichomythia，俗稱「交鋒對白」，但她稱之為「stitched speech」（縫合語），很形象，彷彿你一針過來，我一針過去，就把一段對話密密麻麻地縫合起來。如此形容「縫」字，真有他鄉遇故知之感。

Wikipedia舉了《哈姆雷特》中他與母親王后的一段對話，說明這種文體：

QUEEN: Hamlet, thou hast thy father much offended.
HAMLET: Mother, you have my father much offended.
QUEEN: Come, come, you answer with an idle tongue.
HAMLET: Go, go, you question with a wicked tongue.

王后：哈姆雷特，你太過分，冒犯了你父親。
哈姆雷特：母親，你太過分，冒犯了我父親。

王后：行啦，行啦，你回我話，嘴油舌滑。

哈姆雷特：哪裡，哪裡，你提問題，心狠舌毒。[24]

這針來針去，很有一種密密縫的味兒。又讓我想起明代李漁的一段談藝的話。他把編故事比作裁剪縫合，說：「編戲有如縫衣，其初則以完全者剪碎，其後又以剪碎者湊成。剪碎易，湊成難，湊成之工，全在針線緊密。」[25]用「針線緊密」四字，來形容哈姆雷特那段對話，真是再恰當不過。

中西之間，有很多這類細指一挑，就能跨越時空和地域，密密縫合起來的故事。比如，李漁在提到「節色欲」時，就說「天既生男，何複生女，使人遠之不得，近之不得」。一看這個「遠之不得，近之不得」，我就想起瑞典作家斯特林堡的一句話：對於男人來說，you cannot go without women; you cannot go with them。（沒女人不行，有女人也不行）。真個是遠之不得，近之也不得呀。

French-navy sky

數年前，我在坎培拉作了一個poetry workshop（詩歌工作坊），專講了一場如何「新鮮寫作」的講座。具體內容不談了，只談其中一個細節，是說詩人在用色時，要避免用平常色，什麼紅彤彤的，藍瑩瑩的，等等，很boring，而要盡可能從生活中取材，創造不平常的色彩，比如，某人looking shitty（面帶屎色），或某人穿的鞋子是chive-coloured（韭菜色）。我舉自己的一首詩為例，其中那個女角色長著一雙「雨色的眼睛」（rain-coloured eyes）。

---

24 本人譯文。

25 《李漁全集》。巴蜀書社，1997，13頁。

這兩天，居然每天都看到一個這樣的例子。昨天，詩人Gig Ryan給我發來的文章中，摘抄了她的兩首詩，其中有首詩用了「stove-white pages」這樣的字。不說白色的書頁，而說「爐白色的書頁」，就很有形象感。

今天看香港女詩人集中的一首女人詩，不說blue sky（藍天），而把天空形容成French-blue sky，道理也是一樣，取色彩於日常。[26]所謂「French-blue」，是指法國海軍藍，一種深色無光的海軍藍。那麼，French-blue sky就是「法國海軍藍的天空」了。從這個意義上講，詩歌永遠是有必要的，否則我們永遠只看見「藍天」，而看不見別的東西了，比如「圓珠筆藍的天空」或「西人眼睛一樣藍的天空」，如果我隨口說一下的話。

愛

我一般不大寫愛，因為我覺得「愛」這個字很假。嘴裡一天到晚說愛的人，很可能心中根本就不愛。因此，關於愛，只能隨便寫點別的什麼，把這個因昨夜看書產生的想法趕快寫掉拉倒。

我1988年編譯《西方性愛詩選》[27]的時候，犯了一個錯誤，把一個美國詩人的名字譯錯了。她只有一個單名，叫Ai。當時也沒細看，以為是Al，就匆匆把它譯作「艾爾」，現在後悔莫及。她原名叫Florence Anthony，出生在美國，但有多民族血統，如日本、愛爾蘭、黑人等。後來，她把名字改成Ai Ogawa（愛小川）。發表詩文時，一般僅用一個「Ai」字。這個字，在日文和中文裡是一個意思，都指

---

[26] 參見Elisabeth Havor, 'A death at the end of winter', *Not a Muse*, edited by Kate Rogers and Viki Holmes, published by Haven Books, Hong Kong, 2009, p. 397.

[27] 愛著，《為什麼我離不開你》，《西方性愛詩選》。歐陽昱譯。原鄉出版社，2005，311頁。

「愛」。據她自陳，她係母親和日本男子一夜風流後所生，但母親把這一事實對她隱瞞多年，令她頗為不滿，一怒之下，改名為「Ai」，還暗指英文的「I」，因發音也是一樣的。我特別喜歡她那首詩，是因為結尾那兩句：「那就緊緊地到我大腿間來／讓我張開第二張嘴，大笑著迎接你」。

導致我寫這篇小文的起因，是昨晚上看的一篇文章，作者是John Updike。他在一篇書評中引用了T. S. Eliot的一首談愛情的詩，讀後頗有同感，我隨譯如下：

家裡沒有
愛情的語彙。愛，在生活裡，
不是亮給人看的。愛的光亮中，
能看見別的一切，唯獨看不見自己。在愛裡，
其他的一切愛都有言有語。
這個愛則是沈默的。[28]

由此，我想起自己曾經寫過的一首關於愛情的詩，如下：

40多歲人的愛情語彙

不說愛
而說喜歡

[28] 參見John Updike，*Due Considerations: Essays and Criticism.* New York: Ballantine Books, 2007, 288-289頁。[該詩為本人所譯]。

不說我愛你
而說我要你

不說很美妙
而說很舒服

不用形容詞
而用動、名詞

不說長得如何如何
而說：不錯

不談心不談情
談經濟

我又想起自己寫過的一首英文詩，收在The Kingsbury Tales這本詩集裡面。該詩標題是「Talking about Love」，頭兩行是"I've never said 'I love you' to my dad nor he me／I've never said 'I love you' to my mum nor she me."[29]譯成中文就是「我從來沒對父親說『我愛你』，他也從來沒對我這麼說過／我從來沒對母親說『我愛你』，她也從來沒對我這麼說過」。

我還想起，池莉曾寫過一部長篇，叫《不談愛情》。還有雪梨華女寫手弄的那本，《她們沒有愛情：雪梨華文女作家小說集》。寫到這兒，快讓我住筆（住鍵）吧，我實在有點受不了「愛」這個字了。

---

[29] Ouyang Yu, *The Kingsbury Tales: a novel.* Blackheath: Brandl & Schlesinger, 2008, p. 55.

羞

這是一個不知羞的年代。一個十七歲的女孩，跟人發生關係之後，居然把整個事情連照片帶視頻捅到報界、youtube，最後還上了9頻道的「60分鐘」節目。

未來澳洲，尚在學習澳大利亞文學的時候，曾讀到澳洲詩人Les Murray的一首詩，提到澳洲的「shy verandah」（羞澀的前廊）。當時沒來過澳洲，無法喚起具體的形象。居住多年之後，一提起這兩個詞，就能想起一家家人家空空的前廊，有時擺著一個舊沙發，間或還坐著個老人，眼睛並不看人，自顧自地坐在那兒，還真有點羞澀之意。

也是在那個時候，我第一次接觸澳洲作家Rodney Hall，曾注意到他特別喜歡「shy」這個詞，到了把該詞作為一個衡量人和地方的標準的程度。一個人如果第一次接觸時很「shy」，這個人一定人品不錯。一個地方如果普遍風氣都很「shy」，這個地方的民風就很淳厚，而不是一見遊客過來就一擁而上，不管你願不願意，硬把當地土特產塞到你手上。我在中國去的一些地方，就有導遊特別囑咐，如果不打算買東西，看見兜售的人，連看都不要看一眼，否則跟上你就跟你沒完。

中國人寫的書裡，我從來沒有見過任何人把「羞澀」當做一種品質誇讚的，除了寫這本《留學大調查》的林雪外。她在英國居然看中了一個黑人小孩，把他作為採訪對象，其重要原因就是，「我喜歡羞澀的男孩」（p. 174）。看到這兒，我就想起這些有關羞澀的細節，甚至想起那些一笑就捂嘴，一說話就臉紅，看人一眼過後就不敢再看，一被老師點中發言心裡就怦怦亂跳的親見和親歷，但那種情景好像發生在幾個世紀以前，早已看不到了。

寫到這兒，我還想起一個用「羞澀」做姓的華人，他就是於1830年抵達澳大利亞的第一個華人麥世英。按現在的拼音應該是Mai

Shiying，但剛來時名字不知怎麼給弄錯，成了Mark O'Pong（馬克・奧朋），後來改名為John Shying。大約因為他是廣東一帶人，「世英」發音接近英文的「Shying」，故有此姓，但「Shying」卻是動詞「shy」及其現在進行時「ing」擰成一股繩的一個合成詞。究其意思，好像是說此人「正在害羞」，也就是「正羞澀先生」。我想，華人剛到澳洲這篇土地上來時，無親無故，受盡欺凌，不僅囊中羞澀，大約也會因語言不通而經常面帶難色和羞色，故以其字作為其名，以始終保持其羞澀的美德吧。是否如此，還得去向麥世英的這位後人請教，我曾在一次翻譯活動中親自為他翻譯，並因為我的發現興奮不已，立刻向中國代表團做了報告。

F發rtunate

畫家朋友剛剛來電，說他畫了一幅自畫像，表現的這個畫中人物從頭到腳，穿戴的無不都是名牌，手上拎的是LV包，腳上穿的是Jimmy Choo，戴的墨鏡上貼著標價數萬元的標籤，腕上戴的是勞力士，恨不得把牙齒敲落一顆，鑲上一顆全金牙，耳朵割掉一個，換上一隻金耳朵，十個指甲全部撬掉，換上金指甲。寫到這兒，我得解釋一下，從牙齒開始，是我的囈語。

朋友說，他想用一個字來表現這幅畫，就叫「發」，但不知道用哪個英文字最合適。他說，他用「發」這個字，是想嘲諷暗喻中國當代崇拜洋物名牌的鄙陋風氣。他想讓這個畫中人物光著身子，只穿一條紅色短褲，短褲上用相等于中文的「發」字寫一個英文字。話音剛落，我就講了我的看法。

我說，「發」這個字，正如朋友所說，是指發財、發達、發跡等等，是中國人無人無時不刻不想的事。譯成英文，有一個對應的詞，「prosperity」或「prosperous」，有興旺發達，繁榮富強之意，不如用

「fortunate」（幸運）。這個字一出口，我就想到另一個字，便有意把該字說成「fartunate」。朋友聽得愣住了，這是什麼字啊！我興之所至，繼續說，還可以發展成為「furtunate」。

然後我解釋說，發成「fartunate」，是有意為之，故意把「for」發成「far」，帶有中文「fa」的發音。發成「fu」，也是有意為之，故意含有「fuck」的意思在裡面。朋友猶豫不決了，把字寫錯，澳洲人不是看不明白了嗎？

我說，這就是我常說的「creative mistakes」，即「創造性的錯誤」。大家可能都有一種經歷，正確的東西記不住，錯誤的東西一記就是幾十年，乃至一輩子。多年前看過一首詩，其他都忘記了，但把「湖色」錯印成「胡色」，卻至今記得。多年前還寫過一首英文詩，發表在墨爾本的文學雜誌Meanjin上。全詩全部正確，卻有一字錯了，而且是一個關鍵字，即「destructible」。本來我的意思是說，人的肉體極易遭到毀滅，印成鉛字之後，「destructible」（易遭毀滅）卻錯成了「indestructible」（堅不可摧）。讓我啼笑皆非，同時再也忘不了了，儘管其他地方一字也記不得了。

接下來，我又提了一個建議說，還可以把「fortunate」，故意錯成「furchinate」，讓裡面含有一個「chin」，這是秦朝的「秦」，也是Ching的「chin」。「Ching」是從澳洲、美國、英國等兒歌中嘲弄中國人的「Ching Chong Chinaman」中而來。這一來，這個字裡既有「fuck」，也有「Ching Chong」之意。說著說著，還提出了一些其他方案，如「My name is Fartunate」或「My name is Fukchinate」。

掛了電話之後，想把這件事寫下來，不料剛打了「F」，不小心碰動了什麼，回到中文模式，竟然鬼使神差地打下了一個「發」字，成了一個中英合成詞。於是給朋友掛了一個電話，建議他也可以這麼玩一下，最好把「發」字鑲上金色，甚至乾脆打一個真金的字體鑲嵌上去。至於是否用繁體，那就由他自定了。

完了之後，還是興猶未盡，便把幾種不同的標題開列了一張清單，通過電子郵件發給朋友，如下：

1. My Name is F發rtunate

2. My Name is Fuckrtunate

3. My Name is Fartunate

4. My Name is Fucrchinate

5. My Name is Forktunate

6. My Name is Faarktunate

這個郵件他沒有回覆，所以就沒有下文了。結果這位朋友參加Archibald肖像大獎入圍，就用了其中一個標題，即第三個。我很高興，儘管關於該畫的介紹沒有提及我起名這件事。[30]我想應該不是有意疏忽吧。

據別的朋友講，這次參賽還出現了一個小花絮。評委給朋友打電話問他，「Fartunate」這個英文字是不是用錯了。朋友告知不是錯的，而是有意錯的，而且「far」與「發財」的「發」發音一模一樣。

如果是我，肯定會進一步告訴評委：「far」還含有「遠大前程、走得很遠、遠走高飛」等意思呢。不過，這都是後話了。

自戀畜

查字典時，因為光線不好，也因為視力開始有所下降，隱約好像看見一個字「自戀畜」，嘴裡不自覺地「啊」了一聲，覺得好奇怪。仔細一瞧，才發現不是，而是「自留畜」，指牧區的一種類似自留地的東西。

30　見http://www.artgallery.nsw.gov.au/prizes/archibald/2011/entries/28921/

反過來，倒覺得「自戀畜」這個詞有意思了。本來是錯看出來的一個子虛烏有的詞，用在一些人身上卻覺得十分合適，比如，90後那些酷愛用手機自拍，包括在廁所、澡堂、臥室自拍、自炫的人，除了一張臉、一條身體之外，其餘什麼都沒有，不是「自戀畜」，又是什麼呢？

塔斯馬尼亞

回憶起來，到塔斯馬尼亞這個地方，我已經去過3次。最後一次去，我寫了一首小長詩，是英文的，網上有：http://www.cordite.org.au/poetry/roots/ouyang-yu-hobart-2003-back-to-the-colonial-times英文標題是：「Hobart 2003: Back to the Colonial Times」。

那首詩，是我對塔斯馬尼亞的一個總體評價：很英國、很白人、很殖民化。如此而已。

我的這個感覺，居然在馬上要出手的這本譯著（《致命的海灘》）中找到了應證。據該書作者休斯說，「塔斯馬尼亞之所以『英國味道』特濃」，是因為在流放時期相對新南威爾士來說，愛爾蘭流犯很少，沒有了生性剛烈，充滿反抗精神的愛爾蘭人，塔斯馬尼亞就缺乏愛爾蘭人「那種殘剩的宗族集體主義精神」，正是這種精神後來「形成了澳洲本土工人反權威、抱成團的價值觀的強大根基」。（p. 593）

2003年去塔斯馬尼亞時，我並未仔細看過這本書，但本能的感覺還是對的。其實對錯無所謂，感覺最重要。

堅持

從前寫詩畫畫的朋友，突然之間就不寫不畫了，搞起了房地產生意。這倒沒什麼，個人選擇自由嘛！突然有一天他找我，剛開始不解其意，後來才明白，原來我成了一個潛在的客戶。這也沒什麼，倒是他在讚美我時用的一個詞聽上去很刺耳，如：過了這麼多年，還能堅持下去，真不容易，云云。

我的第一反應是如針刺耳，我的第二反應是骨鯁在喉。我的第三反應就是不吐不快。從第一反應到第三，大約半分鐘不到。我說：什麼叫「堅持」？搞文學的人就是「堅持」，活不下去也要硬撐，一個個都好像到了崩潰的邊緣還在堅持，如果再不繼續堅持下去，就會滑到無底的深淵。什麼意思嘛，你，堅持！誰堅持誰呀？什麼堅持什麼呀！怎麼從來就沒有聽說做生意的在「堅持」呢？比如說，某人從二十年前到澳洲來，就一直在堅持賺錢，一直在堅持把生意做大，一直鐵了心地要把賺錢的生命一代又一代地堅持下去。就像姓錢的人堅持世世代代要姓錢下去一樣。

堅持，說到底，就是一句已經不隱晦的罵人話了。今後碰到一個生意做得很大的人，我一定要試著用這句話：哎呀，你真不錯，來了這麼多年，還在堅持做生意，勇氣可嘉！

奸

一提到這個字，我就想到雪梨那個韓國計程車司機。我們當時談到什麼事時，他說了一個「奸」字。因為發音不準，我聽不大明白。結果他又是比比劃劃，又是英文，嘴裡接連冒出三個「woman」，我才「哦」了一聲，明白了。原來他說的是「奸」的繁體，即「姦」。

我為什麼突然談起這個字？最近收到一位詩人朋友寄來的《南京評論》，其中有首詩中出現這個字，讓我想起從前研究澳大利亞文學中的華人形象時，經常會看到一個很陌生的英文字，叫「eye-rape」，白人作家描寫黑人時特別愛用這個詞。意思是說，黑人看白種女人時，是在用「眼奸」的方式，用目光把她們姦污。這真是種族主義到了胡說八道的地步！白種男人看黃種女人不也常常用這種方式嗎？

剛才提到的那首詩，有一句說明，這種「眼奸」的說法，也已進入了當代漢語。該句云：「一個佈滿星星的天空／正忍受著更多目光的輪奸」。（李章斌，54頁）

正寫到這兒，準備結束這篇短文，沒想到剛拿起來看的一首英文詩中竟有一句，也有「raping」一字，是這麼說的「the／big wide sky raping me」（我譯：「廣大的天空強姦我」）。（參見Susan Bradley Smith: "Super Modern Prayer Book", 2010, p. 44）怎麼回事？天空成了強姦的罪魁禍首和被「奸」的對象！

上述那首是女詩人對天空的一種奇特的描述，而男詩人也自有其類似的表現，只不過更具男性罷了。美國詩人Gregory Corso（1930-2001）就號召說：「Be a star-screwer.」這句話至少有兩種譯法：1、做一個日星星的人。2、要日就要日星星。

卡夫卡

很奇怪，有些作家言必稱卡夫卡，好像此人是什麼了不得的文學聖人。我看過他的《城堡》，也看過他的《變形記》，還知道他關於要朋友在他死後把所有手稿都燒掉的囑咐，但並沒有留下太多印象。因此，最近有某文學機構要我列舉一張影響我成長的作家名單，卡夫卡沒有忝列其中。

某天看一篇譯文，是德國君・格拉斯的《談文學》，其中談到卡夫卡，是這麼說的：「在我開始寫作的時候，有一大部分散文作家醉心於對卡夫卡亦步亦趨。作家們寫既無時間、又無地點的寓言。我原地不動，把寓言留待以後再寫，對地點和時間作直接的交代。」[31]

[31] 參見世界文學編輯部（編），《人像一根麥秸》。新華出版社，2003，第

我在這段文字的左邊劃了一道豎線，並做了一個三角記號，表示十分同意。

齊奧朗

即使我這次寫到這個人，估計下次也還是會忘掉的，因為他是一個小國作家，其文學作品幾乎很少見於翻譯。這個人是羅馬尼亞作家埃・米・齊奧朗，他說的一句話引起了我的注意。他說：「一個作家越是獨特，就越有過時和令人生厭的危險。」[32]我「嗯」了一下，覺得奇特，便隨手在旁邊注了一筆：參見JJ和MP。

再度翻到這個地方，我一下怎麼也想不起JJ和MP是哪兩個人了，還以為JJ是我一個朋友的代指。細想之下想起來了，JJ是指喬伊絲，而MP則是指普魯斯特。是的，這兩個人的作品我書櫃上都有，但老實說，我不崇拜，更看不下去，草草翻過之後，沒有汲取任何營養。

過了幾天，我關於下次還會忘掉這位作家的判斷終於失效，因為我從詩人樹才的網上碰巧得知了齊奧朗的英文原名，原來他就是我曾很感興趣的一位作家，英文姓名是Emil Cioran（現在的中譯為「蕭沆」）。一件往事立刻浮上心頭。2007年，我在一家澳洲大公司當翻譯。這家公司請翻譯，不是因為有很多譯事要做，而是養兵千日，用兵一時，一個月也沒有兩個活，卻寧可花錢把你養在那兒。因此，我每天除了上網，還是上網。期間，我在網上查找了很多哲學界和文學界我想瞭解的人和書，其中就有Cioran這個人，覺得他的書不可不看，但發現亞馬遜網站卻又沒有他的書賣，真是很頭痛的一件事。

116頁。

32 同上，181頁。

這次在樹才博客上發現，他的一本Précis de décomposition（《解體概要》）最近在中國出版，我立刻通過朋友去買了一本。初看時我以為，這就是當時我很想看的一本書，但查了查他的英文資料才知道不是這樣的，因為當時我想買卻沒有買到的那本書，標題是「On the Summits of Despair」（《在絕望的巔峰》，1934）。這個書名我一看就喜歡，急不可耐地想買到手。當時沒買到，現在查看之後發現有，馬上就下訂單。

順便說一下，這位作家一生沒有得過獎，正合吾意也。

葉甫圖申科

葉甫圖申科有一本自傳性長篇隨筆我很想讀，叫《不要在死期到來之前死去》，因為它讓我想起我寫的一個詩句：在死前進入死。

愛

愛這個字不好，跟它重音的字有障礙的礙、悲哀的哀、唉聲歎氣的唉、塵埃的埃、癌症的癌、矮人一等的矮、曖昧的曖、哎呀呀的哎、呆板的呆等等，儘管它被人不斷用嘴重複、用歌歌唱、用書描寫。它的最大一個特徵就是極為短壽。無怪乎王爾德說：「友誼遠比愛情可悲。它持續得更久。」[33]倒是一箭雙雕，把兩種東西都罵了一遍，儘管似乎對愛情的短命稍持贊許態度，即哪怕短命，有愛總比沒愛好。像錢一樣。

王爾德

王爾德這個人說話很刻薄，因此也值得記取。他說：「一個人只

---

[33] 同上，388頁。

有不付賬單，才能期望活在商家的記憶中。」[34]

他說的另一句話，倒是讓我想起了一個中學同學說的話。這個人叫趙建民。有天在我家說：「一個人總應該有點兒秘密。」他走後，父親還不停稱讚這個孩子說得好。

王爾德說的類似的話是：「人總該有點兒不可理喻之處。」[35]

著名、匿名和筆名

前面曾經談過著名，此處免提。只說一句，我現在有個習慣，凡是看到廣告中說誰誰誰是著名什麼什麼什麼，我立刻不看，是電視轉台，是書不買，是會議不去參加，包括有地方提到我自己「著名」我也討厭。曾經屢次想過換用筆名，打一槍換一個地方，發表一篇東西換一個筆名，但始終做不到這一點。因此就很景仰那個名字早就忘記了的法國作家。據說他對已經獲得的功名厭倦至極，突然消失不見，再次投稿時，便以一個完全陌生的筆名出現，於是重新嘗到了被人退稿的辛酸和難堪。

這正如齊奧朗所說：「當你有幸成為一名『作家』時，承受匿名和承受出名一樣難。」[36]有一類作家，如庫切，獲得諾貝爾文學獎後，依然新作不斷，獲獎頻頻，當然身體健康，文思如湧，這也不是壞事，可以一直寫下去，不過，他每一次參賽，就會給所有文學新人、中人和舊人帶來莫大的威脅，畢竟大家都不是同一個層次的。再說，你總不可能再得一次諾貝爾獎吧?!已經出名出到這種地步的人，是不是應該考慮以前面那個法國作家為榜樣？

---

[34] 同上，391頁。

[35] 參見世界文學編輯部（編），《人像一根麥秸》。新華出版社，2003，第391頁。

[36] 同上，185頁。

與其著名，不如匿名，尤其是已經「著名」過的人。關於這一點，齊奧朗說得好：「我儘量隱姓埋名，儘量不拋頭露面，儘量默默無聞的生活——這是我惟一的目標。重返隱居生活！讓我為自己創造一種孤獨，讓我用尚存的抱負和高傲在心靈中建起一座修道院吧！」[37]我頗能理解這樣一種心情，也頗期望達到這樣一種境界。實際上，我現在每日的生活，基本上已臻於修煉生活，消除了不必要的人的噪音。

如果既想寫，又不想讓人知道，那最好的一個辦法就是用筆名。對此，毛姆曾這樣說：「我常常想，我原該用筆名寫作，這樣我可以不讓世人注意地度過我的一生。」[38]

是的，一個作者——不是作家——要的不是名，而是一種在不受名的影響下，與世人自由分享交流內心感受的生活。我的一位女友就說過：千萬不要寫我！我就是要默默無聞地度過我的一生，誰也不知道地死去。世界上像我這樣的人不是到處都有嗎？

勇敢

以我之見，所謂勇敢，就是不怕孤獨。早上走路去商店買報，突見一戶人家前廊坐著一個人，他戴著墨鏡和禮帽，靠牆而坐，身上滿是陽光，一眼望去，頗似一座雕像，又像畫在壁上的一幅人像。他身邊沒放茶，手上沒拿煙，膝上也沒放書，更沒有在接聽手機。他坐在那兒大約只是為了靜靜地享受陽光吧。我大約20分鐘之後回來時，看見他還在那兒。估計他很可能還要在那兒一直坐到誰都不知道什麼時候。與他相比，我自愧弗如。就算我害怕浪費時間——其實，生命就是浪費時間，無論你做什麼，時間永遠在流逝——有意找些事情來做，但我

[37] 同上，186頁。
[38] 同上，440頁。

更害怕的其實還是孤獨。當世界上突然只剩你一個人時，你會頓生一種被遺棄感，一種生命的意義小至於一的感覺。你不覺抓狂起來，想立刻抓起電話，跟什麼人聊天，或乾脆混身在城市的孤獨人群中。

但是，我所見到的白人，面對孤獨似乎十分勇敢。經常在咖啡館裡，我會看到某個白人男子坐在桌邊，看著門外或窗外，一動不動，面前放著一杯啤酒或咖啡，一坐就是幾個小時。今天上午去St Kilda海灘，走過那座凸伸到大海的長橋，來到防波堤的一段佈滿巨石的地方。只見一個白人老者，脫了鞋子，把雙腿伸出去，露出穿著帶點兒黑斑的白短襪，就在大海的邊上旁若無人地看書，身邊的岩石上還擱著一本書，書上為了防止被海風吹翻，還用他的一隻皮靴壓著。來來去去的路人看著他，可能都覺得不可思議，但他若無其事，樂在其中，甚至可能覺得，在他個人的宇宙中，有大海、礁石和海鷗作伴，遠比不得不與人打交道痛快得多。

我問同行的亞洲朋友：你敢這樣做嗎？他搖搖頭說：不敢。是的，一個亞洲人，一個華人，從生下地那天起，就是一個社會的人，一舉手一投足，都要看別人的眼色行事，應有的個性很早就被泯滅，剩下的某種類似的東西其實不是個性，而是任性，內心永遠充滿恐懼，包括我在內。我們在澳洲處處可見的寬大草坪上經常可以見到一種景象，某個白人仰面朝天，雙眼緊閉地躺在地上，一躺就是很久，盡情地享受著陽光、清風和草香的味道，至於周圍是否有人經過，這個享受者永遠也不會睜眼四顧。我也試著這樣躺睡過，但絕對不行。哪怕周圍沒有一個人，也會不時睜開眼睛，環顧四周，總好像有人從四面八方包圍過來，對自己造成傷害。與大自然打成一片，談何容易！消滅胸中的人為恐懼，勇敢地面對孤獨，談何容易！

還是毛姆說得好：「我從來都不喜歡許多人的大聚會，我現在可以拿年邁為託詞，或者乾脆不參加聚會，或者參加了到覺得沒有趣味時悄悄溜走。我越來越孤單，我也越來越安於孤單。去年我一個人獨居在康巴希河畔的一所小屋裡為期數週，不見任何人，但我既不覺得寂寞，也不覺得厭煩。」這，其實已經不是勇敢，而是自覺了。

歷史

一提歷史這種字眼，總覺得是很大一個詞。其實，歷史就在現實之中，而且小到隻言片語。

也是今天上午在St Kilda海灘觀景。這時，天空灰濛濛的，太陽掙脫雲縫，把大海照得波光粼粼，長橋上有人在釣魚，路過的人們不斷往他們桶裡瞅，看有無魚、有多少魚。我發現，無論是在澳洲的墨爾本，還是在我故鄉的湖北黃州，凡是路過釣魚者身邊的人，沒有不往桶裡瞅一眼的。這些釣魚的人看樣子是白人大老粗，穿得比較邋遢，也不知說的什麼語言，根本聽不懂，甚至都辨不出，比如法語、德語、義大利語或這方面的語言，聽不懂也是辨得出的。後來來到一處，有那麼四五個人在背風處聊天，用的是一種不太好的英語，但我聽懂了。一位說：在匈牙利。另一位說：是的。當時俄國人不許三個人在一起談話。反正不許談很久。我看看那些人飽經風霜，曬得發紅的臉，上面似有很濃的歐洲痕跡。

我沒有久留，也不知道他們後來談什麼了，但就是那麼一個瞬間，我意識到他們一定是在回憶他們各自經歷過的一段痛苦的歷史，大約是被蘇聯人壓得抬不起頭來，連話都不敢說吧。

由此，我想起了米蘭・昆德拉說的一句話：The struggle of man against power is the struggle of memory against forgetting（人類與權力的鬥爭，就是記憶與遺忘的鬥爭）。我本想以「歷史」為題，把這段故事寫成詩，沒想到寫成了這個東西。那就這樣吧。

Head-writing

這個英文字是我自己創造的，意思是「在大腦裡寫作」。我的第二部英文長篇小說The English Class（《英語班》）中有個人物，就是一個「head-writer」（只用腦子寫作的人），因為他永遠在腦子裡寫作，而從不在紙上寫一個字。凡是從不寫作的人，這種用腦子寫作的情況，應該是很經常的吧。

沒想到，毛姆也是一個這樣的「head-writer」。他曾打算寫四部小說後就再也不寫小說了（其中一部已經寫掉）。關於另外三部，他後來沒寫，因為「我現在只想把這三部小說放在腦子裡供閑來遐想，作為消遣。這是作家所能從他的作品中得到的最大的喜悅。寫了出來，就不再是他的了，他不再能從他想像的人物的談話和行動中得到歡樂。」[39]我很喜歡毛姆這個「head-writer」，竟然很像我筆下的Jing。

完美

記得有個色情網站把「完美」這個字玩了一把，它把凡是「完美女人」的地方，一律改成「玩美女人」。可見，就連「完美」一詞也不完美，很容易被人忽悠掉。

白人，特別是澳大利亞這個白人世界，對完美的重視簡直到了喪心病狂、出神入化的地步。（對不起，我有意不完美，錯用兩個形容詞）。一部長篇小說不花四年寫，絕對不會是好小說（一位作家語）。有一位白人作家曾親自對我誇口：我那部小說花了十年才寫成！我心想：難怪從來沒有聽說過這部小說。花了十年寫的東西，還

---

[39] 參見世界文學編輯部（編），《人像一根麥秸》。新華出版社，2003，第442頁。

會有感覺嗎？那等於是便秘之後，拉了十年才拉出來的屎。還有一個詩人，把本來第一稿就寫得很好的詩，硬是改了十三次，結果，據另一位看到修改結果後的詩人說：越改越糟。

在這個信奉完美的國度裡，很多人把「revision」（修改）奉為圭臬，似乎寫出來的東西，不修改肯定不好。其實，這也要看具體情況。有些東西如果有才氣，大江大河，一氣呵成，是根本不能修改的。只可能越改越糟。哪怕看上去似有小疵，也要像美人痣一樣允許它的存在。我有很多英文詩就是這樣，一稿而成，不加修改，也不求完美。一完美，就沒有力量。這就是為什麼很多獲得大獎的詩歌簡直無甚可看，一塌糊塗得可以。

澳洲有個作家寫了一本書，題為The Idea of Perfection（《完美無缺的思想》）。好了吧，你，一看這個要命的標題，我就決定不買它了。

澳大利亞人重視完美，是流犯時代的餘風。那時，為了控制流犯，對犯人的要求達到了苛刻的地步。稍有閃失，動輒就採取鞭笞，如休斯在《澳大利亞流犯流放史》中所描述的那樣

> 一個囚犯因放錯鞋帶，竟遭鞭笞。一個名叫派特的犯人因說「早上好」，但說錯了對象，結果被罰戴鐵鏈七天。還有一個人被人看見走路時揮舞著一根樹枝。一個警員看見了，就問他幹嗎，要去哪兒。囚犯說：「怎麼了，我也許去捉鸚鵡呢。」就這樣，把他鞭笞了一頓。（p. 547）

2011年澳大利亞最高文學獎邁爾斯・佛蘭克林獎宣佈長單（即第一輪入圍者）時，共有9人，含3名女性。到了短單（即第二輪入圍者）宣佈時，則僅有三人，而且都是男的。這就惹惱了澳洲女性。有些人準備成立一個新獎，類似英國的「橘子獎」（Orange Prize），只

頒發給女性，以與之分庭抗禮。這個獎，也是以「完美」為核心的，獎給具有「highest literary merit」的作品。這三個英文字的意思是「文學價值最高」。哪裡有這種事？文學又不是奧運會的短跑，可以按碼表。如果獲得該獎的作品真是「文學價值最高」，那就不會出現1995年的醜聞。那一年，一個名叫Helen Darville的英國籍女作家，以Helen Demidenko的烏克蘭人筆名，獲得了當年的邁爾斯・佛蘭克林獎，其敘述烏克蘭故事的長篇小說是The Hand that Signed the Paper（《簽名之手》）。東窗事發之後，該書全部下架，差點沒被收回全獎。

其實，這個獎在很大程度上是有心理問題的。一是授獎者從來沒有除白人和黑人（土著人）之外的任何少數民族（華裔作家Brian Castro[布萊恩・卡斯楚]僅進入短單一次）。二是不少白人多次獲獎，最高多達四次。三是每次只要有黑人（土著人）進入短單，最後得獎者非黑人莫屬。這其實是澳大利亞白人和白人評委的懺悔心理在作怪：白人從最開始佔領了澳洲這塊本來屬於土著人的土地，剝奪了他們的一切權利，現在只要有機會，就要把獎授給黑人，只有這樣才能洗清心中永難清洗的罪孽。說到底，授獎問題是個政治問題和種族問題，連帶著還有個性別問題，如前面所說的那樣。

還是英國詩人Sylvia Plath說得好：Perfection is terrible, it cannot have children。（完美無缺真可怕，連孩子都生不出來）。[40]

成功

老蔣有句話說：不成功，則成仁。這句話現在可以改一下，叫做：不成功，就等於白活了。2011年澳大利亞肖像獎（Archibald Prize）最近揭曉，得獎者又是一個白人，畫中人是一個白種女人，儘管入圍

[40] Sylvia Plath, *Selected Poems.* London: Faber and Faber, 1985, p. 74.

的畫家有五個華人藝術家（Song Ling, Shen Jiawei, Chen Zhong, Adam Chang和Apple Xiu Yin）和兩個阿拉伯裔的畫家（Abdul Abdullah和Deirdre But-Husaim）。給我的感覺是：這些沒得獎的人又白乾了一年！如果說當年是一將功成萬骨枯，那現在則是一獎功成萬人輸。除了成功者一人之外，大家都是loser（失敗者）。這還不算那些沒有入圍的人。

我對一位沒有入圍的藝術家簡要地談了我的看法：現在這個時代，一個人不成功，這一生就等於白活了！她沒吱聲，但「啊」了一聲，顯得很痛苦。是的，一個人的價值，被社會、被權力機構和授獎機構降格為這樣那樣的獎項，彷彿一旦獲獎，立刻身價百倍。一旦出局，就一錢不值。可憐的是，有些人年復一年地參賽，年復一年地被淘汰，依然年復一年地堅持不懈，精神和勇氣是可嘉的，但我前面講的那種孤獨的勇氣哪裡去了？這種勇氣還要求，大家蜂擁而做的事情，一定不要去做。想一想這個簡單的問題吧：成功了，你也就不朽了？也就真的眾望所歸了？

誰還記得二十年前獲獎的某個諾貝爾文學獎獲得者呢？這個獎每年都在頒發，人們的興趣永遠在轉移。一隻唱歌的鳥絕對不會因為沒有獲獎而不活下去的，或覺得白活的。聽，它天天清晨都在我的窗邊和耳邊歌唱，給我簡單的生活帶來簡單的快樂。

作家

作家是什麼？作家就是坐家，坐在家裡，坐在像牢一樣的家裡，只是沒有獄卒罷了。這是一個說出去都會後悔，讓人聽了都覺得羞愧的字眼。當年阿列克斯（我的一個作家朋友）過馬路時，在路肩處碰到一個坐在輪椅裡的殘疾人。見他上人行道有困難，阿列克斯給他幫了一把，讓他上了人行道。於是有了一小場談話。殘疾人問他是幹什麼職業。阿列克斯想了想後說：我在教書。教什麼呢？那人問。教寫作的，回答說。

他把這事跟我講時，我吃了一驚，問他：你為什麼不說你是作家呢？他說：不用了。沒什麼意思。從那以來，我一直沒有忘記這個細節。它只說明一點：自報家門稱自己是作家，是一件讓人丟臉的事。連教寫作的也比作家強。

海明威把作家比作吉普賽人。他說：「作家像吉普賽人。他同任何政府沒有關係。他要是一位優秀的作家，他永遠不會喜歡統治他的政府……作家像吉普賽人一樣，是一個局外人。只有才能不大的人才具有階級意識。對於有才能的人來說，一切階級都是他的領域。他從一切人那裡吸收養料，他所創造的東西成了大家的財富。」[41]

作家的貌似無力其實正是他的力量所在。他處於最低的位置，他寫作，他直陳，他被忘記，他繼續寫作，最後，當他的東西被注意到的時候，他早已不在人世。

Robert Graves

Robert Graves即羅伯特・格雷夫斯（1895-1985），是英國詩人。我曾選譯過他一首詩《數心跳》（Counting the Beats），收在我的《西方性愛詩選》中。最近去Shepparton，維多利亞省的一個小鎮做翻譯，在當地書店花12塊澳幣買了一本他的詩選。總的來說，我的結語是：並不怎樣。但是，他對愛情的看法，卻很有見地、也很到位。順手摘抄一點句子，隨譯如下。

---

41 參見世界文學編輯部（編），《人像一根麥秸》。新華出版社，2003，第604-605頁。

... love-tossed/He loathed the fraud, ye would not bed alone (p. 53)[42]

「愛情令他輾轉反側／他厭惡愛的騙局，卻又不願無人相伴而睡。」

「"Love at first sight", some say, misnaming／Discovery of twinned helplessness／Against the huge tug of procreation」[43]：「有些人說：『一見鍾情』，這話不對／其實是發現，面對繁衍生殖的巨大吸引力／兩人都無能為力」。

關於情侶之間的信誓旦旦，他如是說：「They were all lies, though they matched the time」[44]（這一切都是謊言，不過，愛情的謊言與時間般配）。也就是說，隨著時間推移，一切都會發生變化。那些愛情的海誓山盟，也都是靠不住的，會發生變化的。

談到婚姻時，他說：「That strife below the hip-bones／Need not estrange the heart／Call it a good marriage」[45]（不必因髖骨以下的不合／而導致心靈離異／還是說這場婚姻不錯吧）。「髖骨以下的不合」，大約是說這場婚姻早就沒有愛情，連性愛都沒有了。

關於一個曾經甜言蜜語，後來改弦更張的女性，他說：她變心之後對世界說：「Such things no longer are; this is today」[46]（過去的「那番誓言不復存在，今天已經是今天了」）。

在一首題為「Song: Though Once True Lovers」（《歌：從前曾是真正的情侶》）中，他說：「Though once true lovers／We are less than friends」[47]

---

42 Robert Graves, *Poems Selected by Himself*. Penguin Books, 1983 [1957], p. 53.
43 同上，64頁。
44 Robert Graves, *Poems Selected by Himself*. Penguin Books, 1983 [1957], p. 93.
45 同上，133頁。
46 同上，145頁。
47 同上，170頁。

（「儘管從前曾是真正的情侶／現在卻連朋友都不如」）。

失戀的人，建議看Robert Graves的詩。

黑

從來沒有聽說人們對「黑」有什麼好的看法，卻在霍巴特的一次乘車途中，聽到一位來自加納的黑人出租司機，對我說出了一句令我吃驚的話。我對他說：我來自墨爾本。我們那兒有很多索馬里人。他說：哦，他們沒我們黑。

這是他的第一反應，就好像聽說某人從某地來後說：他們那地方的人沒我們長得白一樣。可在他那兒，評判人是以誰長得黑為標準的。這一下子就走到了事物的反面，讓人看到了事物的可能性。

西印度群島詩人James Martinez寫的一首詩「My Little Lize」中，就如此讚美他愛的女人說：「Her skin is black an smoode as silk」（她的皮膚黝黑，柔滑如綢緞）。[48]

澳洲土著詩人Anita Heiss寫過一首詩，題為《黑即美》，中有詩句云：「黑即美／某種內在之物／在我們的精神之中、在我們的驕傲之中。／／黑也是死亡之色，／美麗夜空之色。」[49]

來澳多年，我對黑的看法逐漸有轉變，曾通過一首詩《黑美人》有所表達。詩中說：「我站在離她很近的地方／如果完美無缺的白就是雪白／／完美無缺的黑就是漆黑／這是一種驚心動魄的美／／她不太熟練的英文告訴我來自的國家／遠在西非，我已經硬了」。[50]

---

[48] 參見*The Penguin Book of Caribbean Verse*, ed. by Paula Burnett. Penguin Books, 1986, p. 21.

[49] 參見《當代澳大利亞詩歌選》（歐陽昱譯）。上海文藝出版社，2007，91頁。

[50] 歐陽昱，《慢動作》。原鄉出版社，2009，118-119頁。

我後來看到一首從希臘文譯成英文的詩，也談到過黑：

迪迪米美得好似把我洗劫，
我一看她，就成了火上之蠟。
就算她黑，那又如何？煤還不是很黑。
可一燒著，就像燃燒的玫瑰。[51]

小腳

傳統上，中國人喜歡小腳，纏足就是其中的一個結果。其實，喜歡小腳的並非只有中國人。黑人也喜歡。前面講過的西印度群島詩人James Martinez寫的那首詩「My Little Lize」中，也讚美過他鍾愛女人的小腳，這樣說：「Her hands is small an so's her feet／Wid such a pair of enkles neat,……」[52]（她的手很小，腳也很小／腳踝那麼乾淨，……）

畫家傅紅對腳也特別專注。每幅畫中對女人的腳特別著意地描繪，一經一絡，一勾一彎，勾勒得特別仔細。效果很強烈，只是我現在不記得是否喜歡女人腳之小。

我個人對腳的大小倒不是那麼在意，也從來很少去寫，但現在回頭看，有一首詩中居然表現了對小腳的偏愛。其中幾句是這麼寫的：「你骨子裡有種堅忍／你眼中卻很溫柔／你的手特別軟和／動起來又非常迅速／你的腳不大，要在從前會是很可人的小愛物……」。[53]

---

51 參見Asclepiades（西元前300-270），*The Greek Poets: Homer to the Present*. New York: W. W. Norton and Company, 2010, p. 209.

52 參見*The Penguin Book of Caribbean Verse*, ed. by Paula Burnett. Penguin Books, 1986, p. 21.

53 歐陽昱，《你》，《詩潮》，2008年11月，74頁。

黑人和錢

我和黑人接觸不多，大多是出租司機，以及一個偵探，但我有個總體印象，就是他們對錢特別關注。那個偵探來自非洲哪個國家，我現在已經不記得了，但他開了一家偵探公司，專門替人捕捉偷情之類的事，因為需要翻譯業務，就來找我。當他問及我幹啥時，我告訴他我除了翻譯還兼寫作，他聽了完全無動於衷，沒有表示出絲毫半點興趣。我由此得出結論，大概非洲人都是這樣。

這個沒有結論的結論，在我去機場的回國途中，通過另一個非洲來的出租司機得到證實。該人聽說我要去中國，便打聽我在那兒是否有做生意的關係。他說他不僅開計程車，還做Western Union的匯款業務，細細地述說他賺錢的經歷和今後發大財的計畫，還說他的朋友都是做生意的。聽說我是回中國到大學教書，他一點興趣都沒有。

西印度群島黑人的一首詩中，對此也是有詩為證：「Such a peculiar lot／we are, we people／without money, in daylong／yearlong sunlight, knowing／money is somewhere, somewhere」[54]（我們這夥人／真怪，我們這些人／身無分文，天天曬著太陽／年年曬著太陽，知道／錢在別處／在別處）當然，這不一定是說非洲人或黑人一天到晚只想錢，但我所見到的黑人中，談錢的人絕對多於談藝術和文學的人。

七十年代

我是五十年代生的人，所以七十年代並不陌生，但很多事情都淡忘了，即使看了北島、李陀主編的那本《七十年代》，還是有很多事

---

[54] James Berry, *The Penguin Book of Caribbean Verse*, ed. by Paula Burnett. Penguin Books, 1986, p. 209.

情記不起來，因為他們的記憶與我的並不重疊，也不重複，我的就是我的，只有兩個地方使我回憶起那時候發生的一件小事。

尼克森攜夫人訪華的消息，我是在地區文化館和一個中學同學一起看到的。當時登在報紙的頭條新聞上，還有一張大照片，顯示他夫人和他一起從飛機上走下來的樣子。當時是深冬，他夫人卻穿著大衣，露出大腿。我的朋友開了一句玩笑說：穿這麼少，腿子不凍紫了麼！當時是黑白照片，即便凍紫了，也看不出來，但我同學的想像力和開政治玩笑的能力，使得這一細節具有了穿越時間的力量。

我現在記不起畢卡索是什麼時候進入中國的。據《七十年代》，[55]七十年代就進來了。這又讓我想起一個細節。記得當時我對弟弟說，對於畢卡索那種變形扭曲的畫，應該有一種辦法使之還原，那就是帶上看立體電影的那種特別眼鏡，應該是會很有意思的。他想了想，說：哎，這主意不錯！可惜，那時候看那種電影的機會很少，看過以後眼鏡被收走，手邊永遠找不到這類東西。不想一晃就是四十多年！

雞巴

據說，雲南人說話，句句要帶「雞巴」。《七十年代》中講了一個故事，說當年插隊的一個生產隊的隊長，在聽說林彪事件之後說：「隊長回來後很得意，說咳，早雞巴就曉得的事，還要雞巴搞得多緊張，把人圍到山上，雞巴山下民兵圍得起來，妹！機頭都扳開，亂就掃射，打你個雞巴透心涼。黨中央說了，雞巴林彪逃跑了。」[56]

「雞巴」二字，讓我想起2000年去海南島玩時，韓少功給我講的

---

[55] 《七十年代》。生活、讀書、新知，2009年，289頁。
[56] 同上，148頁。

一個順口溜，說的是當下的幹群關係：「領導是白天瞎雞巴忙，晚上雞巴瞎忙，工人是白天沒雞巴事，晚上雞巴沒事。」「雞巴」二字，倒來倒去，很說明問題。

惡

「惡」這個字，發音稍微變一點，就是「愛」、「二」、「日」，如果還帶點湖北口音的話。其實，「惡」與這些字的意思也相去不甚遙遠。此處暫時按下不表。

有本英文書我看完了很久，老實說不太喜歡。這本書的書名是On Evil（《論惡》），英國人Terry Eagleton（伊格爾頓）寫的。大黑的封面，底部大白的四個小寫英文字母：evil。「惡」用白字寫出，儘管不是作者或出版者的初衷，但的確是白人嘔心瀝血、朝思夢想、費盡心機也永遠解決不了的問題。花了42.95澳元，長僅176頁，因精裝而顯得好像有300來頁厚的這本東西，看完後沒給我留下任何印象。我極為厭惡英國人對「惡」的酷愛。不知伊格爾頓知不知道，evil這個字如果倒著寫，就是live。也就是說，「惡」是生命不可或缺的，就像白天離不開黑夜，生命離不開死亡，吃離不開拉一樣。任何希求從生命中剔除「惡」的企圖，只會留下一本伊格爾頓這樣神經病、神經質的書。他引用戈爾丁的小說《自由落體》之後說，它讓人離那種感覺僅一步之遙，即「to simply exist is to be guilty」（存在本身就是負罪）。[57]看到這兒，我做了一個旁注：「英國人完全廢掉了！」

伊格爾頓只有一句話我還能夠苟同，那就是他不同意薩特的「他人即地獄」，而認為地獄不是他人，而是自己。[58]問題是，這需要他

---

[57] Terry Eagleton, *On Evil.* Yale College, 2010, p. 34.
[58] 同上，22頁。

來說嗎？聖經早就說了：人之初，性本惡。人除了是別的東西之外，整個兒就是一堆大糞。他如果不每天把這堆糞便、這堆惡排泄出去，他就不可能存在。

「惡」還有一個特點，那就是從前被視為「惡」的東西，過了若干時候，就有可能成為「善」，例如同性戀。儘管現在還受到打壓，但已在全球範圍內掀起一浪又一浪的狂瀾，終究會成為被廣泛接受的「善」。

這個話題，其實不值得寫成這種無聊的書。

記憶

我的記憶一向不好，有時頭天發生的事情，第二天就不記得了，更不要說二十年前發生的事。但有的時候，記憶會在突然之間回來，其出現之神速和神奇，令人驚歎不已。

那天我在公園散步，突遇一條大狗朝我走來。偷眼一覷，狗主人在很遠的地方，看樣子也沒有在意那狗會對我下手，漫不經心的一副樣子。說時遲，那時快，不容我多想，那狗就朝我撲過來，整個身體直立起來，前爪就搭上了我的肩。不，是馬上就要搭上了。這時，我發現自己做了一個連我自己都沒有準備，也意料不到的動作，雙臂在身前併攏，右上臂與左上臂交迭起來，與前胸保持中空，形成一個「口」字。

這時，奇蹟產生了。那狗立刻收回前爪，掉頭就走，連多看我一眼都沒有。我也極為吃驚我竟然會在那一霎那擺出那個動作，一個我從來都沒有擺過的動作，除了一次之外。

那一次，我在一個澳洲詩人家中做客。他家有一條小公牛般的大狗，不斷從房裡這一頭走到那一頭，像巡邏的哨兵，很雄赳赳氣昂昂的樣子。我坐下時還不覺得，因為它似乎很馴順，在我身邊蹲下，任我撫摸它的毛皮。但一站起來就不行，它隨時就可能撲過來，前爪搭在人肩膀上，還吐著舌頭舔人的臉，對我這個從沒養過狗的人來說還真感到可怕。

好在主人教了我一個動作，就是前面講過的小臂雙迭的動作，說是這麼一做，狗就不會再找你的麻煩。果不其然，每次做這個動作都很靈驗。那都是十多年前的事了。這次居然在狗撲來的那一霎，再度從記憶中浮現出來而產生了作用，令我驚訝不置。

女人

男人對女人之不瞭解，有早年一事為證。那還是中學時，利用一個休息日到農村學農。在太陽地曬了一天，一個個曬得像紅臉關公。幾個人晚上睡在一個房裡聊大天，話題不離女人，其中一個說：女人生孩子都像拉屎一樣拉出來的。就連這樣無知的話，竟然沒有一個人反駁。

男人年輕時對女人的另一個誤解，是覺得她們都很正經，絕不會像男人一樣心猿意馬，走火入魔，看樣子好像對男的都沒有任何要求。就是成年後，男人也要過很久，到了像《老殘遊記》裡說的那樣「閱人已多」時，才知道情況遠非如此。我就知道，有的女孩子到了外面，看到英俊的小夥子，會拿相機或手機偷拍。據最近的一篇英文報導，年輕女性因看色情網站而上癮的不在少數，大大地影響了工作和身心健康。為了解決這個問題，還專門成立了像戒毒所一樣的「色戒所」。

這些都是聽說或看報，但只有通過讀詩，才能一步到位地瞭解到真實情況。畢竟詩歌尚真嘛。有一首女詩人的詩，很真實地勾勒了少女懷春的狀態，英文是這麼說的：「When girls／are your age, as I was then, they／think day and night about men. Don't blush-it's the way／／we were made」[59]（女孩子／到了你這個年紀，像我當時那樣，就／日日夜夜都想男人。別臉紅-我們當時就是／／這個樣子）。

不是女詩人這麼一針見血地說出來，男人是很難瞭解到這個情況滴。

能力

有能力並不是一件好事。能者多勞，這話反面的意思就是，不能者少勞。大凡有能力的人，最辛苦的是他，最不受重視的是他，當官當不大的是他，容易無端地招人嫉妒的是他，命途多舛的也是他。父親解放前是國民黨考詮處的一個小官，解放後成分被定為歷史反革命，一生抬不起頭。「四人幫」下台後被評上高級經濟師和高級會計師。他常自嘲：對於領導們來說，像他這樣的人，等於是「夜壺」，要用時就提過來，不用了就一腳踢開。

上述這些，是我看到一句用英文說的話時想起的。這句話說：「Ability is a poor man's wealth」。[60]譯成中文就是：「能力是窮人的財富。」

屁股

人體的各個部位，可能最少進入詩的就是屁股了。毛澤東有「不須放屁」之語，但沒有提到屁股。最近看到一首英文詩，標題就是「The Damp Hips of the Women」[61]（《婦女潮濕的屁股》。

最近，我看到大陸出版了一種名叫《大屁股》的詩歌雜誌。其共

[59] 參見Sarah Getty, 'Conservation of frogs', *Not a Muse,* edited by Kate Rogers and Viki Holmes, published by Haven Books, Hong Kong, 2009, p. 110.

[60] 同上，223頁，說者是M Wren。

[61] 同上，Elizabeth Harvor，235頁。

同主編默默的卷首詩開篇就說：

在每一張臉都帶著面具的時代
我們選擇屁股
我們不要臉[62]

其實，不要臉就是詩歌的一個典型特徵。只有不要臉，才能做到真。2010年11月19日，因為長時間工作，屁股痛極後有感而發，寫了下面這首詩：

屁股

屁股就是書
兩半的痛苦
不比大陸小
總有一天
會利用臀熱發電
十幾個小時
通過座椅下的熱量
可以燒開一鍋水
或催生一窩雛雞
集中在屁股肉裡的痛
值得用最不值錢的詩歌來歌頌
人死後

62 參見：http://blog.sina.com.cn/s/blog_5ff9dc430100ngqz.html

屁股就連同肉體其他
化作塵土
漂出記憶
不行，應該趁屁股疼痛之時
趁書在屁股的疼痛中寫成之時
想辦法找個雕塑師
雕一座屁股
或者把褲子扒下來
趁痛照一張像
以便在這本書成為驚世之作的時候
放在封面留念
誰忽視屁股
誰認為屁股不值一提
誰就忽視了永恆的書
誰就活該打屁股

事情就是這麼回事。覺得無聊的，可以不看拉倒，但書，就是屁股坐出來的。而坐，這個本來被認為是奢侈的動作，越來越使人「坐」投無路，屁股和腰背痛不欲生。這真是，越舒服，越束縛。

上段寫過之後，把最近看的一些詩集找出來，發現寫屁股的還真不少。古希臘詩人卡圖魯斯形容一個女的，說她「capable of licking the arse-hole of a leprous hangman」[63]（會舔有麻風病的儈子手的屁眼）。

金斯堡把屁眼和其他一切都看作「holy」（神聖）。他說：

63 Catullus, *The Poems.* Penguin Books, 2004 [1966], p. 209.

The world is holy! The soul is holy! The skin is holy! The nose is holy! The tongue and cock and hand and asshole holy!64

世界神聖！靈魂神聖！皮膚神聖！鼻子
神聖！舌頭、雞巴、手和屁眼神聖！

標題

詩歌是好的標題取之不竭，用之不盡的源泉，惜乎世人不看詩歌者為多，這也是為何他們出書時用的書名極為庸俗、極為無聊的一個重要原因。

近看法國詩人Yves Bonnefoy的詩，發現一本詩集看下來，居然有數處都可用來做標題，分別是「Dying is a country which you loved」（15）（死亡是一個你熱愛的國家）；「in the earth of words」（17）[65]（在文字的土壤中）；「high silence」（29），（不譯，不好譯，或可譯作「高默」）；「the wound of water」（43）（水傷）；「higher leaves」（65）（更高的葉子），有點兒像中文的「高蹈」；「raise the whip, curse the meaning」（117）（舉起鞭子，詛咒意義）和「the other, deeper hand」（117）（另一隻更深的手）。

我承認，這些用在中文中，不如用在英文中效果好，那就自己以後有機會用在英文中唄。

這個人的詩還有一個特點，就是形象突兀，有點像中國詩人樹才，或者說樹才的詩歌有點他的味道。比如說這句：「The tree grows older in the tree」（75）（樹在樹中變老），或這句：「Far off, the

---

64 Allen Ginsberg, *Howl, Kaddish and Other Poems*. Penguin Books, 2010 [1956], p. 12.

65 Yves Bonnefoy, *New and Selected Poems*. University of Chicago Press, 1995.

burden of an ancient pain」（75）（遠處，一種古代疼痛的重負）。

而且，他的怪句特多，如「drinking your unmemoried eyes」（55）（飲你沒有記憶的眼睛），或這句「Wasn't I the vacant-eyed dream」（55）（我不就是那眼神空洞的夢嗎？）或這句「Divide yourself, who are absence and its tides」（57）（分解你，你就是不在和不在的潮水）。

他詩句之怪，有個重要原因：他很會創造性地使用動詞，如這句：「Night your voice, absence your face」（15）（夜你的聲音，不在你的臉），其中，「night」和「absence」都是名詞，一般是不能用作動詞的，譯成漢語，也讓人覺得怪，但詩歌就是這樣的。

幸福

關於幸福，我無話可說。只記得我曾經寫過的一首短詩：「世界上最不幸的／就是幸福」。

墨爾本女詩人Gig Ryan有句云：「the funeral of happiness.」[66]那意思是說：「為幸福舉行的葬禮。」很好，我覺得。

標題（2）

一直以來，每天都讀詩。想一想吧，人生在世，居然一天都不讀詩，那真是生不如死、生不如詩，簡直就是個animal！

最近看完一本602頁的古巴詩歌選，又發現了一些自覺可圈可點可用的標題，順錄如下。

「the guillotine of time」[67]：時光的絞刑架。

---

[66] Gig Ryan, 'Western Isles', *The Best Australian Poems*, 2010. Black Inc, p. 190.

[67] Mark Weiss (ed), *The Whole Island: Six Decades of Cuba Poetry: a Bilingual Anthology.* Berkley: University of California Press, 2009, p. 125. 取自Gastón Baquero

「the empire of youth」[68]：青春帝國。

「love is private and plural」[69]：隱私而複數的愛。

「the repetition of a mistake」[70]：一次不斷重複的錯誤。（我注：例如愛情）

「hello darkness my old friend」[71]：哈羅，黑暗，我的老友。

有時候，真想讀遍全球的詩歌，那就好像飲遍全球的醇酒。

遊士

近看一書，提到遊士，說「士」指讀書人，「遊」指自由，[72]覺得比一般的「說客」和「雲遊四方以為生的文人」要好。[73]

我覺得，我們這個時代的讀書人，就如同戰國時代的遊士。哪兒有飯吃，哪兒有高薪拿，就「遊」到哪兒去，不受任何約束，連國籍的約束都沒有。最近據報導，現在四川大學任教的趙毅衡教授，就已決定正式放棄拿了16年的英國國籍，長居、永居中國了。[74]

據他說，他拿著英國國籍在國內很「麻煩」，言外之意就是不自由。是的，想做一個通雙語的當今遊士，是不能讓一個區區的英國小籍而限制自己自「遊」的。

的一首詩。

68 Mark Weiss (ed), *The Whole Island: Six Decades of Cuba Poetry: a Bilingual Anthology.* Berkley: University of California Press, 2009, p. 259. 取自Herberto Padilla的一首詩。

69 同上，p. 343. 取自Louis Rogelio Nogueras的一首詩。

70 同上，p. 363. 取自Excilia Saldaña的一首詩。

71 同上，p. 379. 取自Raúl Hernández Norvás的一首詩。

72 許結、今波、夏寧，《賦者風流：司馬相如》。上海文化出版社，2008，18頁。

73 見：http://www.hudong.com/wiki/%E6%B8%B8%E5%A3%AB

74 見：http://www.sc.xinhuanet.com/content/2010-07/21/content_20397224_1.htm

手（2）

《務虛筆記》這本書我是託朋友2010年8月份從中國寄過來的，10月26號看完。不久，就聽說他去世了（2010年12月31日），很遺憾，我這麼一寫，就好像我看完了書跟他去世有什麼關係似的。當然沒有。而這本書看完後，的確感覺不怎麼樣。人已經走了，我就不想再說什麼。只談兩點。一是他對詩人的描述依然有落俗套之嫌。中國小說家筆下的詩人形象，一般不是狂放不羈，就是落拓不羈，大抵都是怪人、瘋子之類，沒有幾個好東西。史鐵生的詩人也不例外，一上來就是這個樣子：

> 某個晚上L不知從哪兒弄到了半斤酒，如數倒進肚裡，十分鐘後他躺在地上又哭又喊，鬧得整個病房只需打亂。護士們輪番的訓斥只能助紂為虐，詩人破口大罵，罵爹罵娘，罵天罵地，罵這個時代罵這顆星球，聽得眾人膽戰心驚考慮是否應該把他送去公安局定他一個反革命宣傳罪，但他的話鋒一轉，污言穢語一股腦衝著他自己去了，捶胸頓足，說他根本不配活，根本就不應該出生，說他的父母圖一時的快感怎麼就不想想後果，說他自己居然還恬不知恥地活著就充分證明了人類的無望。護士們正商量著給他一針鎮靜劑，這時F醫生來了。[75]

他也寫過手，和男手和女手的交流，比毛姆寫得細膩，但纏綿得過於自戀：

[75] 史鐵生，《務虛筆記》。作家出版社，2010 [2009], p. 52。

那時他們都長高了。少年更高一些。少女薄薄的襯衫裡隱約顯露著胸衣了。他們一聲不響似乎專心於書，但兩隻拉在一起的手在說話。一隻已經寬大的手，和一隻愈見纖柔的手，在說話。但說的是什麼，不可言傳，罄竹難書。兩個手指和兩個手指鉤在一起，說的是什麼？寬大的手把纖柔的手攥住，輕輕地攥著，或使勁攥一下，這說的是什麼？兩隻手分開，但保持指尖碰指尖的距離，指尖和指尖輕輕地彈碰，又說的是什麼？難道真的看懂了那頁書麼？寬大的手回到原處但是有些猶豫，纖柔的手上來把他抓住，把拳頭鑽開，展開，纖柔的手放進去，都說的是什麼呢？兩隻手心裡的汗水說的是什麼？可以懂得，但不能解釋，無法說明。兩隻手，糾纏在一起的十個手指，那樣子就像一個初生的嬰兒在抓撓，在稚氣地捕捉眼前的驚訝，在觀看，相互詢問來自何方。很安靜，太陽很安靜，窗和門也很安靜，一排排書架和書架兩邊的目光都很安靜，確實就像初生之時。兩隻拉在一起的手，在太陽升升落落的未來，有他們各自無限的路途。（173）

手指繞來繞去繞了半天，還啥事都沒發生。讀得好累，打得更累。倒是可以與毛姆寫的手做一個對比，看看英國人和中國人各各關注的是什麼方面。

槍、情人、小三等

記憶中，「槍」這個詞，在我們那兒一度指情人，而且指男情人或男朋友。應該是1975年左右吧，也可能比這還早，我跟幾個同學從黃州某條街道路過時，聽見從一個亮著燈的矮矮的臨街房間裡，傳來一個說武漢話的女的聲音：我的那個槍！大家相視一笑，立刻明白她講的是啥意思。

用「槍」來形容男友或男情人，還真是很形象準確，儘管有簡化之嫌。後來就再也沒有聽人用這個詞了。

「情人」這個詞好像整個七十年代都用，主要是受蘇俄小說的影響，看過之後不可能不提到情人的，至少朋友私下談話中會時不時地提到。那個時代也不是清潔乾淨的。一個老同學的母親自殺，據說就與她和軍分區司令的情事敗露有關。當時關於這個司令的傳聞很多，好像和他有染的女人達60人之多。

1970年代末期，我在工廠幹活。那時有位工友每每提到他老婆時，從來不用「我老婆」這個說法，而是說「我情人」如何如何。初聽時覺得不舒服，後來聽慣了，也就一笑置之。不過，以「情人」形容自己老婆的，這位工友是獨此一例。

一晃眼，二十一世紀竟然都過去了十年。不知什麼時候，從地下冒出了「小三」這個字。平心而論，這個形容遠不如「槍」有勁，也不如「情人」有情，從出現之日起，就帶有「癟三」的貶義。不過，正如同性戀、雙性戀、變性人這些從前遭到歧視的亞文化群體現在都要反戈一擊，推出自己的地平線，還自己一個清白，爭取自己的權利和自由，「小三」這個龐大的群體現在也在爭民主，爭自由，有了自己發言的陣地和官網「三情網」（在此：http://www.xeixe.com/）。初聽上去，很像「煽情網」。從前被人視為「惡」的東西，經過一段歷史時期，很有可能成為「善」。此為一例。也許，婚姻家庭這種「善」的體制，到了一定時侯，也會成為「惡」。誰知道呢。

資訊分子

有一天看書，讀到「知識分子」一詞時，突然想到，時代變化了，這個字也發生了變化，其實現在已經沒有知識分子，有的只是資訊分子，腦子裡充滿了資訊，沒有一樣是知識，就像一台電腦，裝滿的是資訊，而不是知識一樣。

四字詞

四字詞在閻連科的《風雅頌》寫了一個瘋瘋癲癲的大學教授的「閑餘人」（170），該書書名若成為《瘋雅頌》倒更合適——一書中被發展到了一種極致、一種瘋狂的程度。我發現我在看這本書時，不斷地在那些四字詞旁打上記號。下面隨手拈來：

> 目光軟軟硬硬地落在我臉上。（6）
> 不知道為何，連續幾年裡，我遮遮掩掩，又爭爭奪奪……（16）[76]
> 從窗口、門口捲進來的熱浪，在教室同電扇的旋風爭爭吵吵，嗡嗡嚶嚶，使那教室裡的氛圍如一湖流動的水。（17）
> 說著我朝前挪幾步，晴天霹靂地朝他跪下去。（27）
> 聲音肥胖洪亮，身子東拉西扯，南轅北轍。（203）
> 便都把目光變得刀一樣，線一樣，有理有據，繞繞閃閃，咄咄逼人，似問非問，彷彿他們到我家哄搶搬拿，果真是因為我去了天堂街。（251）

這種奇奇怪怪、顛三倒四的四字詞在這本書中多得舉不勝數，還伴隨著不少怪異的三字詞，如「熱曖曖的味」（204），「苦淡淡地笑一下」（205），「突然有了微細細的嘎吱聲，乾裂裂、粉豔豔地從哪兒傳過來」（259），等。再加上一些頗似翻譯的用詞，如「男

---

[76] 閻連科，《風雅頌》。江蘇人民出版社，2008。

人和女人衣裳的胡亂」（26）和「有一股氣味的腥白」（27）。整個傳達出一種癲狂錯亂的感覺。總的來說，太過了一點，無論是描述，還是其淫亂的內容。

錢

「錢」曾被中國古代的文人不屑一顧地貶稱為「阿堵物」，如《世說新語》中描寫的那樣。據說毛澤東鄙視錢，把錢踩在腳下。錢成了文人和偉人鄙視的對象。至少在文學作品中具體入微地寫錢的地方不多。

路遙的《平凡的世界》是一部耐讀的好作品。其中寫錢的地方不少，寫得很細膩，能夠反映出一個人的性格，比如寫在外打工的孫少平這段：

> 主家把少平的工錢留在了最後結算——這時候，所有的工匠都打發得一個不剩了。
>
> 少平已經在心裡算好了自己的錢。除過雨工，他幹了整整五十天。一天一元五角。總計七十五元錢。他中間預支十元，現在還可以拿到六十五元。
>
> 當書記的老婆把工錢遞到他手裡，他點了點後，發現竟然給了他九十元。
>
> 他立刻抽出二十五元，說：「給得多出來了。」
>
> 曹書記把他的手按住，說：「沒有多。我是一天按兩塊錢給你付的。」
>
> 「你就拿上！」書記的老婆接上話茬，「我們喜歡你這娃娃！給你開一塊半錢，我們就虧你了！」
>
> 「不，」一種男子漢氣概使孫少平不願接受者饋贈。他說：「我說話要算話。當初我自己提出一天拿一塊半工錢，

> 因此這錢我不能拿。」他掙脫書記的手，把二十五元錢放在炕席片上，然後從自己手中的六十五元錢裡，又拿出五元，說：「我頭一回出門在外，就遇到了你們這樣的好主家，這五塊錢算是我給你們的幫工！」
>
> 曹書記兩口子一下呆在了那裡。他們有點驚恐地看著他，臉上的表情似乎說：「哈呀，你倒究是個什麼人？這麼個年紀，怎就懂得這麼高的禮義？」[77]

這看似都是小錢，但那是中國剛剛改革開放的小城一個做小工的人。如此細膩的描寫，很能說明這個人物的「男子漢氣概」和「這麼高的禮義」。不寫錢，還無從反映。

據外電報導，到2016年，中國將成為世界第一經濟大國。進入二十一世紀的中國小說，雖然看得不多，但就看到的情況來看，談錢雖然不普遍，但早已不恥于談錢了，如閻連科的《風雅頌》，談起錢來數目早已大大超過了路遙那個時代：

> 我說不能因為你和他姓李的有了那檔兒事，我就不能找他要錢了。你要是明白人，我們夫妻就該聯手向他要。不管我藏沒藏那東西，你們就權當我藏了。權當我藏了。趁我出版《風雅之頌》的這機會，打報告要他批上二十萬、五十萬，有可能就批上一百萬。他要給我們一百萬，過去的事我真的既往不咎。拿二十萬我出精裝豪華本的《風雅之頌》，那八十萬就存到你的存摺上。他要批給我們八十萬，我也既往不咎，用十萬出書，那七十萬就存到你的存摺上。他要批給我們五十萬，我用八萬

[77] 路遙，《平凡的世界》（第二卷）。北京十月文藝出版社，2009，127頁。

> 塊錢出書，那四十二萬就存到你的存摺上。茹萍，你說我說的怎麼樣？你不能不說一句話，夫妻間有事不是都要商商量量嗎？[78]

如此談錢，而且是做交易一樣地商量錢，早已沒有什麼「氣概」或「禮義」了，有的只是讓人對「知識分子」的一落千丈和大張獅口而啞然失笑。

寫到這兒，驀然回憶起一個細節。那是在墨爾本的一家地方法院。我正坐著一邊等待，一邊看書，忽然聽見耳邊飄來很小的聲音：Give me money（給我錢）！轉臉一看，原來是一個白種女人，對隔座而坐的一個白男在說話。白男裝作沒聽見，於是白女又小聲說了一句：Give me money，口氣裡含著威脅。估計這兩人是為錢而對簿公堂，在尚未開庭之前，女的要男的「給錢」，否則就可能血戰到底了。

性

閻連科的《風雅頌》，以性為軸心、為軸「性」，寫了一個名叫「楊科」——注意，「楊」的發音接近「閻」，「科」即「科」，誰也說不清是他還是不是他——，專門研究《風雅頌》的大學教授最後落為神經病，住到天堂鎮與地方小姐「鬼混」，在某一個大年初一，與12個妓女，包括年紀小至16歲者性交的離奇故事。寫得有點噁心，但還能看。最後這個教授不僅成了「叫獸」，而且成了「教授犯」（類似「教唆犯」），手把手地教那些小妹子性的藝術，我：

> 鑽進天堂賓館開了房，挑了姑娘選了人，包了她們在屋裡，

---

78 閻連科，《風雅頌》。江蘇人民出版社，2008，53頁。

> 脫胎換骨，放浪形骸，無所顧忌，吃了就摟著那些姑娘睡，睡醒就讓她們坐在我的大腿上吃。她們要喝酒，我就陪著她們喝白酒、喝紅酒、喝如同尿水一樣的當地啤、外地啤，還有進口德國的純生啤。喝醉了哭，喝醉了笑，喝醉了我和我心儀的小姐如動物畜牲樣去做那樣的事……我毫無節制、荒淫無度地揮霍著我的學識、榮譽、尊嚴和口袋裡的錢。第二天夜裡我在床上教授那個有些像小敏的姑娘各樣的姿勢和動作。教她床上床下、男上女下、女上男下、左側身、右側身，雁南飛、鵲歸巢，箭連發、息停頓、口上花、手上花、揉葡萄、含歪梨，還有夢中雁去來，呼吸水上漂。我無所不能企及，盡其我的生命、經驗和才華……當她醒來時，她有些感激地望著我，說楊教授，謝謝你，你教了我一夜，讓我一生都有飯吃了，讓我一生都肯定會有打不斷的回頭客人了。[79]

看到這兒，還是讓人忍不住笑。這既是一種放浪形骸的自淫，也是當今中國社會普遍性放縱或曰sexual permissiveness的一種荒淫無度的反映，但以教授來承擔這種「重任」，可能並不太妥，那些權重一時、錢貴一時的人，可能有過之而無不及，卻沒有進行絲毫暴露和揭露。更不要說具有任何批判精神了。

操

讀了下面這篇文字，中文的「操心」二字看來可以休矣。

從前我親手做了一本詩集，題為《我操》，因為開篇第一首詩就是《我操》，如下：

---

[79] 同上，246-247頁。

我操

漢語和英文
我不會日

語

我每天都要操
漢語和英文

但願你別誤讀我的意思

我的確愛操
漢語

和英文

這是我的本領和本能
操得越多越好

儘管我只會操
兩種

而且不會日

語

大約因為「操」的中文拼音「cao」西人發不出來，常常錯發成「靠」，結果就產生了一種委婉語「我靠」。因為變了音，就連女生都敢在課堂上大聲說「我靠！」而不害怕被人批評了。有幾次我上課聽見女生這麼大呼小叫，也只裝沒有聽見而已。

大規模以「操」進入漢語文學的，大約是閻連科吧。他筆下那個瘋教授癲狂時，「連天徹地地把自己的嗓子扯成一片兒一段的吼——

—我操你媽呀清燕大學！

—我操你媽呀樹！

—我操你媽呀風！

—我操你媽呀沙塵暴！

—我操你媽呀這皇城！（評：不就是北京嗎！）

—我操你媽呀天！

—我操你媽呀地！

—我操你媽呀醫院和野外！

—我操你媽呀護士和醫生！

—我操你媽呀操！

—我操你媽呀操操操！

以一個神經病的口這麼連操直操的是很解氣、過癮，居然全盤照登，說明社會進步（或退步）了，但今後誰還敢用「操心」和「曹操」這樣的字眼呢？連「做操」都可能說走嘴，發錯音了。

第三條路

美國詩人Robert Frost有一首詩很有名，叫The Road Not Taken（《沒有走的那條路》），開篇就說：「Two roads diverged in a yellow wood,／And sorry I could not travel both／And be one traveler」（黃色的林中有兩條道，／遺憾的是，我沒法分身／同時走兩條……）。好是好，但這是典型的盎格魯撒克遜人的思維方式，即世上萬物非此即彼，一個人的一生就是兩條路的選擇，走不了這條，就走那條。

換一個民族，換一種文化，思維方式就不一樣了。巴勒斯坦詩人Mahmoud Darwish一句話，就把這種美國式的二元思維方式化解、消解了。他說：「If I had two paths I would choose／the third。」[80]（如果我有兩條道，我就會選擇／第三條）。

當年國內詩壇兩派爭鬥，硬性地劃分為什麼「知識分子」和「民間詩人」，我參加1999年的昌平詩會時就說過，我兩者既是又不是。不多久，果然就出了一個由樹才等人發起的「第三條道路」的詩歌派別。

其實，有了第三條道路，詩人就會選擇第四條、第五條、第n條。在這個世界，二元思維是行不通的。

歐陽修

一向沒有聽見或讀到關於歐陽修（1007-1073）的什麼微詞或臧否，但在他死後50年出生的洪邁（1123-1202），在其《容齋隨筆》中，卻頗多指戳，也是不可不知的。例如，把韓愈文字與歐陽修文字具體對比之後，洪邁說：「歐公文勢，大抵化韓語也」。[81]這個「化」字，若放在今天，大約離剽竊不遠了吧。

談到「周世宗好殺」時，洪邁說：「史稱周世宗用法太嚴，群臣職事，小有不舉，往往置之極刑，予既書于《續筆》矣。薛居正《舊

[80] Mahmoud Darwish, *The Butterfly Burden*. trans. By Fady Joudah. Copper Canyon Press, 2007, p. 215.

[81] 洪邁，《容齋隨筆》（下）。齊魯書社，2007，342頁。

史》記載其事甚備，而歐陽公多芟去。」[82]由此看來，歐陽公當年還是個搞「政審」的。

還有一處，洪邁發現，歐陽公言必稱「予」，韓愈則僅稱「愈」，因此「可見其謙以下人。後之為文者所應取法也。」[83]

走筆至此，順便提一下，當年「昱」親手製作出版了一本小詩集，名曰《B系列》，用的筆名也是歐陽修，但不是修正的「修」，而是休息的「休」：歐陽休。

鄰

把「鄰」當做動詞的用法不多見，但洪邁談到「萬事不可過」這個道理時，說了一句用「鄰」做動詞的話，我覺得挺不錯：「執禮之過，反鄰於諂」。[84]意思是說，一個人太講禮性、講客氣，那就近乎於諂媚了。但「近乎於」什麼的，不如「鄰」好。

恙

恙指病。別來無恙？近有小恙，等等，都是說的病。古人關於恙有多種說法：貴恙、微恙、心恙、風恙，等。[85]

看到這兒，我想起一個英文字，初看與病無關，但指的就是病：condition。心臟有病，就是「heart condition」，胃病，就是「stomach condition」，眼病，就是「eye condition」，在這個意義上，很像「恙」，聽起來不像病，暗指的就是病。

---

82 同上，415頁。
83 洪邁，《容齋隨筆》（下）。齊魯書社，2007，676頁。
84 同上，682頁。
85 同上，725頁。

速度

我若提速度，肯定只與書相關，而不是賽車等體育活動，那個我不感興趣。以前曾提到過張賢亮、Alex Miller等人關於寫書速度的說法，沒說自己。此處倒是可以提一下。我寫英文詩集Songs of the Last Chinese Poet有3000多行，一年完成。我寫英文詩集The Kingsbury Tales，前後一年零四個月，寫了600多首詩，多是五十歲出頭的事了。感覺好像是，人年齡越大，寫書速度也越快。

關於老而快，洪邁早就有說法：「始予作《容齋一筆》，首尾十八年，《二筆》十三年，《三筆》五年，而《四筆》之成，不費一歲。身益老而著書益速，蓋有其說。」[86]

我有一個也許不恰當的比喻。男人年輕時最強大的器官莫過於性器官，但隨著年齡的增大變老，這個器官的力量在衰退過程中，逐漸為大腦取代，彷彿大腦成了一個充滿活力的性器官，寫書快而成熟，就不是什麼不可思議的事了。寫一本書，就是大腦射一回精而已。諸位都知道，射精的過程是不能太久的。久而無勁，久而無精。

拿Alex Miller來說。他當年最津津樂道的一句話就是：一本長篇小說不花四年寫，絕對不是好小說。2000年他64歲，在2000到2010他奔向74歲的十年中，他發表了5部長篇，相當於每兩年一部。由此看來，質量與速度並沒太大關係，跟年齡的關係倒似乎更大。

譽人過實

這個題目是洪邁寫過的，我借用之。經歷過文革的人都還記得，當年林彪盛讚毛澤東，說他是「當代最偉大的馬克思列寧主義者、毛

[86] 同上，486頁。

澤東思想是最高最活的馬克思列寧主義」云云，就是譽人過實的一個典例。現在回頭來看，凡是某人對另一人讚譽過甚，恐怕都包藏禍心或別有用心，值得引起高度警惕。

西方的譽人過實，一般表現在書背語上。一本書在出版之前，出版社總要請名人在後面寫上評語，幾乎無一例外地說好話，目的很明確：讓人一看就買你的書。曾有一段時間受蒙蔽，根據書背語而買了一些書，結果發現很不怎麼樣。比如常可看到這樣的形容，說某書「unputdownable」（放不下來、愛不釋手），本人拿到手上，卻多次放下，不想再拿起來。說明某人喜歡的東西，並不是人人都會喜歡的。

這裡插入一段小事。有位澳洲朋友最近當了學院的頭頭，忽然發現，過去有些對ta很冷淡的人，突然表現得熱乎起來，通信言談中常有過譽之語。Ta雖沒有表示出厭惡，但敏感地意識到該人有求於ta，想在ta那兒謀一職位。看來，無論東人西人，做人都有同樣的問題。

洪邁說：「稱譽人過實，最為作文章者之疵病。」[87]我頗贊同，故志之。

吐

以嘔吐入詩者罕見，所以，在洪邁《容齋隨筆》中見到一例，立刻記下。

「有姚岩傑者，飲酒一器，憑欄嘔噦，須臾即席，還令曰：『憑欄一吐，已覺空喉』。」[88]

由此還可以看到，古人寫詩，也是趁鮮，剛吐掉就要寫出來，這才有感覺。至於憑欄吐在何處，下面是否有人還是有水，那就不得而

---

[87] 洪邁，《容齋隨筆》（下）。齊魯書社，2007，570頁。

[88] 同上，625頁。

知了。

肩輿

這個詞現在已經看不到了，但當洪邁說：「富人懶行，而使人肩輿，貧人不得自行，而又肩輿人」時，[89]腦子裡立刻閃現出1900年前後澳洲一位書店老闆兼作家E. W. Cole說過的話。他到中國去後只留下一個印象，即那兒的人不是坐轎子的，就是抬轎子的。一言以蔽之，這就是那兒人與人之間的關係。竟然跟洪邁說的話很相近！

色

中文的「色」字很有特色，因為它的發音跟英文的「sex」僅差一個字母，即「se」。不僅如此，它在結構上也與英文的「sex」有著類似的形象。老話說：「色字頭上一把刀」，就是說色是伐性之斧，刮骨鋼刀，要人命的東西。故有「生爾處乃殺爾處」之說。[90]

沒想到，英文的「sex」裡，也有一把板斧。這把板斧就是「x」，其發音與「axe」（斧頭）是一樣的。「sex」這個字還有兩層隱含的意思。「x」一般指未知數。這也就是說，沉溺於「sex」，誰也不知道後果會是什麼。進而言之，「sex」裡還有「ex」這個首碼。英文說前男友（ex-boyfriend）或前女友（ex-girlfriend），前夫（ex-husband）或前妻（ex-wife），用的就是這個「ex」。不用我多說，大家也就知道這個意思了，即誰若放縱「sex」，很可能不久就會「ex」了，在自己的身分上添加一個「ex」的首碼。奇妙的是，所有這些意思似乎在造字的那一刻起，就都預設進去了。

---

[89] 同上，687頁。
[90] 參見：http://iask.sina.com.cn/b/15162973.html

關於此詞，我並不想多寫，只是因為看到洪邁文中有兩句不錯，摘引如下。他引《戰國策》說：「以財交者，財盡而交絕；以色交者，華落而愛渝。」[91]又引呂不韋說：「以色事人者，色衰而愛馳。」（p. 499）

其中的「渝」和「馳」字，我覺用得不錯。

開腿

年前到一個義大利朋友家吃飯。這位義大利人有個很民間的理論：凡是做得成功的女人，尤其在政治上，無不與「開腿」有關。按他的說法，女人只要開腿，就肯定所向披靡。每講完一個相關的故事，他就會用「opened her legs, you know」（知道嗎，開了腿的）作結。

最近看的一本澳洲女性寫的詩集中，有這麼一句：「For capitalism, we／spread our legs」（為了資本主義，我們／張開大腿）。[92]看了以後，讓我想起前面那個義大利朋友。同時隨手把那句詩改了一個字，加了一個字：「For socialism, we／also spread our legs」（為了社會主義，我們／也張開大腿）。

該詩集雖出自一澳女之手，但風格頗為狂放粗野，用字也很特別，如「will-／you-suck-my-cock terrorism」（你來吸我雞巴的那種恐怖主義）。[93]她請我寫的英文書背語中，我就說該書有著一種「poetic eloquence akin to a female vibrator working hard into the dark recesses of the human heart...」（「詩」若懸河，宛如一隻女用自慰器，辛苦勞作，深入到人類心臟的黑暗地帶⋯⋯）。

---

[91] 洪邁，《容齋隨筆》（下）。齊魯書社，2007，499頁。
[92] Susan Bradley Smith, *Super Modern Prayer Book*. Salt Publishing, 2010, p. 13.
[93] 同上，59頁。

不回信

自從十多年前會用電子郵件以來，偶有個原則，即來信必複，而且永遠是速複，即不到幾分鐘之內就複。慢慢的，我逐漸改變了這個習慣，因為我發現，他人並不是像我這樣，有的復信很慢，數日、乃至數周、甚至數月，到了你已經完全放棄，完全忘記時，他突然來了回信。有的則是有選擇性地復信，對有些帶有求問性質的信，這些人是不復的，看得出是有意不復。儘管大家仍是朋友，心裡免不了有點小糾結，但這種小事，哪怕再度碰到，也無法提到嘴邊。

看《容齋隨筆》，才知這種不回信的做法古以有之。據洪邁講，嵇康在《與山濤絕交書》中就說：「素不便書，又不喜作書，而人間多事，堆案盈幾，不相酬答，則犯教傷義，欲自勉強，則不能久。」[94]這就是洪邁所稱的「畏人索報書」，怕人家等著要你回信。在當今資訊發達的時代，倒也不失為一種率性的行為。

事

據說日本並無「隨筆」這個文體，是因一條兼良看了洪邁的《容齋隨筆》之序後，才有了靈感，遂將其書題名為《東齋隨筆》。洪邁在序中說：「予老去習懶，讀書不多，意之所之，隨即記錄，因其後先，無複詮次，故目之曰『隨筆』。」[95]

《枕草子》這本書是清少納言寫的，據她自己說，是「在幽居家中，閑來無聊，將自己所見所想的事記錄下來」的隨筆集。[96]其他不談，這本書描述的事，通過其獨特的標題就能一目了然，如「掃興

---

[94] 洪邁，《容齋隨筆》（下）。齊魯書社，2007，720頁。
[95] 參見：http://www.ywzx8.com/jajx/xrb/bxsi/200906/35184.html
[96] 清少納言，《枕草子》。上海三聯書店，2005，17頁。

的事」、「可憎的事」、「令人驚心的事」、「不相稱的事」、「不能相比的事」、「難得的事」、「懊悔的事」、「不成體統的事」、「尷尬的事」、「可愛的事」、「嚮往的事」等。看到這些標題，這些不同的「事」，不等看內容，就產生了一種想寫作的衝動。好的標題就像一張可愛的臉，能讓人產生創作的遐想和熱望。

關於詩，我曾有個說法，是別人寫詩，而我寫事，區別即在於此。以詩人之筆，寫世間萬事，就這麼簡單。

注

現在什麼都學西方，連註腳也是。更多的學術雜誌甚至還要求章節附註，非常討厭。近看《枕草子》，就很喜歡它的那種書內注。這種注法，是與西人迥異的一種傳統。舉例如下：

> 當車到待賢門（皇宮周邊十二門之一）門口時，人頭擠在一起。有的被撞掉了髮梳，一不小心，就會被踩斷，因而憂心忡忡，逗人好笑。[97]

又：

> 正月十五，是向天皇敬獻望日粥的節日。女官們將粥棒（煮粥用的木棒，傳說用以拍打未育女子後背，可望得子）隱藏起來。當同宗的粉黛和年輕的女官登門時，因擔心挨打，都留神背後，那樣子可真滑稽。[98]

---

97 同上，3頁。
98 同上，3頁。

看到這兒，真恨不得做一個博士論文，全部採用這種書內注，讓不懂得其他文化之精妙的西方人好好學習一下。事實上，最近我寫的一篇文章就有意採用了這種注法。它不傷文氣，不害文意，還有助於文字的流動，不像做註腳那樣，步步為營，寸步難行。

咒罵詩

咒罵人的詩，中文不多見，想得起來的就毛那一句：「不須放屁。」我與澳洲詩人John Kinsella合編《當代澳大利亞詩選》時，選中了菲力浦·尼爾森寫的一首詩，題為《六個詛咒》，覺得立意新穎，語言俏皮：

我送你六個詛咒。

首先，我要咒你功成名就，
受不盡的諂媚，有無數人依附，
你可要越發把你自己更當回事。

其次，我要咒你找到愛情，
盡情享受那油光燦亮的時刻，
親眼看自戀情結在殼上展開。

第三，我要咒你找到財富，
離開你的伴侶，再找一個小的，
她很快就會理解你，理解得太快了點。[99]

---

[99] 歐陽昱（譯），歐陽昱和John Kinsella（合編），《當代澳大利亞詩歌

在一本塞爾維亞詩選中，我發現一首與上面那首詩很相近的詩－很難說清誰跟像誰，誰先寫於誰，又是誰借用了誰－標題是Curses（《詛咒》），前面幾行我翻譯如下：

1.
但願風吹滅你的一切，
除了你墳頭上的蠟燭。

但願你躲不過斧頭，
也躲不過大炮。

但願你在魚城一條魚沒有，
在牛城沒一頭牛，
在羊城也無羊可求。

但願你碰到你兄弟
不帶刀就恐懼。

但願你從家裡搬到墓地去住。
但願你既無根，也無葉。

但願你用右手
在左手做的湯裡攪拌。[100]

選》。上海文藝出版社，2007，137頁。

[100] Charles Simic (trans/ed), *The Horse Has Six Legs: An Anthology of Serbian Poetry.* Graywolf Press, 2010 [1992], p. 162, from a poem by Ljubomir Simović.

在日本的《枕草子》中，我也發現了一首雖然沒有上述兩詩強烈，但也不缺詛咒味的小詩。作者到一個「不太熟」的人家中拜訪時發現，該處的柳樹「不著人愛」，於是隨口吟了一首咒詩：

傲然立庭間。
柳葉嬌眉美人面，
猶恨碧葉寬。
春神有臉全丟盡，
只怪店家樹不端。[101]

人類的感情千變萬化，詩歌就是這種種感情的「情緒計」，只要寫得好，什麼都可入詩，什麼都有可讀之處。

種族主義

種族主義這個詞原來在中國不是沒有聽說，我們還有「非我族類，其心必異」的說法呢，但沒有感受和親歷，只是到了澳大利亞後才逐漸十分瞭解，並在研究文學作品時有大量觸及。儘管看到過有關南京學生針對黑人學生暴力事件的報導，其中便稱其為中國式的種族主義，但可以說在讀到《穆斯林的葬禮》一書之前，從未在中國的小說中看到任何有關種族主義的描述。

這本小說很厚，達607頁。寫了一個回族家庭幾代人的變遷。給我印象最深的，不是回族的那些大篇幅描寫的文化習慣和傳統，因為這個我們很難進去，就是看了也不大記得住，而是漢人對回民的種族

[101] 清少納言，《枕草子》。上海三聯書店，2005，222頁。

主義歧視。下面是我摘錄的一段：

> 韓子奇還是個非我族類的「小回回」！離開了吐羅耶定和梁亦清，韓子奇才知道，人的種族原來是不平等的！也才懂得了師傅梁亦清一輩子為什麼只會默默地埋頭苦幹、死守奇珍齋的小攤子而不求發達，懂得了師娘為什麼面對蒲綬昌的巧取豪奪而一味忍讓，就是因為自己低人一等啊！但他又不明白，同是黃皮膚、黑頭髮的中國人，為什麼還分成不同的種族，並且又以此區分高下？像吐羅耶定那樣淵博的學者，像梁亦清那樣高超的藝人，他們的聰明才智難道比不上那些漢人嗎？像壁兒、玉兒那樣如花似玉的女孩子，她們的容貌和心靈難道比不上那些漢人的女兒嗎？他不明白，在中國、在北京，滿人的數量也遠遠比漢人少，為什麼漢人卻不敢像對待回回這樣歧視滿人？清朝早就垮台了，可是人們見到了皇室、貴族的後代，仍然對他們過去的地位肅然起敬！他們的祖先曾經是統治者，被統治者對此卻並沒有仇恨；回回從來也沒有做過統治者，卻為什麼招來了漢人的仇恨和歧視呢？[102]

把其中的「回回」改成「華人」，再把其中的「漢人」改成「白人」，放在海外的西方語境下，我看也頗說得過去。

這本書裡面，回民都是形象高大美好，而漢人則不是行為猥瑣，就是唯利是圖，如上面那個蒲綬昌，「他權衡一切的準則，無非是『利』、『弊』二字」。（105）

倒是深知種族主義的西人，到了異國，也很會鑽種族主義的空

[102] 霍達，《穆斯林的葬禮》。北京十月文藝出版社，2007，110頁。

子。那個名叫亨特的玉商，一眼就看出了韓子奇和蒲綬昌之間的矛盾，對韓說：「我發現您和蒲綬昌先生並不是一條心！」（120）

值得指出的是，白人殖民世界其他各地，一向採取的就是「divide and rule」（分而治之）的政策。見縫插針，見隙插嫌，以種族為界，硬生生地把你肢解。這當然不是那本小說的旨意，而是我的生發。對於中國這個極難消化的大國，白人最厲害的辦法，就是灌輸獨立自由的思想，把你碎而分之，像前南斯拉夫那樣，碎裂成許多個蕞爾小國。他們夢想的未來，大約是中國也會分成西藏國、東土耳其斯坦國、回族國、台灣國、香港國、澳門國，等等。

不過，像美國這樣的國家也得小心點。搞不好別的國家沒有分裂，它自己倒先裂變了。2002年我去三藩市開會，去唐人街後有一個印象，即這已經不是唐人街，而是街道縱橫的一個很大的華埠。在這個地方，有華人醫院、華人警察局、華人學校、華人餐館就不用說了，一個人活到死，也可以不用說一句英文。根據這個情況再發展一兩百年，這個很大的華埠就可能發展成一個隻講華語或華語英語並行不悖的很大的華人州。到那時，根據他們自己的獨立自由思想，從美國硬生生地誕生一個華人國，也不是沒有可能的事。一向愛搞別人的人，終有一天會搞到自己頭上來，這也不是不可能的。

回過頭來再講點跟種族主義有關的事。我寫The English Class這部長篇小說時，到雲南實地考察過一次。通過朋友跟當地一個少數民族的作家認識。據他說，他本來考取了北京大學，但因某天同學罵他是「南蠻子」，他一磚拍去，把那個漢族學生拍成了一個腦震盪，結果被迫轉校。如果上述引文講的是解放前的事，這件事就發生在上個世紀九十年代。《穆斯林的葬禮》中，也有一個解放後上大學學英文的女主人翁，叫韓新月。有一段文字記錄了她與同班同學發生的矛盾，記錄在下：

> 謝秋思身上的那股自視高貴的凌人之氣，不僅針對「鄉下人」羅秀竹，而且把她也捎帶著掃了一下，聽聽那語氣：「還不如人家少數民族來得個靈」，似乎少數民族應該是又呆又笨的，韓新月只是個偶然的特殊，羅秀竹不如韓新月，是奇恥大辱！表面看來，是讚揚了韓新月這一個「人」，實際上卻把她所屬的民族貶低了！這層意思，新月是決不會毫無察覺的，長期散居在漢族地區的穆斯林對此格外敏感。這也正是穆斯林當中為數不多的學者、作家、演員並不特別在自己的名字旁邊註明「回族」字樣的原因，他們不願意讓人家說：「噢，少數民族啊？這就不容易了！」或者說：「大概因為是少數民族，才……」他們要憑自己的真才實學，平等地和任何民族的人比個高下，而不願意被別人先看成「弱者」而「讓」一下或是「照顧」一下。韓新月也正是這樣以自身的當然條件考取了北京大學西語系，連第二志願都沒有，杜絕了任何「照顧」的可能性！[103]

我邊打字抄錄此段，邊面露微笑，一迭連聲地說「好玩」。沒想到，漢人竟跟白人一樣，對其他少數民族也有這種自己都察覺不出的「種族歧視」。是的，我有次跟兩位少數民族畫家一起吃飯，他們一位是侗族，另一位是一個我記不起來的少數民族，好像是布依族。記得當時我說了一句話。我說：你們看上去一點也不像少數民族的人。他們立刻反駁說：你看上去也一點也不像漢人！我這才猛然意識到，我犯了一個很stupid的錯誤！

[103] 霍達，《穆斯林的葬禮》。北京十月文藝出版社，2007，130頁。

憤怒

關於德國詩人荷爾德林，一般描述他時都愛用浪漫、高古、詩意、哲學之類的詞。其實不然。我專門買來他的Selected Poems and Fragments（《詩歌及碎片選》）看後，發現只有一個字能夠形容他，那就是憤怒。初看時並無此印象，但我發現，我停筆劃線的地方，都是「rage」（暴怒）、「wildly」（狂怒）、「angry」（憤怒），等字眼。

在一首詩中，他說：anger, she said, was enough and approved by Appollo-／If you have love enough, then go on, rage out of love[104]（憤怒，她說，就足夠了，而且也得到了阿波羅的批准——如果你有足夠的愛，那就來吧，暴怒地從愛中出來）。

荷爾德林30多歲時得了精神病，據說他「strummed wildly on his piano by day and by night」[105]（日日夜夜狂怒地敲打鋼琴）。

他有一首詩題為「The Angry Poet」（《憤怒的詩人》），如下：

> *Never fear the poet when nobly he rages; his letter*
> *Kills, but his spirit to spirits gives new vigour, new life.*[106]
> （詩人高貴地發怒時，絕不要害怕。他的文字會要人的命，
> 但他的精神會給其他人的精神帶來新的活力、新的生命）

從前面那句「暴怒地從愛中出來」話中，看得出來，荷爾德林對愛是有看法的。他有一個詩句說：Too much／Of love…／Is dangerous…（p. 249）（太多／的愛……／是很危險的）。偶同意。

---

104 Friedrich Hölderlin, *Selected Poems and Fragments.* Penguin Books, 1998 [1966], p. xxxiv.
105 同上，p. xxxv。
106 同上，p. 19。

德國人

記得剛開始做博士論文時，導師說過一句話：德國人跟你們中國人很相像，做事也是循規蹈矩，一絲不苟的。他說這句話，是因為我不同意他的研究方式。他說：其實研究澳大利亞文學中的華人形象問題，可以不必尋找大量實質性資料，而要事先進行一些假定和推理。我不同意。我堅持認為，我所做的研究項目，是迄今為止沒人做過的，因此沒有可以憑依的資料，不能連資料都沒有就在那兒臆測。如果像他所說那樣，一上來就做assumptions（推斷），那等於是在沙漠裡研究水，在大海裡研究山一樣。

我採取了一個現在看來可能是很stupid的做法：把大學圖書館澳大利亞文學書架上的所有書，從A到Z全部翻過，查到了第一手資料，寫出了我的論文。事情就這麼簡單。

回頭再談德國人，以及他們是否像中國人。至少從荷爾德林的詩集裡，我發現了幾處與中國人用詞幾乎完全一樣的地方，而這是我在英文詩歌中極少看到的。例如，我們說「心聲」，他的德文譯者的筆下就有「the voice of the heart」的說法。[107]我們說「心死」，荷爾德林的筆下就有這種句子：「my heart may die then」（p. 7）（那時我就會心死了）。中國曾有位劇作家王正寫過一個劇本，叫《遲開的花朵》，不巧的是，荷爾德林的筆下也有「late flowers」（p. 41）的說法。

當然，這一切也許都是碰巧，我也懶得去細加考證。這個話題到此為止，我要去吃午飯了。

[107] Friedrich Hölderlin, *Selected Poems and Fragments*. Penguin Books, 1998 [1966], p. xxvii。

巧合

詩人雖然相隔千萬裡和數十年或數百年，種族不同、身分不同、語言不同，但所寫的詩卻有時會發生詩意的巧合。下面隨手拈來兩例。

前面講過的英國詩人Robert Graves（1895-1985）曾在一首詩中說：「You have wandered widely through your own mind／And your own perfect body」。[108]（你已大範圍地漫遊，穿過了你自己的大腦／和你自己完美無缺的肉體）。

一看這句詩，我就想起了我早年在中國創作的一首詩中的一句：「在心靈的版圖上你已走了很久、很久／你在邊緣徘徊、夢想彼岸的自由」，[109]儘管那時我並沒有讀過Graves的作品。

荷爾德林（1770-1843）有一段詩如此寫道：「Who was the first to coarsen,／Corrupt the bonds of love／And turn them into ropes?」[110]（誰先把愛情的紐帶／弄粗、弄壞／使之變成了繩索？）

好玩的是，我2010年4月27日寫了一首詩，那時還沒有開始看荷爾德林這本書（2010年6月13日買的，同年7月7日開始看的），全詩如下：

婚姻

最開始是看不見的情絲
多少年後
才看出

---

[108] Robert Graves, *Poems Selected by Himself.* Penguin Books, 1983 [1957], p. 177.
[109] 歐陽昱，《墨爾本之夏》。重慶出版社，1998，107頁。
[110] Friedrich Hölderlin, *Selected Poems and Fragments.* Penguin Books, 1998 [1966], p. 201。

原來是鏈子

不大像？但又有點像。那就行了。如果完全一模一樣，那不是抄襲了嗎?!

Bare-chested

文字是膠囊，記憶就存放在這個膠囊中。即使隔了多年，一看見某個字，哪怕是外國字，人就會回憶起當年的某件事。比如，「bare-chested」（光著胸脯）這個字，[111]是我2011年在看一位澳洲詩人的詩中見到的，卻讓我想起1977年在黃陂汽校讀書時的一件事。那年夏天很熱，我請大家客，到外面喝酸梅湯，當時我只穿一條短褲，光著膀子，或者說是「bare-chested」。其他三個同學說：穿條短褲就上街，這好像不大好吧。我說：沒事，不見街上到處都是這樣的人嗎？確實，當年人們比現在自由，熱了就脫，男的光著膀子上街的比比皆是。經我慷慨激昂的一番陳詞，我們四人就那麼大搖大擺，並著肩膀「bare-breasted」地上街了。

就是「bare-breasted」這個字，讓我想起了這段往事，否則，還不知要等到何時，看到哪個文字膠囊，才能誘發這段回憶呢。

弱

弱者不弱。實際上，世界上最難對付的莫過於弱者。拿阿富汗這個弱國來說，上個世紀，蘇聯打了它十年，也沒有把這個國家拿下來。看現在這個樣子，英美從2001年9.11之後進入，也已經打了十年，想把戰爭清理出個頭緒來，仍然遙遙無期。

---

[111] John Jenkins, *Growing up with Mr Menzies.* John Leonard Press, 2004, p. 94

莎士比亞稱女人說：Frailty, thy name is woman！（脆弱：你的名字是女人！）其實，女人只不過貌似脆弱罷了。女人若愛一個人，會因愛而變得軟弱無比，對一個男人百依百順，但如若不再愛了，就是九十九頭牛也拉她不回頭，那種決絕，不是軟弱的男人比得上的。

有一本書基本無甚可讀，但有一個細節倒是過目不忘，使我有上述感歎，說的是人藝的焦菊隱與他的學生秦謹相愛結婚，但僅九年就婚姻破裂，領導多次勸說均無用，哪怕說焦菊隱是「天才」也不行。據說秦謹聽了這話後說：「他就是莎士比亞，我也要離婚！」[112]

看來，從生理觀點看，愛使男子變硬，女子變軟，而不愛，從心裡角度看，則使男子變軟，女子變硬。一個不愛的女子，哪怕再弱，也堅如磐石。

Pom

總以為在澳大利亞受歧視的只有華人，其實來自其他國家的人，都有受歧視的現象，包括英國人。我的朋友Alex來自英國。據他說，他最討厭澳洲人罵他Brit。「Brit」是「British」（不列顛人）的縮寫。儘管Urban Dictionary也認為這是罵人話，但卻說大多數英國人都無所謂。[113]

「Pom」也是一個侮辱英國人的字眼，據說是「prisoner of mother England」（母親英格蘭的囚徒）的縮寫，或者是「pomigranite」（紅石榴）的縮寫，因為英國人的皮膚泛紅。[114]一位原籍英國的詩人朋友在他的詩中，就記錄了在澳大利亞受到的歧視：

---

112 辛夷楣，《記憶深處的老人藝》。生活、讀書、新知三聯書店，2009，33頁。
113 參見：http://www.urbandictionary.com/define.php?term=brit
114 參見：http://www.urbandictionary.com/define.php?term=pom

though for some I was till the enemy—
playing the wrong games
my voice a rep for Empire
"you're a sour faced Pom" I heard one scream,
and another on first acquaintance
"about the accent
you'll have to do something with that
you need to become a real Aussie fella
there's nothing finer on earth" she spat[115]

（不過，對某些人來說，我還是敵人－
玩的都是錯誤的遊戲
我說話的聲音代表著大英帝國
「你是個愁眉苦臉的龐獼，」我聽見一人大吼
還有一個人第一次見面就說：
「你得想辦法解決
你的口音問題
你需要成為一個貨真價實的澳洲人
地球上沒有比澳洲人更優秀的了」，她好像吐痰似地說）

事實上，任何民族對其他民族，都有不同程度上的歧視和偏見。直到現在，我還記得希臘諺語中有一句關於阿爾巴尼亞人的話，是這麼說的：跟他們握過手後，要仔細檢查一下，看還有幾根指頭剩下。因為時間太久，我已經不記得這是阿爾班尼亞人針對希臘人說的，還是

[115] Adrian Caesar, *The June Fireworks: New and Selected Poems*. Molonglo Press, 2001, p. 23.

倒反過來。不過，我對希臘人的偏見，自剛到澳洲發生的一件小事，就紮下根來。當年做學生很窮，我走了兩個小時的路，到Sunday Market去，從一個希臘老頭手上，買了一輛六十澳元的自行車。當時還覺得很便宜，而且親身體驗了與一個希臘人交往的多元文化經驗。誰知這輛車上路騎到一半，車子就稀裡嘩啦地散了架，只好自己扛回去修了！

Footy

「Footy」是「Australian football」（澳式足球）的簡稱。喜不喜歡這個球，是衡量一個人是不是一個真正的澳洲人的標準。儘管我已入籍十多年，我承認，從這個意義上講，我不是澳大利亞人，因為我對它毫無興趣。很多華人也不感興趣。有個華人朋友甚至罵這個球是「stupid ball」（蠢球）。

後來我發現，來澳的一些英國移民也不喜歡這個球。我的作家朋友Alex是一個，我的詩人朋友Adrian也是一個。他在詩中說，他上學時，經常有人沖他大喊大叫：「stop reading that poofter poetry and come／play footy」（不要再看那種女裡女氣的詩歌了，快來／玩足球吧）。[116]

分手

當代的愛，越來越像是僅僅為了性。所以，戀人分手之後的那種感覺，經詩人一描述，就很到位地凸顯出來，如澳洲詩人Michael Brennan所寫：

One is not the half of the other. I am not rushing
toward you in a flurry of platonic love. I will

[116] 同上，p. 32.

not bind with you as my severed twin. It's more about
lust and a good fuck. No mysticism in it.[117]

（一個人並不是另一人的一半。我不會一陣激動，帶著柏拉圖式的愛，
衝向你。我像連體嬰兒已經分開，
不會與你纏在一起。愛情不如說
就是肉欲，就是快活地日B。沒有一點兒神秘。）

這一段文字，寫得很真實。

重複

人世間的很多東西都是重複的，秒複一秒，日復一日，週復一週，月復一月，年復一年，春復一春，冬復一冬，人復一人，臉復一臉。大海是重複的，藍天是重複的，樹是重複的，幾乎沒有什麼是不重複的。可是，一到詩歌，有些編輯就很容不得重複。我那首從中文自譯成英文的《流放者的歌》（Song for an Exile in Australia），結尾的三行分別是：

in Australia
in Australia

in Australia

117 Michael Brennan, *The Imageless World.* Salt, 2003, p. 43.

結果發表時被悉數砍去。這說明，作者雖有書寫權，卻胳膊拗不過大腿，拗不過編輯的編輯改寫權。為了節約文字的空間，全球的編輯都在考慮如何刪除詩意的重複。

但全世界的詩人都知道這個簡單的道理和真理，都無不在詩中執拗地犯著重複的錯誤。詩人A. L. Henriks在一首詩中說：

Her fingers
Her fingers
Her fingers

（她的指頭
她的指頭
她的指頭）

馬拉美在一首詩的結尾說：

Je suis hanté. L'Azur! L'Azur! L'Azur! L'Azur!
（我魔鬼纏身。藍天！藍天！藍天！藍天！）

雨果也有類似的重複：

Waterloo! Waterloo! Waterloo! morne plaine!
（滑鐵盧！滑鐵盧！滑鐵盧！太鬱悶了！）[118]

---

118 上述兩段引文均摘自Gilbert Highet, *The Art of Teaching.* New York: Vintage Books, 1989 [1950], pp. 24-25.

沒有辦法，我的in Australia／in Australia//in Australia在被澳大利亞劇除的時候，卻在中文版裡保留下來，[119]說明還是漢人比白人、漢語比英語具有包容意識。

誇張

前面說過，中國人喜歡誇張，但說到誇張的極限，就既不如美國人——金斯堡有一句詩這麼說：A billion doors to the same new Being!（同樣一個新生命，敞開十億扇門！）——也不如希臘人。希臘詩人Catullus（西元前84-54）有一句詩說：

Curious to learn
how many kiss-
es of your lips
might satisfy
my lust for you,
Lesbia, know
as many as
are grains of sand[120]
…
（想知道
你的多少
唇吻

[119] 參見歐陽昱，《墨爾本之夏》。重慶出版社，1998，28頁。
[120] Catullus, *The Poems.* Penguin Books, 2004 [1966], p. 57.

能滿足我對你的肉欲
賴斯比亞，知道嗎
如沙粒般
不可勝數）
……

接著還說跟夜空的星星一樣多，不過，那就平淡了，因為我們也這麼說的。

John Donne有時也會誇張一下，比如他就有「tear-floods」（淚的洪水）和「sigh-tempests」（歎氣的風暴）的說法。[121]

床

很多人不看詩，這是一大遺憾。讀詩的一個奇妙之處在於，某一段詩或某一個字，能喚起一段久已淡忘的回憶，比如這句：「the man stalks from bed to bed」[122]（男人躡手躡腳，從床來到床）。

我立刻想到在上海讀書時認識的一個澳大利亞朋友R。據他說，未婚時，他有一段「hopping from bed to bed」的經歷，也就是說，不斷從一張床換到另一張床的經歷，說得更具體點，就是換女人的經歷。他同時還講了一個故事，說他曾一度住一幢很大的房子，和他情侶在這邊房間，可以遠遠地看見對面房裡他的妻子，但互相居然都不知道。

聽他口氣，那房子之大，能讓這種事情坦然而又安然地發生，讓我這個當年尚未出國的後生覺得簡直不可思議。

[121] John Donne, *Selected Poetry.* OUP, 1998, p. 112.
[122] 同上，85頁。

還有一段詩也是如此：「love-talk enhances love-acts」（談情說愛，有助於愛愛）。[123]此說甚佳，但關於這個的記憶，每個人的都不一樣，我就免談了吧。有一點是肯定的，一旦男女到了無話可說的地步，他們之間也就無愛可做了。

腋臭

記憶中，腋臭，又曰狐臭，好像從沒進入詩歌，只在伊沙的一首詩《原則》中提了一下：

我身上攜帶著精神、信仰、靈魂
思想、慾望、怪癖、邪念、狐臭
它們寄生於我身體的家
我必須平等對待我的每一位客人[124]

這還是讀詩不多的緣故。看了希臘詩人Catullus的詩後，才得知他早在兩千多年前就寫到了「b.o. under the armpits」（腋下的臭氣），「b.o.」指bad odour（臭氣）：

Do not wonder when the wench declines
your thigh her thigh to place beneath.
You cannot buy them with the costliest clothes
or with extravagance of clearest stones.
There's an ugly rumour abroad,

123 Catullus, *The Poems.* Penguin Books, 2004 [1966], p. 115.
124 參見：http://www.tianya.cn/publicforum/content/poem/1/2568.shtml

b.o. under the armpits –

and nobody likes that!

So do not wonder if

a nice girl declines the goat-pit.

Either reach for the deodorant,

or cease to wonder that she do declines.[125]

（小妞謝絕把她大腿送到你

大腿下時，你可不要奇怪。

你就是買最昂貴的衣服，用最豪華的

透明寶石，也買不來她的心。

外面到處都有難聽的傳聞，

說你腋窩發臭——

誰也不喜歡這個！

所以，你別奇怪了，

如果好好的小妞謝絕山羊的腋窩。

趕快去拿除臭劑，

否則就別奇怪為何遭拒。）

比較

一個作者未死之前，還沒有被人拿去與其他作家的作品比較之前，如果看到別人的作品與自己有相似之處怎麼辦？很簡單，記下來，供自己記取。死了以後別人知不知道，那就跟自己沒有任何關係了。至少趁還活著時可以自己比較一下。

---

[125] Catullus, *The Poems*. Penguin Books, 2004 [1966], p. 181.

我看到Catullus兩千多年前寫的一首詩時，覺得與2000多年後我在澳洲寫的一首英文詩頗有相似之處。他的詩如下：

I hate and I love. And if you ask me how,
I do not know: I only feel it, and I am torn in two.[126]

（我恨，我愛。你問我怎麼恨、怎麼愛，
我哪知道。我只是有此感覺，而且，總好像在被兩者撕扯。）

我這首詩1996年前後寫於澳洲，如下：

love and hate
they are the two legs

if you move one
you have to move the other

they walk the enormous distance
between life and death

if you amputate one
the other is crippled[127]

[126] Catullus, *The Poems.* Penguin Books, 2004 [1966], p. 197.
[127] Ouyang Yu, *Songs of the Last Chinese Poet.* Wild Peony, 1997, pp. 89-90.

（愛與恨
是兩條腿

動一條腿
就得動另一條

兩條腿走過生與死
之間的極大距離

若截斷一條
另一條就會癱瘓）

自己把自己這首詩譯完後，又覺得不一樣了。那就暫時存疑，以後再說吧。

還有一次，看金斯堡的詩時，也發現有一處與我頗似。他說：「I sit in my house for days on end and stare at the roses in the closet」[128]（我成天坐在家裡，目不轉睛地盯著看壁櫥裡的玫瑰）。

我呢，是這麼說的：

i pick up the telephone receiver and sit there
for hours listening to its soothing buzz[129]

---

[128] Allen Ginsberg, *Howl, Kaddish and Other Poems.* Penguin Books, 2010 [1956], p. 23.

[129] Ouyang Yu, 'Going Mad', *Moon over Melbourne and Other Poems.* Exeter: Shearsman Books, p. 43.

（我拿起電話，坐在那兒
一坐就是幾個小時，聽著它那令人慰藉的嗡嗡聲）

譯完後，還是覺得不像。那就算了吧。

最後，Sylvia Plath有首詩裡說：「I am nobody; I have nothing to do with explosions」[130]（我什麼人也不是；我跟爆炸沒有關係）。這讓我想起我早年寫的一首詩：

我是什麼

我是一條河流
　　一條深沉平靜的河流
我要爆炸
我要怒吼
我要——我是一條深沉平靜的河流

我是一頭猛獸
　　一頭沉睡無語的猛獸
我要騰躍
我要捕殺
我要——我是一頭沉睡無語的猛獸

啥也不是
啥也沒有

[130] Sylvia Plath, *Selected Poems.* faber and faber, 1985 [1960], p. 24.

我是一個庸碌的小人

還沒等到時候！

看完之後，還是覺得不大像，但因最初像的感覺，而有意把它找來。而且，這首詩自譯成英文我，「啥也不是」就是譯成「I am nobody」的。

牢

三十多年前讀大學時，有個同班同學說的話至今記得。由於他父親公安工作的關係，他很瞭解內幕，曾經說：中國就是一座大牢。

這句話後來被我寫進一部長篇小說中。

當年，為了逃出那座「大牢」，我來到澳大利亞。起先的確有自由的感覺，但不久，就直感地察覺到，澳洲其實很不自由，於是曾在一本詩集中說，這個國家是一座「自由的監獄」。[131]

來澳二十年後，翻譯休斯的《致命的海灘：澳大利亞流犯流放史》一書，看到一句話，印證了我當年的直覺。關於英國擬將犯人流放到澳大利亞時，他是這樣說的：

> 一座未曾探索的大陸即將成為一座巨牢。這座牢獄周圍的空間，囚於其中的空氣和大海，以及整個透明的南太平洋迷宮，都即將成為一道厚達14000英里的牢牆。[132]

其實，人生在世，在任何地方都不可能自由，因為人的肉體本身

[131] Ouyang Yu, *Songs of the Last Chinese Poet.* Wild Peony, 1997, p. 44.
[132] Robert Hughes, *The Fatal Shore. Vintage,* 2003 [1986], p. 1. [此段譯文為歐陽昱所譯]。

就是人的囚牢，只有死亡才能解脫，也只有通過死亡，才能得到真正的自由。

大約正是因為這一點，貝克特說「imprisoned at home／imprisoned abroad」。[133]

可以把這句話隨譯一下，但得事先解釋，因為它至少有兩層意思。一是「家裡是牢／外面也是牢」。另一層意思是：「國內是牢／國外也是牢」。當然，不這麼翻也可以，還可譯成「囚禁在家／囚禁在外」，或「囚禁在國內／囚禁在國外」。

本來想就此收筆，但寫到這兒，想起二十多歲時寫的一首詩，就曾把家比作牢：

家庭

今天，我才感到這一切多麼像牢！
我發現我一刻也離不開電扇，一離開便渾身冒汗
而且特別容易疲勞，無論是坐著、躺著、或者站著
聽音樂、看電視、閒聊、變換各種花樣消遣，仍然疲勞
長長的睡眠之後反而更想睡
胃被沉重的食物壓得直往下墜
鏡子從頭到腳盯著我：臃腫不堪，粗笨難看
紗窗關住了蚊蠅、灰塵，也關住了陽光和風
以及自由行動的意思
我還剩下什麼，如果不是骨頭和肉、肉和骨頭？

133 Samuel Beckett, *Selected Poems 1930-1989*. faber and faber, 2009 [1957], p. 180.

終於，我站在大河岸邊，閃著銀光的自行車臥在深草叢中
車輪還在轉動，碧藍的波濤滾滾而來，滾滾而來
滾滾而來，風一陣陣，一陣陣，一陣陣，陽光仰著臉
頭暈目眩，風站著傾聽，堤岸袒著胸脯
水接納了我，宛如自由的魚，我成小時成小時
注視它們，注視下去而無厭倦……

啱，我對自己說，自行車輪沙沙響著
朝家庭的方向轉，放風的時間就要結束了
還有什麼遺憾嗎？

如果當年的我是現在的我，我會把「疲勞」二字翻新成「疲牢」。

灌

一提起「灌」這個字，我就想起「灌水」和「滿堂灌」這兩個說法。前一個說法是當今的網語，其意義甚多，可在此查到：http://iask.sina.com.cn/b/11466137.html，但我本人從來不做，也沒興趣。後一種說法是當年對不問教育對象，不管學生聽懂與否，而一味灌注式的教學法。

到澳洲後，我發現「滿堂灌」的現象比中國還要嚴重。讀博士期間，我跟導師說，我想去上人類學的課程，於是就去上了，但只上了一堂課，我就決定再不去了。那天我走進課堂，發現裡面已經幾乎坐滿了人。給自己找了一個位置後，就坐下來等著上課。這個教授是正點過了五分後進來的，從進教室起，到55分鐘之後離開教室，他沒在黑板上寫一個字，而是一刻不停地照本宣科，念他的教學筆記，而學生每人面前的課桌上都擺著大開本的筆記本，除了我一個人之外，所

有的人都歪著腦袋在那兒奮筆疾「錄」，整整記了55分鐘，沒有一個人提問題。我佩服澳洲教授的朗讀能力，我更佩服澳洲學生的記錄速度，但這樣的課，我一分鐘也不能上了。

近讀海厄特的「The Art of Teaching」（《教書的藝術》）一書，發現西方人並不是這樣機械無情。他援引耶穌會一位牧師的話說：「the mind of a schoolboy is like a narrow-necked bottle. It takes in plenty of learning in little drops, but any large quantity you try to pour in spills over and is wasted. Patience, patience, patience.」[134]

隨譯如下：學生的大腦就像瓶頸很窄的一個瓶子。學再多東西，也得一小滴小滴地接受。你若大量往裡灌水，水就會溢出來而浪費掉了。耐心、耐心、再耐心。

順便說一下，海厄特很讚賞耶穌會教導學生的方法，說他們不僅讓學生知道怎麼做事，也知道做事的道理，因此教導出來的學生意志力很強並具有遠見卓識，其典例就是喬伊絲，他就是因為受了這樣的教育，才花了整整七年寫了一本只寫發生在一天的故事的書，即《尤利西斯》，又花了十七年寫了一本關於一個晚上所做的夢的書，即《菲尼根守靈》。[135]這個細節我原來並不知道，覺得有意思，就隨手記了下來。

十年

不要小看十年。自新中國成立以來，就萬劫不復地進入了十年一個輪回的你說它是惡性循環也好，或者是良性循環也好的生存週期、生長週期和死亡週期。小的就不去說它了，只說大的。下面列張表：

---

[134] Gilbert Highet, *The Art of Teaching.* New York: Vintage Books, 1989 [1950], p. 196.
[135] 同上，196頁。

1956：整風反右運動

1966：無產階級文化大革命

1976：天安門事件，又稱「四五事件」

1989：天安門事件，又稱「六四事件」

1999：取締法輪功

2008：奧運風波

可以看到，1989年比1976年晚了3年才發生，說明歷史並不完全精確地按照10年的軌跡運行，但根據2011年發生的「茉莉花革命」，表明這個十年的規律在逐漸縮短時間，已經從過去的十年，降到現在的三年左右。

如果把國家比作一個身患癲癇的病人，從前發癲癇的次數是每10年一次，那麼，50年後，也就是這個國家到了知天命的年齡時，這個發病的頻率大約是每3年一次了。這只能說明一點，就是這個國家病得不輕了。

正是詩人一句話，讓我想起了所有這些。金斯堡說：「God breaks down the world for him every ten years」[136]（每過十年，上帝就要為他自己把世界破壞一次）。

錢

錢能通神，錢是萬惡之源，等等，這些廢話說了等於白說，一點新鮮感都沒有。

只有從詩人那兒，才能看到新鮮的東西：

[136] Allen Ginsberg, *Howl, Kaddish and Other Poems.* Penguin Books, 2010 [1956], p. 82.

Money! Money! Money! shrieking mad celestial money of illusion! Money made of nothing, starvation, suicide! Money
of failure! Money of death!
Money against Eternity! and eternity's strong mills grind out
vast paper of Illusion![137]

隨譯如下：

錢！錢！錢！狂叫的天空的幻象
之錢！用虛無、饑餓、自殺製造的錢！失敗
之錢！死亡之錢！
反對永恆之錢！而永恆的強大磨坊正碾磨出
巨大的紙版幻象！

誰是這位詩人？Allen Ginsberg。反正說了你們也不知道，也不會去看的。

再浪費你一點時間。我也寫過一首關於錢的詩，如下：

給你

這麼多年來你一直在賺錢
賺了錢後買房
買了房後賺更多的錢
你住的大房子讓很多人豔羨

[137] 同上，p. 89.

你用錢為自己買下大量不用的空間
你把這些空的空間向每一個來訪者展出
你不讀詩
你也沒有時間看書
你看電視
那是為了讓你錢賺得過多的眼睛得到休息
你間或購買藝術品
那是因為你意識到它們可以增值
這麼多年來你和錢成為同義語
你知不知道你在重複100年前某個人的生活
重複中還沒有他當年那種有味的細節
例如：他的四妾
一百年後你也會跟100年前那個人一樣
什麼都沒留下，圖書館連有關你的一個字都沒有
跟文藝沾邊的任何領域都沒有你的痕跡
當然，你的房子會以更高的價格拍賣給陌生人
再按陌生人的喜好改裝得不露你的形跡
或者直接傳給你自己不用再努力的後代
你並不是唯一這樣做的人
不少人在向你看齊
更多的人已經跑到你前面去了
說明你還得花更多時間更多精力賺更多的錢
看更少的書乾脆不看詩甚至連電視也要節約地看
音樂可以聽而不聞
凡是干擾你賺錢的事都要少做或者不做
你當然對青史留名不屑一顧

你要的就是錢

你姓錢

但你要明白

這首詩其實不是寫

給你的

錯誤

人一生都在與錯誤作鬥爭，但錯誤就像死亡，寸步不離人的左右，而且無時不刻地左右人生。從詩人的角度講，錯誤卻是一個好事，因為錯誤能迸濺創造性的火花。我曾在看一個美國詩人Dana Gioia的詩時，把「feel pain」（感到疼痛）一句錯看成「peel pain」（剝去疼痛之皮），從而導致一首英文詩歌的產生和發表。[138]

如前所說，書中若有一個錯誤存在，就好像用刀在記憶中打了一個叉叉，再也忘記不了。有一本書中居然出現這種讓人啼笑皆非的句子。一個知青在日記中寫道：「今天的工作是對我的考驗，今後還要幹這種活，把稀泥看成是美蔣，像歐陽修那樣『為了革命，幹哪！』」[139]「歐陽修」，還是「歐陽海」？簡直豈有此理。知青寫錯了，至少編輯應該改過來呀。不過，歐陽修的亡靈能夠過一下知青生活，也是很有意思滴。

金斯堡說：「I who make mistakes on the eternal typewriter」[140]（愛在永恆的打字機上犯錯誤的我）。

---

[138] 該詩全文在此：http://www.cordite.org.au/poetry/submerged/ouyang-yu-reading-dana-gioia-wrongly-that-is

[139] 青青（主編），《在那個年代》。新疆人民出版社，2008[2005]，282頁。

[140] Allen Ginsberg, *Howl, Kaddish and Other Poems.* Penguin Books, 2010 [1956], p. 107.

數年前去德國參加法蘭克福書展，離開時幾乎什麼東西都沒買，行李過秤時僅九公斤。櫃檯服務員——一個德國小姐——用生硬的英語吃驚地說：「So few luggage!」（行李這麼少）我笑笑說：「That's right!」（是啊）這件事直到現在還記得，是因為她英文說錯了，正確的應該是「So little luggage!」

這個情況與我最近打的的計程車司機說的一句話類似。早上堵車，我們開不動，他——一個來自黎巴嫩的司機——感歎地說了一句：「So much cars!」這又是一句錯誤英文，正確的應該是「So many cars!」不過，誰又在乎呢，惟一受影響的是記憶，等於讓錯誤在上面劃了一刀，刻下了一道痕跡。

有一個與威廉親王的凱特王妃同名的澳洲詩人（也叫Kate Middleton）曾在一首詩中用過這兩個字：「the Poetics of Error」[141]（錯誤詩學），我覺得很好，真是好得一言難盡，與我長期以來關於錯誤的思維不謀而合。以後有時間再細談。

美

從年輕時，我對美的看法就與別人不一樣。有詩為證（是二十來歲時寫的）：

美

美在肌肉突露的手臂勾住尼龍衫下的柔軟腰肢
美在唇兒相碰時那一微米的間隙
美在「潑喇」擊響耳鼓卻從眼角溜走濺起水花的大魚

---

[141] Kate Middleton, 'At Thirty', *The Best Australian Poems 2011*. Black Inc, 2010, p. 167.

美在整座森林一動不動淋著喧響的大雨
美在昏黄的玻璃後藍色透明的窗簾微微顫慄
美在朝陽剎那間點燃向東的幾千面金閃閃的窗戶
美在淨水中的綠樹倒影在晴明的天宇
美在騎車而來的男子背後那雙雪白高跟鞋的尖底
美在深夜中永看不見的那只飛鳴的布穀
美在月光灑在四周深濃的樹蔭下懷中熟睡的情侶
美在隔河遙望一個屈膝坐在花叢中看不清面影的少女
美在胖乎乎的嬰兒像糖躺在小兒車的湯匙讓媽媽輕推過亮湖邊一棵棵粗大的黑樹
美在白鷺鷥驀然驚起撲喇喇打破陌生人的沉寂
美在心中互相猜測時那探詢的默默對視
美在脫光衣服讓滑嫩的湖水滲進所有毛孔的舒服
美在睡意朦朧中聽見每一片綠葉吹響晨鳥脆亮的銀笛
美在山巒森林村道湖泊炊煙沉浸在露水洗過的靜謐
美在黄昏的大火鮮紅地和粼粼的水波最和諧地擁抱在一起
美在雪白的水鳥忽落進對岸碧深的林中倏然不見蹤跡
美在冬夜無人的小徑上鑽進鼻孔的一縷稍縱即逝的清香
美在遠隔塵囂被人類拋棄的孤獨
美在濛濛細雨等人不來的傘下長久的無語
美在獨自個兒散步身邊掠過一對緊緊擁抱親吻的情侶
美在夜深寒冷的枕上傾聽清醒地敲打階石的雨滴
美在尿脹時拚命宣洩後的無比快意
美在半邊臉眼睛明亮唇兒鮮紅半邊臉瞎子麻子疤子
美在星期天華麗絢爛的街頭一個蓬頭垢面的乞丐
美在年輕姑娘吐在地上的一小堆唾液的痕跡

美在成群的蒼蠅麻麻地綴在噴噴香的油餅上
美在粗獷的小夥子互相詬罵著在一起打趣
美在廁所臭氣薰天的環境中創作構思天堂的意境
美在互相蹂躪後投入彼此瘋狂懷抱的陶醉
美在嬌豔的女郎細長的手指夾著香煙一枝
美在青年男子長髮垂腰長裙拖地身披花衣

美在毫無意義毫無道理[142]

我對中國人的所謂「美」，更有我自己的看法，即中國人文字美，生活並不美。比如蘇州河上有些美景叫「吳淞煙雨」，「江皋霽雪」，「鳳樓遠眺」之類的，這些景色，從文字上來說妙不可言，能產生很多聯想，但想一想蘇州河那條臭河和黑河，就什麼感覺都沒有了。或者這麼說也行，即中國的美，往往是與醜密不可分的。站在臭烘烘、黑乎乎的蘇州河邊，從這些美麗的文字中遙想當年的盛況和美景，當然不是不能產生一種奇醜而又奇美的聯想的。打個不恰當的比喻，這就好像與一個長得很漂亮，同時口又比較臭的女的做愛一樣。這又好像當年我每次從大學後門走到湖邊時，聞到夾雜著廁所臭氣的桂花香味一樣，覺得那甚至比純粹的桂香還要多幾分魅惑。

我後來發現，其實一百多年前的中國，河水也不清亮，城市也不乾淨。容閎的英文自傳「My Life in China and America」（《我在中國和美國的生活》）（1909）中，各有一處描寫了紹興和北京。關於紹興，他是這麼說的：

---

[142] 歐陽昱，《二度漂流》。原鄉出版社，2005，35-36頁。

Shau Hing, like most Chinese cities, was filthy and unhealthy and the water that flowed through it was as black as ink ... Hence the city was literally located in a cesspool-a breeding place for fever and ague, and epidemics of all kinds.[143]

其譯文是：

紹興城內污穢，不適於衛生，與中國他處相彷彿，城中河道，水黑如墨……總紹興之情形，殆不能名之為城，實含垢納汙之大溝渠，為一切微生物繁殖之地耳，故瘧疾極多。（p. 64）

這段譯文尚可，與原文有些出入。不是「與中國他處相彷彿，」而是「像大多數中國城市一樣」。也不是「為一切微生物繁殖之地耳，故瘧疾極多」，而是「為熱病和瘧疾繁殖之地，有各種時疫。」

紹興這個地方，我也去過，民風很硬。如果你到櫃檯問了價而不買，當地人就會用你聽不懂的方言罵你，滿臉怒氣的樣子，留下了不好的記憶。

關於北京，容閎的描述如下，說北京的大街上：

The dust was nothing but pulverized manure almost as black as ink. It was ground so fine by the millions of mule carts that this black stuff would fill one's eyes and ears and penetrate deep into the pores of one's skin, making it impossible to cleanse oneself with one washing.[144]

143 容閎，《容閎自傳》。團結出版社，2005，43頁（英文部分）
144 同上，100頁（英文部分）

> 初非泥砂，乃騾馬糞為車輪馬蹄搗研而成細末，陳陳相因，變為黑色，似塵土也。飛入耳、鼻毛孔中，一時不易擦淨。（p.146）

惜乎，譯文很不如人意。不是「變為黑色」，而是「黑得像墨」。不是「飛入耳、鼻毛孔中」，而是「鑽入眼睛和耳朵中，並深深地紮入人的毛孔」。不是「一時不易擦淨」，而是「只洗一次是洗不乾淨的」。

不過，我不想在此去批評譯文，況且要想譯好並非易事，能夠譯出來，就很難為這兩位合作譯者了。[145]

關於美，就只說這麼多了。

錢包

我一向運氣不錯，在中國常來常往，卻從沒有掉過錢包。最近兩三年來，這個紀錄卻被兩次打破。一次是在廣州飯店被內盜，後通過報警失而復得。第二次是在武漢打的，把錢包丟在後座上，回到飯店房間發現，旋即電話追到司機，時間不過半小時，東西卻再也找不到了。據司機講，他並沒看見錢包，估計很可能是乘客拿走。我們也只能相信他的話了。

讓我提起這件事，是因為今天有位客戶來做翻譯，告訴我她頭兩天在墨爾本的某市場丟失錢包，這兩天一直在忙著掛失，不能如約取件。昨天很奇怪的是，她女兒在外面叫道：媽媽，你的錢包在郵箱裡！

果不其然，她丟失的錢包自己找回來了，裡面一分錢不少，包括她所有的信用卡，以及駕駛執照。原來，澳洲的駕駛執照上有詳細住

[145] 他們分別是惲鐵樵和徐鳳石。

址。撿到錢包的人一定是循著地址開車把東西送上門來，連姓名都沒留下。我對客戶說：你真lucky！

這讓我想起早年發生在澳洲的兩件事，跟錢包沒有關係，但跟歸還錢包的精神相似。一次，我的導師開車帶我們幾個來自大陸的學生和老師出去玩。在到達公園時，因停車不當，不慎把旁邊一輛車擦了一下。他停好車後，找來筆紙，把自己的姓名和電話號碼記下來，簡要描述了一下情況，就把紙塞進該車的車窗縫裡，讓車主與自己聯繫。

還有一次，我從一位地方議員手裡買了一台二手福特車。過了一年後，議員給我打電話說，我那輛車還沒有過戶，還在他名下！如果是個不地道的，完全還可以把這個車要回去，或者要為此而打官司也未可知。我的這個不應有的疏忽，由於對方的誠信為人而得到了補救。

小國

小國人不可小看。從前曾從一家馬其頓人手中買了房子。馬其頓一個蕞爾小國，國土25000多平方公里，人口兩百來萬人，皮膚看上去比較白，算是白人吧。對這個國家的人完全沒有瞭解，只覺得比較和顏悅色。房子買下來後，才發現小國人不簡單。

買房後的第二天一大早，我們早早醒來，也不知是興奮，還是別的原因。第三天又很早就醒來，大約天剛亮。到了第四天，我才驚叫了一聲：窗簾！我們這才注意到，臥室的窗簾是兩片薄薄的黃布，原來厚重的遮光簾早已不在那兒了！回想起看房時長窗簾垂地的那種華麗樣子，估計是交割房子之前讓房東偷偷地換掉了。

於是立刻打電話過去追問，對方卻矢口否認換過，威脅說要訴諸法律也沒用，對方根本不怕。原來，把窗簾全部換新，也不過800多塊錢，找律師打官司下來，少說也要幾千塊錢。只好忍氣吞聲，強咽下這口惡氣。明白了一個淺顯的道理：越是不瞭解的小國人，越得多加小心。中國人的眼中和口中，從來只提英美或德法，其他國家均不在話下，這是吃虧的禍根所在。

今天搭計程車去一大學講課，司機是黎巴嫩人，來澳近三十年。自始至終，我從他那兒瞭解甚多，但他雖然清楚我是中國人，關於中國卻始終不問一個問題。黎巴嫩多大？不過萬把多平方公里，四百來萬人口。看得出來，他最瞧得起的是法國，這不僅因為黎巴嫩是法國前殖民地，而且也因為他是基督徒。據他說，黎巴嫩之所以沒有像其他阿拉伯國家發生內亂，是因為掌權者是基督徒，有民主精神，而基督教是法國殖民後留下的遺產。

他雖然隻字不提中國，但當他得知中國封鎖媒體、封殺言論的情況時，話語裡卻隱隱透出中國這個國家屬於「不自由」的國家。也難怪，如果阿拉伯國家也封鎖facebook等媒體，恐怕新聞資訊就不會傳播得那麼迅速和廣泛。

看來，要想讓小國家的人看得起大國家，一是你得殖他的民，二是你得拿得出讓他欣賞的地方。

這位黎巴嫩司機，和我以前認識的一位黎巴嫩朋友一樣，也十分鍾情歐洲。據他說，他剛剛帶著他坐輪椅的兒子，帶著一個英文的navigator（也就是我們常說的GPS），開著租來的麵包車，一路穿過義大利、西班牙和法國，最後把車撂在巴黎機場，從那兒飛回了黎巴嫩。

他能驕傲于中國人的地方還在於，儘管黎巴嫩是小國，卻非常自由，承認雙重國籍，他回國不用簽證，想住多久就住多久。對比之下，真是讓人一言難盡！

屁

澳洲諾貝爾文學獎得主懷特給我留下的最深印象不是別的，而是一個屁字。三十多年前讀大學時，在圖書館第一次接觸到他的作品，覺得艱澀難懂，但「輕輕地放屁」這樣的句子似乎層出不窮，比如一對感情不好的夫婦，在兩個分開的房間裡，能夠聽見對方不時放屁的聲音。這種細節初看不爽，但覺得頗像那麼回事，通過一個側面很逼真地勾勒出兩個不講話的夫妻的不合。

蒙田也寫過屁，寫得特好玩。據他說：「聖奧古斯丁聲稱曾見過一個人可以指揮放屁，想放多少就能放多少。聖奧古斯丁的注疏者比維斯用他那個時代的例子豐富了聖奧古斯丁的提法，他說，有人按照誦詩的音調有節奏地放屁。這些例子也不能證明屁股的服從是絕對的。我認識一位很不安分、很難相處的人，四十年前，此人要他的師傅不停地放屁，結果，害他師傅一命嗚呼。」[146]

有一年去紐西蘭惠靈頓，紐西蘭詩人朋友Mark Pirie安排我晚上參加了一個詩歌朗誦會。我在那兒看到一張招貼，學到了一個具有紐西蘭特色的英語俚語。那句俚語稱人的打嗝是「face fart」（打臉屁）。的確，如果某人當著你的面打嗝，嘴裡冒出的臭氣絕不會比屁眼裡冒出來的好聞。

其實，英語裡關於「放屁」的詞也不僅僅是「fart」一個字。有次和澳洲朋友在一起聊天時提起這個詞，這位朋友立刻說：哦，你是說「hot airs」呀！所謂「hot airs」，直譯是「熱氣」。本意呢？你知道是什麼，我就不用多說了。

過去

過去其實從未過去。兩三千年前寫的東西，拿在手裡，立刻就是現在。對於作家來說，過去是現成的、現在的材料，拿來就可以用，用起來也很方便、安全。蒙田說：「我本人認為寫過去的事比寫現實

---

[146] 蒙田，《蒙田隨筆全集》（上）。譯林出版社，2008 [1996]，115頁。

少擔風險，因為作家只須闡述一個借來的事實。」[147]

蒙田這句話放在澳洲語境下仍然有意義。澳大利亞的最高文學獎是邁爾斯・佛蘭克林獎。這個獎的得主作品，幾乎無一不是關於過去，寫當代題材的極少，其中一個重要原因就是書寫過去很「safe」（安全），等到一切都成為過去，就可按照現在的主旋律來任意塑造，任意「想像」了，反正人已經死了，事情已經過去了，是否符合事實、符合現實都無所謂，整個就是一個死無對證。

難怪從前有位澳大利亞批評家（好像是Mark Davis）說：寫歷史題材，就有可能得邁爾斯・佛蘭克林獎。也難怪，很多得獎作品跟現在、現在的人似乎毫無關係，讀起來索然寡味，味同嚼蛆，倒是指出了一個方向：今後誰若想得該獎，誰就得到歷史的寶庫或垃圾堆中去翻翻撿撿，哪怕把現在的東西偽造成歷史的東西也行。

死

洪邁寫安史之亂時，有一名元正者，不願與賊為伍，誓言曰：「然不汙身而死，吾猶生也。」[148]

這真應了美國發現的一個墓誌銘，上書：「To die, is but to live forever.」[149]（死亡即永生）

蒙田說：「一些人稱死亡為最可怕的事物，殊不知另一些人卻稱之為人生痛苦的唯一港口、自然而傑出的支配者、人生自由的惟一依靠、醫治百病的通用而高效的良藥。正如有些人面對死亡膽戰心驚，另一些人對死卻比對生更泰然自若。」[150]

---

147 同上，119頁。

148 洪邁，《容齋隨筆》（下）。齊魯書社，2007，663頁。

149 李嘉（編譯），《生命的留言簿》。百花文藝出版社，2005，231頁。

150 蒙田，《蒙田隨筆全集》（上）。譯林出版社，2008 [1996]，53頁。[我對引文的標點符號稍加了修改]

寫到此處，他引用盧卡努的詩句說：「死神啊！假若你能拒絕懦夫，／而只懲罰不怕死的人該多好！」

很俏皮幽默嘛！

關於死，英國詩人堂恩的詩歌中頗多雋語，僅選兩則。一則說「can ghosts die?」[151]（鬼會死嗎？）問得好！另一則是沖著死亡說的：「Death thou shalt die.」[152]（死亡，你才該死）。

鼻涕

看蒙田的文章，我會注意到一些很小的事情，如鼻涕，從中發現，法國這個地方，在他生活的16世紀，其實是個很髒的地方。比如，據他說，他有個紳士朋友就很「喜歡用手擤鼻涕」，並振振有詞地說，「用手帕擦鼻涕興許比隨地擤鼻涕更可憎，更令人噁心，而其他髒物也是隨地扔的嘛。」寫到這兒，蒙田說：「我對隨地扔髒物已習慣了。」[153]

拿手帕包住鼻子，聲音很響地往裡面「噗」地擤一下，然後把擤出來的鼻涕包起來，儼然很文明地一副樣子塞進兜裡，下次擤時再把沒用過的地方小心翼翼地展開，重複前面已經講過的動作，這是典型的西方「文明人」的做法，實則真不如直接擤在地上，讓母親大地慷慨地接受為佳。

當然，從不影響他人和周圍環境的角度來講，這種類似自殺的行為儘管令人討厭，但還是比較值得推薦。

其實，不是法國當年很髒。即使在我去巴黎的2004年，那也不是一個乾淨的城市。我們住的那個區叫「克涼古」（我已經忘記它法文

[151] John Donne, *John Donne Selected Poetry.* Oxford University Press, 1998 [1996], p. 127.
[152] 同上，202頁。
[153] 蒙田，《蒙田隨筆全集》（上）。譯林出版社，2008 [1996]，124頁。

的拼法了），外面大街上狗屎隨處可見，得踩著花步舞繞過去。這個世界，誰都不是完美無缺。

億

年過半百之後，常常有個想法，覺得一億年、億億年，也不過就一秒鐘。人類的一切就從我開始，也只能從我開始。我不在了，哪怕之前過了億億年，之後也過了億億年，於我都是無所謂的。

沒想到，在一位古希臘詩人的筆下，也看到了對這種滄桑時間之感的描述：

One thousand years, ten thousand years
are but a tiny dot,
the smallest segment of a point,
an invisible hair.[154]

我的隨譯如下：

一千年，一萬年
不過是一個很小很小的點，
小點的一個極小部分，
一根肉眼不可見的髮絲。

是的，所謂億，就是一。

[154] 參見Simonides（西元前556-466）, *The Greek Poets: Homer to the Present.* New York: W. W. Norton and Company, 2010, p. 102.

詩歌

說了這麼多關於詩歌的話，究竟詩歌是什麼，還是不清楚，而我呢，也不想說清楚。詩歌，就像人生一樣，是說不清楚的。

我倒是覺得，蒙田關於詩歌的一個說法比較到位。他引用克萊安西斯的話說，「聲音擠在喇叭狹窄的管子中，出來時就更尖更響，我認為思想也一樣，它們擁擠在詩那押韻的音步下，突然騰地躍起，給我以強烈的震撼。」[155]

不僅思想，感覺、感情、意象等，都能通過詩歌這種擠壓變形的樂器，發出奇妙的異響。

隨便選兩個例子。有一首以「women」（女人）為題的希臘詩中，寫女人服侍男人，男人不以為然之後，突然筆鋒一轉，寫道：

...Her back
is a bitterly sad hill loaded with many dead—
the family's dead, her dead, your own death.[156]

很奇特。譯文如下：

……她的後背
是一座清苦悲哀的小山，滿載著許多死人——
家裡的死人，她的死人，你自己的死亡。

[155] 蒙田，《蒙田隨筆全集》（上）。譯林出版社，2008[1996]，163頁。
[156] 參見*The Greek Poets: Homer to the Present.* New York: W. W. Norton and Company, 2010, p. 533.[詩人是Yannis Ritsos]。

又有一首希臘詩，寫得極為簡單，卻大有深意在：

Only that for us up is down.
To go up we go down.
To come close, we move further away.[157]

不需要上下文，基本上放在任何一種情況下都可用，譯文如下：

只是，對我們來說，上就是下。
上去了，也就下來了。
靠近了，也就離得更遠了。

如果把第二句用來評說政治，把第三句用來指稱愛情，我想都不為過。

簡單

時代變得越來越趨表面化，越來越不簡單，女人的裝飾和修飾就是一例。有天上課，在課桌之間轉悠，查看學生做作業的情況，才第一次吃驚地發現，所有女生——無一例外地80後——無一例外地塗著五顏六色的指甲油，相形之下，男生的指甲依然可愛地保持著原生態的蒼白色。

與內人談起，她回憶說，從知青時代過來，從來沒有用過任何化妝品，臉上沒有撲過粉，唇上沒有塗過膏，頂多冬天為了護膚而抹一

---

157 參見*The Greek Poets: Homer to the Present.* New York: W. W. Norton and Company, 2010, 530頁［詩人是Melissanthi, 1907-1990］。

點百雀靈，但皮膚照樣白皙好看。這讓我很懷念。

記得當年我當翻譯那陣，我的上司是一位女處長。她總說：每次去美國訪問，那些美國人總驚訝於她不施脂粉，卻臉上有光的奇蹟。

現在的文學作品，也像現在的女人，塗脂抹粉，濃妝豔抹，把功夫全用在外面，至於夾在前臉後臉之間的內容，能夠看的不是很多。

希臘詩人George Serferis （1900-1971）通過詩行，表現了對簡單樸素風格的渴望：

> 我啥都不想要，只想要簡單地說話，要給予我這種優雅。
> 因為我們甚至把歌都充滿了音樂，結果，歌慢慢地沉落
> 我們給藝術如此多的裝飾，藝術的面容因黃金而剝蝕
> 是時候了，該把我們很少的話說完，因為明天，我們的靈魂就要揚帆。[158]

寫到這兒，我的耳畔響起幾年前與一位來自大陸的藝術家的談話的片段。在那次談話中，他除了談他每幅畫標價從5萬起，賣得很好的情況外，幾乎不談別的，也無別的可談。是的，確如Serferis所說：「藝術的面容因黃金而剝蝕」。我們不需要別的，我們只需要簡單。

簡單（2）

說起簡單，覺得意猶未盡，主要是想起兩首詩，分別是兩個來自不同國家，有著不同文化背景的人寫的，一個是米沃什（1911-2004），原籍波蘭的美國詩人，另一個是希臘同性戀詩人Cavafy（1863-1933）。這兩首詩都很簡單，明白如話，但都很雋永，意味

[158] 同上，494-495頁。

深長，也在某種程度上很相像。下面一首是米沃什1971年寫的：

贈與

如此幸福的一天。
霧早就消散了，我在花園幹活。
蜂鳥停在忍冬花上。
人世沒有任何我想擁有的東西。
我不認識任何值得我豔羨的人。
無論我曾遭逢何種邪惡，我都已忘記。
我現在如此，過去也是一樣，想到這兒，我並不覺得不好意思。
我的肉體沒有痛苦。
我直起腰來，看見藍色的大海和點點帆影。

讀者不妨與下面這首Cavafy的詩對比一下，我則恕不解釋：

早晨的海

讓我在這兒停下吧。也讓我看一會兒大自然。
早晨的海水、無雲的天空都藍色燦爛，
黄色的海岸，一切都很可愛，
一切都沐浴在光明之中。

讓我站在這兒。而且，讓我假裝我看見了這一切
（我起初停下時，的確真地看了一分鐘）

而不是我在這兒通常的白日夢，
我的記憶，那些肉欲歡樂的形象。[159]

也許，你看後覺得兩首絕無相似之處。我同意。我此時的感覺也是如此，但這並不能說明我當時沒有這種相似的感覺（我是先看了後者，然後在旁邊寫下了這首很像前面那首的印象）。這有點像我們現在家中看電視連續劇時經常出現的一個情況。我看見某人時會說：哎呀，他多像我們從前那位同學呀！她則說：一點都不像！後來，我也不跟她爭了，因為我有個簡單的理論：如果某人給人的第一個印象就是，他跟從前認識的某某相像，那一定是有某個地方相像，哪怕這種相像沒有任何共同外形特徵的氣質。

孩子

每次出行坐飛機，我就有種感覺，好像這是最後一次，再也不可能生還了。記得1989年春節因要來澳洲讀書，從武漢坐飛機到上海，飛機著陸的那一剎那，竟然有人鼓起掌來，慶倖自己得以生還。

現在坐飛機次數多了，儘管時時產生可能又要完蛋的念頭，但遇到一種情況，立刻就會感到好像吃了一顆定心丸，不再變得憂心忡忡了。

這是一種什麼情況呢？這就是當在機上聽到嬰兒的啼哭，或看到幼童的身影，這時，也只有這時，我才感到心定，道理很簡單：上帝，如果真有上帝的話，是絕不會眼睜睜地看著純潔無暇的嬰兒遇難的。所有的成人在不同程度上都是罪人，如果隨機喪生，都有其說不清楚的道理，但是嬰兒，上帝保佑，讓他們都平安無事吧。

[159] 參見*The Greek Poets: Homer to the Present.* New York: W. W. Norton and Company, 2010, 447頁。

想不到，後來我在一個地方讀到，歷史上的確有用孩子尋求保佑的例子。據蒙田說：「葡萄牙國王艾瑪紐埃爾的代表，印度總督阿爾布蓋克在一次極其危險的海難中，將一個小男孩扛在肩上，唯一的目的是：在他們一起度過海難時，讓孩子的天真無邪為他祈求神靈保佑充當擔保和見證，以便使他安然脫險。」[160]

我必須申明，這不是我的初衷。我不想利用任何孩子，我只是有種莫名的直感，彷彿只要有孩子同行，就會人機安全。

房

一提起房這個詞，我就想起一個來自大陸，在澳洲寫字的人。據他說，剛來時沒有時間寫作，因為還沒有買房子。若干年後，他買了第二座房了，問他何時開始正式寫作，答曰：等買了第三座房再說吧，現在哪有時間?!

這種人不是現在才有，古代歐洲也有的。據蒙田說，皮洛斯國王誇口說，他要一個個地征服世界上的所有國家，「等我征服了全世界，我就休息休息，過過滿足自在的生活。」他的謀士居奈斯文說：「那麼，為什麼你不從現在起就進入這一步呢？」[161]

是的，一個以寫作自詡的人，居然把所有時間都花在買房上，也許把人生最後一座房——墓地——買下來，也不會有時間寫作，只好到墓地裡寫了，因為那兒的時間是永恆的。

失敗

失敗可不可愛？可愛。蒙田說：「凱旋式的失敗可與勝利相媲

[160] 蒙田，《蒙田隨筆全集》（上）。譯林出版社，2008 [1996]，268頁。
[161] 同上，301頁。

美。」[162]2004年去斯德哥爾摩參觀國家畫廊，留下印象最深的一幅畫，就是一幅關於敗軍的畫。

關於那幅畫，現在既不記得畫名，也不記得畫家名，只記得當時的震驚感覺：怎麼會歌頌失敗？怎麼失敗還有如此震撼人心的力量？那雖然是一支敗軍，被打得七零八落，衣衫襤褸，步武不整，冰天雪地裡透出戰爭的殘酷和無望，他們前去的方向也可能只有死亡，但是，那景象讓人感佩，讓人聯想到自身：人生無論多麼燦爛，到最後就是失敗。想一想所有那些在天上放射出燦爛光芒的鞭炮和煙花吧，眨眼之間就灰飛煙滅，成了地上一片片奇醜的灰燼。

從另一個角度講，無知對於某些極為成功的人來說，也是一種失敗。此話怎講？剛來澳洲時，有位名編跟我提到一個名作家的名字，我就照實說了：我從來沒有聽說過此人。她大為吃驚：我國這麼有名的人你都不知道！

是的，一個人再有名、再成功，在這個世界別的地方，依然會有很多不知道他的人，這，就是一種失敗，而且是一種永遠不可能成功的失敗。

便

何謂偉人？從大便入手就可瞭解。一旦詩人歌頌某人時，人們就要格外警惕了。當有詩人歌頌安提柯一世，稱他為「太陽之子」時，後者說：「替我倒便桶的人心裡很清楚，根本不是那麼回事。」[163]

這一點，讓我想起在大學用英文寫的一篇作文，裡面提到，每當我看見一個衣著入時，打扮嬌豔的女性卻鑽進一間髒兮兮的廁所時，

---

162 同上，238頁。

163 蒙田，《蒙田隨筆全集》（上）。譯林出版社，2008 [1996]，295頁。

感到很不是滋味這件事。當時，我們那位來自加拿大的外教對該文頗有微詞，認為有辱女性尊嚴，有傷中產階級的感性。老實說，我當時不服氣，現在仍舊不服氣。

正如對一位長期生活在身邊的老妻來說，老夫名聲再響，也不是聖人，因為她總在給他洗滌骯髒的內褲，世上所謂的偉人，也是每天都要排便的，動物一樣地排便。記得毛澤東醫生寫的關於他的回憶錄中，就提到毛因情婦沖他發脾氣，而一腳把她蹬下床去。記住，偉人的「偉」字，音同「萎」。

順便說一下，「便」既指「方便」，又指「大小便」，跟英文的「convenience」是一個意思。有天去St Kilda海濱逛海，想「方便」一下，就朝對街的廁所走去。走到近前抬頭一看，赫然幾個英文大字「Public Conveniences」寫在上面。直譯就是：「公共大小便」。稍微意譯一下呢，就是「公共便所」。

破

已經有很多年沒穿破衣裳了，只是最近在看路遙的《平凡的世界》，才又讓我回想起這個「破」事。

獨自在家，倒很喜歡穿破了一兩個洞的衣服，主要是T恤衫，因為現在的外衣太難破了，怎麼也穿不破，最後總是在衣服太多的時候送給慈善部門救濟窮人去了。有天在家見一個銀行來辦事的人。這人是印度人，他來後，眼睛就不斷往我身上瞄，原來，我那天懶得換掉有點小洞的T恤衫，洞又破在肚臍眼附近，所以讓他看個正著，直到走，他已經往那個地方不知瞟了多少眼，儘管關於破洞一句話都沒說。

這個情況，我在一個澳洲人家中也見到過。那一年，我跟一位大陸教授到這位澳洲作家朋友家拜訪。家門開處，阿列克斯露出了笑臉，但卻穿著一身破舊的衣服，上面到處有洞，真讓我吃驚不小。生活久了，才知道，生活舒適，敢穿破衣，這才是性情中人。

小時候，我很喜歡穿破衣。本來那個年代要想穿不破的衣服還真不容易。據曾經與我同學的內人講，當年我去上學，經常被她們笑話，因為我穿的衣服很小，袖子卻很長，那是用以另一種顏色的布接上去的，一走一甩，看上去十分滑稽。

現在把《平凡的世界》中出現的幾個讓我想起「破」的描述摘錄一下，在別處還沒有看到過這種「破」事呢：

> 他們光景一爛包，二爸經常穿著爛衣薄裳，餓著肚子還常給別人講革命大道理。村裡人明不說，背後誰不恥笑他們！[164]

又：

> 孫少安穿著一件破爛的粗布小褂，外衣搭在肩頭，吸著自卷的旱煙卷，獨個兒在公路上往回走。[165]

再：

> 回家後，他（孫少平）在星期天上午給家裡砍了一捆柴，結果把那雙本來就破爛的黃膠鞋徹底「報銷」了，他只好穿了他哥少安的一雙同樣破爛的鞋。（121）

寫到這兒，我想起奈保爾的長篇小說中，也有一處寫「破」的地

[164] 路遙，《平凡的世界》（第二卷）。北京十月文藝出版社，2009，47頁。
[165] 路遙，《平凡的世界》（第一卷）。北京十月文藝出版社，2009，167頁。

方，讓我注意到了。他寫畢斯瓦斯先生請了一個當地的工人來挖房子地基時，該人身穿的「短咵嘰褲邋邋遢遢，滿是補丁，他穿的馬甲被灰土弄得黃稀稀的，上面儘是破洞。」[166]

如今拍當年的電視劇，經常會有一個敗筆，就是敗在「破」上，因為那些電影演員穿的衣服太好了點！

河南人

小時候，在我們家鄉，只要提起河南人，都有點瞧不起的樣子。當時流傳一句兒歌說：河南侉侉，挑擔岜岜。除此之外，倒也沒有什麼別的微詞。

離開中國將近二十年，才發現事情突然有了變化，河南人好像在中國人的心目中形象一落千丈，儘管在國外並無所聞，以至於還專門出了一本書：《河南人怎麼了？》那本書看完後也沒留下什麼印象，倒是想起有年去廈門，發現開計程車的幾乎都是河南人，給人都還很不錯的感覺。

看了《平凡的世界》，發現對河南人的描述倒挺不錯，摘錄如下，以為對比：

> 河南人是中國的吉普賽人，全國任何地方都可以看見這些不擇生活條件的勞動者。試想，如果出國就像出省一樣容易的話，那麼全世界也會到處遍佈河南人的足跡。他們和吉卜賽人不一樣。吉卜賽人只愛漂泊，不愛勞動。但河南人除過個別不務正業者之外，不論走到哪裡，都用自己的勞動技能來換取報酬……河南人由於自己經常到處漂流浪遊，因此對任何出門人

[166] V. S. Naipaul, *A House for Mr Biswas.* Vintage International, 2001 [1961], p. 243.

都有一種同情心；他們樂意幫助有困難的過路人。[167]

我同意。我想起來了，我的親家就是河南人。

女

很長一段時間以來，我對「女」這個字和這個字所代表的人，始終抱有一種錯誤的神秘感，直到中年之後才多少看透。比如，在男女關係上，我總以為，女的都是極為消極被動，是必須男性主動出擊，才能獲取的獵物。而且，在男女關係上，她們也總是處於迫不得已的地位，總是被人追尋的對象，而不是相反。記得還是小孩子時，我問父親：為什麼長得醜的女人找到的男的卻一般都長得很不錯？爸爸說：那是因為她們追得很緊的緣故。當時聽到這點還怎麼也不相信：不會吧，女的怎麼會追男的！

文學作品中，女追男的情況在哈代的《無名的裘德》中通過裘德的初戀而表現出來。裘德因把乳房掏出而禁不住其誘惑，落進了女人設計的圈套，最後有了那場短命的不幸婚姻。

路遙《平凡的世界》中，描寫愛情方面，表現的常常是女人追男人的事。比如那位後來嫁給一個她並不愛，一結婚就分居的田潤葉，當年就是主動寫信向她愛的孫少安幽幽地表示愛情的：

> 少安哥：
>
> 我願意一輩子和你好。咱們慢慢再說這事。
>
> 潤葉[168]

[167] 同上，69頁。
[168] 路遙，《平凡的世界》（第一卷）。北京十月文藝出版社，2009，105頁。

後來，這位孫少安，又接到一位被他從河裡救了一命的「跛子」女同學侯玉英寫來的求愛信，說：「我會讓你一輩子吃好穿好，把全部愛情都獻給你。」結果，這封信被孫少安在廁所裡燒掉了。（323頁）

儘管民間有句老話說：男追女，隔座山，女追男，隔層紗。至少在《平凡的世界》這部小說中，這種女追男的好事，最後都沒有成功。現實生活中，女追男的事，也不是次次都能成功的，這方面事蹟太多，不用贅言。

捏

《平凡的世界》中，寡婦王彩蛾勾引隊幹部孫玉亭，是「偷偷在他手上捏了一把」。[169]怎麼個「捏」法，我沒有體驗過，不可妄言。

我倒是從一位朋友那兒瞭解到，澳洲白人如何拿「捏」的方式。據她講，有次在電梯裡，一白人偷偷地把她的手拿起來，用右手食指輕輕地在她手心劃了兩下，同時眼睛漫不經心地看著別處，好像啥事都沒發生一樣。她也裝著啥事都沒發生一樣，這件事就到此結束了。

看來，無論男女，各民族的人都有其「捏」的方式，只是其他民族如何玩，我們尚不知道而已。

稀飯

我73年到75年下放農村，才多少瞭解到農村糧食緊缺的狀況。那時，農民餐餐頓頓都不吃乾飯，而是吃稀飯，為的是儘量省吃儉用，以備不時之需。來澳二十年，早就忘記了這個細節，看到《平凡的世界》下面一段，才又回想起來。孫少安：

---

[169] 同上，372頁。

從河道上了公路，再從公路上到地裡，幾乎得爬蜒半架山。家裡沒什麼硬正吃的，只喝了幾碗稀飯，每往上擔一回水，他幾乎都是拼命掙扎。[170]

真正的原因是什麼，已經忘了，但小說沒有忘記：

生產隊一年打下的那點糧食，「兼顧」了國家和集體以外，到社員頭上就實在沒有多少了。試想一想，一個滿年出山的莊稼人，一天還不能平均到一斤口糧，叫他們怎樣活下去呢？有更為可憐的地方，一個人一年的口糧才有幾十斤，人們就只能出去討吃要飯了……（118）

由於貧窮，就出現了一種惡俗。在城裡過年後回鄉，生產小隊的人會請學生來家喝年糕湯，那是一罐煮了年糕的雞湯。我們不知道，不僅把年糕吃完，還把裡面的雞肉也吃掉，連同罐裡的雞湯。這對請客的人家來說，不啻是滔天大罪。原來，根據鄉俗，請你來只是為了吃裡面煮的年糕，湯和雞肉都得留下來，再煮年糕再請人。

這都是當年親歷的事，現在在澳洲想起來，的確有種怪怪的感覺。

外國

路遙在1988年完成了百萬字的《平凡的世界》。截至這個時候，中國作家已經完成了無論是他人教育，還是自我教育的西方文學洗禮。這就是為什麼看這本書中，時時處處會提到西方文學作品和作品

[170] 路遙，《平凡的世界》（第一卷）。北京十月文藝出版社，2009，148頁。另見303頁。

中的人物。在2011年秋末冬初5月份讀起來，讓人感到很奇怪，這樣一種處處提及中國文學作品的情況，絕不會在英美或澳洲的任何一部文學作品中看到，除了華人作品之外。在白人筆下，中國人的形象基本是醜陋的，而精神的資源只可能來自西方，除了偶爾取自遙遠古老的東方之外。

我現在把我在異家鄉——不是異國，也不是家鄉，而是二者兼而有之，這是我的創新詞——覺得奇怪的現象從該書摘錄下來，作為此段時間讀中國小說的一種過目不忘的歷史微痕。

第十八章中，開篇描寫了孫少安的失落，說：「他喉嚨裡堵塞著哽咽，情緒像狂亂的哈姆雷特一樣……」[171]當時我就在旁邊寫下了我的印象：這是中國，卻居然會用這種比喻！很像讓一個中國70年代的窮農民，穿上一身新西裝一樣的感覺。我敢肯定，路遙對哈姆雷特的認識，僅僅局限於文字。他恐怕從來沒有與白人親自打過交道。否則，是不會出語如此不慎的。

其次又談到孫少平借了不少外國書看，其中包括傑克・倫敦的《熱愛生命》。說他看過之後，「晚上做夢都夢見他和一隻想吃他的老狼抱在一塊廝打……」。（180）

對那個時代的中國人來說，大概美國就幾乎是全部的精神資源了。以至於孫少平對曉霞透露他的心思時說：

> 你不知道，我心裡很痛苦。不知道為什麼，我現在特別想到一個更艱苦的地方去。越遠越好。哪怕是在北極的冰天雪地裡；或者像傑克・倫敦中描寫的阿拉斯加……（313）

[171] 同上，129頁。另見193頁關於列賓的提及。

對此，曉霞立刻報以「我很讚賞你的這種想法！」的回應。（313）

從那時以來，已經過了二十年，我們可以看到，中國人已經在世界各地定居，其中一定包括阿拉斯加，但無論在哪兒，我們這個民族的精神並沒有因為到了遙遠的地方而得到昇華，而只是滿足了一種想去遠方的原始人類情感。一切都沒改變，精神的熱忱早已為拜金的狂熱所取代。

謝謝

長居澳洲，回到中國，最讓人不習慣的，就是人人都不說「謝謝」。這個問題前面談到過，此處不提。

但是，就是「謝謝」一詞，讓人看到了路遙《平凡的世界》中的一個敗筆。這部小說寫的是1970年代中國的鄉村和小城生活，全書只有一個地方用了「謝謝」二字，那是描寫郝紅梅愛上顧養民，而拋棄孫少平時寫的一段：

> 至於郝紅梅，倒似乎專意讓別人知道她和顧養民好。她現在上街，就借顧養民的自行車。回來的時候，故意在人多處給顧養民還車子，並且羞羞答答看養民一眼，說：「謝謝……」（133）

1970年代的中國人，包括年輕人，特別是農村人，我不記得是不是說謝謝的，但至少我還記得這個細節。我上大學期間（1979-1983），班上有個同學特別愛說謝謝，老用英文說：「Thank you!」記得我曾很生氣地回答他說：「I'll thank you for not saying thank you again!」（謝謝你別再說謝謝你好了！）

還有一次，那是八十年代末期，我在上海讀研究生，接待來華採訪寫作的澳洲作家Alex Miller，也曾告訴他，我們中國人一般不習慣說「謝謝」之類的話，這倒觸發他講了一個故事，說他住的地方有個人十分吝嗇，誰幫助過他，他永遠都是一句「Thank you」，卻從來不幫助別人，也沒有任何物質表示，結果得了一個「美名」，實際是個諢名：「Mr Thank You」（謝謝你先生）。

無論怎麼說，中國人不說謝謝，就跟英國人老說謝謝一樣，是根深蒂固的文化習慣，改不了的。這大約也就是為何我一踏上中國的土地，注意到的第一件事就是不說謝謝二字的原因，也是我為何覺得那本書中居然有「謝謝」二字是與中國的環境多麼不協調的一件事。

奈保爾

提起奈保爾，就至少想起兩件事。一件是他A Bend in the River（《河灣》）這部小說中的一個細節。其中那一男一女兩個人物的名字忘記了，但那個男的和女的偷情之後，出於一種陰暗歹毒的心理，竟朝女的生殖器吐了一泡痰。這種細節看過後很難讓人忘記。

另一件就是，他獲得諾貝爾文學獎後，曾坦言經常嫖妓。這要放在從前的中國，並不算什麼，因為那時文人嫖妓是正宗，放在現在則不行，因為現在是大家都做，大家都不明說的時代。放在西方更不行，只要做了這個事，就能成為把你從任何職位上搞倒的唯一原因，儘管法律允許妓業的存在。奈保爾的坦言，讓人佩服。

奈保爾的另一部小說，A House for Mr Biswas（《畢斯瓦斯先生的房子》）我是2009年8月11日買的，2010年3月22號晚上開讀於武漢至香港的港龍班機上。這本564頁的書讀得很苦，中間時斷時續，看到一大半時決定，餘部可以一晃而過，哪怕這是一個諾貝爾文學獎得主的作品，因為如果繼續硬著頭皮看下去，我還要在這本書上花上幾個月的時間。況且我也早已忘掉書中諸多人物之間錯綜複雜的關係，只有一點感覺和疑問：Mr Biswas很可能是奈保爾的父親。回家一查，果不其然，他這本書的主人公就是以他父親為原型的。

這本書雖是集中寫西印度群島印度移民的生活，但對那兒的華人也有微量觸及，正是這些觸及的地方，讓我注意到，奈保爾筆下的華人形象欠佳。比如下面這段關於畢斯瓦斯先生去當地一家名叫Mrs Seeung's（席翁太太咖啡店）的華人店的描述：

> 不過，他還是到席翁太太咖啡店去了一趟。這座天花板很高，頗似洞穴的咖啡館燈光暗淡。到處都是睡著的蒼蠅。席翁先生在櫃檯後一副半睡不醒的樣子，他那顆豪豬般的頭俯在一張中文報紙上。[172]

還有一處描寫Mrs Tulsi一家想學華人吃竹筍和燕窩，卻完全不知道如何吃，結果把「竹筍、竹竿、竹葉都搜集攏來，洗淨、切碎、煮熟，加上番茄和咖喱，卻誰都吃不下去。」（本人譯）[173]燕窩也是一樣。他們把薩曼樹上頗似「長筒襪」的玉米鳥窩摘下來，準備吃時，遭到全家人的一致反對，結果只好放棄吃燕窩的念頭。[174]

這個地方好玩的是，他們想學華人吃竹筍和燕窩，卻不找華人請教，很能說明這兩個移民在外的民族之間極少來往，哪怕住得無比之近。就在我寫作的此刻，我的隔壁就住著好幾家印度人，可我們從來都不打招呼，估計會像老子說的那樣，老死不相往來的。

---

[172] V. S. Naipaul, *A House for Mr Biswas. Vintage International,* 2001 [1961], p. 133.
[173] 同上，403頁。
[174] 同上，403頁。

謦

有些東西好像不值得寫，正因如此，我把它寫了進來，哪怕除了個人以外，對任何人都沒有意義。

這次帶的一班學生馬上就要畢業了，但每次上課點名，點到兩個人時，總會惹得學生情不自禁地大笑起來。一個是「Yang Zhai」。這個學校的點名單對中國學生的登記，永遠是只給拼音，不給中文名字，其次是永遠把中文姓名倒置，姓在後，名在前。因為習慣了，就在點名時自動把倒置的給順置過來，如「Yang Zhai」變成「Zhai Yang」，等。

好了，就是這個「Zhai Yang」，每次念每次笑，因為大家都把它聽成了「宰羊」。

還有一個名字是「Ye Bi」。一順置念出來，聽起來就像「畢業」。因為此人從開學到快畢業，都從來沒有露過面，所以當我補充一句「我們的『Bi Ye』同學到了快畢業時都沒有來過」時，大家又哄堂大笑起來。

除此之外，我還發現，一些女生喜歡用「謦」這個字，比如，我有兩個學生就叫「謦如」和「婉謦」。這使我想起，二十多年前讀研究生時，我有位同學叫「秋香」。時代似乎前進了，該叫「香」的不叫香，而叫「謦」。

其實，如果退回去三十年，那時生於二十年代的人中，男人也有叫「謦」的。我同學的爸爸就叫「德謦」。

國家

國家是什麼？葡萄牙作家佩索阿說：「My country is the Portuguese

language」[175]（我的國家就是葡萄牙語）。

我是2011年1月份讀到佩索阿上述那段話的，此前，早在1990年代中期，我曾寫過一首中文詩，後又把該詩自譯成英文，收在一部維多利亞省作協編輯出版的雙語文集中。在題為《雙性人》的該詩中，我說：

我的姓名
是兩種文化的結晶
我姓中國
我叫澳大利亞
我把它直譯成英文
我就姓澳大利亞
我就叫中國[176]

看到佩索阿——我很喜歡的一個作家——這段話後，我自己寫了一句英文：「My languages are Australia and China」（我的語言是澳大利亞和中國）。如此而已。

你錯了

昨天晚上看Comedy Channel（喜劇頻道）播放的一系列「Crack Comedy」（呱呱叫的喜劇）節目，發現了幾個很值得多看的澳大利亞「棟篤笑」演員，好像都有移民背景，如Tahir和Vince Sorrenti。

---

[175] 參見Jan Walsh Hokenson and Marcella Munson, *The Bilingual Text: History and Theory of Literary Self-Translation.* St Jerome Publishing, 2007, p. 161.

[176] 該詩中文原載 *Eat Tongue: A Bilingual Anthology.* Eds by Anna Lopata and Christine McKenzie. Victorian Writers' Centre, p. 41.

其間有個女「棟篤笑」演員，以唱為主，能模仿很多歌唱演員的歌聲，還讓台下觀眾隨便舉出名字，她就能學唱該人的歌喉。一位觀眾說：Sheryl Crow。我也隨口說聲：Sheryl Crow。

於是，她立刻唱了起來。這時，兒子說：你錯了！我說怎麼了？兒子說：應該是唱的別的人，但我想不起是誰的。我說：我沒有錯，因為我聽得明明白白清清楚楚是Sheryl Crow的，儘管現在她學唱的好像是Cher（雪兒）的。

為了兒子當著我面指出「你錯了」這件事，我紅了一下臉，因為實際情況是，那位喜劇歌手錯了，她把Sheryl Crow聽成了Cher，唱的是Cher的腔調。

其實是很小一件事，但讓我想得很多。若我在兒子這個20來歲的年紀，覺得是誰錯了，肯定是直言不諱地說：你錯了！但活過了半百還多，哪怕明明是對方錯了，自己也不能像打對方一記耳光一樣「啪」地一下過去說：你錯了！而很可能會婉轉地說：好像不對吧。或者：可能不是這樣吧。要知道，除了像我那樣立刻就反駁說「沒錯」，更多的情況可能是，被說「你錯了」的那人很可能不吱聲了，不是坐在那兒臉垮下來，再也不說話，就是乾脆起身走掉，心裡窩著一肚子火，以後對你就有意見了。我把這個道理跟兒子講過之後，又給他講了一個「你錯了」的故事。

多年前，我跟一個澳洲學文學的博士生合譯中國文學作品。我們的合作一直都很順利，直到有一天他給我看他譯的一部作品的開頭，問我有何意見。我對照之下發現問題不少，而且有錯誤。於是就直截了當地告訴了他，說：（it's wrong here）你這個地方錯了！

他立刻很不高興，對「wrong」這個字似乎特別敏感，也特別反感，口口聲聲強調，翻譯無所謂對錯，同一種文本，每換一個人，就是一種樣子，不可能完全一樣。我也沒有再跟他爭執，只是覺得，白人似乎特別經不起任何形式的批評。如果換了華人或中國人，被指出「錯了」，應該是一件好事。老話不是說：聞過則喜嗎。

這事並沒有到此為止。過了不久，他打電話來，約我出去吃飯。吃到一半時，他突然提出，我們之間的翻譯合作是否可以不再進行下去了。我立刻想起那件「wrong」的小型事件，也不問他什麼原因，就簡直地表示了同意。那餐飯是他請的，但是我買的單，即使如此，我也沒有償還「wrong」的過失。

說到這兒，我又給兒子講了一個學生的故事，指出一個他可能不知道、也不願接受的事實，即凡人都不喜歡被他人指出自己有錯，哪怕自己的確有錯也不願。我上翻譯課時有個習慣，喜歡讓兩個學生在黑板上做作業，其他同學同時在下面做，完了後請下面同學到上面修改，指出問題，最後再由我來修改，做個總結。幾經修改，黑板上往往橫一道豎一道，鉤子、圈子一大堆，從講課史和學習史的角度講，應該很值得保留，而我就比較注意搜集這種微歷史的痕跡，照相機裡留下了很多珍貴的照片。到下兩個學生上來做作業時，就得把前面學生做的東西擦掉，我一般都會在擦掉之前問一句：請問你們是否想照張相保存下來？這個時代，人人的手機都可以照相，甚至錄影。有時我做的ppt因為不外傳，學生抄寫速度又跟不上講課速度，於是就會紛紛舉起手機，把有興趣的段落拍下來。奇怪的是，學生對自己被修改過的譯文，卻沒有一位願意舉機拍攝。再過二十年，當他們之中有些人成為大翻譯家，如果現在保留了成長期的過程，不是一件很值得留戀的事嗎？是啊，但誰都不喜歡被人指出錯誤。把錯誤拍下來，無異於記錄自己生命過程中的污點。

在這方面，倒是澳洲人有個習慣值得學習。他們在表達自己意見時，往往有個習慣說法，就是：「I could be wrong but I think…」（我可能錯了，但我覺得……）。這樣說，就比單刀直入地說「你錯了」

好得多，也容易接受得多。

肯定

我一般不太談家中事，因為很瑣碎，也就很無聊，但涉及到「肯定」這個詞，我又覺得不能不談。先從兒子談起。他最近找到一份收入頗豐的工作，又是在家庭所在的墨爾本，因此很開心，有時候做事就不太注意。當然，還沒有到我的一個朋友說的地步，即他每每把飯做好，兒子早已坐在桌前，不僅不幫忙，還大聲嚷嚷著說：爸爸，飯還不拿過來，怎麼回事呀！

兒子當然不會這樣，但他的小習慣，有時令我難堪。吃早餐時，他已在桌邊坐定，邊吃邊看他的手機，旁若無人。我拿著早餐在我的桌邊坐下，突然之間感到很難受，有一種與陌生人在外面餐館同桌之感。他這個陌生人吃他的飯，查看他的電子郵件或短信，我這個陌生人則吃我的飯，一言不發，無人可以交談。可這是在自己家中呀！星期六的早上，人不可能忙到那種程度吧！我問了一句：你在看什麼。他頭也不抬地說：在看東西。我突然爆發了，把前面那種陌生人和餐館的感覺說了出來。他雖然不高興，還是把手機收了起來。但當我說到「人總不可能忙到那種程度吧」的時候，他說：肯定會的。

於是，他給我講了他的新經理的事。據他說，這位經理上班時，幾乎時時刻刻查看手機上的電子郵件和短信，他忙碌的程度，到了經常會在半夜兩三點從家裡給同事發郵件的地步。我就問：他在家不會也是這樣一刻不停地查看手機吧。兒子立刻接口說：肯定也是的。

為了這個「肯定」二字，我們發生了輕型爭執。我的問題很簡單：你去過他家嗎？如果沒有，那你憑什麼說你敢肯定，他回家後也時時刻刻在查看手機？依你這種主觀臆測——我不得不花一點兒時間，來給這個能說中文，但已看不懂中文的兒子解釋一下，「主觀」

是什麼意思——你也敢肯定，他和老婆做愛做到一半時，也肯定會停下來查看手機了？

說到這兒，我倆都笑了。總之，我以親身經歷告訴兒子，對自己並不清楚的事，不要言之鑿鑿，少用「肯定」二字，不妨代之以「可能」，否則會給人一種過於主觀的印象。其實，我自己過去就是這樣，沒想到過去了半生，竟然開始教育別人了，而要讓人體會到這一點，恐怕時間和經驗才是最好的老師。

英語

英語並不是一個「英」雄的語言，不是一個「英」姿颯爽的語言，不是一個「英」氣勃勃的語言。如果真要說它是一種什麼語言的話，它更像它的諧音詞，是一個「陰鬱」的語言。學了這個語言，人是會「陰鬱」起來的。我的第二部英文長篇小說「The English Class」中，就有一人因英語自殺，而另一人到澳洲後成了神經病。中國在迅速奔向英漢雙語大國的過程中，要十分警惕憂鬱症人數的增長。

《洛麗塔》的作者納博科夫也是半路出家學的英文，繼而用英文寫作。一位作者把他從俄文到英文的過渡，形容成「violence」[177]（暴力），這大致是不錯的。據納博科夫說，轉向英語，「就像在一次爆炸事件中，失去了七八根指頭，再用殘存的指頭去學習使用新的事物」。[178]

關於放棄俄文而轉向英語的痛苦心路歷程，納博科夫有過詳細描述，因為我有同感，所以隨譯如下：

---

[177] 參見Jan Walsh Hokenson and Marcella Munson, *The Bilingual Text: History and Theory of Literary Self-Translation.* St Jerome Publishing, 2007, p. 179.

[178] 同上，179頁。

> 我個人的悲劇不可能成為別人關心的事，也不應該如此，就是我不得不拋棄我天生的方言，我那無拘無束，豐富多彩，無限溫柔的俄語，而轉向一種二流的英語，這種語言沒有下述任何一種裝置——令人困惑不解的鏡面、黑天鵝絨的背景、暗示的聯想和傳統——土生土長，善用錯覺藝術手法的藝術家，把不規則的碎片形狀弄得滿天飛舞，能非常魔幻地把這些裝置拿來，以其自身的方式，超越文化傳承。[179]

我在我的英文詩集《金斯伯雷故事集》中，也曾痛斥英文是「the vulgar English language」（粗俗的英語）並把西方制度稱作「a system／Fenced with the English language, a hell in heaven」（用英語圍起來的天堂中的地獄/的一種制度）。

總理

昨天下午臨近晚飯時，一位搞政治的朋友來家辦事。過程中聊起了澳洲政治，在短短不到十分鐘內，一口氣談了對三個總理的印象：吉拉德是背後動刀，幹掉陸克文的黑客，目前聲望劇降，除了其他原因之外，與此不無關係，很可能下屆難以連任；陸克文脾氣耿直，甚至火爆，有次在專機上因服務員送錯食物，把她訓斥得淚流滿面，上了頭條，還有次在華人捐款會上因厭惡華人紛紛湧上前來，愛拉名人照相的惡習，而當場拂袖而去，又因他是工作狂，每日大約僅睡三小時，對下屬要求極為嚴格，導致人人離他而去，但此人中文很好，熟悉孔孟之道，善於韜光養晦，忍辱負重，寧可紆尊降貴，下台後當外長，也不願一氣之下一走了之，如改正工作作風和脾氣問題，興許仍

[179] 同上，181頁。

有大動作；基廷也是脾氣很大之人，但不如陸克文得民心，當年老百姓為失業問題遊行，他竟指著百姓鼻子罵道：你幹嘛不去找工作？

他走後，我們又談起一個總理，即霍華德。此人連任四屆共11年，做人極為圓滑，很少看見他有失態之舉，更不要說當眾發怒了。但是，在任久了，終會令人討厭。像埃及、利比亞那些國家，領導人一在任就是三四十年，這誰受得了？記得霍華德最後一屆大選時，新聞記者把話筒戳向一個無名老者，就聽那老者劈面對霍華德說：I don't like you（我不喜歡你）。總理又怎麼樣？一個什麼都不是的平頭百姓，也可以當面直言，而不會因此而遭災。

英國詩人堂恩有句詩說：「great things might by less／Be slain.」[180]（偉大之物往往會被／渺小之物所弑）。善哉斯言。

自費出書

出書如果沾上「自」字，就有自殺之嫌。自費出書就是如此。此事中外皆然。1999年回國，與詩人見面，只見人人拎著一袋袋自費出的詩集，逢人就發送一本，情狀淒涼。澳洲詩人也照樣自費出書，但沒有免費送書的傳統，不過是把書積壓在自己的車庫中，等待有朝一日得諾貝爾獎後洛陽紙貴，大賺一把。

自費出書聽起來像自殺，但卻是出書的惟一自由方式。有很多自己想表達的思想、自己想運用的獨創方式、自己獨一無二的寫作風格，因無名而不為人注意，更不為人重視，不能見容于世人和社會，只能通過自費來出版，獲得生存，贏得注意。當年普魯斯特的《追憶逝水年華》，就是一本他自費出版的書。普魯斯特父母去世後，給他

---

[180] John Donne, 'Lovers' Infiniteness', *John Donne Selected Poetry*. Oxford University Press, 1998 [1996], p. 75.

留下了相當於450萬美元的遺產，[181]他根據紀德的忠告，拿出一部分錢來，出版了《追憶逝水年華》的第一部「Swann's Way」。自此，根據普魯斯特傳記作者卡特（Carter）的說法，普魯斯特從此再也不用「為自己的這項工程找理由，也不用去找出版社求爺爺告奶奶了。」[182]

別的不說，我就通過自費方式，出版了拿到世界任何地方都不可能出版的兩本詩集，《B系列》和《我操》。

在一首題為「Self-publishing」（《自費出版》）的英文詩中，我有如下句子：

…When the rain decides to fall it is
self publishing, on a regional scale, sometimes on a statewide scale. You can't dismiss it as unworthily self publishing because it doesn't fall on a national scale or international scale. Rivers in the world are self publishing on a daily and nightly basis.[183]

我隨譯如下：

當雨決定落下，那就是自費出版，地區性自費出版，有時是全州性自費出版。你不能因為它沒在全國下雨或者在全球下雨，就認為它的自費出版沒有價值。全世界的河流日日夜夜都在自費出版。

華人生活在海外，要想求得文字的生存，惟一的方式就是自費，只有自費，才能自由，像普魯斯特那樣自由。

---

[181] 參見John Updike, *Due Considerations,* 2007, p. 527。
[182] 卡特原話，同上，527頁。
[183] Ouyang Yu, 'Self-publishing', *Overland,* No., 188, 2007, p. 93.

陰毛

最近翻書，看到一篇厄普代克關於澳洲作家休斯寫的《戈雅》一書的評論，其中提到戈雅的「The Naked Maja」一畫，畫於1797和1800年間，該畫通譯《風流女伯爵》，但其實應該直譯為《裸體的瑪雅》，因為畫中人究竟是誰，現在尚無定論，甚至還有認為是幾個模特兒的合成體。

倒是有一點無可爭議，即這是西方繪畫史中，第一幅描繪了女人陰毛的畫。看來，在此前人類歷史的幾千年中，就是無一人敢於把陰毛畫進畫中。[184]

這事讓我想起，大約十幾年前，有位華人畫家朋友與其他幾位朋友辦畫展，展出據他說從世界各地女人那兒郵寄給他的她們的陰毛。遺憾的是，我那天下班回來，因為交通堵塞，原本不要一個小時就可到的地方，開了將近兩個小時的車也沒到，中間又因走錯路而迷路，最後只好放棄，沒有親眼看到他所搜集的陰毛。現在更不可能了，因為他早已不畫，更不做這種十分前衛的動作了。

屎

人的記憶往往與屎聯繫在一起。叔叔回憶早年在南京的生活時，就專門提到夫子廟一帶大路上馬車往來，地上到處都是馬拉的糞便。人從上面踩著走過去，軟綿綿的，散發出臭氣。

厄普代克為美國作家E. L. Doctorow的長篇小說「The March」一書寫的書評中，就注意到這部描寫美國內戰的小說中的一個細節，即當六萬大軍過境之時，除了糧草輜重之外，就是他們拉的屎，隔著

[184] 參見http://en.wikipedia.org/wiki/La_maja_desnuda

老遠都能聞到。因此，要想偵查大軍所在之地並不難，靠著鼻子就能聞到。[185]

聯想到那天一位明史博士談中國歷史，說黃仁宇考察歷史時，提出了「供給線」的觀點，我就問了一句：他是否考察了大軍過境時的糞尿問題。我之問起，就是因為看了厄普代克的文章，從而注意到這個看似很小，但卻可能極為重要的細節。

距離

厄普代克在評論長期居住在紐約的澳洲作家彼得・凱利時說，他這樣做是為了「gain the exile's significant artistic advantage of enhancement through distance」[186]（通過距離，獲得流放者的重大藝術增強優勢）。他同時也提到了俄國對納博科夫，愛爾蘭對喬伊絲的重要性。他當然不可能提到中國對歐陽昱的重要性，因為歐陽昱的地位遠不如前兩位重要，但中國和澳洲之間的距離，是歐陽昱願意長住、常住澳洲的一個重要原因。

對創作者來說，距離有其不利的一面。因為時間而淡忘，手邊又無人可問，最主要的是，因為距離，無法呼吸到中國的氣味。

但是，隔著一段不能馬上就回去的距離，人的想像力和記憶反而得到了「增強」。這，就是距離的優勢。

人

過了55歲之後，我逐漸發現一個問題，不想再跟人打交道，這一輩子在四大洲五大洋接觸過了無數人，到頭來能算得上朋友的屈指可

185 參見John Updike, *Due Considerations,* 2007, p. 298。
186 同上，357頁。

數，回到家裡除了家人之外，依然是自己面對自己。有時去海外或國內——我說的國內指澳大利亞，中國對我來說是海外，我這麼說並無惡意，而是實感——參加文學節，去時滿腔熱情，回來卻垂頭喪氣，不過又多認識了幾個本來是陌生人，以後也還是陌生人的人，而且很多名聲很響的人又那麼讓人失望。如果不是有人邀請，還出往返機票錢，真是一點想去的念頭都沒有。

談到這個問題，我覺得毛姆有句話挺合適，抄在下面：

> 現在我離開死亡更近了十年，想到這一天的到來並不稍比當時多領悟些。有幾天我確實覺得自己什麼事情都做得太多，認識了太多的人，讀了太多的書，看了太多的油畫、雕像、教堂和精緻的建築，聽了太多的音樂。[187]

不僅如此，對我而言，書也寫得太多了，中文英文、翻譯評論、什麼什麼的，到56歲寫了56本書。澳大利亞文學門戶網站登錄的我的作品截止2011年5月，已經達到974件。不要以為我在自吹自擂，其實我實在想洗手不幹了。遂以此句為本書打上一個不完美的句號吧。

副

關於「副」字，有兩件事可說。一是在中國如果誰是副職，如副科長、副處長、副局長之類，一般人們稱呼，都會把這個「副」字去掉。這是中國文化，你說他虛偽也好，怎麼樣好，也是改變不了的。不信你當個副的，看你習不習慣被人稱「副」什麼。

---

[187] 毛姆，《七十述懷》，原載世界文學編輯部（編），《人像一根麥秸》。新華出版社，2003，第447頁。

另一個是，我從前寫了一首詩，發明了一個「副諾貝爾文學獎」，如下：

副諾貝爾文學獎

正如有正部長副部長正局長副局長正省長副省長正科長副科長
正王八蛋副王八蛋
諾貝爾獎也應該有正副之分
正的想必是當今中國人主動給自己提上去的那個詩人
副的
應該是把名字提上去的那些人

一正十副嘛
當不上正的
總可以弄個副的當當[188]

今日看詩發現，當年的英國詩人堂恩曾把「man」（人）稱為「this world's vice-emperor」[189]（這個世界的副皇帝），覺得真有意思，既巧，也巧合。

腦體倒掛

腦體倒掛在中國有，在澳洲基本沒有。在這兒，一個在華人店打工的店員每小時掙10澳元，在澳洲廠家每小時從15到25元不等，一個律師最高每小時收費440澳元。靠腦子吃飯，肯定比靠體力勞動者高。

---

[188] 歐陽昱，《限度》。原鄉出版社，2004，28頁。
[189] John Donne, *John Donne Selected Poetry.* Oxford University Press, 1998 [1996], p. 162.

但是，昨天跟國內的朋友通過越洋電話聊天，才意識到還有另一種腦體倒掛，是分東西方的。本來我們說東西方，「東」在前，「西」在後，但在這種奇特的腦體倒掛中，卻是西方在上，東方在下，西方是腦，東方是體。西方只出創意，拿到東方去廉價生產，再返回西方高價賣出。就算弗裡德曼說的「世界是平的」有一定道理，這個平躺著的世界，腦也在西方，而體卻在東方。

除了腦在西方之外，屁股也在西方，因為它拉出的屎，都排到東方去了，這就是西方為何比東方較為乾淨的主要原因之一。

課代表

有些詞現在聽起來耳生，當年卻一說都知道，比如「課代表」這個詞。現在想起來，我寫東西這件事，不能不說與過去有一定聯繫。讀中學時，我曾被選為語文課代表，那都是四十多年前的事了，提它作甚？

提它當然是有道理的。1999年6月28日回中國前，我買了一本德里達的書，英文是「Jacques Derrida」（《雅克・德里達》），是他與Geoffrey Bennington用法文和諧的。我是說「合寫的」，可電腦第一次給我的是「和諧的」，那就先將錯就錯，後將錯改對吧。該書從風格上來看比較奇特，文字一分為二，正文在每頁約占三分之二的地方停住，用一道下劃虛線與另一段不太相關字型大小稍小一點的文字分開，這兩段文字並行不悖地前行、下行，一直到書的最末。兩位作者合二為一，成了「we」（我們），但主要談及的對象是德里達。記憶中，這本書真是難以卒讀，難以下嚥，花了我39.95澳元，420頁地重重地帶到中國，又原封不動地帶回澳洲。在澳洲靜得讓人一佛出世，二佛升天，三佛涅槃的境地中，還可以偶爾看兩個字，但在中國，簡直就像一本嚼不動的文字垃圾，而且跟整個中國的文化氣氛完全不相干。

我在首頁上寫了這樣幾個字：「看不多久就停下來，重新啟讀於08.1.29夜」。在末頁上則寫了這幾行字：「08.2.12夜11.32分粗粗看畢」。花了九年才「粗粗看完」，說明這是他媽多沒勁的一本書！

雖然看得不仔細，但在某個地方，我卻看到一個詞，讓我想起了「課代表」。據該書注釋講，也像德里達出生在阿爾及爾的法國哲學家阿爾都塞，早年曾是caïman。這是一個法語俚語，意思是「director of studies」。我眼睛一晃，立刻記了一筆：這不是「課代表」嗎？

我現在發現，這不是「課代表」，而是「學習指導老師」。順便說一句，阿爾都塞當學習指導老師期間，學生有德里達和福柯。[190]

耳

除英語外，我初通法文，讀大學時能看適量的法文文學作品，還通過法文考試，拿到了武大的講師職稱。也學過德文，但都基本忘光了。中文方面，會說普通話、武漢話和黃州話，我的家鄉話。這個話有個最大的特點，就是男人嘴裡幾乎句句都帶髒字，也就是他們自己的那個器官。這個字的發音與英文的「law」最接近，與中文的「屌」則相隔十萬八千八百里。

廢話少說。黃州話還有一個特點，即有些用作人體器官的字是可作動詞用的，如耳朵的「耳」字，有「理睬」的意思。比如，走上大街，看見一個熟人，本想打招呼，卻發現他目不斜視，從身邊走過。你明明知道他看見你了，他卻就是「不耳你」，這就是「不理你」的意思。

本來不「睬」你是用眼睛，怎麼到了黃州話裡面卻用耳朵，這就進入詩了。從這個意義上來講，黃州話是一種詩意的地方話。

[190] 參見：http://www.insidehighered.com/views/mclemee/mclemee208

性（2）

厄普代克稱這個時代為「sex-satuated age」（性飽和時代），一個浸透了性欲的時代。剛看美國CNN播放的一個Piers Morgan對美國演員兼暢銷書作家Chelsea Handler的一個採訪，其中，他問：「Who are you having sex with at the moment？」（你目前跟誰性交？）我還吃了一驚。看得出來，受訪人也不肯講，只是說目前那人是有「孩子」的。與此同時，螢幕上推出她跟數個男子親昵的鏡頭。

這個節目看了一半放下了，查了查她的資料。原來，她的第一部暢銷書就是「My Horizontal Life: A Collection of One-Night Stands」（《我的水平生活：一夜情集》），把她一生——75年生的——在世界各地發生的一夜情搜集在一起。由此想到，在這個世界又想賺錢又想成名的話，就得敢寫這種事。最近澳洲那個17歲的小妞，不就是把自己跟一個40多歲的男人的情事赤裸裸地在60分鐘的節目上講出來換了錢嗎？

神經病

一個社會越發達，就越神經病。據最近報導，澳大利亞的精神病發病率已達25%，這相當於四分之一的人，也就是說，這個僅有2200萬人口的小國，患精神病的人就達550萬人。可怕呀。

大的不說了，就說發生在個人身上的小事吧。對於一向粗枝大葉的中國人來說，講究細節是一件好事，可在澳洲有一種傾向，要把細節搞得細得不能再細才肯甘休，簡直到了神經病的地步。

比如，有家翻譯公司從前派活給我，只是打個電話，把位址、人名、時間等細節記下就完。後來改為發電子郵件，只要求通過回郵確認即可。再往後，這還不夠，還在工作開始之日時提前一天，發一個手機短信，重申一遍位址人名時間，臨了還囑咐一句：請按時到達！

這真是多此一舉。像我這樣的譯員，從來都是提前到達，通過電話或電子郵件，也總是準確地記下細節，從無貽誤。自從現在加了一項手機短信後，反而經常出錯。昨天和今天不過兩天，就每天都出了一次錯。

比如昨天的一個活在North Melbourne，是一個我經常去的單位。一聽單位名，就連位址都懶得查了，到時間徑直就奔那兒去了。準時進入該建築物時卻吃了一驚，發現該單位銘牌已不在牆上，並被告知他們已經搬家。

打電話給翻譯公司，才找到新的地址，同時不高興地告訴他們：如果改了地址，告訴一聲不就得了？可無論用電子郵件還是手機短信，都對此變化隻字未提。

今天下午這個活是早幾天前就拿到的，記得是在Broadmeadows的Pasco Vale Road。不料收到的手機短信卻說是Broadmeadows的Hume Highway。這分明是兩個不同的地方嘛。只好打電話去確認，一個來回之後，才確認是原來的Pasco Vale Road。

這種唯恐不細，卻不斷出錯的現象，就是當今澳大利亞神經病態的富折騰的一種典型表現。

這種富折騰還有另一種表現。當文學已經成了少人問津，眾不望所歸的一個絕地，文學雜誌幾乎一生下地就成死胎的今天，澳大利亞的文學雜誌反倒出現了一片新的折騰景象，不少雜誌竟然採取了少慢差費的「short-listing」的做法，即初選和終選。你投稿三個月後，他可能來信告訴你，你的作品被「short-listed」了。再過三個月或半年，他卻又告訴你，說你那篇被「short-listed」的作品最後終於沒能選上。以前從沒有這種事。沒有選上的話，很快就給你退稿，這樣也節約了你的時間，好把稿子投到別處。現在這種「short-listing」的做法，不啻半卡住你的喉管，提溜在半空中，讓你不上不下好幾個月或大半年，然後手一放，把你摔個半死。實在是噁心至極，也只有澳大利亞這種日漸神經病化的國家做得出來！

還有一種做法，就是採取類似學術論文的「盲審」。雜誌規定，凡投稿者，都必須把作者的姓名隱去，彷彿這樣審出的稿子，一定是曠世奇文，其結果是，我有一篇稿子不幸被他們發表後，雜誌拿在手裡一看，簡直難以卒讀。從此再不給他們投稿了。這種做法，其實是自欺欺人，是不相信自己的能力，對自己的審美持懷疑態度、不自信態度。最終起決定作用的是文本，不是作者本人。即便作者名字在，好的編輯也不會受影響。如果「盲」才是最佳判斷標準，建議一盲到底，讓該雜誌編輯部把所有編輯（包括主編）的名字都從版權頁中刪去。也建議最後發文時，還是照樣把作者名字隱去，讓讀者僅憑文本來判斷優劣。

當前的澳大利亞文學不好看，與這種種富折騰現象有很大關係。他們實際上已經把文學變成了一座監牢、一座精神病院了。

Living freely

看來，關鍵字中國沒寫完，寫成了關鍵字英文了。所謂「living freely」，意思就是「自由地生活」。這兩個字是前天在ABC音樂台接受採訪的一個美國外交官說的。此人名叫Nicholas Birns，曾當過美國駐挪威大使。據他說，美國依然是世界最美好、最強大的國家，每年都有成百萬的人敲擊美國的大門，想移民進入美國，這是中國這個非民主國家無法相比的，因為沒人要去中國。

這話聽完，我只說了一句：狗屁胡說！

最近從中國回，在廣州機場看到一個以前沒有看到的景象：國際入口處到處都是黑人，男人昂首挺胸，趾高氣揚，女人豐胸闊臀，大包小包，來來去去滿眼都是。據朋友講，這已經很不新鮮了，因為今年湧入廣州的黑人已達數萬，他們選擇不去美國，而是來中國，因為中國比美國好。這使我想起2002年初去香港參加文學節，曾親耳聽見一個黑人對我說：China is the best country in the world（中國是世界上最好的國家）。

那個美國外交官還說，人們到美國去，是因為可以「living freely」（自由地生活）。我懶得去跟他理論人在這個世界的任何地方是否可以「自由地生活」這種似是而非的話，但一聽到這兒，我就想起2002年底去三藩市參加學術會議時途經一個水果攤子時，攤販華人老闆對我說的話。他以為我來自大陸，便對我說：美國不好！不要到美國來了，你看看我這個樣子，來了十年，日子實在很難過！

其實，這個美國外交官所說的「living freely」，只是說「自由地生活」，而不是「自由自在地生活」。相對來說，在海外可能比較「free」，但並不一定「自在」。一個人，只有生活在自己的文化中，才能感到「自在」。僅僅是「自由」，而不「自在」地生活，那還算不上是「living freely」。

名叫Nicholas Birns的美國前外交官，你懂這個意思嗎？

詩

對詩歌冷漠，於今尤烈，有證如下。

停了大約一年之後，今天又回來上詩歌課了，學生都是80後的。一上來，我就問了一個問題：「同學們中有讀詩的嗎？有的請舉手。」沒有一人舉手。我說：好，剃了一個光頭。接著我又問：「同學們中有寫詩的嗎？有的請舉手。」話音剛落地，所有的人都笑起來了，男男女女，全笑倒了，大約都覺得這個問題太滑稽、也太不切合實際了。現在這個時代，誰要寫詩？「那麼，有目前因戀愛而寫詩的嗎？」我又問。男女相視，笑聲更響了。

儘管如此，我發現，這些二十來歲的年輕人雖然不大讀得懂雪萊、拜倫、豪斯曼、弗羅斯特的英文詩，但把詩譯成中文之後給他們看，他們居然都朗朗地讀出聲，不是發出會心的微笑，就是時有讚歎之音。這說明，這些人還是可以教的。

由此想起，昨夜一個從前教過的學生，從中國發來一個郵件，告知我有兩首詩被選進2010年的一個詩集中。我查出其中有一首叫《詩歌真好》，全文如下：

每天早上起來之後
總有一種不知道幹什麼才好的感覺
日子很長
陽光也不錯
即使天很熱
有時也會有涼風吹來
活到這把年紀
不是兩把
而是一把以上
突然發現朋友越來越少
聚會幾乎等於零
但是，吃過飯
上過廁所以後
詩歌就來了
人就自動坐到機器前敲鍵了
想起前天跟一個朋友打電話說的話
搞藝術的人

重要的在於不斷的有作品
而不是幾十年前那點炫耀的東西
詩歌來了
就好像是朋友
連杯清水都不喝
就又走了
留下一股氣
在字裡行間巡迴
什麼別的都不需要
詩歌真好！

跟這些學生的態度相比，真有天淵之隔。我，就在這兩個極點之間移動。

新野人

在三次詩歌翻譯課之後，我的腦中終於產生了一個新詞：新野人。

所謂新野人是這樣一種人，他們不看書，只看電視或DVD。他們在路上行走時好像在看什麼，那其實是在看手機。他們不寫字，他們發短信。他們從不寫詩，以為寫詩是一種恥辱或可笑的事。他們中文不好，只能說，不會寫，他們英文更糟。他們的一切都是慾望的表現。以Bjork的話來說：我用B思維。男的也一樣：腦子長在屌上，用屌思維。

我沒有看不起他們。我只是注意到這種現象。我們的未來將由這批新野人和新新野人主宰，那時候，反正我們早就屍骨已寒了。

惡

最近從中國回來，我有一個總體感覺，那就是，在那個地方，惡已成善，所有在這邊被認為惡的東西，在那邊早已為人接受，成了定規。

一位學生告我，她考試沒通過，需要補考，找老師打點一下，事先瞭解考題，就可順利通過。做論文也是一樣，花點錢找個槍手，立馬就可解決。

有朋友告我，玩小姐已膩，現在要玩良家婦女才有意思。其實，這位朋友並沒有「惡」到任何程度，因為，在西方，良家婦女早就耐不住家中的寂寞生活，每每會到外面花錢買男「春」。最近SBS電視台播放的「Love at the Twilight Hotel」裡，有一位男性按摩師就親口講到，很多「married women」（已婚女性）都會到他那兒「尋芳」，求「男」如渴。中國男人的新趨向，不過是應和了他們在新時代的新追求罷了。

有朋友告我，他們合夥投資，為了拿到上億元的專案，就至少要拿出上千萬元的錢來打通關節。

網上有兩個匪夷所思的網站，一個是專為小三們建立的「三情網」，供這些小三們互相交流資訊和心得體會。還有一個「包養網」，一打開就赫然看見這兩句話：

「你有錢嗎？你想包養嗎？你沒錢嗎？你想被包養嗎？」

大約現在人和人的關係，只剩下包養和被包養的關係了。

惡能大行其道，是因為有其肥沃的土壤，而這種土壤，在中國看來是永遠也無法剷除了。

倒是有一種善的做法，屬於自救行為，那就是到荒山野地買塊地，自己種莊稼和果蔬，然後運到城裡來，供自家和親戚朋友間分享，以免吃那些有毒的食品和果蔬。我在一次文人聚會中，就聽到一位詩人在談理想一樣談這種種植行為。但是，在土壤有毒、用水有毒、空氣有毒的環境中，能夠種出無毒的東西來嗎？

如果換個思維，也許，在中國，惡即善，而善即惡。最後這兩樣東西混為一體，難分難解了。

澳洲好很多嗎？不一定。最近維省藝術理事會（Arts Victoria）以五倍高價買進低價墨盒，從中收取好處費的貪污個案，就很能說明，無論哪個國家的人都一樣，都有七情六欲，一有機會就會暴露出人性貪婪的一面。總的說來，澳洲因為法律森嚴，能夠比較好地控制「惡」的擴展和伸張。

移山

我一向以為，愚公移山這種比喻是地地道道的富有中國特色的東西，不曾想，西方也有這種東西。毛姆的長篇小說Of Human Bondage（《人類的枷鎖》）中，跛足的主人公Philip Carey就對《聖經》中有關人若有信仰，就能移山的說法表示不解。這時我停下來，在旁邊注了一筆，提醒自己回去查一下。

原來，《馬太福音》（17:20）中有句云：「Because you have so little faith. I tell you the truth, if you have faith as small as a mustard seed, you can say to this mountain, 'Move from here to there' and it will move. Nothing will be impossible for you.」（因為你幾無信仰，我告訴你，你的信仰哪怕小如一粒芥茉籽，你也能對這座大山說：「你從這邊搬到那邊去」，這座大山就會搬過去。對你來說就沒有任何不可能做到的事了。）

中西之間的惟一區別在於，中國愚公的移山靠的是體力活，西人的移山靠的則是信念，不動一根指頭，緊靠那點小如芥末子的信仰，就能讓山開路，讓水改道。

性（3）

有一個（至少對我來說）保守得非常好的秘密是，女人之愛性，至少與男性旗鼓相當，如果不是更甚於男的話。

早年，我以為，男女之間犯事，錯一定都在男方，聽到的故事也都是如此。例如，有一次在擁擠的公車上，一位女性突然大叫一聲，說她抓住了小偷，因她這時感到有人把手伸進她的褲兜，便一把攥住了那只手。誰知立刻像被火燙了一樣放手了。原來，那是一位男性受不了慾望的煎熬，而把陰莖塞進了她的褲兜，被她一手逮了個正著。

還有一次，在百貨商場人頭擠擠的櫃檯，有一個男子在一個女子身後磨磨蹭蹭，不知在幹什麼，被保安看見，一把把他揪出來，同時對他說：你把那個東西放進去！

原來，這個可憐蟲在幹壞事，把他的小弟弟掏出來，在人家身上擦來擦去，結果導致前面那位女性的裙上佈滿「塗鴉」。這事的結局是，那個犯事的男子被命令去買了一條新裙子替換，才算了事。

從前說的「婦女能頂半邊天」，到了我們這個時代，就不僅僅是在體力勞動和腦力勞動方面頂半邊天，而且也在性愛勞動方面頂半邊天了，其表現就在她們對性的要求往往是主動型、進攻型、享受型的。只要看看有多少富婆在利用青年男子消解性饑渴，有多少年輕女性為了金錢和名譽，向年齡大者發起進攻，又有多少年輕女性對漂亮的小生著迷，就知道在這個泛性的年代，女性成了性海潮中的主沉浮者。

講一個朋友的故事。某男體魄超棒，相貌不凡，在一家國際公司工作不久，就被一位較年長的女性看上，提出想把他包養下來！

另一朋友和同事出差，各住一房，女同事晚上敲門進屋，就要那事，完事後立刻走人，第二天碰面，好像沒事人一樣。

還有一朋友，說他早年曾被一年長女性玩弄，對其發生戀情，卻發現該女享用了他之後，從此不再理他，令他極為憤怒又無能為力。這應該發生在70年代，說明就是在那個時候，女人也不是消極被動的。

據Gore Vidal講，毛姆曾認為，只要給女人一點機會，女人就會像男的一樣喜歡性（交）。此話一出口，毛姆便被斥為是一個患有厭女症的人。[191]

凰求鳳的事，在時間上其實還可以往前推。據美國作家John Updike說，拜倫二十來歲時風流倜儻，詩意勃發，「made thousands of female readers want to sleep with him, to experience liberty in their loins」。[192] 意思是說，「讓他的成千上萬女讀者都想跟他睡覺，都想用她們的私處來體驗那種自由」。

詩意

詩意是什麼？詩意是無詩之處蘊含的一種可爆發、可閃爍的動力，而不是通常被命名為「詩」或像「詩」的那種東西。我在翻譯極為枯燥無味的科技檔時，突然感到了深深的詩意，於是寫了下面這首英文詩：

Flowers

other growing or flowering endangered plant bulbs etc (including corms, collars, rhizomes, bulbs, stem tubers and root tubers, endive plants rootless

---

[191] Gore Vidal, 'Introduction' to Somerset Maugham, *Of Human Bondage.* New York: The Modern Library, 1999, p. xiv.

[192] 參見John Updike, *Due Considerations,* 2007, pp. 510-511。

cuttings and scions of endangered plants other endangered live plants (except for those used for breeding) fresh cut flowers and buds of endangered plants (used for making bunches of flowers or decoration) endangered cut flowers and buds that are dried or dyed as part of processing (used for making bunches of flowers or decoration, except the fresh) branches, leaves or other parts of fresh endangered plants, and grass (by branches, leaves or other parts, it is meant the ones used for making bunches of flowers or for decoration and that do not have flowers or buds) other similar endangered bulbs with high content of starch or insulin (including marrow and stems of western grain whether sliced or made into balls, fresh, cold or dried) other endangered pine nuts that are fresh or dry (whether shelled or skinned) endangered plants mainly used as spice (including their certain parts whether or not cut, crushed or ground into powder) pine resin of endangered plants in the pine family natural gum and resin of other endangered plants (including natural tree resin and other oily tree resin, such as scented tree resin)[193]

我承認，即便是自己寫的英文詩，自己譯成中文困難也很大，甚至幾乎不可能。

從前寫詩，有很多講究，要押韻、要韻律、要對仗、要工整，後來又像聞一多那樣，要講究音樂美、繪畫美和建築美，等等，規矩桎梏多了去了。後來有些詩人不管這些，由著性子寫，甚至像開清單一樣地頻繁列舉同類事物或辭彙，只要能耐著性子一行行讀下去，竟然能夠產生一種奇妙的詩意。你比如台灣詩人陳黎的《島嶼飛行》這首。我2000年去花蓮，跟他吃飯聊天，一直聊到深夜，回到澳洲，就

---

[193] 該詩原文發表在*Southerly,* No. 3, 2009, p. 103.

把他送我的幾部詩集讀完，而他1995年寫的《島嶼飛行》這首，就給我留下了深刻印象，甚至令我不由自主地感到激動，全文如下：

島嶼飛行

我聽到他們齊聲對我呼叫
「珂珂爾寶，趕快下來
你遲到了！」
那些站著、坐著、蹲著
差一點叫不出他們名字的
童年友伴

他們在那裡集合
聚合在我相機的視窗裡
如一張袖珍地圖：

馬比杉山　卡那崗山　基寧堡山
基南山　塔烏賽山　比林山
羅篤浮山　蘇華沙魯山　鍛鍊山
西拉克山　哇赫魯山　錐麓山
魯翁山　可巴洋山　托莫灣山
黑岩山　卡拉寶山　科蘭山
托寶閣山　巴托魯山　三巴拉崗山
巴都蘭山　七腳川山　加禮宛山
巴沙灣山　可樂派西山　鹽寮坑山
牡丹山　原荖腦山　米棧山

馬里山　初見山　蕃薯寮坑山
樂嘉山　大觀山　加路蘭山
王武塔山　森阪山　加里洞山
那實答山　馬錫山　馬亞須山
馬猴宛山　加籠籠山　馬拉羅翁山
阿巴拉山　拔子山　丁子漏山
阿屘那來山　八裡灣山　姑律山
與實骨丹山　打落馬山　貓公山
內嶺爾山　打馬燕山　大磯山
烈克泥山　沙武巒山　苓子濟山
食祿間山　崙布山　馬太林山
凱西巴南山　巴里香山　麻汝蘭山
馬西山　馬富蘭山　猛子蘭山
太魯那斯山　那那德克山　大魯木山
美亞珊山　伊波克山　阿波蘭山
埃西拉山　打訓山　魯崙山
賽珂山　　　　大理仙山
巴蘭沙克山　班甲山　那母岸山
包沙克山　苳苳園山　馬加祿山
石壁山　依蘇剛山　成廣澳山
無樂散山　沙沙美山　馬裡旺山
網綢山　丹那山　龜鑑山

（選自：http://dcc.ndhu.edu.tw/chenli/poetry6.htm#島嶼飛行）

大陸有個詩人叫雷平陽，於2002年寫了一首題為《瀾滄江在雲南南坪縣境內的三十三條支流》的詩，又於2006年發於《天涯》雜誌。

一發表後，竟然引起數百萬人展開「激烈爭論」，被詩人兼學者臧棣譽為「有一種固執的不同尋常的詩意」，但另一詩人兼詩評家陳仲義則批之為具有「格式化」特徵。（參見：http://www.gjart.cn/viewnews.asp?id=13477）。最後還被《羊城晚報》評為「2005年中國文壇十大公案」。（參見：http://www.wyzxsx.com/Article/Class12/200803/35054.html）無論其是否值得如此，先看了這首東西再說：

瀾滄江在雲南蘭坪縣境內的三十七條支流

瀾滄江由維西縣向南流入蘭坪縣北甸鄉
　　向南流1公里，東納通甸河
　　又南流6公里，西納德慶河
　　又南流4公里，東納克卓河
　　又南流3公里，東納中排河
　　又南流3公里，西納木瓜邑河
　　又南流2公里，西納三角河
　　又南流8公里，西納拉竹河
　　又南流4公里，東納大竹菁河
　　又南流3公里，西納老王河
　　又南流1公里，西納黃柏河
　　又南流9公里，西納羅松場河
　　又南流2公里，西納布維河
　　又南流1公里半，西納彌羅嶺河
　　又南流5公里半，東納玉龍河
　　又南流2公里，西納鋪肚河
　　又南流2公里，東納連城河

又南流2公里，東納清河
又南流1公里，西納寶塔河
又南流2公里，西納金滿河
又南流2公里，東納松柏河
又南流2公里，西納拉古甸河
又南流3公里，西納黃龍場河
又南流半公里，東納南香爐河，西納花坪河
又南流1公里，東納木瓜河
又南流7公里，西納幹別河
又南流6公里，東納臘鋪河，西納豐甸河
又南流3公里，西納白寨子河
又南流1公里，西納兔娥河
又南流4公里，西納松澄河
又南流3公里，西納瓦窯河，東納核桃坪河
又南流48公里，瀾滄江這條
一意向南的流水，流至火燒關
完成了在蘭坪縣境內130公里的流淌
向南流入了大理州雲龍縣

（取自：http://www.mafengwo.cn/i/544991.html）

1995年的陳黎和2002年的雷平陽，差別就在此。為了這一首本來不錯，但並不是好到那種程度的詩，就引發百萬人來搞什麼「激烈爭論」，真有點少見多怪。我們現在並不知道，雷平陽是否讀過陳黎的詩，儘管我們知道，雷的妻子就叫陳黎。我們更無法知道，雷是否讀過台灣陳黎的那首「清單」詩。雷的詩作很可能是個巧合，也很可能受了台灣陳黎的啟發和影響。其實這都無所謂。關鍵的是，這種開清單的方式，的確能對那些從不讀詩或者寫了一輩子詩，都不知道詩為何物的人產生一種詩意的衝擊。

實際上，「清單詩」（list poems 或catalogue poems）可一直回溯到聖經時代，幾千年前就存在，西方詩歌中比比皆是。惠特曼的「Song of Myself」（《自我之歌》）的第15部分，就是一首「清單詩」，僅選頭三行如下：

The pure contralto sings in the organ loft,
The carpenter dresses his plank, the tongue of his foreplane whistles its wild ascending lisp,
The married and unmarried children ride home to their Thanksgiving dinner,...

（取自：*http://www.infoplease.com/t/lit/leaves-of-grass/ch03s15.html*）

隨譯如下：

純粹的女低音在風琴台歌唱，
木匠在磨光木板，他的粗刨伸出舌頭，打著哨響，上行著發出口齒不清的野性的聲音
已婚和未婚的孩子們坐車回家，回到感恩節的晚餐邊，……

接下來的每一行都列舉了某一行業的人，如飛行員、海員、農夫，等，逐漸累積成一種宏大的詩意。前面講的《一年裡有十六個月》，也是一首典型的「清單詩」。

我自已曾寫過一首英文的「清單詩」，如下：

Place names Hong Kong, a random sonnet list

Chinese	English	Pinyin	Meaning
九龍	Kowloon	jiulong	Nine Dragons
長沙灣村	Cheung Sha Wan Estate	changsha wan cun	Long Sand Bay Village
黃竹坑	Wong Chuk Hang	huang zhu keng	Yellow Bamboo Pit
打磚街	Ta Chuen Street	da zhuan jie	Beat Brick Street
銅鑼灣	Causeway Bay	tong luo wan	Copper Gong Bay
尖沙咀	Tsim Sha Tsui	jian sha zui	Sharp Sand Mouth
英皇道	King's Road	ying huang dao	English Emperor Road
油塘	Yau Tong	you tang	Oil Pond
健康街	Kin Hong Street	jiankang jie	Healthy Street
沙田火炭山尾街	Shan Mei Street, Fo Tan, Sha Tin	shatian, huotan, shanwei jie	Mountain Tail Street, Fiery Charcoal, Sandy Field
橫龍街	Wang Lung Street	heng long jie	Cross Dragon Street
環鳳街	Wan Fung Street	huan feng jie	Encircling Phoenix Street
西洋菜街	Sai Yeung Choy Street	xi yang cai jie	Western Foreign Vegetables Street

這是詩嗎？你問。我哪知道，我說。反正這首「詩」發在雪梨大學的《南風》雜誌上了。[194]

順便說一下，往往最不懂詩，從不看詩，一生連一個子兒都沒花在詩歌上的人，才會問出這種問題：這是詩嗎？

我的回答永遠是：誰知道呢？

印度人

從廣州機場過境時，前面有幾個印度小夥子，他們剛辦完手續，離開櫃檯，辦票的那個年輕女孩子就說了一句：靚仔！尚未走遠的印度小夥子立刻回過頭來，用英文說：Thank you！顯見得，這幾個印度

---

194 見*Southerly*, Vo., 70, No. 2, 2010, p. 142.

人聽得懂漢語。也顯見得，年輕的中國少女懂得欣賞男性美，特別是來自南亞的男性美。

經常可以看到這種情況，有些年輕女孩子長相並不怎樣，但這只是她們自己同一種族、同一文化的男同胞的看法。換一個地方，把她們放在印度或巴基斯坦男性眼中，很可能會覺得很好看。

1996年我去加拿大一個多月，回到北京時，發現一個奇異的現象：大街上見到的任何中國女性，我都覺得很美，完全沒有出國之前那種挑三揀四的審美感覺了。

從廣州抵達墨爾本後，打車回到家，出租司機是個巴基斯坦人。他聽我說到機場所見情況後，很自豪地說：I know Asian girls love us because we are handsome！（我知道亞洲女孩就喜歡我們，因為我們長得英俊）。面對這種驕傲，同時又不得不承認他們的確長得很俊，除了皮膚之外，我只好無語。

再說，此處無人選，別處有人要，也不能不說是一種糾正偏差、恢復平衡的現象。要知道，那是上天的意志啊。再說，化妝也能遮去百醜，降服個把印度人或小巴，應該是易如反掌的。

請多關照

中國人有一個優點，那就是，同一個民族打交道，往往是覺得比自己強的民族，就會極力去學習它、模仿它，包括說話的方式。當年，因為一部日本電影，什麼名字我忘記了，搞得全國人民都學會了一句口頭禪：請多關照！

現在又由於全民學英語，都養成了開口閉口就說「sorry」的習慣，的確是個好習慣，但說多了，又顯得比較假。比如，如果自己並沒錯，卻口口聲聲說「sorry」，就讓聽者覺著不太好受。

我不記得我們是否從印度或者印尼或者非洲的任何民族那兒學到了任何此類的話語，但我們對自己覺得不行的民族，從來都帶有大漢心理，這從常人把越南人、日本人、巴基斯坦人等，稱作「小越南」、「小日本」、「小巴」等稱呼上可見一斑。

其實，來澳洲多年，我覺得澳洲人的一句口頭禪倒是很值得我們學習並運用，它總是用在一句話的開頭，欲要發表意見，便先這麼說：Correct me if I am wrong but I think…（如果我說錯了，請你糾正我，但我認為，……）。

個人認為，這句口頭禪比日本的什麼「請多關照」那種虛情假意好得多，但要從來都不肯承認錯誤，也從來沒有認錯習慣的中國人來說，可能比較難以做到。因此，我在此說了也等於白說。

碎紙機

雖然聽說有詩人因不滿意自己的詩作，而憤然將其撕碎，但實際上從未見到，自己也從未這樣做過。不滿意的東西照樣留下來，反正還可以修改，無法修改的就放在那兒，讓別人或後人看看，作為詩人，也不是完美無缺的。不過，詩歌被粉碎的事情，前不久卻不期而然地發生在了自己身上。

澳大利亞有家名叫Five Islands（五島）的出版社，專出詩歌。原來在澳洲內地，後來搬到墨爾本。該社老總是個白人，姓「漂亮」（Pretty），也就是「漂亮先生」（Mr Pretty）。在他手上，我投的所有英文詩歌稿件都被他以各種各樣的理由給以拒絕，這些書稿後來基本上都在別的地方出版。我曾寫信與他有過節，稱他「醜陋先生」（Mr Ugly），指出他有種族主義傾向。他回覆說，他不是種族主義者，因為他收養的孩子什麼人種都有！真實豈有此理。

多年不給該社投稿，去年聽說他已退掉，我又動了投稿念頭，等到他們的投稿大限12月一到，就給他們投去了兩部稿子，一部是古代中國詩人的英文譯稿，一部是創作的英文詩稿。不久，收到電子郵件，告知退稿。

退稿無所謂，關鍵是東西得給我退回。當我問到這一點時，他們回覆說：稿子找不到了！讓我等等，他們需要去找。

我就等吧。很快又來信說，新任主編已將兩部厚厚的書稿喂給碎紙機吞吃了！

看來，我與五島之無緣，已經到了無以復加的地步。詩已粉身碎骨，我無可奈何，但氣我還是要出的。我給那個白人寫了一封憤怒的英文信，罵他是個詩歌「killer」（殺人犯）。他沒有回信，大概算是默認了。

現在大家都在談什麼詩歌的「介入」，這大概可算是跨國詩歌介入的一段佳話吧！

歌

昨夜邊看V Channel（音樂台）的2011年100首最流行歌曲，邊在電腦裡寫詩。倒排序排到將近前10名時，出現了幾首比較特別的歌。我說「特別」，主要是指畫面。一首歌中，獨唱的男性一邊唱歌，一邊跳著一種胡亂的舞蹈，沒有節奏，也不講韻律，更不講任何優美的舞蹈動作，給人一種想怎麼來就怎麼來的隨意性，不但沒讓人覺得乏味，反倒讓人覺得耐看。有點像畫畫不講常規，把裝滿油彩的桶拿起來就往畫布上抽，或拉提琴什麼調子都沒有，就那麼幾個依依呀呀的音（我曾在一次澳洲白人的聚會上見到這個景象），或把詩寫到什麼規矩章法都不講的地步。這讓我想起國內詩人西川最近說的一句話：「我一直在胡寫，想怎麼寫就怎麼寫，只要是個文本就可以了。

我是戰國諸子百家式的寫作。」（參見：http://www.poemlife.com/newshow-6250.htm ）是不是「諸子百家式」，誰知道呢，但「胡來」卻的確是文人和藝術家創作的一個動力和做法。蔡國強就說：藝術可以亂搞。（參見：http://book.douban.com/review/3238344//）

另一首歌近乎白描，只打一個畫了花臉的男子露出肩部和頸部的頭，在那兒冷著個臉唱歌，唱著唱著，一隻手伸過來，拿著一把剃刀，就從左邊（也就是他的右邊）一刀一刀，一塊一塊地剃他的披肩長髮，沿圈剃，一直剃到長髮盡去，留下一些稀稀朗朗的亂髮為止。也就是說，歌唱完了，頭也剃完了，彷彿一種實驗。我當時的想法是：能否來一個邊做愛，邊唱歌的畫面，最後精射完了，歌也唱完了。

還有一首歌題目叫「I Just Had Sex」（《我剛剛性交過》），由Lonely Island（寂寞島）——倒是可以作一個中文筆名——歌唱小組演唱，歌詞內容詼諧幽默，就像從前讚美愛情一樣，這首歌衷心地歌唱性愛，其歌詞節選如下：

I just had sex and it felt so good
（Felt so good）
A woman let me put my penis inside of her
I just had sex and I'll never go back
（Never go back）
To the not-having-sex-ways of the past

Have you had sex? I have, it felt great
It felt so good when I did it with my penis
A girl let me do it, it literally just happened

Havin' sex can make a nice man out of the meanest

（參見：*http://www.metrolyrics.com/i-just-had-sex-lyrics-the-lonely-island.htm*）

我的譯文如下：

我剛剛性交過，感覺真不錯
（感覺真不錯）
一個女人讓我把陰莖放進了她體內
我剛剛性交過，我再也不會回去了
（再也不會回去了）
再也不會回到不性交的過去了

你性交過嗎？我性交過，感覺真不錯
我把陰莖放進去時感覺真不錯
一個少女讓我這麼做了，事情就這麼發生了
再齷齪的小人，性交過後也能成為好人

在性氾濫的中國，情況正相反，大家爭相以「身」作則，體驗性的快樂，但口頭上不說，紙上更不寫，即使有寫，也藏藏躲躲，偶爾露「崢嶸」。那天我讓學生翻譯一首中文詩，是林子的《給他》，開頭兩句是：「只要你要，我愛，我就全給，／給你——我的靈魂、我的身體。」結果，一組學生把「身體」譯成了「flesh」（肉體），而另一組學生則乾脆不譯，因為那女生認為：這種字眼有傷風化！一個民族教育出的人，居然認為人的「身體」是有傷風化的，不能翻譯，不能出現在紙面上，這個民族還怎麼能直面自身呢？

過去是不含性因素的愛情不幸地遭到歌吟、歌詠，而現在，要歌頌愛情，就必得歌頌性愛。只要看看那首歌光彩燦然的畫面，就知道性愛是我們這個時代要歌頌的第一個主題。

朗誦

詩人不朗誦，已有很久了。不是不想朗誦，而是從來無人提起。一大堆詩人聚在一起，大家就是吃飯聊天。那年在北京昌平開詩歌會，我跟伊沙說：要是能夠朗誦一下就好了。他說：是啊！怎麼沒有想到這點呢？

惜乎提起朗誦時，會議已經結束了。

有一年在廣東中山，在余叢家裡，半夜就三個人，余叢、木知力和我，面面相覷、面面相對、三人對六面地讀詩。手頭沒有也沒關係，當下從網上找到各自的詩，就那麼讀起來，然後出去宵夜。或者是宵夜之後讀的？現在記不得了。

還有一年，在武昌，那家現在已經關門的法國咖啡館，叫個什麼「Blue Sky」，我跟當時也在武漢一所大學教書的原籍伊朗，後成為澳洲公民的年輕詩人Ali Alizadeh，也是一來一去，面面相對地各自朗誦了自己的英文詩，聲音只大到對方能聽見的地步。也不做動作。

除了在公共場合被邀請而朗誦之外，這種小至二、三人的朗誦，好像幾乎就沒再發生過。以後想起來再寫吧。

最近在一個朋友家聚會，大家吃飯唱歌，唱到後來不唱了，不知誰提議說，歐陽是個詩人，叫他給我們背誦詩。我說背誦不行，因為我的詩我一首都不記得，只能朗誦。於是朗誦，但手頭沒有文本。我的那個Sumsung Galaxy手機雖然可讀中文文本，但沒法輸入中文上網查找。就只好到Poetry International Web這個網站，調了我一首中文詩讀了，全詩如下：

故事

他們要分家了
錢一人一半
傢俱折舊後也一人一半
孩子雖然沒法一刀中間劈開
一人一半
但一會兒這邊住住
一會兒那邊住住
也差強人意
只是後花園兩人共同栽的那棵樹沒法移
比他們的婚姻深多了
他說：你說這樹多少錢，我給你錢算了
她想想後，說：我看砍了拉倒
婚姻都沒了，還要樹幹嗎
他說：倒也是，出錢請個人來砍
咱倆平攤——

我不覺一驚
回到現實中來
看見她又種了一棵樹

接下來就好玩了。一位藝術家把東西拿過去，開始慷慨激昂地朗誦起來，還伴以很誇張的動作，可剛讀兩句就黑屏了。一下子慌了神，怎麼也找不到文本。另一個藝術家也想表演一下，沒說兩句，也黑屏了，因為不會玩我那個手機。本來可以大放光明，讓兩位藝術家聲情並茂地朗誦表演就這樣流產了。接下去，我只好找到一首英文詩朗誦，儘管不少人反對，說是聽不懂英文。

這，應該算是我寫詩多年的第一次在私下公開朗誦，如果不算在課堂上對學生讀誦的話。

欣賞

在海外接觸到的80後這批學生有個奇怪的特徵。他們雖然從不讀詩，更不寫詩，但每次把若干詩捆在一起發給他們，讓他們進行挑選，他們總還能挑出一些好詩來。當然，這些詩是經我篩選過的，已經很不錯了。它們是小抄的《開往郊外的大巴》，代薇的《易碎品》和《歸來》，芒克的《陽光中的向日葵》，林子的《給他》，劉美松的《工傷》，祁國的《自白》。幾個小組的同學各各選中了「大巴」，「給他」和「向日葵」，但幾乎所有小組的都選中了祁國的《自白》和代薇的兩首。林子的《給他》似乎動了好幾個小組的心，她們一致的回答是：之所以選中，是因為該詩代表了該組「某人」目前的心境。據我猜想，大約是某位女同學目前也正熱戀著某個並沒有給以回報的戀人。至於《工傷》一詩，則在小範圍內引起爭議，有的覺得太「現實」，詩歌不能這個樣子。有的覺得「不喜歡」這種不浪漫的東西。

我不擬轉抄上面那些詩，只想說，詩歌這個東西是拒絕不了的。一旦給你，你就必須做出選擇，而且也能做出很好的選擇，哪怕是從來都不讀詩的人，一點也不比專業的詩歌編輯差。基於這個原因，我認為以後凡是搞詩歌競賽，應該在評委中雜糅平常完全不讀詩也不寫詩的人。

這讓我想起一事，是最近朋友樹才告訴我的。他說他在郵局給我寄發了我33首的一本詩歌雜誌時，郵局的工作人員很好奇，問他寄什麼到澳大利亞，他就拿出來給那人看，那人邊看邊說：哎，這個人的詩有意思，沒有假大空！於是，樹才當即送了他一本。他把這事說給我聽，讓我感到很開心。

現在想起來，郵局那個工作人員肯定也是很少讀詩的，但他的心中必定有一個詩歌的礦藏，而那，是需要靠好的詩歌去引發的。

印錢

應該是2000年左右吧，我和一位出版界的朋友在廣州五月花飯店吃早茶，他興致勃勃地跟我談起了他的新的出版理念，大意如下：看見過印鈔票嗎？嘩嘩嘩嘩，流水一樣地印出來都是錢。我現在要做的就是，印書就是印錢，看上去一本本印出來的都是書，轉眼之間就變成了錢，我今後的出版目標，就是印書，也就是印錢。

自從他有了這個出版理念，他這個出版社的業績果然一步登天。據他說，某作者的書一印出來，就被等在印刷廠外的大卡車拖走，還有更多的卡車排著長隊等下一批書印出來，已經到了一天二十四小時開機都供不應求的地步。真的是在印錢了！

根據最近的一項報導，美國作家Jeff Kinney的系列作品「Wimpy Kid」的下一集「Cabin Fever」，今年下半年在美國印行，書還沒出，出版商Abrams Books就訂購了600萬本。這不是印錢又是什麼？寫書寫到這種地步，那就不是寫書，而是寫錢了。

匿名

人們雖然相信匿名，但做事並不徹底。例如，澳洲現在有些文學雜誌在接受稿件時有個條件，要求把作者的姓名隱去，寫在另一張紙上。這樣，審稿起來就不會受人名的影響。這，只做到了一半，是從編者角度做的，並沒有考慮讀者，因為最後發表時，所有稿件都伴以作者的尊姓大名。這個時候，雜誌刊物又還俗了，不得不把名氣大的放在顯眼的地方，為的是東西好賣。如果真為讀者著想，我以為應該把姓名都拿掉，總起來列張單子放在最後。讀者覺得東西好，就去後面查查看是誰寫的。如果不好，根本就懶得去查，因為不值得查。一直以來我就想辦一期這樣的雜誌。

還有一種匿名是這樣，那就是把姓名放在你面前，你也不知道是誰，比如Ingrid Jonker。這種情況往往會在看來自某國的詩集時出現，比如我曾看過的一本南非詩集。可以說，裡面的詩人我百分之百不知道，其詩作從來都沒看過。為了達到一種雙倍的匿名效果，我甚至不看有關詩人的介紹，而是直接進入作品，憑自己的感覺來找到自己喜歡、自己覺得好的作品。其結果是，我「發現」了Ingrid Jonker這位女詩人，覺得其詩絕佳。完了之後一看她的生平，不覺吃了一驚：南非天才詩人，大約是因為同時愛上兩個已婚男性而難以找到平衡，33歲投海自殺，南非一項詩歌大獎後來以其名字命名。

這次我讓一個班的學生在數首詩中挑選他們認為最好的詩，他們不約而同地挑了她的那首「The Face of Love」（《愛情之臉》），這再一次說明，即便對於從不讀詩的人，真正的詩還是能在真正的心中引起共鳴的。

聽眾

多年來，應邀參加詩歌朗誦會大大小小也有不少次了，聽眾總是白人居多，華人屬於極少數。一般說來，聽眾都很聽話，總有讚美，即使不讚美，也都閉嘴不言。在少數場合，倒是聽到了不同的聲音。2004年參加香港文學節，第一次朗誦了我那首「Fuck you, Australia」

（《操你，澳大利亞》），有點舉座譁然的味道。接下來喝酒時，聽見一個聽眾（是個我認識的詩人）對另一個聽眾說：「He shouldn't have been funded for reading that」（不應該給他提供資助，讓他讀這種詩）。

還有一次，我去雪梨的Live Poets Society朗誦。這個名字的意思是「活詩人學會」，一定是根據1989年拍的那部片子「Dead Poets Society」（《死詩人學會》）來的。朗誦完後，聽眾裡站起來一位中年女性，我一看，還是個華人，她一上來就教訓開了，說什麼詩歌應該美、應該有教育意義之類，其他聽眾都笑了。我也一笑了之。回到飯店，反倒來了詩興，隨即用英文寫了一首詩，如下：

Listening to the Chinese audience

After I finished reading
At don bank museum
In napier street, north Sydney
That cost me 18 bucks to taxi to
From soho galleries
In cathedral street
That had cost me 20-odd minutes in my search
This Chinese woman stood up in the audience
And spoke:

Your poetry is so dark, depressive
So pessimistic
Poetry is meant to be enlightening, uplifting
It should be beautiful, about beautiful things

Life already misery enough
You should give us some light, more light
With your poetry
You should, in a word
Write something to make us feel better
About ourselves, about the world around us
You should avoid using a busive language

She kept talking without giving me a chance to
Defend, offend, myself
So I stood there, in front of the listening audience
Watching the light burning
With smoke on a standing lamp
Which drew everyone's attention
But hers
Finally, I said
To myself
Looking around the well-lit poetry reading room
And well-lit faces
"there is enough light
outside my book"

大意是把那個女性對我的批評重新詩意地調侃了一下。最近看納博科夫的小說《微暗的火》，發現有一小段詩歌跟我這首有那麼點異曲同工之妙，也是說朗誦完後，有位聽眾站起來挑刺：

The so-called "question period" at the end,
One of those peevish people who attend
Such talks only to say they disagree
Stood up and pointed with his pipe at me.[195]

我隨譯如下：

討論會結束，到了所謂「提問」時刻，
有一個喜歡鬧彆扭的人，來參加會議，
為的就是表示異議，
他站起來，用煙斗對我指指點點。

我那首詩最後調侃的是，那人嫌詩歌裡太黑暗，她卻沒看到，「我的詩歌外面／有足夠多的光明」。

一分為三

一分為三這個說法是潘年英提出來的。這個人在他《丹寨風土記》的《自序》中，有一段話我很喜歡，就全文摘抄下來：

後來我厭倦了所謂的學術，於是就乾脆變成了無目的的漫遊……我有一個很致命的毛病，就是太缺乏遠大理想……好友……多次友善地提醒我，……對待生活的態度似乎太過隨意了，……我知道他是恨鐵不成鋼，但只有我自己知道，我其實

[195] Vladimir Nabokov, *Pale Fire. New York: Vintage*, 1989 [1962], p. 58

根本不想成什麼鋼，我甚至連鐵也不是，我就是朽木一塊，不僅已經不可雕，而且一無用處……

我在幾年前接受一位學生採訪時就曾說過，我是一個以失敗為榮的人，我走著與成功相反的方向。我說我厭倦學術，這其實只是問題的一個小小的方面，或者說，這只是我暫時尋找到的藉以表達我厭惡世俗和人生的一個藉口而已，其實我厭倦的東西多著呢——我不僅厭倦學術，而且厭倦人，厭倦世界，厭倦所有的所有，自然，也厭倦所有的成功——照直說吧，我從骨子裡看不起那些所謂成功的人，他們可以在別的俗人面前春風得意，趾高氣揚，但在我的面前毫無意義，完全失靈，我看不上所有的官階、爵祿、名望、地位、財富之類。在我心中，只有真實的個體生命是值得尊重的……因此，生活與現實，我就只有一條路可走——到鄉野去，到大自然中去，去走，去看，去聽，去觸摸生活，去親近土地，去體味人生，去找尋可能結交的朋友和純粹的人。[196]

這本書當然還有很多好的地方，但給人留下深刻印象的就是這段話。其次，他還說：「許多人秉持的都是非此即彼的一分為二的原則，要麼死認傳統，抱殘守缺，要麼崇洋媚外，徹底拋棄傳統。我覺得事物可以一分為二，也還可一分為三。」[197]

這個意思，倒是巴勒斯坦詩人Mahmoud Darwish說得更簡潔和透徹：

[196] 潘年英，《丹寨風土記》。上海文化出版社，2010。
[197] 同上，95頁。

If I had two paths I would choose

the third[198]

隨譯在此：

如果我有兩條道，那我就選擇

第三條

沒想到，侗族作家潘年英和巴勒斯坦族詩人達維希在這一點上，見識遠遠超過一般漢人和西方人。只要對比一下美國詩人弗羅斯特那首「The Road Not Taken」（《非此即彼之路》），就知道其詩雖然優美，但識見差得遠矣。

樹才他們搞的「第三條道路」，大約也是本著這樣的心而生出來的吧。

這書本來是一位印刷廠家給我作為參考的樣書，期望將來能在他們那兒印書，卻不料從中淘到了金子。很開心。

愛

可能我寫得最少的一個字就是「愛」字。這一次也不準備把它寫長，而只準備寫短，原因是，我從一本很不好看的書裡，看到一句很有意思的話，是這麼說的：「重要的不在於演得棒，重要的是，要讓攝影機愛上你。」[199]這句話讓我想起，有時愛上一個人，不是愛上別的，而是愛上其唇膏。我們這個時代，可能不是愛屋及烏，而是愛物

[198] Mahmoud Darwish, *The Butterfly Burden. trans.* By Fady Joudah. Copper Canyon Press, 2007, p. 215.

[199] Paul Virilio，《戰爭與電影》。南京大學出版社，2011年，p. 52.

及人，甚至是讓物愛人，就像攝影機那樣。設想，如果一部攝影機能像人一樣愛上演員，就是演得再不好，也能演得很好。我這個悖論，跟該書後面某個地方的悖論是一樣的，即電影就像一把散彈槍，一次性打中影院的上千觀眾，把上千人變成一個人。[200]其實，即使是在我們以為最具個性的當代，到處都有這種被媒體或演出或比賽在短時間內把成千上萬人捏合成一體的現象。眾多的人，在被某種東西弄得瘋狂興奮起來的時候，其實跟一個人沒有不同。Lady Gaga的表演造成的效果是如此，文革時期毛澤東的「表演」效果又何嘗不是如此?!

敷衍

周恩來因為留過洋，加之是下江人，因此很細心。順便說一下，在湖北那個地方，江浙一帶稱為下江，下江人辦事認真的態度，一向都有很好的名聲。有一年開涉外宴會，周恩來提前關照，問晚上點心是什麼餡。工作人員隨口敷衍道：大概是三鮮餡吧。周恩來立刻跟了一句：「什麼叫大概？究竟是，還是不是？客人中間如果對海鮮過敏，出了問題誰負責？」[201]

看到這兒，倒使我想起澳洲人，特別是澳洲官員的敷衍。有天晚間新聞報導，火山灰可能影響飛行，記者問到是否有此事時，有關官員便答道：We won't know until we know（我們只有知道了以後才知道）。這簡直是敷衍塞責的極端例子，還出現在電視鏡頭上，而且事後也未見人提起。

我當時一聽，就說：完全是胡說八道！《論語》裡早就說過：知之為知之，不知為不知，是知也。現在這個澳洲的昏官居然對著記者

---

200 同上，103頁。

201 吳再，《向中國共產黨學習》（卷一）。深圳：海天出版社，2011年，124頁。

說起什麼「知道了以後才知道」的胡話。簡直讓人啼笑皆非。

中共

記憶中，凡台灣或海外華文媒體提到中國共產黨，如果帶有敵意或貶義，一般都取「中共」二字。近看一本朋友送我的書，標題叫《向中國共產黨學習》，是深圳一個普通市民吳再寫的，其中在不少地方都不稱中國共產黨為「黨」，而稱其為「中共」，如這句「之後，中共產生了一批敢於突破敢於承擔的改革先鋒」。[202]又如這句：「除了在經濟發展方面解放自己之外，中共在政治體制方面也在與時俱進」。（p. 298）我不想探究其更深的文化政治原因，本來就對這個「中共」不感興趣，只是覺得這個變化很好玩，特此記之。

順便說一下，西方對越共也有類似說法，遺憾的是，「越共」堂而皇之地進入英文，成了發音很相似的「Vietcong」（聲似「越控」），而「中共」卻始終沒有進入英文。為此目的，我倒想根據「Vietcong」發明一個新詞，叫它「Chungcong」，甚至乾脆「Zhonggong」。看起來，現在時機已經成熟。

身體

大約是2000年前後吧，中國詩歌中「身體」這個詞的出現量逐漸越來越大，經常能見到「在自己身體內」之類的話，有一個詩人甚至還出版了一本題為《體內的戰爭》的詩集，但是，至今我尚未看到把自己身體當做田地施肥這類比喻，而這，經常在英國詩人John Donne的筆下出現。有一首詩中，他這麼說：

---

[202] 吳再，《向中國共產黨學習》（卷一）。深圳：海天出版社，2011年，298頁。

Thy body is a natural paradise,
In whose self, unmanured, all pleasure lies,
Nor needs perfection; why shouldst thou then
Admit the tillage of a harsh rough man?[203]

隨譯如下：

你的肉體天生是座天堂，
在你未施肥的肉體中，臥躺著各種歡快，
無需盡美盡善，既如此，幹嘛要接受
一個粗野漢子的耕作呢？

他在另一首詩中說：「We are but farmers of ourselves」（我們不過是耕作我們自身的農夫），因此，他要他的愛侶「Manure thyself」（對你自己施肥吧），為的是要她知道，「I love thee and would be loved」[204]（我愛你，也需要被愛）。

閱人

《老殘遊記》看了很多年後，還記得其中一句：「閱人已多」。這個人，當然是指女人。而閱，當然不是指閱讀。是什麼？等下再說。

西方的詩歌中，也有把女人當書來閱、來讀的。澳洲詩人A. D. Hope，就曾在詩中把女人比作書。他在「School of Night」一詩中說：

203 John Donne, *Selected Poetry.* OUP, 1998, p. 40.
204 John Donne, *Selected Poetry.* OUP, 1998, p. 54.

What did I study in your School of Night?
When your mouth's first unfathomable yes
Opened your body to be my book, I read
My answers there and learned the spell aright,
Yet, though I searched and searched, could never guess
What spirits it raised nor where their questions led.[205]

我這兒隨譯如下：

我在你的夜校中學到了什麼？
當你的嘴第一次說出深不可測的yes，
打開你的肉體，成了我的書，我在上面
找到了答案，學會了拼寫，
可無論我如何上下求索，我卻無法猜出
它提起了什麼樣的精神，把問題引向何處。[206]

John Donne則是這麼說的：

Love's mysteries in souls do grow,
But yet the body is his book.[207]

什麼意思？隨譯如下：

---

205 http://famouspoetsandpoems.com/poets/alec_derwent_hope/poems/6708.html
206 歐陽昱（譯），《西方性愛詩選》。墨爾本，原鄉出版社，2005，60頁。稍有修改。
207 John Donne, *Selected Poetry.* OUP, 1998, p. 116.

愛情的神秘的確在靈魂中成長，

然而，肉體才是他的書。

是的，「閱人」閱的什麼？顯然是女人的肉體嘛。這一點上，中外皆然。

再談平衡

藝術就是一種平衡。很多搞批評的人不懂這一點，根據藝術家或作家的作品，來評判該藝術家或作家的個性。

若干年前，有一個看過我作品的畫家第一次和我見面，吃了一驚，說：哦，沒想到你並不是那種很不happy的人！大概看我文字中經常嬉笑怒罵，她就產生了一種感覺，此人一定生活無著，窮愁潦倒吧。這種評判，就跟某人讀了我一部小說，就認定我肯定離婚了一樣（因為作品的主角離婚了），是很可笑的。

台灣有個畫家，被一個批評家注意到，其畫中「還沒有找出一張憂鬱、沈鬱的畫，幾乎所有的畫都是快樂的畫，這與你的個性有什麼關聯」？畫家的回答與我經常懸想的平衡問題契合並暗合，令我暗暗稱奇。據他說：「這正好與我的遭遇相反。我們這一代中國人生活是很沈鬱、很痛苦的。也許是一種補償的辯證吧——因痛苦而尋求相反的；因為苦難多而想表達快樂幽默的一面。但我也說不出來為什麼會這樣，這都是在不知不覺中流露出來的。」[208]

另一位台灣畫家提到這個現象時，舉了梵谷、他自己和台灣畫家顧福生的例子。他說：「像梵谷，他生活上遭遇到愈多的痛苦時，他

[208] 葉維廉，《與當代藝術家的對話：中國畫的生成》。南京大學出版社：2011年，59-60頁。

的畫上愈要表現美好。我從小就窮困，生活很悲慘，沒有父母的愛，也沒有家庭的溫暖，但我希望美好，所以我在畫中一直表現美好，而不要表現悲慘。而顧福生恰和我相反。他生長在富庶家庭，生活舒適，美好，但他卻表現了悲慘。我曾問過他：『你連畫筆都由傭人代洗，為什麼在畫中卻表現得如此淒慘？』他伸伸手對我說：『我也不知道。』」[209]

這真是很有意思，連畫家自己都搞不清楚。其實，起作用的就是這個平衡原則。生活中有了，藝術中不表現，它要表現的是無。生活中沒有的，藝術中要表現，它還是要表現一個無。這使我想起我曾翻譯的一首Ezra Pound的詩：

氣質

9次通姦，12次私通，64次婚前性行為，以及一次類似
強姦的行為
夜夜壓在我們身體虛弱的朋友弗羅阿利斯的心頭，
然而這人的舉止卻是那樣文靜，那樣含蓄，
人們都以為他無精打采，沒有性欲。
巴斯提蒂德斯正好和他相反，無論講話和寫作，只談一個
話題：交媾，
他卻生下一對雙胞胎，
雖然立下了這個汗馬功勞，他卻付出了一定代價：
不得不四次戴上綠帽子。[210]

[209] 葉維廉，《與當代藝術家的對話：中國畫的生成》。南京大學出版社：2011年，208-209頁。
[210] 參見：http://www.poemlife.com/showart-1653-1101.htm

是的，一個嫖客如果寫東西，一定不會大張旗鼓地寫他的嫖經。相反，他很可能表現得品格十分高尚。而一個從不偷腥的人（對這種人的存在，在我們這種泛性的時代，可能要打一個問號），卻很可能是個口頭上和筆下都愛談性的人。現在這種情況可能有所改變，頗有些「表裡如一」的人正在打破這種平衡局面，比如那個佛山打炮的日記就是此類，但那東西離開文學和藝術尚有很遠的距離。

無形

最近聽到一個故事，說是幾位生意人湊到一起，每人出數百萬元，準備搭建一個龐大的合股公司，其中一位挑頭的人提議他的幾百萬元可以免交，因為創意是他的，而這個創意是無形資產，價值可達數百萬元甚至更多。這個投資項目是否成功不得而知，但把「無形」這個藝術概念用於生意，我還是第一次聽說，有點忍俊不禁。

所謂「無形」，就是「不著一字，盡得風流」，而所謂「風流」，就是風的流動，風的流動，風流，當然是無影無蹤無形的。也就是道家的「無言獨化」，達到「得意忘言」、「得意忘形」，像葉維廉所說的那樣，是「中國重無形的美學觀念」。[211]

聽到這裡，一位畫家說：「這個不說話的畫（話）可能比說出來的畫（話）更重要，所以禪宗無言……」（p. 98）

但這個「無形」是藝術中的無形，拿來玩生意，藝術是藝術，卻架空了生意，肥了自身。倒不失於把藝術用於生意的一個新例。

[211] 參見葉維廉，《與當代藝術家的對話：中國畫的生成》。南京大學出版社：2011年，95-98頁。

自然

在一些對藝術家的採訪中，經常可以聽到藝術家們在大談什麼「師法自然」等，[212]好像自然是什麼純粹的東西。其實不說中國，就說澳洲，我們一駕車上路，就可看到的那種自然，早就沒有了荒野的韻味，隨處都有人為的痕跡，最觸目的就是走到任何地方都看得到的沿路拉上的鐵絲圍網。可以說，沒有一寸土地是未經丈量，沒有登入名冊的東西。

中國的山水就更人為了，到處都有斧鑿的痕跡。倒是我認識的一位上海畫家韓柏友，後來去了紐約，也在紐約故世，當年我在他家看畫，看到他畫鄉間風景和農村情趣的東西時，問他是否下鄉寫生，他說他從來都不，所畫景物全是腦中所見所想。我就覺得，他是不會討好地去說什麼「師法自然」的鬼話的。

他的情形，有點像另一位台灣畫家何懷碩說的那樣：「我想我最想表達的，不是自然的美，不是去捕捉柳絮輕拂西湖的美。畫的味道應該超過這種記錄式的寫法。」[213]

如果真要「自然」，那最好連人手都不要，因為人手是最不自然的東西，最俗的東西，因為它是在思想的指導和支配下，為著賺錢的目的去作畫的。最好像我認識的一位澳洲畫家那樣，把畫好的話放到露天，讓露水沾濕，儘管這露水裡可能還含著工廠的煙氣，讓蝸牛從上面爬過，留下印痕，儘管這些蝸牛也許受了人類污水的毒害。

---

[212] 參見葉維廉，《與當代藝術家的對話：中國畫的生成》。南京大學出版社：2011年，143頁。

[213] 參見葉維廉，《與當代藝術家的對話：中國畫的生成》。南京大學出版社：2011年，269頁。

我們現在所說的自然，可能連原始的一半都不到，其中摻雜了太多的人這個最不自然的因素。

休息

有一個詩人曾說，他相信寫詩是一種照相的過程，照一百張相，也許有一兩張可用。寫詩也是如此，寫一兩千首詩，也許一二十首可用。我過去茍同這種看法，但現在不茍同了。

我的問題很簡單：假如照相機的鏡頭本身就有毛病呢？

也就是說，如果相機本身有問題或寫詩的這個人本身有某種固有的問題，那無論照多少張照，也無論寫多少首詩，即便有那幾張照片、那幾首詩歌不錯，但因相機本身或詩人本人始終沒有解決其固有的問題，那些不錯的東西就始終逃不出自己的魔掌。

果不其然，過了這麼多年，看那個詩人的詩，的確沒有長進，無論寫什麼，始終都是原來那個模樣。這是很慘的一件事，因為作為朋友，我沒法跟他講，其名聲已經大到誰跟他提意見，誰就會立刻被當成敵人的地步。中國人所謂的「諍友」，其實一向都是空話。自己說給自己聽，心裡好受一點而已。

我對他的忠告是：應該休息一下了。一個人如果不明白休息的意義，他可以一天二十四小時寫詩。按照每天寫10首算，從20歲開始寫詩，寫到80歲，他可以寫146000首詩。有意思嗎？沒有，除了其數學意義之外。要想求新，要想求異，人就得休息。

這個意義，畫家最明白，當然不是所有畫家，因為畫家也有此類數學意義的畫家，即畫得越多，賣錢越多，畫得越大，越能把人震倒。這，當然不進入我的視野。

有位畫家說：「放棄筆不用，過了一段時間，再用筆，這時筆的意義就不一樣了。」[214]這立刻讓我想起雙語寫作的情況。我用中文寫作一段時間後，突然感到膩味，會用英文寫作一段時間，但依然會讀中文書，這樣暫時告別中文，休息一段時間後，回頭用中文寫作，會發現筆下變得陌生起來，寫東西的用語和感覺都與前有不同，小不同或大不同，這正是我要追求的效果。英文的情況也是如此。

中國文化中的寫作者們最大的問題是不知疲倦，並都喜歡以到目前發表的字數已達到多少百萬字為榮。不知休息的動物啊！

材料

前面說過畫家畫畫若要師法自然，最好連人手都不要。我雖然不是畫畫的，但對畫畫的東西比較感興趣，也比較敢想，曾想過砍兩隻獸爪，用其作畫。或直接用陰莖作畫。

也曾在自己用手做的詩集上，採用了各種材料，如噴灑醬油和麻油，以及精液和唾沫。

現在看來，有些藝術家也玩過不同材料，如用甘蔗渣蘸墨往紙上丟，[215]還有的用刷炮筒的刷子寫字或畫畫。[216]

我一聽到這些新的藝術材料，就感到來勁和興奮，特此志之。

空白

最令人恐懼者之一莫過於空白。正是因為這個原因，一個寫長篇小

[214] 參見葉維廉，《與當代藝術家的對話：中國畫的生成》。南京大學出版社：2011年，217頁。
[215] 參見葉維廉，《與當代藝術家的對話：中國畫的生成》。南京大學出版社：2011年，197頁。
[216] 參見葉維廉，《與當代藝術家的對話：中國畫的生成》。南京大學出版社：2011年，219頁。

說的人，是很不情願坐到電腦前，去一個個地敲字，填滿下面一片又一片，像天空一樣連綿不斷的空白的。我不是說別人，而是說自己，因為我現在每天就要面對這一片片可怕的空白。這跟已經有一部書稿在手，從頭到尾看一遍，修改一遍，是完全不同的感覺。從這個角度講，翻譯要比創作簡單得多，因為東西已經在那兒，只要把字碼上去就成。

看來，畫家也有同樣的問題。在畫第一筆之前，他面對的是一面空白畫布。如何構圖，如何畫出心中要畫的那個東西，他也得一筆筆地去面對。有位畫家在談到這個問題時，引用了勃拉克的話說：「任何一幅畫都是走向一個未知的旅程。」而在談到他自己的畫時則說：「而我的畫，每張都是在下一盤新的棋。」[217]

我倒覺得，對寫作的人來說，「下棋」可能不如「未知的旅程」切當。下棋需要對象，需要對弈者，但寫一部長篇卻沒有對手。作者根本就像面對一片空曠的原野，每走一步都不知道下一步往哪兒邁，以下（我說「以下」，是因為電腦是往下走的）的一切都是未知、未知數、未知字，但正是這種空白，才最具挑戰性。一個大無畏的藝術家，就要面對這種挑戰，把每次寫作看成是一次宇航員的太空之旅：置身在空白到太空的地步，想像那種不可能在任何一個地方寫下一個字的感覺和刺激吧！

歐洲

2004年第一次去歐洲之前，經常聽到人們說歐洲如何如何，有朋友去，也把歐洲描繪得美輪美奐，只有很少人對歐洲頗有微詞。一個認識不久的義大利籍經理聽說我想去義大利，便勸我別去，說那個國

---

[217] 參見葉維廉，《與當代藝術家的對話：中國畫的生成》。南京大學出版社：2011年，232頁。

家盜賊滿地，在銀行辦理業務，都要把自己鎖進一個小間，否則就有被搶之虞。

去了歐洲之後，我什麼都不想說，只想說一句：凡是去過的地方，我再也不想去了，包括巴黎和倫敦。

這次看書，看到一個叫莊喆的台灣藝術家說，他「細胞裡沒有城市」，去美國歐洲的興奮一下子就過去了，沒有留下半點痕跡，「心胸中仍是那廣大的空間」。[218]

就是看到他這句話，使我想起了我對歐洲的那些感覺，也想到一個據說歐洲「什麼地方都去過的」80後學生說的話：我對那兒只有一種格格不入的感覺。

我還有一句話想說：一個中國人如果去了歐洲而沒被偷被搶，那就算他萬幸！

中國人

如果一個中國人到了海外，逢人就說：我是中國人！I'm Chinese！那人家一定以為你有病。如果這個人在中國，走到哪兒都向人家自我介紹說：我是中國人！那絕對讓人覺得他是個神經病。

不要以為我這麼說很無聊，我們的文學現在就患上了這種毛病。本來書用中文寫成，心中的讀者都是中國人，而不是那些讀不懂中文的老外，但現在寫書，作者似乎都胸懷世界了，胸懷馬悅然那種能讀中文、有可能考慮你書翻譯到外國去的人了，因此，筆下忽然出現了「中國人」這樣很生澀的字眼。比如馬悅然很欣賞的那本曹乃謙寫的《到黑夜想你沒辦法》書，他寫著寫著，就來了這麼一句：

---

[218] 參見葉維廉，《與當代藝術家的對話：中國畫的生成》。南京大學出版社：2011年，176頁。

黑蛋說：「那能行？中國人說話算話。」[219]

這本書的語言土得掉渣，是老馬大贊的一個重要原因。老馬用他尚可的漢語寫道：

> 有的讀者也許會認為曹乃謙的語言太髒，髒話太多。其實，他是一個單純立身在農村裡的作家，他的耳朵很靈便，他會把農民的語言搬進他的小說裡。我自己認為他的文學藝術成就非常高。[220]

老馬說老曹是在「對話裡所運用的髒話與罵人話真是粗得嚇人，什麼『狗日的』、『日你媽』、『我要日死你千輩的祖宗』」，[221]但老曹再粗、再農民，突然從一個鄉巴佬的口中冒出個「中國人」，我就覺得太不是那麼回事了。

記憶中，下放期間跟農民打交道，是不會用「中國人」這幾個字的，那不僅見外，根本就用不上。中國人只有在提到外國人、在心中進入了外國人的時候，才會想到用「中國人」這幾個字。

由此觀之，我們這個時代是比殖民時代還要殖民的時代，因為外國人已經進入了我們的心中。我們在說話時，無不把這個外國人放在心中，以他作為觀照，以他作為參照，並以他作為衡量。

老馬現在說話，就像皇帝老子一樣：「我最大的希望是曹乃謙的小說在台灣出版之後，大陸的出版界會發現他是當代最優秀的中文作

---

219 曹乃謙，《到黑夜想你沒辦法》。武漢：長江文藝出版社，2007，3頁。

220 馬悅然，《序：一個真正的鄉巴佬》，《到黑夜想你沒辦法》。武漢：長江文藝出版社，2007，3頁。

221 馬悅然，《序：一個真正的鄉巴佬》，《到黑夜想你沒辦法》。武漢：長江文藝出版社，2007，3頁。

家之一。」[222]

他的這個「希望」，聽上去就像命令，又有點像文革時期上學時，老師給寫的鑒定：希望某某同學繼續努力云云。

路遙寫於1980年代中期至末期的長篇《平凡的世界》，偶爾也會露「崢嶸」，或曰「整容」，因為筆下的人物不真實，像整過容似的。比如這句：

> 兩個老朋友按照中國人的習慣，先問候了一番身體狀況——互相都說好著哩。接著又開了一些親切的玩笑。平時都愛搶著說話的文化局長和詩人，此刻都像聽報告似地老老實實坐著，不敢插話，只敢咧開嘴巴賠著笑。[223]

什麼是「按照中國人的習慣」？相對這兩個有身分的老朋友，「只敢咧開嘴巴賠著笑」，是不是也是中國人的習慣？如果說當年殖民主義還沒有現在這樣深入人心，有意插入這句「按照中國人的習慣」，難道是針對那些不屬於「中國人」、「非我族類，其心必異」的少數民族說的嗎？如果不是，幹嘛對漢語讀者說這種酸不拉幾的話呢？如果把這句話中的「中國人的」四字拿掉，相信全句依然成立，不信你試試。

陰道

如果問我為何寫這個詞，我可以告訴你，道理很簡單，是因為有天看一本中文詩集，上面出現「林陰道」這個字。我笑笑，什麼也沒

[222] 馬悅然，《序：一個真正的鄉巴佬》，《到黑夜想你沒辦法》。武漢：長江文藝出版社，2007，3頁。
[223] 路遙，《平凡的世界》（第二卷）。北京十月文藝出版社，2009，192頁。

說，就把這個怪字圈了起來。後來我上網查了查，發現小學語言課本都有「林陰道」的說法，簡直成了教育的極壞榜樣。

我寫這個詞，還有一個原因，那就是我在一個80後華人作家的筆下，第一次看到毫不隱晦，大談陰道，包括自己母親陰道的案例。這名作家英文姓名是Benjamin Law，中文名叫羅旭能。他在一本題為「The Family Law」（《羅家》，還有《家庭法》的一語雙關意思）自傳性的文集中，談到他母親說起自己生養五個孩子的痛苦。據她母親說「every woman's vagina tears when they have their first child」（女人生第一個孩子時，子宮都有撕裂的感覺）。[224]

接下來，他還對母親談陰道的那一段話做了一個注，全文照譯如下：

> 這場談話幾天之後，母親給我打了一個電話。「萬一你要寫這個的話，」她說。「我當時說的不是我的陰道。我的陰道沒問題。你把這個寫下來：我母親的陰道沒問題。事實上，我的陰道很久都沒被碰過，已經又封閉起來了。」[225]

這樣暴露自家的隱私，在華人中，我還真是第一次見到，特此志之。

此文寫後，想起一個荷蘭女作家筆下也觸及過生孩子後下面痛的感覺，但她對該器官卻隻字未提，只用了「括約肌」一詞：

> 那道表面毛糙的傷口讓她煩了好幾個月。拉屎很難，而且很

[224] Benjamin Law, *The Family Law.* Black Inc, 2011, p. 11.
[225] Benjamin Law, *The Family Law.* Black Inc, 2011, p. 11, footnote.

> 痛。做愛要咬著牙。把孩子抱起來，括約肌要整個兒繃緊。她把所有的精力都放在了這對雙胞胎身上，除此之外，別人說什麼或碰她一下，她就受不了。（摘自恩奎斯特的《傑作》）

因此補上來，作為對照。

小學

澳洲小學情況怎麼樣我不清楚，但根據華人作家羅旭能所寫，還是能夠窺見一斑。據他說，那地方居然可以邪到男生公開在班上手淫的地步，而老師根本不能當眾羞辱該學生，「只能溫和地暗示說，玩弄你的生殖器『是一種家庭活動』，最好在『私人時間』裡進行」。[226]

關於這點，我別無所知，只能說這麼多了。

殘雪

這位湖南女作家的原名叫鄧小華，她的作品我看得不多，但當年在上海讀研究生時看的那篇《山上的小屋》還是留下了比較深的印象。後來還於1992年把她的《我在那個世界的事情》這個短篇譯成英文，在墨爾本的「Overland」雜誌發表。

我始終不知道她的筆名「殘雪」來自何處，也沒看見任何地方有關於這個筆名淵源的介紹。

有天晚上，我翻閱2000年在台灣新竹開會時買的劉達臨的《中國五千年性文物大觀》，在介紹雙魚這個女陰象徵物時，有一段取自唐代女道士李冶《結尺素貽友人》詩：「尺素如殘雪，結為雙鯉魚，欲

---

[226] Benjamin Law, *The Family Law.* Black Inc, 2011, p. 34.

知心中事，看取腹中書。」（50頁）

好了，殘雪的「殘雪」有出處了，我想。

當然，古詩中到處都有殘雪。陸游有「夜雨解殘雪，朝陽開積陰」句。孟浩然有「亂山殘雪夜，孤燭異鄉人」句。歐陽修也有「殘雪壓枝猶有橘，凍雷驚筍欲抽芽」句。看來，既然如此普遍，這個「殘雪」也不一定是那麼有來歷。誰知道呢。

感恩

感恩其實不用戴德，更不用說大話。從電子郵件的角度講，感恩就是說聲「謝謝」。

有一位老教授朋友，每有與文學相關的新聞或消息，如可供投稿的新雜誌，可供參賽的文學競賽，值得一去的文學會議或文學節，她都會給我轉發，而我每次都一一回覆，表示感謝，其實不過是這幾句現話：「Many thanks」，或「Thanks」，或「Thank you」，但我覺得，這是最起碼的。如果連這點都做不到，實在是對不起人家的好心好意。

不知不覺間，我也以身作則，發揚光大這個優良的傳統，也把此類相關消息等發給一個我認為在文學方面頗有才氣、很有前途的青年，卻不料次次發，次次都石沉大海，好像對方沒有收到似的，但與之通信，對方又有回音。也就是說，每次發去的東西，他實際上都收到了。最近，我決定就是有再好的消息或資訊，也不再發給他了。我希望看到一封回郵說：謝謝！在一次次失望之後，我只能得出結論：對80後這一代，這種希望只是一種奢望，一種完全沒有必要的企望，說不定接信者對我這種做法心存厭惡，覺得很浪費他的時間和精力，只是不想說出來罷了。或者他覺得我本應如此，沒有必要浪費時間、浪費口舌說謝謝。

這使我聯想到學期結束時發生的一件小事。我一般在課堂作業的時候，一向都是陪著學生做作業，學生在下面做，我在教師桌邊的電腦上做。完成後，我會當場評講他們譯文的優劣，隨後把自己做的拿來與之比較並現身說法地講解技巧。下課後，學生紛紛要求用USB拷貝我的譯文，我也一向是有求必應，由他們抄去。

後來我發現，從根本上講，老師和學生永遠是陌生人、陌路人，至少在澳洲是這樣。在校學習還好，一離開，就幾乎不再有任何聯繫，也不必有任何聯繫。鑒於這一認識，我終於決定，儘管有學生要求，我還是不把備考的有用材料，特別是自己親自翻譯的材料發給他們。一是我沒有這個義務，而二，更重要的是，我發給的對象從今以後就永遠是陌生人了。不會有任何回報，更不會有任何感恩。一切都成了一個簡單的定律：學生交錢讀書，教師教書掙錢，各取所需，沒有義務給予額外的付出。一切的一切都是過眼雲煙。如果我不把這講出來，我就沒有講真話。

這的確是一個不再需要感恩的時代。

官或獎

我最近發現，獲獎不是一件好事，反而使人痛苦。朋友存在的理由是什麼？除了所有那些我們慣常聽見或讀到的套話之外，我想，朋友存在的理由之一，就是當朋友的朋友獲得榮譽之後，會給他或她說一聲「祝賀」！

記得我第一部長篇在阿德萊德獲獎，我聽到消息時正在牢外，是的，我正在墨爾本Port Philip Jail（菲力浦港監獄）停車場把車停下，準備進去做翻譯，這時手機響了，是朋友Alex從西澳打來的電話，第一句就是：Congratulations！然後他告訴我，我獲獎了。我感動的是，他是第一個打電話祝賀的人。與之相比，我的華人「朋友」中，沒有一人打電話。

這次我的第二部長篇在雪梨獲獎（奇怪，為什麼老讓我的書獲獎？像我這樣的作者，應該打入十八層地獄，永遠不得翻身才好，幹嘛老讓獲獎的新聞使別人討厭、嫉妒、憤怒、乃至仇恨呢？），我在一時興奮之下，犯了一個大錯，把消息發給了不少「朋友」，結果只收到一個朋友的賀信。

我在打開他的賀信時發現，他在回我信的同時，也把這個消息發給了國內其他朋友，其中有我認識者，豈止是認識，幾乎可說是朋友，因為當年來澳，還在家免費一住就是兩個多星期！我把這封信留存下來，感謝了祝賀者，同時也不免有些詫異，那些通過這封信知道此事的「朋友」，怎麼都默不作聲呢？

老婆說：你這人也太自戀了！自己得獎自己高興不就得了，幹嘛弄得滿世界都知道?!

沒有。我只是將心比心。也就是說，如果我得知朋友同樣的情況，我怎麼也會說一個「congratulations」，這是最起碼的，如果我們還是朋友的話。

以後好了。如果我再不幸得獎，我發誓，今生今世絕不告人，尤其不能告訴所謂的朋友。

後來我想到當官，就釋然了。如果讓人在當官和得獎這兩者之間做出選擇，中國人一定選擇前者，因為後者是一己的（獎品獎金都歸己），而前者卻能雞犬升天。人人都去祝賀，都去捧場，因為人人都可能從中得利。

法國作家Michel Houellebecq在他的長篇小說《隨便》（Whatever）一書中說：「Human relationships become progressively impossible」[227]（人

---

[227] Michel Houellebecq, *Whatever. Serpent's* Tail, 2011 [1994],

類關係已經越來越不可能了）。我同意。

新名

現在人起的名字，越來越富創意了。即便是從拼音看，也能看出一點道道來。比如這位客戶叫Xia Fan，我就想，她一定是「夏凡」，看似平凡，卻又與「天女下凡」諧音。有一個我曾經教過的學生，名叫「Tian Xin」，看似「甜心」，但卻要反著讀，因為他們來澳洲後，學校都把名字反過來了，姓在後，名在前。後來查了中文，才知道叫「辛甜」，反「辛苦」之意用之。很好。

還有一位姓江的同學，名字叫璧合，也起得非常好，那是父母珠聯璧合的結晶嘛。

想想解放後一些人起的名字，頗讓人無語，叫「建華」和「建國」的堆山疊海，叫什麼「軍」的，什麼「兵」的也不老少。還有叫什麼「偉」，什麼「靜」的，就比比皆是。

進入英語文化語境，一入門就給你個下馬威，把你的名字天旋地轉倒過來。叫「Ma Ye」的給你倒過來，成了「Ye Ma」（野馬）。叫「Ye Bi」的給你倒過來，成了「Bi Ye」（畢業）。凡此種種，不一而足。

回到淘金時代，中國人被更名的情況更讓人無語。很多來自廣東一帶的淘金工，都以「阿」來稱呼，什麼「阿福」，「阿新」，「阿發」，等。不懂一個漢字的移民官問：「What's your name？」不懂一個英文字的淘金工說「阿新」。於是，移民官就寫下了：「Ah Sin」（阿罪）。「Ah Sin」這個名字，後來成了澳洲小說和詩歌中很多華人角色的名字，甚至民間直到現在仍有用這個名字的人，而且是當姓用，並且把兩個字合二為一：「Ahsin」。這個字中的文化蘊含和變遷，真是可以寫一本小說。

蕭沆

我前面談到過齊奧朗，就是羅馬尼亞作家Cioran（1911-1990），他現在進入中文後的正式譯名是蕭沆。自從他那本《在絕望的峰巔》一書從2011年6月5號從亞馬遜網站運抵我手，當日開讀之後，一本128頁的小書，一直讀到7月底都沒讀完。其實，比這厚幾倍的書，一小時讀完的都有，但這本絕望卻不讓人絕望的書，我真的是很喜歡，到了每日唯讀一兩頁，不想很快讀完的地步。

今天看到的這一段，叫《一切都無所謂》，隨譯在此：「一切都有可能，然而一切都不可能。一切都得到許可，然而一切都得不到許可。無論我們走哪條路，哪條路都不比另一條路好。無論你是否取得了成就，是否有信仰，都是一回事，正如你哭泣也好，沈默也好，都是一回事一樣。一切都有解釋，然而一切都沒有解釋。一切既真實，又不真實，既正常，又荒唐，既燦爛，又乏味。沒有任何東西比任何東西更值。沒有任何思想比任何思想更好。幹嘛因悲哀而悲，又因歡樂而樂？你的淚水因喜悅或痛苦而流，這又有何關係？熱愛你的不幸，仇恨你的幸福吧，把一切攪合起來，把一切參合在一起！做一朵在空中飛舞的雪花，一朵順水而下的花朵！不需要有勇氣的時候，請鼓起勇氣，必須勇敢時，就當膽小鬼吧。誰知道呢？你或許會贏！就算你輸了，又有什麼關係呢？這個世界有什麼值得贏取的嗎？所有的得都是失，所有的失都是得。幹嘛總是期待一種確定的姿態、清晰的思想、有意義的詞語？對所有向我提出的問題或沒有提出的問題，我都產生一種想噴出火焰的感覺。」[228]

---

[228] E. M. *On the Heights of Despair*. Chicago: University of Chicago Press, 1992 [1934], p. 116.

如果有一本我願意不求報酬而譯的書，那就是On the Heights of Despair這本書。

這本書是蕭沆二十三歲時所寫，頗與我那時的心境相符，甚至仍與我三十多年後的心境相符。蕭沆後來去了法國，成了一個「無國籍人士」。十幾年前，我在坎培拉參加一個國際會議，碰到一位來自日本的無國籍人士，是一個前大陸女性。她的經歷過於複雜和瑣碎，我已經記不得任何細節了，只知道像她這樣的人士，目前世界上還很多，都在為自己的生存權利而掙扎。關於無國籍身分，蕭沆的話值得記取。他說：這種身分「最適合知識分子」。想一想吧，無國籍身分就像無房身分一樣，不需要像蝸牛一樣扛著一座房子或幾座房子，對於一個能把大腦用身體帶到世界任何一個地方的「知識分子」來說，真是最自由不過。[229]

事實上，他到法國後，就以廉價旅店為房，以咖啡館為餐室，做了一個「perennial student」（永久的學生），靠不斷申請獎學金為生，這真像我曾經想寫而未寫的一個小說人物。也真像我認識的一個印度知識分子兼詩人，他在俄羅斯拿到博士學位後，又移民澳洲，在坎培拉再拿了一個博士學位。以獲取知識而不是金錢為畢生的目的，那真是有福哇。

畫與小說

有風景如畫之說，卻無小說如畫之說，當代寫作者中，以畫作為藍本，創作長篇小說者，華人裡面好像沒聽說，大陸那邊，也好像沒有，但澳大利亞小說家中，至少有兩位是這樣。最近的一位是Steven Carroll剛出版的長篇小說Spirit of Progress（《進步的精神》）

[229] 參見同上，p. 127.

（2011）。據書評者指出，該書靈感來自澳大利亞著名畫家Sidney Nolan畫的一幅畫，題為Woman and Tent（《女人和棚屋》），畫的是Steven Carroll的一個性格古怪的嬸嬸，她獨自一人住在鄉間的一座小棚屋中，不跟任何人來往。[230]

看到這個地方，我想起朋友Alex Miller的那部得獎長篇《祖先遊戲》（大陸版為《浪子》），其靈感也是來自一幅畫，畫名叫Euchre in the Bush（《叢林裡的尤克牌戲》），是19世紀澳大利亞畫家Joseph C.F. Johnson的作品，描繪了一個大鬍子愛爾蘭人，一個穿藍衣的中國人和一個穿紅衣的土著人打牌的情景。[231]他那本長篇中，有不少情節就是根據該畫想像出來的，表現了淘金時期多民族互相交友的親樂融融的情狀。

我所認識的華人畫家中，利用作品講故事的不多，講大故事的有，什麼毛哇劉呀的，講小故事的一概沒有，這些華人都不屑于講，能從中找到某幅作品，供俺來加以發揮，寫一部長篇的，目前還沒有創作出來。華人寫作者方面，也根本不從澳洲文化和文學中汲取養料，生活在澳洲等於生活在真空中。只能等以後他們意識走到這一步了再說吧。不能不說是一件憾事。主要是我們這些藝術家的思維還停頓在要不就搞得大而化之，動不動就在那兒造勢、造神，再不就是為了一點小錢，為風景而風景。沒勁透了！

新野人（2）

新野人的最大表現之一，就是知道如何使用電子郵件，卻不會說謝謝。由於最近又有兩名學生找我求教，得令之後便消失不見，既

---

230 參見Brian McFarlane, 'Portraits of a tender time', *The Saturday Age,* 30/7/11, p. 26.

231 參見該圖及介紹：http://www.artgalleryofballarat.com.au/collection/australian-collection/johnson,-joseph-cf.aspx

不回郵說收到了郵件，更沒有一聲謝謝，我終於想到寫一封「告同學書」，最後改為「敬告學生」，全文如下：

敬告同學：你們好！

最近有些同學與我聯繫，向我請教問題，我都在第一時間一一回覆，但是，這些同學沒有一個按人之常情，告知已經收到郵件並說聲謝謝。

其實，長期以來，我教過的絕大多數學生都有這個毛病，找人求教便徑直上門，得到幫助之後就消失不見，連一聲謝謝都不說。個人認為，這是一個非常不好的現象。試想，你在公車上給人讓座，人家坐下後不說謝謝，便自顧自地看書或打電話，你心裡作何想?!

我只能敬告大家，如果你這次求教得到幫助之後，不打算做最簡單的事，下次請你不要再找我，我沒有時間跟毫無教養的人打交道。如果是第一次向我求教者，我事先向你聲明此點，如果你同意做一個懂得禮貌的人，我也會同意盡我所能幫助你。

歐陽昱

可憐做教師的人，在學生手裡，成了一個隨取隨用的工具，連我們能得到最大滿足的一句不要錢的便宜話「謝謝」都聽不到。這真是一個野人當道的時代！

廁所

數年前，我在武漢大學教書時，有位同行教授說：中國人在國內情況差些，因為條件本來就差，到了海外後就不一樣了。記得當時我不同意，說據我在澳洲的觀察，僅就開店一項，就可說明華人開的店和西人開的店是不可同日而語的，前者雜亂無章，後者清清爽爽。這個問題，更突出地反映在廁所上。

在我上課的學校，我那層樓的廁所，每次進去小解，總看見椈門板上立著兩個用光了紙的紙筒，這個地方既無紙，又經常能看到前人留下的殘尿。在我們逐漸走向無紙化的未來，這個廁所真可充當其先鋒，不愧為無紙廁所。我不得已只有更下一層樓，到另一個樓層的廁所解手，卻暗暗叫好，因為裡面乾淨而無異味，亦無異物和異象，手紙全都是肥肥滿滿，掛在壁上。那個學校的學生均來自大陸，既年輕，又穿得鮮衣華服，唯獨出口經營不善，令人遺憾。

由此想起一位澳洲朋友開玩笑講的故事，說他接待的大陸客，在家小解是機關槍掃射，而不是瞄準點射，結果造成馬桶周圍尿漬遍地，宛若地圖，更有甚者，連馬桶座蓋都不揭起，結果可想而知，誰坐上去都是一屁股大陸尿。

極端

英語文化和漢語文化就是兩個極端。最近在雪梨開會，來了一個中國作家代表團，吃中飯的時候，我跟其中一位在一起，每人手中托著一個紙盤，吃著吃著，他突然說：這飯太難吃了！我一看，他跟我吃的一樣，都是那種米不像米，豆不像豆，胡裡嘩啦攪成一堆，青色紫色調色板一般，既缺鹽，又少味，而且冷冷的東西。我首肯，表示贊同，但這時，我的文學經紀人Sandy走過來，託盤中也是同樣的東西，她邊吃邊贊，說：真是太好吃了！又新鮮，又有味。我把這話譯給那位吃不下去的中國作家後，我們都哈哈大笑起來。我呢，因為在澳洲生活了20年，已經基本習慣這種吃不下去的東西，因為我早已認定，澳洲人的食物只是行使聊以充饑的功能而已，吃不下去也得吃，只要能飽肚子就行。所以，只要吃澳洲東西，我的嘴只不過是一個過道，儘快把東西送進胃裡拉倒。

近讀一詩，又從另一個側面，看到了中英文化、中澳文化、乃至中西文化之間的極端表現。該詩說，中國人實際上是不需要教堂的，中國人天天上教堂，一天要上三次，他們的食堂、飯堂、餐館，就是他們的教堂。在那兒，只要有肉啖，有飯吃，有湯喝，有酒當然更好，這個民族的人就歡天喜地，ha ha py py（這個詞屬我首創，即嗨嗨皮皮，或哈哈痞痞，或happy happy），一切都不在話下，要那個靜得像墳墓的教堂作甚！回頭一看，我發現，是我記錯了。該詩作者是伊沙，他是把中國的歌舞城比作了「人民的大教堂」，說「信仰的歌舞城慾望的大教堂／俗話說：必須的」。[232]

看來，這是則「創造性錯誤」的範例，那首詩看完後，我一直以為是說的食堂或餐館，再看之後才發現記錯了，倒覺得自己的錯誤理解更正確，也更準確。好玩。

小覷中國

國家無論多大，都會遭到小國的鄙夷。有些小國來的人，就非常小覷中國。比如一個瑞典人和一個匈牙利人。許多年前，我曾對這個瑞典人說，應該譯些當代中國詩歌，向瑞典人民介紹。沒想到他說：世界上詩歌大國多的是，如法國、德國、英國，等，還輪不到中國，再說那兒好東西並不多。媽的B，區區一個小雞巴國家的人，居然敢如此小覷老子，我心說。

後來碰到一個匈牙利人，是個詩人，此人參加中國的一次詩歌節

232 伊沙，《無題詩集》。佛山：趕路詩刊出版。無出版年月（可能是2011），p. 51。

時，對什麼東西都嗤之以鼻，包括風景，均斥之以kitsch（酷屎）。我與參加這次詩歌節的兩個詩人交換過詩集，一個來自愛沙尼亞，那位詩人第三天就告訴我說，詩集看完了，她想譯成愛沙尼亞文。另一個詩人就是這個匈牙利人。他回去後就泥牛入海無消息了，估計他對中國人的普遍看法那麼差，是不會對我的詩歌有任何印象的。現在我的桌子上也放著他的詩，看了頭兩首後，也沒有感到似乎那麼好。

有意思的是，這兩個人，都在不同程度上無意中遭到了貶抑。我跟那個匈牙利人還談得來，聽他說詩歌節結束後，還要到中國各地走走，就主動建議說，給他找個詩歌朋友，予以接待。根據我以往的經驗，只要有朋友介紹，作為一個詩人的我，走到哪兒就基本有吃有喝有玩樂了。哪知我跟一個詩歌朋友剛剛開口，他就笑笑說：不行，不行，沒辦法，語言交流有困難！這話是當著匈牙利人和我的面說的，頗讓他難堪。我也無可奈何，只是驚奇詩人一定第六感極為發達，早就察覺出此人不善了吧。

另一個人這兩年來，一直想通過我把瑞典的好作家向中國介紹，我也很積極地為此努力，但事情進行得並不順利，主要是中方興趣不大。最近，他又來信催問，我又代為轉問，很快收到回覆，直言不諱地告訴他：我們目前對你介紹的書不感興趣。再說，我們每年都有自己制定的計畫，有專家對需要介紹的文本進行遴選，用不著別人來告訴我們怎麼做。

我把原話告訴這個瑞典人後，他就再也不來信了。估計我與他的關係，到此也就告一段落了吧。

諾獎

蘭州有家報紙主編提到，要約一些作家就諾獎寫文章，談談他們的看法，並推薦其心中認為最該得獎的作家。我對他說，一提諾獎，我氣就不打一處來，一個小雞巴國家，把個區區諾獎整成一個世界級的東西，不就是那麼點雞巴錢嗎！我買的好幾個諾獎作家翻譯作品，過去多少年了，始終沒法看下去，其中包括庫切。2004年去瑞典最大的一個感受，就是在那個蕞爾小國中，連撿垃圾的人都敢傲視世界，來一句：你國家再大，人口再多又怎麼樣？諾獎還是得老子發。請我吃飯的翻譯雖然級別比撿垃圾的高，也情不自禁地說：我老婆單位是發諾貝爾醫學獎的。「那又怎麼樣呢？」我心裡想。

在西方世界，一切都與投資有關，都是搞錢。買房是投資，花錢拉攏感情是投資，那叫感情投資，這個西方人不搞，他們都來真的，投地產、搞股票，等等，有時也來點假的、虛的，比如期貨，這個字在英文中叫「futures」，即複數的「未來」。對假的和虛的投資做得最成功者莫過於瑞典，那就是拿出鉅款向名譽投資，把名聲做成世界的珠穆朗瑪峰，把一個小雞巴國家，從一個誰都不知道的地方，通過一百年來的不斷投資，整成了現在至少讓中國人看得起的國家。在澳洲，誰把它放在眼裡?!澳洲唯一一個拿到諾獎的懷特，已經死去多年，不久前還被人玩了一把，其手稿隱去姓名後投稿，被澳洲的大出版社屢屢退稿。

那個在中國具有上帝地位的馬悅然同志，推薦了一部長篇小說，叫《到黑夜想你沒辦法》，封面上大書「諾獎終身評委馬悅然作序力薦」。翻開首頁就是馬序，完事後還要在文章末尾加上「本文作者為漢學家、瑞典學院院士、諾貝爾文學獎評審委員」這種噁心的字樣，書背語壓在所有名人之上置頂的，又是那個無所不在的馬什麼然！可是，我老實說，這本書無法看下去，基本上在半小時內解決問題，翻過去了。

中國若想在名聲上投資，學瑞典人，每人少吃一粒米就夠了，從現在開始攢錢吧。

得諾獎的人中，我只佩服一人，即薩特兒，這個看上去有點鬥雞眼的人。據他說，他根本不希望通過該獎而「發生巨變」，不想接受西方文化機構的授獎，從而在東西方的鬥爭中偏袒任何一方。於是，他就對這個獎說了不。這個獎因此至少在他那兒一錢不值。

當一個作家對我說，這個國家所有的大獎我都拿過時，我感到難過，不是嫉妒，而是著急。我著急的是：他還有勇氣寫出拿不到任何獎的作品來嗎？他還有勇氣拒絕任何作品贏得的獎嗎？

如果要我推薦誰，我願意推薦一個死人，即羅馬尼亞作家Cioran，中譯為「蕭沆」。我目前在看他的英譯本著作，22歲時寫的，尚無中譯，書名是《在絕望的巔峰》。活人中我無人推薦，也不覺得這個獎值得推薦給任何作家。

寫東西的方式

我說過，只有一種情況下無法寫作，那就是當男女雙方做愛時。這話在中國說，沒有詩人不同意，但在澳洲，卻有一位雪梨同性戀詩人說：哦，我覺得還是可以的，比如，拿筆在愛人光光的脊樑上寫，也不是不可以的。我馬上會意，說：是的，其實也不妨在其胸脯上寫！

據厄普代克介紹，不少作家寫東西的方式迴異於人。喬伊絲花了七年時間寫《尤利西斯》，該書離出版僅有數周時，他還從歐洲不斷寫信給都柏林的親朋好友，查對書中的諸多細節。美國女作家Edith Warton喜歡在床上寫作，把寫好的紙一頁頁扔在地上，由秘書撿起來去打字。這一點跟我有點相似，我於21世紀頭十年中期寫的那部英文長篇，基本上是抱著iBook電腦，在床上寫成的。納博科夫喜歡把文字寫在長五英寸，寬三英寸的卡片上，濟慈則愛穿上自己最好的衣服，才肯在桌前坐下寫東西。[233]這與我的一位作家編輯朋友頗相似。據他說，不把家裡打掃得乾乾淨淨，桌上擦得明光燦亮，他決不落筆寫字。

本人寫字，沒有這些講究。車開到時速100公里的高速公路上可寫，人住進五星級飯店可寫，震耳欲聾的卡拉OK歌廳裡可寫，一路前去目的地的計程車裡可寫，萬米之上的飛機裡可寫，廁所小解大便時也可寫，總之，這個世界上，沒有不能寫字的地方。如果沒有筆，拿起答錄機也可「寫」，直接說進去就成。

他者

近來寫《中澳文學交流史》，把華人用英文寫的所有相關書籍收在一起，摞起來竟然成了兩堵小高牆。兒子一看便指出：很多書的標題十分重複，都沿用了「從什麼到什麼」這種套路，如「From Rice to Riches」（《從稻米到財富》），作者是Jane Hutcheon；「From Shekki to Sydney」（《從石歧到雪梨》），作者是Stanley Hunt；以及「From Bicycles to Bentleys」（《從自行車到本特利》），作者是Joseph Chou。我20年前到澳洲做博士論文，思想也充滿這種套路，本來也想寫個「從什麼到什麼」的東西，但非常及時地被導師煞住了車。當時很不服，現在想起來，還是他對。其實，最容易寫的，就是「從什麼到什麼」，要想寫點不容易的東西，也不容易寫的東西，就得時時處處小心這種容易的陷阱。

導師的全部指導思想，現在歸結起來，就是一個英文關鍵字，即「Other」（他者）。也就是說，在西方人的眼中，中國，以及中國人，是完完全全的一個「他者」，不能融彙、拒絕融合、無法消化的東西。他的這種敏感，是當時的我所不能理解，也不願理解的。好在

[233] 參見John Updike, *Due Considerations*, 2007, pp. 6-7.

經過三年多的博士學位寫作，我對這種水火不相容，油水不相溶的特徵，有了更多的直接體驗，儘管在澳洲生活了20多年的我，現在對這個問題，看得並非那麼死。

有一天，我看到厄普代克寫去中國旅行的文章。他在文中說了一句話，讓我感到心驚，覺得與導師說的是在太像了。他說：「To me, China was out of this world.」（對我來說，中國完全不在這個世界中）。也就是說，中國屬於另一個世界。用他的另一句話說，中國就是「the global Other」（全球的他者）。[234]媽的，這話聽上去像是罵人，好像中國不是國、中國人不是人一樣。無論事後他說他怎麼「想念」中國人，但這種事先的認識，的確是令人吃驚的。

千萬別寫我

最近看一本匈牙利詩人的詩集，其中有一句云：「NEVER WRITE ABOUT ME」，是詩人嬸嬸對他說的。[235]這使我想起，我這一生中，不想要我寫的人還真不少，包括很要好的朋友，有男的，也有女的。我很尊重他們的要求，因此從不寫他們，哪怕他們有很多事蹟值得一寫。

就像我一個朋友說的那樣：我這一生最大的願望，就是默默無聞地活著，不需要人來寫我。

一旦某人接觸了寫作的人，就開始提出這樣的問題：你沒寫我吧？或者：你何時也寫寫我吧？我就覺得，這種人的性格頗為可疑。

在我內心深處，我還是特別尊重那些一生都不願意被任何人提到的人。

---

[234] 參見John Updike, *Due Considerations*, 2007, p. 22.

[235] 參見Peter Kantor, *Unknown Places.* (trans. by Michael Blumenthal). New York: Pleasure Boat Studio, 2010, p. 45.

標題（3）

近與朋友Alex聊天，得知他的長篇小說馬上就要出版，問是什麼標題，他說：「Autumn Lang.」「Lang,」他補充道。「就是Langzi的Lang，是蘇格蘭人的姓。」掛電話後，我思忖了一番，覺得很有味。英文裡，用月份做名字的很多，有叫「April」（四月），用季節做名字的也不少，有叫「Summer」（夏天）的。這部長篇裡的「Aumtum」（秋天），就是姓「Lang」的這位主人公的名字。這是其一。

其二是，如不看字，只聽發音，聽起來就好像是「Autumn Long」，即「秋天很長」。用英文發音很響亮，而且意味深長。聯想到作者已經是75歲高齡，就更富有意味了，那彷彿是在說，他雖然人生已經進入秋天，但這個秋天一定是很綿長的。

其三是，所有這些意思，都集中地體現在兩個英文字中，即「Autumn Lang」，也就是小說主人公的姓名，濃縮而又凝練。好標題，我想，讓人未見書就想看。

這個其三，也是我經常在命名時欲求達到的效果。最近參加青海湖國際詩歌節後，去大西北周遊了一番，兩個星期，寫了40多首詩，回來後放在一起，起了一個總名，叫《歐陽昱的中國詩行》。國內有家文學雜誌從中選了若干，起了一個總題，叫《歐陽昱的中國行》。我回信感謝之後，提了一個建議，大意如下：

> 編得很好，只是我想，能否把標題加一個字，弄成「歐陽昱的中國詩行」，既有詩歌之旅之意，也有「詩行」（shi hang）之意，還有「詩還行」的意思在。你看呢？

好在編輯就是詩人，懂詩，一看就同意了。

補記一點。這個週末，看報才知，Miller的那本書，書名其實是Autumn Laing。這個Laing，一般中譯為「拉因」，但在米勒口中發音卻是「朗」或「浪」，大概蘇格蘭發音就是這樣吧。而且，Autumn Laing是書中的女主人公。這就很有意思了。等買了書來看了再說。

Chinese

「Chinese」這個英文詞，指「中國人」、「中國的」或「中文」，但在英國或英語的喜劇中，始終是一個笑料。凡是沾上這個字，總會引來一陣爆笑。

近讀英國女詩人Wendy Cope的幽默英文詩集，「Making Cocoa for Kingsley Amis」，就看到一個這樣的例證。

她在一首詩中說，你沒法「教一隻老浣熊學中文」（teach an old raccoon Chinese）。[236]

我一看不悅，旁注道：It's not funny（不好玩）。倒是把這話改一下，說成：你沒法「教一隻老浣熊學英文」還不錯。

包養（2）

作家永遠需要人包養，所謂御用文人是也。從前是被皇帝包養，後來是被黨包養，再後來，則是被富婆包養。最近回國，朋友送來一本地下出版的詩集，書名中英文合一，就叫《地下Undergroud》，基本無甚可看，倒是最後的《中國詩史》（1966-2008），有個詞條吸引了我的注意力，說在2006年11月，湖南詩人黃輝通過媒體表示期待被包養，不久後居然就被包養了，包養者為重慶的一個富姐，最終達

---

236 參見Wendy Cope, *Making Cocoa for Kingsley Amis.* London: Faber and Faber, 1986, p. 14.

成了協議。[237]

澳洲作家也有被包養現象，只是不這麼說罷了。1990年代初抵澳時，我就聽說，澳洲作家有股風氣，男作家到四五十歲後，都會改弦更張，重整旗鼓，更換妻子，更換家室，然後過起了依靠二十來歲，又有工作，又有較好收入的妻子生活的生活，在家寫字創作。那不是包養是什麼？只是英文還沒有這種說法罷了。至於這些人是誰，我心裡有數，但不會告訴你。

90後

人生活得長久的最大一個結果或者說後果，只能用一個字來概括，就是後果的「後」字，把什麼都「後」過去了。原來教的學生多為80後，少數是70後，而現在，連90後都慢慢多了起來。記得還在不久的過去，那都是一些娃娃，可現在，這些當年的娃娃，如果不說，看上去與80後幾乎無異，也都進入20歲的行列。

與學生交談，就會發現，80後對90後的幾乎沒有好的看法，認為他們「非主流」，寫的都是「火星文」，無人能懂，連一個1989年生，幾乎與1990年生相差無幾的人也作如是觀。

有一次搭車進城教書，路上碰見一個學生。她告訴我，她就是90後的。據我觀察，她的言談舉止都很得體，而且似乎比80後的有著更勝一籌之處。比如說在學習英語上，她就有自己獨到的體會。據她說，她現在看的英文小說等書，都是華人寫的，因其中文化背景等她都十分熟悉，能夠很快進入。相反，如果看英美作家或澳洲作家的作品，就覺得比較難以接受，語言和文化都很艱澀。對於想很快進入英文的人來說，這倒不失為一種很好的方式。

[237] 《地下Underground》，主編：風，無出版社，2010年，p. 341.

古人說，詩言志，其實，要我說，詩言秘。紙包不住火，正如詩也包不住秘密一樣，很多資訊，就是借助詩行傳達出來的。要知90後的人是什麼樣的，不能光聽別人評論，而要看他們自己如何說，特別是自己如何通過詩歌說。

近讀一90後女詩人藍冰丫頭寫的《90後》，就很有點意思，其中有幾段云：

我不上學了，網戀了
修眉，逛夜店去了，我有我的大愛
與大恨，有時，我真的放棄了我自己

你們，竟對我施予極權
我就和男人們同居給你們看，墮胎給你們看
有時高興，我就私奔給你們看
死給你們看

你們，不要把我視作壞掉的一代
你們，不要那個不屑的樣子嘛
不要說什麼「孺，不可教也」

記住！這個世界這麼髒
誰也不是誰的誰，誰也不能代替誰活下去
我會對你們豎中指，然後大吼
「No!－」[238]

[238] 藍冰丫頭，《90後》，原載《地下Underground》，主編：風，無出版社，

不是這個年代生的人，不是這個年代生的女人，是不大可能寫出這樣恣肆的東西的。

自由（3）

儘管厄普代克曾下結論說：「中國的自由精神離享受言論自由依然十分遙遠」，[239]但至少當今，中國有一種自由，是西方人不能理解的，也不知道的，那就是出書的自由。我說的當然不是正式出版物，而是非正式出版的東西，非正式到一書出版，既無書號，又無版權頁，也無出版日期、編者或著者姓名等凡是做學問者都需要的基本資訊。上面提到的那本《地下Undergroud》，就沒有這些資料，只是在封面的頂頭上大書「中國非主流詩歌文本2010年卷」數位，扉頁給出了「《地下》編委會」的全部名單，如此而已。在西方做學問，如何做這種書的註腳，就成了一個頭痛的問題。好在這跟我沒有任何關係，那就讓那些做博士、做教授的頭痛去吧。

伊沙送我的一本《無題詩集》也是如此。除了「中國佛山趕路詩刊出品」幾個字外，也是三無，無書號，無版權頁，也無出版日期，只能根據封底《授獎詞》落款處的「2010年1月1日」來判斷，此書應於該年出版。

十多年前，伊沙送我一本書，叫《伊沙這個鬼》，好像也是這樣操作的，但我現在爬上翻下，怎麼找也找不到了。那就拉倒不寫了。

裝逼

今年五月去深圳，結識了一位名叫農夫的詩人，他送我一本書

2010年，p. 165.

[239] 參見John Updike, *Due Considerations,* 2007, p. 445.

名叫《小農意識：上卷：依然裝逼》的詩集，由「中國國際圖書出版社」，一個位於香港的出版社出版。這本詩集他自稱「裝逼」，但依我看，已經很不裝了，儘管詩人似乎很不知道愛惜文字，詩行顯得過於漲大，看得很雷、很累，有些地方還是可以的，比如這句寫妓女的：「她們起舞貓步踩痛愛情的影子／使高跟鞋踢破時間的褲襠」。[240]

有天上詩歌翻譯課，又到了中翻英的時候。我把自1950年代以來的革命詩歌、朦朧詩歌，一直到下半身和垃圾詩歌等都過了一遍時，學生提出了一些很幼稚，但又不能不面對的問題，比如：詩人是一種職業，能夠為生嗎？又如：我還是喜歡美的東西，垃圾詩、下半身等詩歌都不美，很爛。這時，我發現自己用了一個從來沒在課堂上用的字：裝逼。我說：截止下半身之前，1950年代以來的中國詩歌，可用一個詞來總括，即裝逼。這就是為什麼回頭看那時，幾乎完全可以掠去不看的簡單道理。

現在想想，還真沒有一個詞能更好地形容那個時代的那些人。說真話、說實話的人，都掉了腦袋坐了牢，剩下的都在那兒裝逼。

名字問題

前面曾經提到，澳大利亞獎金最高的肖像獎阿奇博爾德獎從1921年到2010年的90年授獎歷史中，沒有一個土著畫家獲獎，沒有一個亞裔畫家獲獎，所有獲獎者無一不是白人。因此，我曾給一個屢屢入圍卻屢屢名落孫山的華裔畫家進一言說：下次參獎，一定記得把名字改了，改成一個盎格魯撒克遜的姓名，不要叫個讓人一眼就看出是中國人或華人的名字來。

---

[240] 農夫，《小農意識：上卷：依然裝逼》。香港：中國國際圖書出版社，2010年，p. 294.

這並非虛言。澳大利亞有個獎，叫Ned Kelly Awards，是專門頒發給「crime writing」（犯罪寫作）的。有報導稱，該獎歧視女性，指其46位獲獎者中，僅有15名女性。因此，在一次相關的會議上，有四位澳大利亞女犯罪作家紛紛在書上只寫帶有首字母的簽名，拒絕露底，因為據說澳洲男性讀者拒讀女犯罪作家的作品。這四個人是：P.D. Martin, Y.A. Erskine, P.M. Newton和L.A. Larkin。如此一來，她們的性別還真從姓名上看不出來了。[241]

華人畫家今後想得澳洲人的獎，還真得講點策略，不要老是Fu Hong、Guan Wei、Zhou Xiaoping，等的。不妨如法炮製一下，來個首字母的玩法：F.H., G.W和Z.X.P。至於起個什麼盎格魯撒克遜人的姓，那就是他們自己的事了。如果單獨私下找我，我總能想出幾個新鮮名字來的。

虛構

「小說除了人名都是真的，歷史除了人名都是假的。」這是我從幾個學生那個聽來的一句話，可說是過耳不忘。

這句話，用在海明威身上再合適不過。當年他的名篇《乞力馬札羅的雪》1936年8月在《老爺》剛發表時，其中有段是這樣的：

> 富人索然寡味。他們酗酒，玩百家樂棋玩得過多。他們索然寡味，生活重複單調。他想起了可憐的斯科特·菲茨傑拉德，想起了他對富人那種浪漫的肅然起敬，想起他曾經寫的一篇短篇小說是這麼開頭的：「富人跟你我都不一樣。」他還想起有人曾對斯科特說：是的，富人錢更多，但斯科特並不覺得這很幽默。他

[241] 參見“Bookmarks”, Life & Style, the *Age*, 1/10/2011, p. 31.

以為富人是一個充滿魅力的特殊族類，等到他發現他們不是這樣時，他就很崩潰，跟其他事情讓他感到崩潰是一樣的。[242]

這個斯科特・菲茨傑拉德並非小說人物，而是真人，是海明威的朋友。明威兄寫小說，常常是虛虛實實，真假莫辨，不僅亂真，有時也會亂假。這篇小說一發表，就引來斯菲茨傑拉德的一封信，費在信中寫道：

請你不要把我寫進鉛字發表……這讓我整整一夜沒合眼。你以後小說成書出版，請把我名字刪掉好嗎？[243]

其實小說虛構的東西，往往都是真的，但在進入小說時，往往得進行一番「弄虛作假」的處理，拿掉真名即是其中一計、一技。明威初出道，居然如此小兒科，想想也很好玩。

完美（2）

活人的世界沒有完美的東西。最完美的東西莫過於死亡。這是本人的認識，也是每當我看到有人用「perfect」這樣的字眼來描述某本書時，我產生的本能反應。沒想到，厄普代克也有這樣的感覺。

他在為澳大利亞作家彼得・凱里寫的一篇書評裡說，凱里的「My Life as a Fake」（中譯為《我的生活有如冒牌貨》）長篇小說，「如此信心十足，才華橫溢，文字冼練而活潑，結構緊湊適宜，情節

---

242 轉譯自John Updike, *Due Considerations,* 2007, p. 155.
243 轉譯自同上，p. 155.

持續不斷地令人驚奇」，應該說好到極點，但厄普代克筆鋒一轉，緊接著說：「我們就感到，一定有某個地方出了問題。」

是的，一旦一部小說寫成了那種樣子，肯定是某個地方出了問題。這就是為什麼得了諾貝獎或其他大獎的作品，往往不經讀、不耐讀，還可以找到很多不喜歡的地方的原因之一。

相反，一些名不見經傳的作品，如我現在正在讀的民國李伯通寫的《西太后豔史》，就覺得寫得很耐看，很好看，遠比那些得獎之作好看得多。

惡搞

從前，對於文學中好的東西，老師或家長都要求背誦。現在這個時代，人們採取的態度則不是背誦，而是惡搞。其實，惡搞不是惡意，而是一種善意的衝動，等於是向那位寫得好的人致敬，並向他承認：你的東西的確好，我沒辦法超過了，同時又對他說一句：對不起，你的這個形式實在太好，我沒法不套用一下。民間曾有人把李白的《靜夜思》惡搞了一下，成了下面這種樣子，倒也挺好玩的：

床前明月光
地上鞋兩雙
兩個狗男女
脫得精光光

我有個學生朋友——是的，學生如果和你要好，最後就會成為朋友——最近把他寫的一首詩發過來給我看，如下：

黃河過車

列車正經過黃河
我突然體內告急
簡單的生理需要
實現卻並不容易
身邊埋頭大睡的漢子
極不情願
放我進了過道
此時，我才發現
廁所門口賓客雲集
人人都下體微顫
有種釋放自我的渴望
從廁所門到過道口
一層層的肉體堆積
無奈，我只好
極力忘掉下身的焦灼
向窗外河上眺望

身軀微躬
雙手叉腰
彷彿我是個偉人
或者詩人
直到黃河流遠

不知道的人，還以為這是他自己的感覺，知道的就知道，這其實是根據伊沙的名篇《車過黃河》改寫的，全文如下：

車過黃河

列車正經過黃河
我正在廁所小便
我深知這不該
我應該坐在窗前
或站在車門旁邊
左手叉腰
右手作眉簷
眺望　　像個偉人
至少像個詩人
想點河上的事情
或歷史的陳帳
那時人們都在眺望
我在廁所裡
時間很長
現在這時間屬於我
我等了一天一夜
只一泡尿功夫
黃河已經流遠

學生這一惡搞，立刻使我想起多年前的一首詩，特附於下：

雞雞巴巴

歐陽昱改寫

雞雞巴巴我的咀
二二二等殘廢
咬不住我哐哐哐奔的四圍
還有我的頹

你們四處六六六唐的口水
散著沒味
喔喔窩囊廢
多麼老淚

我要吐吐吐胃
你們摸摸摸嗚奇妙
的胡謅
雞待吐胃

喔喔喔的
我的雞腔癲癲癲舌般
的玉顏

雞雞巴巴我的鱉
我的鱉裡沒沒沒有龜

你們敲敲敲我

姨臉霧鎖胃

（2002-12-17）

這個被惡搞的對象，還是伊沙，根據的是他的《結結巴巴》這首名詩，一首寫得很好的詩。曾有詩人說該詩「寫得獨一無二，因此不可替代」[244]，如下：

結結巴巴

結結巴巴我的嘴
二二二等殘廢
咬不住我狂狂狂奔的思維
還有我的腿

你們四處流流流淌的口水
散著黴味
我我我的肺
多麼勞累

我要突突突圍
你們莫莫莫名其妙
的節奏
急待突圍

---

[244] 楊然：http://chah.teeta.com/blog/data/165080.html

我我我的
我的機槍點點點射般
的語言
充滿快快慰

結結巴巴我的命
我的命裡沒沒沒有鬼
你們瞧瞧瞧我
一臉無所謂

用一句陳詞濫調，即無獨有偶，這種情況在英文詩歌創作中也有。當年我寫過一首英文詩，叫「A Cloud」，在墨爾本的The Age報上發表，發給一個澳洲朋友看了，他在很贊的同時，就把這首詩「egao」了一下，還發給我看。我呢，看了之後也不過一笑置之，並沒當回事。我那首英文詩的開頭部分是這樣的：

A Cloud

Manufactured by no one but this
Is a morning that harks back to 1787
And there is not one trace of what you』d call psychiatry
Stop. You build a castle of symphony
Only to disappear in the eyes and re-appear
In another country. Stop. This one is as vast as a map
of Oz seen from Sweden, one that shines with the setting sun
Ice that melts with the morning and accumulates like gathering

Thoughts. Stop. The city that is changing rolling into
a nation that soon disintegrates and fragments
in multiple communities of digital photographs.

自譯如下：

雲

無人製造，但這
是一個早晨，可追溯到1787
你所稱做的精神病學連一絲痕跡都沒有
停。你建造一座交響樂的城堡
卻在眼中消失，複又出現
在另一個國家。停。這片雲大得就像從瑞典看到的
澳洲地圖，它耀著落日的餘暉
冰，隨著早晨融化，彷彿聚攏的
思緒。停。正在變化之中的城市滾動而成
一個國家，她很快便分崩離析，碎化成
數位照片的多重社區……

澳洲朋友把這首詩玩成了下面這樣：

A Cloud

You build a castle of symphony
Only to disappear in the eyes and re-appear

Ice that melts with the morning and accumulates like gathering
Thoughts   the city that is changing rolling into
a nation that soon disintegrates and fragments
in multiple communities of digital photographs.

自譯一下則是如此：

雲

你建造一座交響樂的城堡
卻在眼中消失，復又出現
冰，在清晨融化，彷彿聚攏的思緒而
堆積　　　　正在變化之中的城市滾動而成
一個國家，她很快便分崩離析，碎化成
數碼照片的多重社區……

什麼是後現代？這就是後現代。它決不見好就收，而是見好就操、見好就複印、見好就下載、見好就搞、見好就惡搞、見好就嫉妒、見好就罵娘、見好就——不說了。要想保持獨一無二性，看來再無可能、也永無可能了。我們這個時代真是完蛋了。

漂亮

近讀高行健《靈山》一書，見其談到彝族婦女時，有「都很漂亮」一語。[245]一下子使我想起一件事，那就是，在澳洲這個絕對「政

---

[245] 高行健，《靈山》。香港：天地圖書有限公司，2000，p. 114。

治正確的」國家，作為男性的作家，已經不能稱女的「漂亮」了，因為這樣一來，就是男性把女的當做審美的物件在欣賞、在把玩。曾經有一次，我在一篇英文文章中，提到在上海時，曾見到我翻譯的一部長篇小說的女編輯，說她很年輕，也很「pretty」（漂亮），結果寫書評的那個女的，批評我不該用這種帶有評判意味的詞語。

也巧，我們昨夜看的一個「棟篤笑」節目裡，有一個英國單口相聲演員，談到他對澳洲的印象時就說，澳洲這個國家太「政治正確」了，什麼都不敢說，逢到跟土著人有關的問題時，大家只好口口聲聲說道歉，生怕犯錯。

多年前，有位在澳洲工作的博士朋友就曾告誡我：在澳洲公司工作，最怕的就是犯錯誤。一犯錯就完蛋了。

其實，這個國家的喜歡「正確」，跟它是個流犯國家、有著一段流犯流放史有很大關係。當時的大牢裡，對流犯的管制可謂森嚴，如果鞋帶繫錯，也會挨鞭抽。

作為藝術家，最大的能力就是要學會犯錯誤，有意地犯錯誤，像把人畫得不像人的畢卡索那樣，像製作《藝術家之屎》的義大利藝術家Piero Manzoni那樣，像製作《尿基督》的美國雕塑家Andres Serrano那樣，像把自己和自己老婆做愛的動作活脫脫雕現出來的美國藝術家Jeff Koons那樣，以及很多敢想敢幹的藝術家那樣，否則，這個一味正確的人生，就實在太沒勁了。一個男人到了看見女人漂亮，都不敢說她漂亮的地步，這個男人最好當場倒地死去，活著還有什麼意義呢?!早知道澳洲是這種操蛋的國家，我永遠也不要來了。

好生了得

昨天一位朋友來信，談到幾家出版社時，說了一句，它們近來也「好生了得」。一看就很喜歡，立刻就把我帶回到千年以前，那種語言，那種感覺，什麼「英雄氣短，兒女情長」，什麼「大風起兮雲飛揚」，等等，實在久違已久。

最近讀美國詩人龐德詩，發現一種我覺得奇特的現象，即他把古英語與現代英語熔於一爐，產生了我前面說的那種效果。隨手拈來一個例子。比如他在「Apparuit」一詩中，有一段就用了這種手法：

Crimson, frosty with dew, the roses bend where
thou afar, moving in the glamorous sun,
drinkst in life of earth, of the air, the tissue
golden about thee.[246]

其中的「thou」（汝），「drinkst」（飲）和「thee」（汝），等，就都是古英語。感覺很有勁道，就像前面講過的當代人發電子郵件，卻來一句「好生了得」一樣。

這又讓我想起一個朋友，他傾向用手寫信，傾向從上至下從右至左的豎排寫信。還想起一個朋友，他每回電子郵件，都必用繁體，儘管他早已常住大陸了。中國人的古，是浸透血液的。

如果儘是網語或90後的那種火星文，後則後矣，但丟了頭，丟了身，只剩下個拉屎的尾巴，不免令人哀哉。真是人心不古啊。

[246] 參見Ezra Pound, *New Selected Poems and Translations.* ed. by Richard Sieburth. New Directions: 2010, p. 30.

新銳文學叢書35　PG1096

新銳文創
INDEPENDENT & UNIQUE

關鍵詞中國

作　　者　歐陽昱
責任編輯　蔡曉雯
圖文排版　王思敏
封面設計　陳佩蓉

出版策劃　新銳文創
發 行 人　宋政坤
法律顧問　毛國樑　律師
製作發行　秀威資訊科技股份有限公司
114 台北市內湖區瑞光路76巷65號1樓
電話：+886-2-2796-3638　傳真：+886-2-2796-1377
服務信箱：service@showwe.com.tw
http://www.showwe.com.tw
郵政劃撥　19563868　戶名：秀威資訊科技股份有限公司
展售門市　國家書店【松江門市】
104 台北市中山區松江路209號1樓
電話：+886-2-2518-0207　傳真：+886-2-2518-0778
網路訂購　秀威網路書店：http://www.bodbooks.com.tw
國家網路書店：http://www.govbooks.com.tw

出版日期　2013年12月　BOD一版
定　　價　570元

國家圖書館出版品預行編目

關鍵詞中國 / 歐陽昱著. -- 一版. -- 臺北市 : 新銳文創,
2013.12
面 ;　公分. -- (新銳文學叢書 ; PG1096)
BOD版
ISBN 978-986-5915-93-3(平裝)

848.6　　102022030

讀者回函卡

感謝您購買本書，為提升服務品質，請填妥以下資料，將讀者回函卡直接寄回或傳真本公司，收到您的寶貴意見後，我們會收藏記錄及檢討，謝謝！
如您需要了解本公司最新出版書目、購書優惠或企劃活動，歡迎您上網查詢或下載相關資料：http:// www.showwe.com.tw

您購買的書名：________________________________

出生日期：________年________月________日

學歷：□高中（含）以下　□大專　□研究所（含）以上

職業：□製造業　□金融業　□資訊業　□軍警　□傳播業　□自由業
　　　□服務業　□公務員　□教職　□學生　□家管　□其它_____

購書地點：□網路書店　□實體書店　□書展　□郵購　□贈閱　□其他

您從何得知本書的消息？

□網路書店　□實體書店　□網路搜尋　□電子報　□書訊　□雜誌
□傳播媒體　□親友推薦　□網站推薦　□部落格　□其他__________

您對本書的評價：（請填代號　1.非常滿意　2.滿意　3.尚可　4.再改進）

封面設計____　版面編排____　內容____　文／譯筆____　價格____

讀完書後您覺得：

□很有收穫　□有收穫　□收穫不多　□沒收穫

對我們的建議：________________________________

____

____

____

請貼
郵票

11466
台北市内湖區瑞光路 76 巷 65 號 1 樓

秀威資訊科技股份有限公司 收

BOD 數位出版事業部

....

（請沿線對折寄回，謝謝！）

姓　　名：________________ 年齡：________ 性別：□女　□男

郵遞區號：□□□□□

地　　址：____

聯絡電話：(日)________________ (夜)________________

E-mail：____